U0097348

古典詩歌研究彙刊

第二七輯

龔鵬程 主編

第 **12** 冊

《金陵詩徵續》視閾下的
道咸以來金陵詩壇

劉榮麗 著

國家圖書館出版品預行編目資料

《金陵詩徵續》視閾下的道咸以來金陵詩壇／劉榮麗 著 — 初版
— 新北市：花木蘭文化事業有限公司，2020〔民 109〕

目 2+266 面；17×24 公分

（古典詩歌研究彙刊 第二七輯；第 12 冊）

ISBN 978-986-485-982-5（精裝）

1. 宋詩 2. 詩評

820.91 109000190

ISBN-978-986-485-982-5

9 789864 859825

古典詩歌研究彙刊
第二七輯　第十二冊　　　　ISBN：978-986-485-982-5

《金陵詩徵續》視閾下的道咸以來金陵詩壇

作　　者	劉榮麗
主　　編	龔鵬程
總 編 輯	杜潔祥
副總編輯	楊嘉樂
編　　輯	許郁翎、張雅淋　美術編輯　陳逸婷
出　　版	花木蘭文化事業有限公司
發 行 人	高小娟
聯絡地址	235 新北市中和區中安街七二號十三樓
	電話：02-2923-1455／傳眞：02-2923-1452
網　　址	http://www.huamulan.tw 信箱 hml810518@gmail.com
印　　刷	普羅文化出版廣告事業
初　　版	2020 年 3 月
全書字數	178856 字
定　　價	第二七輯共 19 冊（精裝）新台幣 32,000 元　　版權所有・請勿翻印

《金陵詩徵續》視閾下的道咸以來金陵詩壇

劉榮麗 著

作者簡介

劉榮麗，女，1973 年生，江蘇省南通如皋人，文學博士，中學高級語文老師。2012 年畢業於蘇州大學中國文學院中國古代文學專業（近代文學方向）。現任職於江蘇省南京市第三高級中學文昌初中，主教初中語文課程。研究方向是中國古代文學（近代文學方向）、金陵文化研究，已發表論文《茗麓祭詩與金陵詩學傳承》《苕岑詩社與道咸以降的金陵詩壇》《地域詩學視野下的金和接受》等相關研究論文多篇。

提　　要

《金陵詩徵續》刊刻於光緒間，立足於總結道咸以降的金陵詩學實績，聯繫《金陵詩徵》乃至《國朝金陵詩徵》，便可縱覽金陵古典詩學發展衍流的全部歷程。

本文試圖以《金陵詩徵續》為切入點來總結地域詩學的宗風祈向、探索金陵詩學發展中的文學文化因素，進而整理條貫道咸以降百年來金陵地域詩學發展流變史程。在此基礎上，引入同光體詩學流派以及白話新詩，以便更為準確地評價道咸以降金陵詩學的成就得失。

論文分上下兩編，共八章。一，《金陵詩徵續》編選背景，概述總集流變以及《金陵詩徵續》中所蘊藏的地域文化角力；二、《金陵詩徵續》編選內容，介紹改詩徵選人選詩的體例以及基本內容；三、《金陵詩徵續》所載詩家考略，鉤沉微觀層面道咸以降的金陵詩家撰述活動；四、《金陵詩徵續》與道咸以降東南學風，拓展金陵詩學發展演化的宏觀文化生態並聚焦金陵詩學的具體特質；五、《金陵詩徵續》與道咸時期的金陵詩壇；六、《金陵詩徵續》與咸同時期的金陵詩壇；七、《金陵詩徵續》與同光時期的金陵詩壇。按照時間順序分別從學人之詩、詩人之詩、經世風尚等角度切入具體的金陵詩學活動，用相對的文學文化視角以條貫道咸以降金陵詩學發展的各個層面；八、《金陵詩徵續》與金陵詩風再思考，總結回顧道咸以降金陵一地的詩學情況，全面審視金陵地域詩學的成敗與得失。

宏觀的詩史勾勒與微觀的詩學對話為本文的目標所在，也是本選題的核心元素所在。

目

次

上編：《金陵詩徵續》編選研究

緒 言

一、重興政教，首重文獻

同治三年（1864）七月，湘軍攻破金陵。自此以還，東南地區因太平天國興起而引發的長達十二年的擾攘動盪終於平息下來。大亂甫定，百廢待興，以曾國藩爲首的湘軍集團隨即面臨穩定政局，重現東南繁華富庶的重大考驗。當此之際，振起東南士紳興情千頭萬緒，何處著手頗費思量。面對此種情形，時人王逸塘云：

> 金陵初復，秦淮無遊船。文正以廢舟二，命工改造，編竹爲篷，飾以畫欄，任載遊人，於是秦淮復有簫鼓管絃之聲……昔范文正守杭州，大開筵席，縱西湖歌吹，一時推爲救荒之善政，與文正此舉，先後同符。老成謀國，固有深心……余嘗謂大亂之後，首在與民蘇息，尤應並用經權。有時即疑謗所集，亦所不顧。要惟以行其心之所安，期於民之有益而已。〔註1〕

正如王揖唐所言，恢復秦淮歌吹乃爲權變應急之策，秦淮十里煙水畫船，歌吹飄揚，正是古都金陵繁華再現的表徵之一，此舉雖爲藩司李宗羲雨亭，知府涂宗瀛朗軒所不解，亦須排除疑謗一力執行。文正公大力修復秦淮河後，即有詩人詠歌道：「楊柳新栽綠作陰，相公

〔註1〕王逸塘《今傳是樓詩話》第 489 條，《民國詩話叢編》第三冊，上海書店出版社，2002 年版，第 472 頁。

曾此畫船臨。閒情不是耽絲竹，一片蒼生同樂心」，〔註2〕以龔坦爲代表的咸同間金陵士紳對此舉措倒也心領神會。

然而，恢復秦淮歌吹畢竟事出權宜，當此滿目瘡痍之際，重興政教才是維繫士紳民氣，安撫離亂頹病的經世良方。爲此，曾國藩於江南廣設文教機構，拯治民心。史載：「曾公既克復金陵，立書院以養寒士，立難民局以招流亡，立忠義局以居德行文學之士，立書局校刊四書、十三經、五史，以聘博雅之士；故江浙被難者，無不得所依歸」。〔註3〕僅就金陵一地而言，金陵書局、鍾山書院、尊經書院、惜陰書院等等機構，均爲曾氏復興文教規劃所及。關於此舉措，徐雁平先生在《清代東南書院與學術及文學》一書說：「書院爲一地之學術、文學和教育的中心，它集結本地之文人、吸引來往之過客，師生之間有講習之樂，師生又與本地其他文人往還。諸如此類，皆有助於一地文學和學術氛圍的形成」。〔註4〕以曾氏爲代表的官方對書院、書局、史志局等文教機構的規劃興復無疑從制度層面保障了金陵人文復盛的順利開展。

當乾嘉盛世及至道光前期，盧文弨、錢大昕、姚鼐、孫星衍、胡培翬等名師碩儒相繼主講金陵各大書院；陶澍、林則徐、賀長齡、魏源、包世臣、姚瑩、張穆等賢宦名幕主政東南，於東南政治經濟多有規劃，群賢匯聚，少長咸集。他們或學兼漢宋，潛心輿地術數以期經世致用，或究心時政民情，研求考索治國方略，倡言革故鼎新之法。金陵士子如朱緒曾、汪士鐸、楊大堉、孫文川等受此風尚沾溉啓沃，學問文章亦成就頗多，成爲咸同間金陵學術文化之一脈。面對東南十

〔註2〕「秦淮風月自昔豔稱，曾文正公三督江南，政通人和。嘗與幕僚泛舟其間，並令兩岸栽柳以點綴之，俾漸復承平景象」。
陳作霖《可園詩話》卷三，蘇大館藏民國刻本，第2、3頁。
〔註3〕方宗誠《柏堂師友言行記》卷三，《近代中國史料叢刊》第217冊，臺灣文海出版社，1966年版，第71頁。
〔註4〕徐雁平《清代東南書院與學術及文學》，安徽教育出版社2007年版，第252頁。

數年動亂所造成的士風凋敝、政教播遷，挽狂瀾於既倒，既有賴於曾氏等封疆大吏老成謀國的規劃設計，又必須依靠上述東南諸士紳來充實書院、書局、史志局等機構，授業傳道、刻印書籍。由此而東南人文淵源得以延續，秦淮風雅雖然幾近消歇而流風餘韻始終輾轉不絕，進而絃歌彌盛，形成中興盛況。

　　在士紳官吏共同努力下，金陵迅速人文蔚起，稱盛東南。撫今追昔，諸人難免滄海桑田之感。當此動盪之際，多少著述喪失殆盡，多少士人流離輾轉終至潦倒沒落！因此，搜集整理鄉邦文獻，彰顯潛德之幽光，賡續人文之源流，逐漸成爲金陵士紳詩詞歌賦，點綴升平之外的共同期待。〔註5〕此類撰述始於同治十三年（1874）由汪士鐸任總纂的《續纂江寧府志》，其參閱分纂則有孫文川、陳元恒、朱桂模、秦際唐、甘元煥、陳作霖、鄧嘉楫、顧雲、羅震亨、尚兆山、高德泰、龔坦等人。同年，《上兩江縣志》也由其修成，其參閱分纂有孫文川、汪士鐸、秦際唐、甘元煥、何延慶、陳作霖、朱紹頤、伍承欽、龔坦、何師孟、朱桂模、姚兆頤、高德泰等人。官修史志之外，金陵士紳又有諸如朱緒曾搜輯整理《國朝金陵詩徵》、秦際唐輯《國朝金陵文鈔》、陳作霖輯《國朝金陵詞鈔》、朱紹亭等輯《國朝金陵續詩徵》以及陳作霖所撰《金陵通紀》、《金陵通傳》、《冶麓山房叢書》等等。延續到民國，復有蔣國榜所匯輯《金陵叢書》、盧前等匯輯《南京文獻》等等流風餘韻。

　　由此可見，經由汪士鐸、朱緒曾等人所開創的鄉邦文獻搜集整理活動幾乎延續了半個世紀！他們回顧總結近世金陵時代運會、士人心態，闡幽抉隱，表彰前賢，進而自覺地構建地域文學的傳統、譜系，以垂範後進，可謂善莫大焉。而在這批文獻中，《國朝金陵

〔註5〕金陵士人素有注重鄉邦文獻整理的傳統，此種風尚或由金陵本多藏書家之故，如黃虞稷之「千頃堂」、孫星衍之「岱南閣」、甘國棟之「津逮樓」以及朱緒曾之「開有益齋」等等。但既經東南喪亂之後，搜求先哲遺言綴敘，重現板蕩流離之際的人文情狀更成爲風尚。

詩徵續》（以下行文統稱《金陵詩徵續》）又有著自己獨特的意義所在。

二、考鏡源流，有賴《詩徵》

金陵自古爲東南大邦，六朝古都物盛人眾，鍾山秦淮山溫水軟，人才所聚，魁奇輩出。江浙一帶，素爲人才淵藪，學術文化稱重全國，蘇州、揚州、常州等地各自出現了以錢大昕爲代表的吳中學派、以阮元爲代表的揚州學派、以劉逢祿、宋翔鳳爲代表的常州學派、以張惠言爲代表的常州詞派，皆引領一時風氣。而以姚鼐爲首的桐城文派及以俞樾主持的杭州詁經精舍也都爲時人所重。金陵有鍾山、惜陰、尊經、鳳池等書院以及金陵書局等文教機構，東南賢才碩儒或主講書院，傳衍學術文化思想，或遊宴雅集詩酒酬唱，流風餘韻啓沃後進。由此看來，金陵一地學術文化當兼採百家之長，混融冶煉，成就自家面目。然而，事實卻並非如此。翻檢史志資料等書，我們會發現，金陵人文薈萃，稱重東南不假，可湧現應時而出的領袖，引領轉移一時風氣，卻似乎力不從心，與東南大邦的地位頗不相稱。單就金陵詩學而言，道咸以來的發展流變也同樣成爲附庸。

道咸間宋詩派逐漸興起，其主將祁寯藻一度主持江蘇學政，與總督陶澍以及金陵書院諸山長如盧文弨、錢大昕、姚鼐、胡培翬、馮桂芬等人大力提倡實學，以期通經致用。同光時期，總督曾國藩連同彼時書院山長周縵雲、李小湖以及宋詩派莫子偲、何紹基等人又進一步倡實學以興文教，由此而來，宋詩派之淵源風會對金陵後學的啓沃沾溉，也得以綿延不絕。以上諸人中，盧文弨、錢大昕、姚鼐、胡培翬乃至周縵雲、李聯琇均爲穿穴經史的名儒，他們或專精漢學，或兼採漢宋，爲乾嘉樸學之緒餘；祁寯藻、姚鼐、莫子偲、何紹基等人則學人而兼詩人，稱名於世，他們詩作多指涉實務，旨在起衰圖強，拯時救弊。金陵後學沾溉如此講求實學，通經致用的風尚，成就顯著。惜陰書院中楊大堉與汪士鐸齊名，樸學造詣各有專精；蔡琳、壽昌、孫

文川、金和號稱「四俊」，此數人者，「自惟才地無多與行輩，要未嘗不孜孜焉。蓋知所發奮，期大異於俗學之所趨競，蘄至於古人之卓然表現於後世者」〔註6〕，不僅究心輿地山川、音韻訓詁、天文曆算等經世之學，詩詞歌賦也各有造詣；此外，楊後、周葆濂、姚必成等人也都有所著述，揚其緒餘。

　　然而，在陳衍《石遺室詩話》所構建的宋詩派譜系中，道咸間程恩澤、祁寯藻、何紹基、鄭珍、莫友芝諸子之後，踵武而來的便是鄭孝胥、陳衍、陳三立、沈曾植等人。對同光派的主將來說，同治在位的十三年中，他們的年齡如下表：〔註7〕

袁　昶	沈曾植	陳寶琛	陳三立	范當世	陳　衍	鄭孝胥
15～28歲	10～23歲	13～26歲	8～20歲	7～19歲	5～18歲	1～13歲

　　顯然，上文所述金陵詩人年輩要早於同光諸子，與咸同宋詩派祁、何、莫等人有著師友傳承、宴遊唱酬的契機，並且身處咸同由亂離而趨中興的特定歷史時段，於傳承宋詩傳統，流衍宋詩派自是極為便利。陳衍棄之不取，顯然並非僅僅出於江左、閩派詩壇的地域之爭。

　　汪辟疆先生在《近代詩派與地域》一文中提及的「江左派」隱括金陵詩學而又有所拓展：此派列名湖湘、閩贛、河北諸派之後，「既不侈談漢魏，亦不濫入宋元，高者自詡初盛，次亦不失長慶，跡其造詣，乃在心撫手追錢劉溫李之間，故其詩風華典贍，韻味綿遠，無所用其深湛之思，自有唱歎之韻。才情備具者，往往喜之；至鬥險韻，鑄偉詞，巨刃摩天者，則僕病未能也」。〔註8〕江左詩家本已無力引領

〔註6〕金和《荻花堂詩存》卷首序言，《叢書集成續編》第142冊，上海書店出版社，1994年版，第65頁。

〔註7〕本表格引自侯長生《同治中興與同光體》，《唐都學刊》，2008年第3期。

〔註8〕汪辟疆《近代詩派與地域》，《汪辟疆說近代詩》，上海古籍出版社，2001年版，第36頁。

風尙，金陵詩人更是聲名不彰，其中，金和「名非顯著，乃攄其憫時念亂之懷，學蔡女、焦妻之體；樂府植其幹，三唐壯其采，道路傳聞，盡歸壯烈，尋常目睹，悉納篇章，無難顯之情，極蕩抉之妙」，顧石公（顧雲）則「高隱盋山，吟詠自適，詩無俗韻，自能簡遠」。對二人取徑宗尙略作點評後汪氏筆鋒一轉，謂金「近體平弱，尤難取儷……自樂府詩外，了無異人」，顧與海藏樓主（鄭孝胥）投分甚深，而詩作卻「非其儔匹」。〔註9〕

由此可知，道咸以來的詩學衍流史程中，金陵詩家除金和、顧雲羽翼彼時詩壇，溝通金陵詩壇與經世詩學乃至同光體之外，其餘諸子均湮沒無聞，消逝於茫茫歷史中。

當然，這一狀況的出現也同學界風氣運會密切相關。民國以還，學界對於近代詩學的研究多集中在閩贛、湖湘等地域流派上面，尤其以陳三立、陳衍、沈曾植等大家爲熱點，跨學科的地域文化研究則相對集中在家族文學源流以及女性文學創作活動等方面，通行的詩史構建雖然注重對晚清宋詩派發展流變的具體闡發，但祈雋藻、鄭珍、莫友芝而外，便是同光諸子，此中源流環節，似有斷層之嫌。即或聚焦同光體詩派，對其萌芽興起的早期行跡考察，也多有模糊皮相之處，對於彼時各個地域詩學風尙與同光體諸家詩學旨趣發展演變的互動更少闡發。

除此之外，通過詩歌選本來鉤沉地域詩歌發展流變，發掘鄉賢，弘揚鄉邦文化的努力同樣有所缺失。出於種種考量，弘揚揶揄金陵地域詩學風尙的努力在民國以後基本陷於停滯。

由此可見，即便立足於廓清同光體詩學流變，地域詩學研究亦有其價值所在，更何況重光前賢，弘揚地方歷史人文底蘊現已成爲今日打造都市文化風尙的不二選擇。

〔註9〕汪辟疆《近代詩派與地域》，《汪辟疆說近代詩》，上海古籍出版社，2001年版，第36、37頁。

三、詩風溯源

金陵自來多寓公，林泉之樂，觴詠之娛，代不乏人。乾嘉間袁枚築隨園於江寧小倉山下，山水優游近五十年，廣收弟子，鼓蕩性靈詩說。隨園而後，陽湖孫星衍又置冶城山館，賓朋宴集、歲無虛月。〔註10〕踵武袁、孫二人，百年來金陵士人隱逸優游風氣綿延不絕。咸同之際，江寧名士顧槐三曾與同邑楊輔仁、王章、車持謙等結岑苔社談詩論藝。顧氏「博學多通，尤邃於史，能為揚馬之文，沉博絕麗⋯⋯詩亦雋雅軼群，出入梅村、漁洋間」，〔註11〕所作《七事詩》雋妙風趣，流播眾口，〔註12〕與明經張濼合稱「白門二妙」。王章則少秉夙慧，長而劬學，「務為班馬韓歐之文，深博遒麗，辭無不賅而骨尤簡秀。詩兼眾體，上自漢魏六朝，下逮李杜高岑元白，旁及宋元有明，彌不深涉⋯⋯兼工書畫，能度南北曲」，〔註13〕與許宗衡海秋齊名，又與諸生王金洛並稱「金陵二王」。〔註14〕此外，楊後、姚必成、周葆濂等或詩學中晚唐，風華綺靡，或詩宗杜韓，骨力堅蒼，與蔡琳、孫文川、金和等人同為湯貽汾都督、侯青甫學博座上常客，春秋佳日，文酒高會，極一時風雅之盛。〔註15〕

與此同時，金陵亦不乏承接道咸宋詩派學術風會而來者。金陵士子如朱緒曾、汪士鐸、楊大堉即為此中翹楚。朱緒曾吟詠之餘更精究

〔註10〕見甘熙《白下瑣言》卷一，南京出版社，2007 年版，第 9 頁。

〔註11〕蔣國榜《燃松閣賦鈔》跋，《叢書集成續編》第 138 冊，上海書店出版社，1994 年版，第 398 頁。

〔註12〕金武祥著，林其寶編，《湼生隨筆》，北京中共中央黨校出版社，1998 年版，第 242 頁。

〔註13〕蔣國榜《靜廬堂吹生草》跋，《叢書集成續編》第 139 冊，上海書店出版社，1994 年版，第 256 頁。

〔註14〕蔣國榜《靜廬堂吹生草》跋，《叢書集成續編》第 139 冊，上海書店出版社，1994 年版，第 256 頁。

〔註15〕馮煦《且巢詩存》序，《叢書集成續編》第 142 冊，上海書店出版社，1994 年版，第 89 頁。
蔣國榜《且巢詩存》跋，《叢書集成續編》第 142 冊，上海書店出版社，1994 年版，第 128 頁。

金石輿地文字音韻，藏書之富甲於江浙。朱氏致力搜求金陵地方文獻，與彼時著名藏書家甘熙過從甚密，同時相知者還有張文虎、江湜等人，著有《曹集考異》、《開有益齋讀書志》等書。汪士鐸研經博物，窮究「山川郡國典章制度，蓋將達經術於政治……文章則熔冶周秦漢魏，旁及六代，符採鴻曜，宮徵鏘悅，並世治經及工於文詞者莫能先也」，〔註16〕著有《南北史補志》、《海國圖志》等書。楊大堉亦穿穴經史，著有《儀禮正義補注》，與名儒胡培翬《儀禮正義四十卷》相互發明。此外，諸如韓印、尚兆山、陳作霖等人，均博通經史以期經世致用。諸人皆不廢吟詠，雖非名家，卻也頗能踵武乾嘉諸儒乃至道咸宋詩派諸子，踐行學人之詩的詩學風尚。

如果說接續於袁枚、孫星衍等人的文酒唱和，隱逸優游有著六朝三唐風華綺靡之情韻的話，那麼，踐行道咸之際程春海、祁寯藻所宣導的宋詩之詩風尚則推重立足經史，援學入詩，學人同詩人合一，學問與性情相融合。

道咸間金陵詩壇由此兩派而發展流衍，蔚為大觀。偏重六朝三唐情韻之作者有阮鏞、許宗衡、楊長年、伍承鈞、蔣紹和、劉因之、程觀鑾等人；立足經史，注重經世致用的詩家則有顧遜之、夏家鎬、端木埰、葉覲揚、孫文川、劉兆瀛等人。當然，咸同之際金陵詩家宗旨風會並非涇渭分明，而是多元共存，互為補充，彼此之間交遊往來頗為密切。甚至於同一詩家，其風尚路徑也有從詩人之詩到學人之詩的轉變：周葆濂詩凡三變，少負雋才，祖尚騷雅，如三河少年；中年目擊東南喪亂，民生凋敝，其詩激楚蒼涼；晚年經歷同治中興，身為學官，其詩又變而有弦誦之資。〔註17〕

同光以還，金陵人文雖延續道咸流風餘韻，但已顯頹勢，與同光

〔註16〕洪汝奎《汪梅村先生集》序，《續修四庫全書》第 1531 冊，第 581 頁。
〔註17〕馮煦《且巢詩存》序，《叢書集成續編》第 142 冊，上海書店出版社，1994 年版，第 89 頁。

諸子交接酬唱者，僅餘石城七子中顧雲、陳作霖等人。而同時之秦際唐、何延慶、朱紹頤、鄧嘉楫、蔣師轍諸人，雖然文名聳動一時，卻終究湮沒無聞。〔註18〕

四、影響與評價

既然自道咸以來金陵既人文蔚起，俊彥輩出，何以諸人聲名不出閭里，寂寂無聞於當時詩壇呢？筆者認為，制約金陵人文侷限於一地的原因有以下幾個方面：

首先，承紹乾嘉乃至道咸間宋詩派而來的樸學思潮制約了金陵士子切近時代的最強音

自道咸以來，清王朝先後經歷了鴉片戰爭、太平天國運動，帝國內部吏治窳敗、階級矛盾激化，外部則面臨著西方資本主義的嚴峻挑戰，為中國歷史上數千年來未有的大變局時代。面對如此變局，朝野上下先知先覺的士大夫擺脫乾嘉樸學的影響，重拾清初經世致用的思想，切用於時的實學諸如輿地、洋務得到了長足的發展。在此思潮之下，龔自珍、魏源應時而起，他們深具憂患意識，飽含用世熱情，所作詩文「皆有裨益經濟、關係社會，視世之章繪句藻者相去遠矣」，將現實主義的文學傳統推向了一個新的高度。

具體來說，這一時期的詩家詩作中，反映鴉片戰爭，抒發悲慨蒼涼的愛國主義情懷成為詩壇主潮。而引領此時風尚的詩家則多隸籍閩粵，如林昌彝、張際亮、張維屏、朱琦等人。戰火波及的浙東，也有姚燮、貝青喬等人的悲苦歌吟。雖然《中英南京條約》簽訂於南京，金陵也曾有鄧廷楨、林則徐、魏源、魯一同等人遊宦流寓，但畢竟受戰火影響較小，形諸詩篇也不免空乏膚廓。況且此時正是總督陶澍建構惜陰書舍，提倡實學以化育後進之期，諸人所受時代風尚影響也只是在於通經致用。相較於林昌彝、張維屏、姚燮等人，詩情詩思難免

〔註18〕當然，諸如秦際唐、朱紹頤、鄧嘉緝等人與同光諸子關聯較少的另一個重要原因是他們都過早謝世，交遊未廣。

保守。

其次，太平天國數十年的擾攘動盪中斷了金陵人文的進一步發展

當金陵後進諸如汪士鐸、楊大堉、韓印、尙兆山、孫文川等人踵武咸同間宋詩派而起，交接魏源、包世臣等人開始踐行經世致用思潮的時候，太平天國也恰恰在此時波及東南。長達數十年的亂離動盪導致東南地區殘敗不堪，人文凋零殆盡。太平天國金陵圍城之際，有多少士紳隻身出逃，飽含心血的藏書著述付諸戰火，又有多少士子轉徙無定，客死異鄉。由陶澍所培育的俊彥賢才幾乎零落殆盡，殘存者不過汪士鐸、金和等數人而已。克復金陵後，雖然曾國藩極力興覆文教，但大亂甫定，化育後進亦需時日，及至顧雲、秦際唐等石城七子崛起，金陵詩壇實有一段中衰期。

太平天國基本摧毀了金陵人文群體，「其後張文毅師尤重通經致用之士，亦駸駸乎紹文端之軌，使繼者得人，而江寧不遭寇亂，吾鄉學者，庶幾彬彬之日起乎」，〔註 19〕端木埰在《粉槃錄》中的喟歎，今天看來更爲沉痛。

再次，在金陵人文復興的過程中，書院的學風祁向也對士子的成長造成了一定影響。

書院本爲科舉服務，士子沉酣帖括時文原爲題中之義，而自乾嘉道咸以來，金陵諸書院即受樸學侵染，稽古徵經、穿穴經史以至研求山川輿地術數洋務等經世致用之學也蔚為風氣。曾氏收復金陵後，擇取李小湖、周縵雲、薛時雨等名流碩儒爲書院山長，化育後進。其所措意者，更因著時代風會而落實在學術文化方面。所謂「聖人立言重教，其道莫著於經，然文字訓詁之未明，曷由進而探性命精微之旨；而詩賦雜體文字，又所以去其專一固陋之習，使之旁搜暇覽，鋪章擒藻，以求爲沉博絕麗之才，異日出而潤色鴻業，高文典冊，以鳴國家

〔註 19〕端木埰《粉槃錄》，《南京文獻》第 5 冊，南京通志館，1945 年版，第 415 頁。

之盛者」。〔註20〕由此而來，書院風尚也就具體而微地浸潤在金陵詩文風尚中了。

　　不過在微觀的詩文授受方面，李小湖、周縵雲與薛時雨顯然有所差別。李、周二人相沿嘉道風尚，一以經史實學爲教，門庭嚴峻。而薛時雨則崇尚名士風流，更重性情，門下士頗多遊宴酬答之樂，諸如顧雲、馮煦等均爲一時雋才。陳作霖曾感慨「自薛桑根主講尊經以來，而課藝之文風行海內，其至六刻而不止，都爲二十二冊，較鍾山多至數倍，何其盛歟？霖嘗竊論李薛二師之設教也，臨川之門高，桑根之門廣。高則非賢不接，而其失也僻；廣則來者不拒，而其失也濫。其所取之文亦如之。故傳尊經之藝者易傳，而傳鍾山之藝者必久也」。〔註21〕蓋立足經史，腹笥充實，出而爲詩古文辭，才能沉博絕麗，進而接武道咸間宋詩一脈。然通經博古成效既緩，且須名師碩儒精心化育，自不若詩人之詩發抒性靈更爲便捷。由此，金陵士子趨之若鶩，心摹手追者，多爲石城七子風流儒雅的風尚，實學一脈，漸趨沒落。

　　最後，地緣、學緣因素也制約了金陵人文的興盛

　　通過《金陵詩徵續》卷首詩家小傳可知，雖然同光以降金陵人文逐漸絃歌轉盛，人文薈萃。然諸人多爲中下層士紳，宦績不顯，生平行跡所及，大抵不出東南沿海。遊宦未廣，交通聲氣者也自然局局於閭里之間。反觀同光體諸子，大多科名順遂，閩派、浙派、江西派各自獨立而又廣通聲氣，從京師到地方，唱和回應者比比皆是。更爲重要的是，同光諸子深入而廣泛地參與了那個時代的一切內政外交、國計民生，緊緊把握住了時代的脈搏，從而在詩作中透漏出一種衰颯的末世悲情，這種悲慨超越了個人、超越了地域，成爲彼時士人心態的

〔註20〕孫鏘鳴《惜陰書院東齋課藝》序，《中國近代教育資料彙編：鴉片戰爭時期教育》，上海教育出版社，2007 年版，第 300 頁。
〔註21〕陳作霖《尊經書院課藝》跋，《冶麓山房藏書跋尾·冶麓山房叢書》，臺灣聯經出版事業公司，1976 年版，第 2654 頁。

共鳴。反觀金陵詩家，悲慨而不能沉雄，眞切卻無力昇華，無法獲得東南之外的嗣響，境界上自然略遜一籌。

　　相較於同光派詩論家陳衍的大力鼓蕩，金陵詩家雖有眾多後進闡幽發微，搜集整理，但終究未能明確建構一條清晰的人文發展流衍線索。我們固然可以說同光派詩論體系中的「同」字沒有著落，只是自我標榜。而反觀金陵詩家，咸同間宋詩派確實對金陵後進有著潛移默化的影響，只是出於各種原因，此種風尚逐漸在金陵士人中黯淡下來，沒能發揚光大，反而爲同光諸子所承接，標榜，進而描繪出完整的近世詩學譜系圖。

五、體例與架構

　　道咸以來金陵人文的發展流衍通過幾代金陵士紳的近百年的梳理搜輯，終於凝聚成一份厚重的歷史遺產，面對這份略顯紛繁複雜的嬗變流衍歷程，從何處著手才能將其梳理清楚，顯然值得深思。在對以《金陵詩徵續》爲主的史志資料進行深入瞭解之後，筆者認爲有以下三個關鍵環節：

（一）援之以學術，從道咸宋詩派到通經致用的經世詩作

　　道咸之際的宋詩運動以程恩澤、祈雋藻以及何紹基、鄭珍、莫友芝等人爲代表，援學入詩，開啓了清季的宗宋詩風，諸人同金陵士紳均有著千絲萬縷的聯繫，師友淵源、交遊酬唱，歷歷可循。而林則徐、魏源、包世臣等人，則講求經濟文章，以期經世致用，他們的學術文章，同樣對金陵士人有著不小的影響。如果說宋詩運動以及經世派詩文風尚是外在因素的話，那麼，從乾嘉以來相沿未絕的穿穴經史的徵實學風則是金陵士子潛心經史，餘事作詩的內在因素。正因如此，道咸間金陵人文蔚起，學人之詩的風尚也得以流衍發展。太平天國運動使得金陵士人凋零殆盡，隨後，研求經史，學有專門的徵實風尚逐步漸滅，學人之詩也隨之逐漸消泯。

（二）興之以文教，以鍾山、惜陰書院為中心的地域文化思潮風會

　　鍾山、尊經、惜陰、鳳池等書院，對於金陵人文化育影響極大。前文所述學人之詩憑藉著道咸之際鍾山、惜陰書院的大力提倡揄揚，才得以發展衍流，有所成就。同時，也正是因爲同光間尊經、惜陰等書院治學風尚的嬗變，立足經史的學人之詩逐漸讓位於風雅性靈的詩人之詩，經世致用之想轉換成爲風流儒雅的名士性情。從另一個角度來看，正是專注於這種地域風尚，導致金陵詩家在同光之際無法與時俱進，進一步企及時代風會的最高點，從而也就無力抗衡於同光諸子。

（三）濟之以風雅，綰合詩畫縱情任真的名士風尚

　　六朝金粉地，風雅冠東南。秦淮河畔，莫愁湖邊，青溪隱隱，鍾山迢迢，千年風雅積澱的金陵城歷來書畫繁昌，名家輩出。金陵八家導源清初四王風尚，又參之以蕭野曠逸之文士情懷，雖然況味不及宋元，亦自足具風流。及至咸同之際，湯貽汾以琴劍書畫冠絕儕輩，名公巨卿以及青年才俊皆爲其所牢籠匯聚，文酒酬唱，無日無之。由此而來，金陵書畫與詩文得以和衷共濟，混融冶煉。事實上，當我們追溯苔岑諸子縱情任眞的風懷性情時，袁枚性靈詩風固然切要，但湯氏雅逸畫風亦自有淵源嬗邁。

　　結合上文所述的學術視角，以《金陵詩徵續》所選詩家爲切入點，重點考察其中收錄作品達十首以上的近四十位代表詩人的生平、交遊、詩學風尚乃至文化心態，進而窺知近代南京從太平天國直至同治中興以來的社會政治、經濟、文化變遷情況，就成爲本文撰寫的主要思路所在。

　　而通過挖掘建構金陵詩壇文人小傳、著述索引、交遊年表以及詩學祁向等第一手材料，我們可以：

　　1. 深入瞭解太平天國乃至同治中興等政治因素對詩歌意識的重大影響，準確把握近代南京士人心態流變；

2. 全面釐清近代金陵詩壇的親緣、地緣、學緣關係，並結合詩歌流派的發展嬗變，說明金陵文人在詩學理論建設上的意義；

3. 深入瞭解近代金陵詩壇的發展嬗變與晚清詩學走向的內在聯繫；

4. 歸納總結金陵文化傳統中的思想特點和精神品格；

5. 出現於詩歌作品中對彼時南京民俗文化、勝蹟題詠及酬唱等，經歷歲月侵尋，已然流傳無多，但也有部分傳諸聲口，成為今日南京城市文化建設的重要歷史資源。

本文的行文架構分為上下兩編。

上編從文獻學的角度，研究《金陵詩徵續》編纂經過與所收詩人、詩作情況，基本釐清道咸以來金陵詩壇的宗風祁向，共三章：

第一章、《金陵詩徵續》的編選背景

簡述詩歌選集中詩徵體的源流，進而介紹江蘇省乃至金陵地區詩徵選集的發展，引出金陵詩徵、金陵詩徵續；通過耙梳相關文獻再現彼時圍繞地方詩文總集輯纂而產生的地域文化話語權的掌控與爭奪；

第二章、《金陵詩徵續》的編選內容

聚焦《金陵詩徵續》這一地方詩總集，介紹其輯纂成書的背景情況；通過對該書選人選詩淵源體例的涵詠把握其基本的詩學宗尚；在此基礎上梳理其具體的版本流傳與影響。

第三章、《金陵詩徵續》所載詩家藝文考索

簡述詩徵續中所收詩家數量情況，結合相關史志資料，評價詩徵續對金陵此期詩壇發展的量化把握是否準確全面；排列詩徵續重點作家表格，鉤沉耙梳史料，作出詩家小傳，以期還原彼時的歷史文化場，尤其是還原彼時詩壇的詩家情況；深化作家研究，對詩徵續失收漏略的詩家作出分析量化，並介紹這些詩家的相關情況，作出切實的論斷。

　　《金陵士紳地域家族譜系表》作爲金陵詩學淵源嬗變的參照系而予以排比歸納，作爲附錄。

　　下編注重詩歌文本閱讀以及詩學風會流變，意在建構道咸以降金陵詩學衍流史程，並結合地域文化思潮，探索金陵詩學的整體風貌，共五章：

　　第四章、《金陵詩徵續》與道咸以降東南學風

　　梳理清中葉以後經世致用思潮的發展與演進，重點勾勒金陵周邊東南學術動態，以此表現東南文化生態對金陵學術文學風尚的影響；通過金陵士紳對周邊地域思潮風會的相容並包策略拓展金陵詩學風尚的學術文化基礎；進一步聚焦金陵詩壇中共存共榮卻又相對獨立的幾種詩學風尚：學人之詩、詩人之詩與經世風尚。

　　第五章、《金陵詩徵續》與道咸金陵詩壇

　　考辨此期金陵詩壇的發展嬗變情況。在微觀方面具體入手角度有詩家交遊結社考辨、詩歌風格祁向的嬗變、詩家師友淵源鈎沉等等，突出以朱緒曾爲代表的學人宗尚以及與之相對應的詩人情懷。

　　第六章、《金陵詩徵續》與咸同金陵詩壇

　　伴隨著咸同間金陵動亂而來的，是詩學活動中沉重的時代底色。本章以創立於道光後期的惜陰書舍爲中心，梳理論列經世風尚進入詩學實踐後產生的兩種傾向：溫柔敦厚的詩史順延與尖銳峭刻的政教反思。

　　第七章、《金陵詩徵續》與同光金陵詩壇

　　收復金陵之後的同治中興與金陵一地的詩學生態同樣密不可分。本章以惜陰、尊經等書院爲切入點，論述石城七子作爲地域詩學流派的地位及影響。

　　第八章、《金陵詩徵續》與金陵詩風再思考

　　以《金陵詩徵續》爲代表的金陵詩徵系列在地域文化發展演變中有著獨特的意義，而舉行盋麓祭詩這一儀式，也並不僅僅著眼於慶功

而已。如果將視野拓展至全國，就會看到同光體詩學宗尚與金陵詩學祁向之間的共時性互動。而進一步下延新文化運動乃至白話新詩階段，我們也能看到金陵詩風的潛在影響。

第一章　《金陵詩徵續》編選背景

一、「詩徵」溯源

　　「詩徵」，詩爲詩歌；徵，召集、尋求也。詩徵即徵召擇採詩歌，以見其典則軌範之意。回顧詩三百獻詩、采詩、刪詩諸環節，詩徵一詞，便更見其內涵淵源之所由來。

　　而具體到詩學典籍，詩徵則意指搜集輯錄詩稿彙編而成的書，也即具有總集性質的地域詩歌選本，[註1] 其特點在於立足總集，而又有所取捨評騭，總集足見其全，取捨隱括其選。取辭命意既有如此張力，詩徵之內涵與外延便因時而異，隨物賦形，有其源流本末。

　　歷覽前賢載集，地域性詩歌總集的命名實屬繁複，諸如詩載（汪森《粵西詩載》）、詩繫（沈季友《檇李詩繫》）、詩傳（王昶《湖海詩傳》）、詩鈔（沈堯詒《濮川詩鈔》）、詩存（汪之珩《東皐詩存》）、詩錄（鄭傑、陳衍《閩詩錄》）、詩選（黃登《嶺南五朝詩選》）、詩粹（梁善長《廣東詩粹》）、詩海（溫汝能《粵東詩海》）、詩略（袁文揆《國朝滇南詩略》），等等不一而足。此外，命名語詞中不包含中心詞「詩」字樣的選本亦復不少，如耆舊（鄧顯鶴《沅湘耆舊》）、群雅（《嶺南群雅》）、風雅（張伯行《濂洛風雅》）、英靈集（阮元《淮海

〔註1〕羅竹風主編《漢語大詞典》第11卷上，上海辭書出版社，1993年版，第153頁。

英靈集》)、輶軒錄（阮元《兩浙輶軒錄》)、雅頌集（鐵保《熙朝雅頌集》）等等。

不過，若從總體數量來看，詩徵依舊為其主流，甚至開疆拓土而形成系列，不僅有詩徵、文徵、詞徵之屬（如民國間輯纂的《里安詩徵》與《文徵》、《南昌邑乘詩徵》與《文徵》、《晉寧詩徵》與《文徵》等等），更以時代相次序，出現「前編」、「補」、「續」等系列叢書（僅僅圍繞松陵一地的詩文活動，就先後出現了袁景輅的《國朝松陵詩徵》、殷增的《松陵詩徵前編》與貴善慶、薛鳳昌的《松陵女子詩徵》，三書輯纂時間起於乾隆三十三年迄於民國七年（1767～1918)，全面再現了松陵詩學風尚的傳承嬗變，可謂薪火相傳不絕如縷）。

詩徵之所以如此特出，想來與其遙接《詩經》密不可分，徵召擇採既可彰顯輯纂者之藝林雅望，強化其詩學話語權力，典則軌範又足以薈萃眾美而尊崇郡望，光耀桑梓。由此而來，人與文，人與地，地與文三者便倌合纏繞，互為增益，共同成就了傳諸後世的願景。

詩徵體式由蒙昧草創而至蔚為大觀，其間源流演變，尚須耙梳整理，已成其條貫。而此間切入點，則在於選錄標準與輯纂體例。

（一）選錄標準

探求詩徵源流，自當上溯總集。歷史上最早的詩歌總集當推《詩經》，然而由於其特出的地位與影響，歷代文士均尊之為經。風雅頌賦比興之六藝既明言詩文人倫教化之用，也同時隱括詩學風格內涵以及地域分野等總集的選錄標準。諸種規畫設計（如選與全的辨正、分體意識、地域觀念等等）雖然尚屬草創，但對於後世總集而言，影響卻至為深遠。

詩經而下，具有文學意味的詩文總集最早出現於西晉之初。《隋書・經籍志》有言曰：

> 總集者，以建安之後，辭賦轉繁，眾家之集，日以滋廣，晉代摯虞，苦覽者之勞倦，於是採摘孔翠，芟剪繁蕪，自詩賦以下各為條貫，合而編之，謂為《流別》。是後文集

總鈔，作者繼軌，屬辭之士，以爲罕奧，而取則焉。今次
其前後，並解釋評論，總於此篇。〔註2〕

以摯虞《文章流別集》發端，總集之輯纂日漸繁盛，著錄於《隋
書・經籍志》者即有249部之多！〔註3〕梁元帝蕭繹曾有言曰：「嗟我
後生博達之士，有能品藻異同，刪整蕪穢，使卷無瑕玷，覽無遺功，
可謂學矣」，〔註4〕可見此一時期總集特色多立足於「品藻異同，刪整
蕪穢」的匯輯與校讎，也即選而集之，而後總爲一類。在此基礎上，
總集之體例便逐漸拓展，其中，選多個作者之作品爲集者有之，選某
一作者某一文體之作品爲集者亦有之。

隨著時代的推移，自宋以降，總集的編纂體例又有所嬗變。對於
此種情況，《四庫全書總目》有著很好的概括：

文集日興，散無統紀，於是部集作焉。一則網羅放失，
使零章殘什，並有所歸；一則刪汰繁冗，使菁稗皆除，菁
華畢出。是故文章之衡鑒，著作之淵藪矣。〔註5〕

「刪汰繁冗，使菁稗皆除，菁華畢出」即爲蕭繹所云抉擇品藻，
多寓衡鑒之意，而「網羅放失，使零章殘什，並有所歸」則偏向於遠
紹旁搜，以成著作淵藪。較之《隋書・經籍志》，此期總集之內涵淵
源，又著重於總，著重於全。

全集選集之外，依照收錄作品體裁的不同，總集又有詩集、文
集、詞集等類目。現存最早、影響最大的詩文總集當屬《文選》。蕭
統有言曰：

詩者，蓋志之所之也，情動於中而形於言。自炎漢中

〔註2〕長孫無忌等《隋書・經籍志》卷四，商務印書館，1955年版，第137
頁。

〔註3〕然而此數百種圖籍歷經動亂兵燹，除蕭統《文選》等少數幾種外，
到北宋之時即亡佚殆盡。

〔註4〕蕭繹《金樓子・立言上》，《四庫全書》第848冊，上海古籍出版社，
2005年版，第844頁。

〔註5〕永瑢等《四庫全書總目》卷一百八十六，總集類一，中華書局，1965
年版，第5080頁。

葉，厥塗漸異，退傳有在鄒之作，降將著河梁之篇，四言五言區以別矣。又少則三字，多則九言，各體互興，分鑣並驅……自姬漢以來，眇焉悠邈，時更七代，數逾千祀，詞人才子則名溢於縹囊，飛文染翰則卷盈乎緗帙。自非略其蕪穢，集其清音，蓋欲兼功，大半難矣。事出於沉思，義歸乎翰藻遠自周室，迄於聖代，都為三十卷，凡次文之體，各以彙聚，詩賦體既不一，又以類分，之中各以時代相次。〔註6〕

對於蕭統分體類纂評騭高下的努力，李善極為肯定，「昭明太子，品盈尺之珍，比徑寸之寶，故撰斯一集，後進英髦，咸資準的」。〔註7〕

《文選》既樹典型，後世總集無不受此沾溉，斟酌損益而各有開拓樹立。《玉臺新詠》專錄豔歌，標榜「曾無參於風雅，亦靡濫於風人，涇渭之間，若斯而已」，〔註8〕其詩體意識之高揚，允稱驚豔！不過時移世易，總集之編選標準亦自踵事增華，變本加厲。高仲武在《中興間氣集序》中品評前編曰「《英華》失於浮遊，《玉臺》陷於淫靡，《珠英》但記朝士，《丹陽》只錄吳人」，追溯此種缺憾，高氏以為「此緣曲學專門，何暇兼包眾善」。〔註9〕涵詠體味高氏之言，迄於唐代，即或僅僅矚目詩歌總集，其類型淵源亦有體裁風格的分野與採錄時代、地域乃至階層的異同，而其利病得失更是瑕瑜互見，各有千秋。

目前可見的唐人總集約有《篋中集》、《河嶽英靈集》、《國秀集》、《中興間氣集》、《極玄集》等，較之前代，在詩學旨趣更為明晰的同

〔註6〕 蕭統《文選序》，蕭統編，李善注《文選》，《四庫全書》第1330冊，上海古籍出版社，2005年版，第3頁。

〔註7〕 李善《文選表》，蕭統編，李善注《文選》卷首，《四庫全書》第1330冊，上海古籍出版社，2005年版，第6頁。

〔註8〕 徐陵《玉臺新詠序》，《四庫全書》第1331冊，上海古籍出版社，2005年版，第633頁。

〔註9〕 高仲武《中興間氣集・原序》，《四庫全書》第1332冊，上海古籍出版社，2005年版，第127頁。

時，詩作的編選採錄也更見專門。《篋中集》與《極玄集》著力於同人詩風流派的組織建構，《河嶽英靈集》與《中興間氣集》則更矚目於詩學時代風會的總體態勢。而兩者的共通之處則表現爲總體規模普遍偏小。

如果說小而精是唐人總集的最大特色的話，那麼，宋元以來總集的編纂便呈現出大而泛的總體風貌。縱觀《會稽群英集》、《成都文類》、《天台前集》、《吳都文粹》等書，在採錄時代斷限擴張至通代的同時，文體也越發駁雜，詩詞歌賦乃至碑版文字無不兼收並蓄！當然，較之唐人總集，宋元諸書最大的進步在於地域觀念的勃興：

> 會稽稱名區，自《周官》、《國語》、《史記》。其衣冠文物記錄賦詠之盛，則自東晉而下，風亭月榭僧藍道館一雲一鳥一草一木，靚纚而曲盡，自唐迄今。名卿碩才毫起櫛比，碑銘頌志長歌短引，究其所作宜以萬計……〔註10〕

> 繇漢以來，其文以益而作者，今獨無傳，可乎？有益都斯有此文，此文傳益都亦傳矣。爰屬僚士，摭諸方策，裒諸碑識，流傳之所膾炙，友士之所見聞，大篇雄章，英詞綺語，折法度，極炫耀，其以益而文者，悉登載而匯輯焉……〔註11〕

> 是書專錄吳郡著作之有關掌故者，綜輯詳備，排比有條，洵爲東南典章之所繫。〔註12〕

當宋元總集發展至《天台前集》、《天台續集》、《天台續集別編》時，地域詩歌總集的輯纂風尚就基本成形了。對於此類總集，輯纂者認爲其作用在於「匪特誇好事資博覽也，於其山川風土民風士習互可

〔註10〕孔延之《會稽群英總集‧原序》，《四庫全書》第 1345 冊，上海古籍出版社，2005 年版，第 3 頁。

〔註11〕袁說友《成都文類序》，《成都文類》卷首，《四庫全書》第 1354 冊，上海古籍出版社，2005 年版，第 293 頁。

〔註12〕錢穀《吳都文粹》，《四庫全書》第 1358 冊，上海古籍出版社，2005 年版，第 706 頁。

考見」，甚至進而追溯其源流曰「然則州集其地志之遺乎」？〔註13〕《四庫總目提要》亦論定《天台前集》系列云「父子相繼，甄輯歷四十年而後成書，其網羅之勤，可謂至矣……此專載詩什，而文不及焉……固當與《會稽群英總集》諸書並傳不廢耳」。〔註14〕

當然，從《天台前集》系列到詩徵系列，地域詩歌總集還有漫長的輯纂體例的沿革嬗變。

（二）輯纂體例

從地域詩歌總集到詩徵，雖然編選風尚類型已然定形，但在具體的操作層面，輯纂體例依舊有著種種微觀的演進。

回溯《毛詩注疏》，我們可以看到風雅頌作為詩體意識乃至地域分野在卷首目錄中的位次排比：風有周南、召南、邶、鄘、衛、王、鄭、齊、魏、唐、秦、陳、檜、曹、幽，各係一卷；雅既有大小雅之別，更進而條分縷析，以類相從；頌則一以朝代更替為斷限，迢邁相續，秩序井然。風雅頌這種各有側重，隨物賦形的輯纂體例雖然在呈現詩壇源流正變總體風貌、建構闡發詩學宗尚趣味乃至弘揚人倫教化等方面均有左右逢源之實績，但若只就總集輯纂而言，難免體例駁雜。

事實上，《詩經》而後，《文選》與《玉臺新詠》的輯纂便是對此體例的調整與修正。《文選》文備眾體，都為「事出於沉思，義歸於翰藻」，〔註15〕以類相分，係以時代之先後，《玉臺新詠》則專錄豔歌，「唇吻遒會，情靈搖盪」，〔註16〕而以詩體相區分，前八卷為五言詩，第九卷為歌行，第十卷為五言二韻之詩。二者分別拓展了《詩

〔註13〕李兼序《天台集序》，《天台前集》卷首，《四庫全書》第 1356 冊，上海古籍出版社，2005 年版，第 411 頁。

〔註14〕紀昀等《天台前集提要》，《天台前集》卷首，《四庫全書》第 1356 冊，上海古籍出版社，2005 年版，上海古籍出版社，2005 年版，第 410 頁。

〔註15〕蕭統《文選序》，蕭統編，李善注《文選》卷首，《四庫全書》第 1329 冊，上海古籍出版社，2005 年版，第 4 頁。

〔註16〕徐陵《玉臺新詠序》，《四庫全書》第 848 冊，上海古籍出版社，2005 年版，第 853 頁。

經》在詩體意識、地域分野方面的輯纂路徑；而兩相對讀，我們又可獲知它們共同建構了雅俗文風的發展流變史程，而這種努力，亦是一脈相承於《詩經》風雅頌兼收並蓄的初始構想。這種斷裂的傳承有其專精的一面，而同時，其底蘊氣魄也就漸趨黯淡。自此以還，地域性詩歌總集逐漸發展演變成爲展示地域詩學風貌，彰人文誇盛美的特殊文體。

　　宋元總集的輯纂雖然日漸繁盛，但在體例建構方面卻因循前代，少有新意。其中特出者，當推元好問的《中州集》。《四庫全書總目提要》介紹《中州集》時有言曰：

　　　　是編其例每人各爲小傳，詳具始末，兼評其詩，或一傳而附見數人，或附載它文，或兼它事，大致主於借詩以存史，故旁見側出，不主一格。〔註17〕

　　元氏輯纂《中州集》，苦心孤詣，借品評人文而櫽栝時事，本有保存詩史，存亡續絕之意。不過，這種因人繫詩，副翼小傳的模式卻在相當程度上契合了地域詩歌總集的輯纂宗旨，成爲後人不斷加以模仿改造的淵藪！

　　在《宛陵群英傳》中：

　　　　凡其人爵里事蹟可考者，俱補注於姓名之下，不可考者闕之。〔註18〕

　　在《甬上耆舊詩》中：

　　　　因其傳中之人，搜錄遺詩，論定編次，而各以原傳繫之……每卷之首俱有小序，略依其才品名位高下爲次，使各以類從，而不盡以時代爲斷。〔註19〕

　　至《御定全唐詩》，不僅積極吸收借鑒此種範式，更進一步拓展

〔註17〕紀昀等《中州集提要》，元好問《中州集》卷首，《（文淵閣）四庫全書》第1365冊，上海古籍出版社，2005年版，第2頁。

〔註18〕王澤民，江師惠《宛陵群英傳》，《四庫全書》第1366冊，上海古籍出版社，2005年版，第956頁。

〔註19〕胡文學《甬上耆舊詩》，《四庫全書》第1474冊，上海古籍出版社，2005年版，第1頁。

了卷首目錄的標注，總目之下，各卷又有細目，詩家詩作條貫羅列，秩序井然。

御定全唐詩目錄〔註20〕

卷一		
太宗皇帝	古體詩三十八首	近體詩四十九首
高宗皇帝	古體詩二首	
中宗皇帝	近體詩二首	附：聯句詩二首
……		
卷四		
王　勃	古體詩六首	近體詩十六首
楊　炯	古體詩三首	近體詩十三首
盧照鄰	古體詩九首	近體詩十一首
駱賓王	古體詩三首	近體詩十七首
……		

卷四盧照鄰條目之下，載錄其傳記資料：

> 照鄰字昇之，范陽人。博學善屬文，初授鄧王府典簽，王甚愛之，謂人曰「此吾之相如也」！後拜新都尉，因染風疾去官，處太白山中以服餌爲事，後疾轉篤，徙居具茨山，沉痼攣廢，不堪其苦，與親友執別，投潁水卒。
>
> 《紀事》云「照鄰居具茨山下，自以爲高宗尚吏，己獨儒，武后尚法，己獨黃老。後封嵩山，屢聘賢士，己獨廢，著《五悲》以自明」。〔註21〕

於傳主生平仕履乃至立身處世無不備述，而極扼要簡明。如此成

〔註20〕徐倬《御選全唐詩》卷一目錄，《四庫全書》第 1472 冊，上海古籍出版社，2005 年版，第 2 頁。

〔註21〕徐倬《御選全唐詩·卷四·盧照鄰》，《四庫全書》第 1472 冊，上海古籍出版社，2005 年版，第 79 頁。

就自然得益於清代碑版目錄學的高度成熟，同時，也為詩徵系列地域詩歌總集在清代勃興提供了絕佳的沿襲範式。

採錄標準乃至輯纂體例既已完備，詩徵便正式登場了。而它之所以能夠成為一種特出的地域詩歌總集，就在於它對前代詩歌總集輯纂風尚淵源乃至體例沿革的全面繼承與融會貫通。

二、清代總集

有清一代，康乾盛世、乾嘉盛世五十年間綰合踵接，中國古代文化由此進入一個前所未有的集大成時代。在盛世修書、稽古右文政策的宣導下，傳統學術文化的各個方面，諸如意識形態、學術思想、經典整理、文學創作無不以其恢弘的氣魄，構建起令後人歎為觀止的鴻篇巨製。乾隆年間（乾隆三十七到五十七年），清政府組織編纂的《四庫全書》更成為古代文化典籍的天海偉觀，參與編修的四庫館臣達三百六十多名，群賢畢至少長咸集。《四庫全書》之外，以紀昀為首的四庫館臣另撰有《四庫全書總目》，同樣成為傳統學術文化的淵藪。在此風尚的誘導下，地方乃至民間各類圖籍的搜集、典藏、編纂、刊印也極其活躍。葉昌熾《藏書紀事詩》收錄歷代藏書家 1175 人，其中清人竟有 497 人之多，幾占一半，他們對歷代圖籍的版本、目錄、校勘、辨偽、輯佚、考據、刊刻均有卓越的貢獻。

如此時代背景之下，清代詩歌總集的發展也不例外，「其數量之多，超過此前任何一個時代甚至它們的總和」，〔註22〕而其內部類型，也同樣超越此前的詩歌總集，更加多樣化、精細化。對此，曾燠曾經區分道：「著錄家總集之例，或斷代以舉其凡，或畫疆以蒐其佚。大要因文考獻，義存掌故，與一意論文者別。其書著者，或出之鄉人，或出之官其地者。宋孔延之《會稽掇英集》、董弁《嚴陵集》及近世所傳《粵西詩載》者，皆官其地為之也；錢穀《吳都文粹》及近世所傳《山左詩鈔》、《檇李詩繫》、《松風餘韻》，皆其鄉人所自為也。繫

〔註22〕朱則傑《關於清詩總集的分類》，《甘肅社會科學》，2008 年第 1 期。

諸古采風、陳詩，二者義皆有處，然推之小雅詩人桑梓敬恭之說，則出諸鄉人爲尤宜」〔註23〕云云。今人王紹曾先生主編的《清史稿藝文志拾遺》中，詩歌總集更增益以通代、斷代、郡邑、氏族、唱酬、題詠、謠諺、課藝、域外等類型，此外，閨秀與方外也同樣各成部類。地方與全國相對，多爲明確劃定單個省份乃至地區，雖然部分附錄外籍作家，但明確以「寓賢」視之，其所著力闡發者，仍在本土。

地方類詩歌總集的編纂肇始於唐朝（殷璠《丹陽集》），宋明以來有所發展（宋程遇孫《成都文類》；元汪澤民、張師愚《宛陵群英集》；明趙彥復《梁園風雅》等等），至清則臻於鼎盛。徵文考獻，異世同揆，闡幽發微的桑梓情懷在全國上下稽古右文的風氣中竟是如此急切，陳衍曾在《閩詩錄》序言中寫道「同光以來，各省類有文徵、詩徵之刻，而吾閩獨未有」，〔註24〕從而將其視爲不可接受的咄咄怪事！如果說陳氏身處草野，所究心者惟在光耀鄉邦的話，那麼廟堂之上的封疆大吏對此熱心，就多少有些趨承聖意，爲政績張本的心理了。

《臨川文獻》序言曰：

> 聞之考古必問藏書，型今必尊耆宿。文獻之係，厥惟重載。然代鮮數人，人鮮數藝，又或有其人有其文矣，奕世以後，往往湮沒而不得傳，何耶？倘亦□其地者不能以斯道自任與？夫叢爾小邑，尤曰才難，若奕奕大邦，海內所仰，乃一莅俱任，只以簿書錢穀爲先，不能使前賢著作之精義光響重新，豈非深負所學，而抑兼負地靈也哉！」

〔註25〕

《國朝畿輔詩傳》也有言曰「歷觀諸家選本，往往詳於南而略於

〔註23〕曾燠《江西詩徵》敘，《續修四庫全書》第 1688 冊，第 1 頁。
〔註24〕陳衍《閩詩錄》序，《續修四庫全書》第 1687 冊，第 411 頁。
〔註25〕胡亦堂《臨川文獻》卷首湯序，《四庫全書存目叢書》第 393 冊，第 6 頁。

北，不知詩人何地蔑有」〔註26〕云云，也正是藉此而找出了鼓吹休明的學理依據。

對於清代地方詩歌總集編纂的演進軌跡，夏勇先生曾專門撰文予以介紹，從宏觀上將其劃分爲初始期、繁榮期以及深化期三個階段，分期斷限則大體以乾隆、道光爲基點。如此梳理之後，他說：

> 經過有清一代近三百年的發展演進，地域詩歌總集在各方面都已趨於成熟。其數量之多、地域之廣、層級之全、規模之大，乃至編輯思想之嚴密、文獻情理之徹底、建構地方詩學傳統意識之強烈，皆遠非前人所能想望。〔註27〕

在此基礎上，如果我們進一步將目光聚焦至特定的時段、地域，便會發現清代地方類總集的編纂流佈，與不同地域人文、經濟的發展亦緊密關聯，而不論在數量還是規模方面，江浙兩省都佔據了絕對的優勢。

雖然命名豐富多樣，然而清代諸多地方性詩歌總集的編纂體例卻頗有相通之處。

《國朝畿輔詩傳》爲「略仿《昭明文選》體例，生者不錄，冀以表彰前賢，闡發幽光，不敢稍蹈標榜之習也」〔註28〕；《淮海英靈集》乃「各家之詩，皆就其所擅長者錄之，庶各體皆備，不敢存選家唐宋流派門戶之見」〔註29〕；《兩浙輶軒錄》「是選因人存詩、因詩存人。因詩存人則詩在所詳；因人存詩則詩在所略。……小傳所探，凡志乘、傳狀、序跋、詩話，有足表現行誼，傳爲韻事者節錄之，所以攄懷舊之蓄，念潛德之幽光。惟無可考者，始闕之，略仿元遺山《中州集》之例」〔註30〕；而《沅湘耆舊集》則是「世遠代積，輩行先後最易混

〔註26〕陶樑等《國朝畿輔詩傳》凡例，《續修四庫全書》第 1681 冊，第 3 頁。

〔註27〕夏勇《清代地域詩歌總集編纂流變述略》，《西南交通大學學報》，2009 年第 2 期。

〔註28〕陶樑等國朝畿輔詩傳凡例，《續修四庫全書》第 1681 冊，第 2 頁。

〔註29〕阮元《淮海英靈集》凡例，《續修四庫全書》第 1682 冊，第 2 頁。

〔註30〕阮元《兩折輶軒錄》凡例，《續修四庫全書》第 1683 冊，第 110 頁。

淆，今一以科目爲斷；恩拔歲貢，有年歲可考者，亦依科目序列；至諸生韋布，騷人逸士，難以臆斷，則視其家世交游，前後爲次，與科目間敘，大抵以三十年爲一輩」。〔註31〕

　　僅僅以上羅列諸條，即已涉及地域性詩歌總集輯纂過程中詩家詩作入選標準、詩家小傳介紹體例、詩家排列次序等等具體環節。輯纂《沅湘耆舊集》的鄧顯鶴甚至從個別上升到一般，進一步總結出地域性詩歌總集編纂過程中的「四難」與「五患」。所謂「四難」，意指「上溯之難」、「旁求之難」、「抉擇之難」、「品藻之難」，而「五患」則分別爲「濫收」、「掛漏」、「去取失當」、「評騭不允」與「草率將事」。其論「品藻之難」云：

> 班固人表，差等有九；鍾嶸詩品，區分有三。自來館閣宗臣，各有師承；布衣名家，實具宗派。執牛耳者不定擁麾旌，捧盤盂者不定在韋布，壇坫邁壇，門户悠分；支派相承，源流可考。惟爲之定其品目、論其世次、考其家世，弓冶之詳，溯其師友；淵源之自，各以類從。位置既定，源流自清，人風亦辨。〔註32〕

　　於此中得失利病，可謂洞悉本末，了若指掌。也正是在取資借鑒、斟酌損益此前諸種地方詩歌總集的基礎之上，以輯纂金陵一地古往今來詩學流變爲職志的金陵詩徵系列，才得以在此時代風會中應運而生。

三、金陵文獻

　　如同前文所提到的松陵詩徵系列，立足於金陵一地的詩歌總集輯纂同樣經歷了一個漫長而又艱辛的過程，而以金陵朱氏爲首的究心鄉邦文獻的藏書家、版本目錄學家、文人學者也因此而成爲傳承維繫地方詩文風尚的中堅力量。

〔註31〕鄧顯鶴《沅湘耆舊集》凡例，《續修四庫全書》第 1690 冊，第 468 頁。

〔註32〕鄧顯鶴《沅湘耆舊集》續，《續修四庫全書》第 1690 冊，第 465 頁。

1. 《金陵詩徵》四十四卷

朱緒曾輯纂，光緒十八年刊行。朱氏《金陵詩徵》上溯六朝，〔註33〕輯錄清代以前金陵詩家一千三百餘人（其中流寓者占二百餘人）。詩家小傳或記遺聞逸事，或考誤訂謬，或品藻衡鑒，間有按語，可資參考啓沃後學者頗多。該書卷首汪士鐸曾序曰：

> 朱文公作《言行錄》、呂成公作《文鑑》，而宋代中原之文獻裒然具存，厥功偉矣，然皆不及詩。選詩而詳其仕履，若元遺山（元好問）、錢牧齋（錢謙益）、朱竹垞（朱彝尊）、王述庵（王昶）諸先生，人爲小傳，善矣。又皆鳩合天下才士而非止一郡。至網羅桑梓前民之言，上溯秦漢下逮於朋舊，並陳其人之生平則吾友朱君述之（朱緒曾）之詩徵爲用力勤而計功最……（述之）略古文而蒐詩，兼注其言行，以備尚友者之取法……惟一二幽憂抑鬱之士，外擯於有司，內不得志於戚里，甚或受侮市井，其悵觸聞見，語默皆不可，遂取徑曲而屬詞票搖，彩色穠至而意味苦，於六義爲風若比，斯文所不能載而詩足以達之，尤非疏其身世遭遇不能箋其寄慨之旨矣。〔註34〕

對其編纂體例、特色頗有論述，文中對於朱氏不曾選錄文徵的解釋恰好從另一個層面印證了朱氏作爲文獻學家對於總集部類力求其全的追求，同時也闡發了朱氏力圖振拔於此前諸詩選、詩綜、詩傳的獨立意識。

2. 《國朝金陵詩徵》四十八卷

朱緒曾輯纂，光緒十二年刊行。《國朝金陵詩徵》收錄清初至道光間金陵七邑詩家兩千一百餘人，流寓詩家一百七十餘人。此期金陵詩文創作雖盛，但詩學成就卻相對低迷，反觀寓賢卻頗多名家，杜濬、

〔註33〕事實上，朱緒曾在輯纂此書時曾力求全備，「原本託始周秦歌謠」，錄人存詩較爲寬泛，近乎有聞必錄。光緒十八年鄉人醵金刊行之際後學秦際唐等人曾加以修訂整理，因古之作者荒遠無徵，故釐定此書起始於晉朝；因六朝時期客多於主，故僑寓諸賢斷自唐始。

〔註34〕朱緒曾《金陵詩徵》卷首汪士鐸序言，蘇大館藏光緒十八年版。

袁枚、孫星衍等均曾主持金陵風雅。職是之故，朱氏詳採寓賢之詩，以勾勒金陵詩風之迢邁嬗變，而在此基礎上著力表彰幽憂抑鬱之布衣寒士，又進而透漏了朱氏謹嚴求全的文獻意識。

3.《國朝金陵詩徵續》六卷

朱紹亭等輯纂，光緒二十年刊行。朱氏詩徵系列刊行後影響頗大，光緒中，以秦際唐、陳作霖、高德泰等爲首的金陵後學進一步臻採咸豐至光緒三朝詩家一百二十餘人，錄詩一千九百餘首，用以記錄此期受太平天國、鴉片戰爭等天災人禍影響下金陵一地政教風俗之升降、桑土戶牖之綢繆、黎民百姓之死亡播遷，所謂「杜陵詩史，惓懷諸將；放翁家祭，引領王師。草茅歌哭，天下大局所繫」，〔註35〕洵非虛譽。

4.《國朝金陵文徵》

陳作霖、秦際唐等人輯纂，光緒二十二年刊行。是書選錄清初至光緒江寧府縣駢散辭章五百餘首，作家二百八十多人，人附小傳，體例一如《國朝金陵詩徵》。

5.《國朝金陵詞徵》

陳作霖、秦際唐等編錄，光緒二十三年刊行。

6.《金陵詩徵小傳》

朱緒曾輯纂，該書爲朱氏歷時三十年所纂《金陵詩徵》作者傳記部分，後有單行別刻本。

7.《金陵待徵錄》十卷

金鰲輯纂，光緒二年刊行。金氏積六年之功，刪改增添，後由其門人夏家鎬、甘元煥、端木垛等刊校刻印。《續四庫提要》稱是書「崇孝義而屏異端，厚風俗而戒嬉遊，足爲邦人矜式，非第徵文考獻已也」。

〔註35〕朱緒曾《金陵詩徵》卷首例言，蘇大館藏光緒十八年版。

8.《白下瑣言》八卷續二卷

甘熙撰，一九二六年刻本，今有南京出版社 2007 年點校本。該書瑣記道咸以來作者耳聞目接之金陵人文風物，逸聞趣事，文筆生動流暢，足備一時典故。

9.《粉榮錄》

端木埰撰於同治間，現存民國間《南京文獻》鉛印本。此書專記金陵前賢往哲篤行可傳者，有所憶輒寫於粉榮，類同於甘熙之《白下瑣言》。

10.《金陵文徵小傳初集、續集》

張熙亭輯纂於道光年間，現存陳作霖《冶麓山房叢書》鈔本。是書收錄起於順治朝，迄於道光朝，採擇鄉邦耆舊近五百人，卷首有陳作霖題識云：「同治丁卯歲，假《金陵文徵》於方子涵處，舉鄉先生小傳錄為一冊，以備志乘之採擇。惟細核所載，撰著制藝以外，多未收錄，殊不及詩徵小傳之詳備也」。

另《金陵文徵小傳》又有光緒二年夏家鎬重編本以及端木埰輯纂本，考其源流，當為夏、端木二人對張本有所考訂修補，並予以刊刻流傳。

11.《續金陵文鈔》

陳作霖之子陳詒紱輯纂。

12.《續纂江寧府志》十五卷首一卷

同治十三年汪士鐸等纂修，光緒六年刊行，今存《中國方志叢書》本。是書為踵續嘉慶間姚鼐《江寧府志》之作，頗重金陵一地之人物藝文，新增書目三百餘種，採錄人物四百五十餘人，典章文物，洵為偉觀。

13.《同治上兩江縣志》二十九卷首一卷

同治十三年汪士鐸等纂修，同治十三年刊行。《續四庫提要》云其「分任修纂者，皆一時地方名宿，故體例精詳，文章爾雅，不愧

大邦製作也。敘錄商例之作,陳義甚高,擇言尤雅,可謂淵懿樸茂矣」。

14.《金陵通傳》四十五卷補遺四卷

陳作霖輯纂,光緒三十年刊行。是書博徵史乘、志譜、筆記小說,全面搜採輯錄先秦至清末金陵人物史事,爲金陵地方人物資料彙編。

15.《續金陵通傳》二卷補遺一卷

陳作霖之子陳詒紱踵續乃父之作,現存一九一九年《可園叢書》本。

16.《金陵藝文志》

陳作霖之子陳詒紱編纂,一九三四年刊於《國風》雜誌第四、五期。

另,夏仁虎亦有《金陵藝文志》十四卷以及《金陵藝文題跋》十四卷,均爲稿本,約成書於一九三一年前後。

17.《炳燭裏談》三卷

陳作霖撰著,宣統三年刊行。是書以筆記體式敘述明清金陵風土人物等軼聞掌故一百四十餘則。

18.《里乘備識》、《鄉飲膾談》

民國間南京王孝煃撰,刊於一九四八年《南京文獻》第二十二號。

《里乘備識》仿《金陵待徵錄》之例,所謂「識之有備,待時有徵」;《鄉飲膾談》則作於南京淪陷之後,王氏「慨文獻之無徵,尤世亂之滋懼」,故採擷故老風流文采、嘉言懿行,以規範後學,所謂「鄉飲耆賓道德學問能膾炙人口」抑「鄉人飲酒,談往播美,如膾之飫口」云云。

19.《金陵前明雜文鈔》、《近人詩錄》、《金陵詩文近錄》

陳作霖輯撰,現存臺灣聯經出版社《冶麓山房叢書》本。《雜文

鈔》分辭章、小傳兩部分，共輯錄文獻一百六十餘篇；《詩錄》、《詩文近錄》則分別輯錄清中期以降金陵名人名宦計三十九人、五十人，各人詩文作品則不一而足。

20.《石城七子詩鈔》

翁長森選輯，光緒十四年刊行。該書收錄同光之際金陵詩家陳作霖、秦際唐、顧雲等七人，人各有集，以作爲金陵收復後潤色鴻業，踵續風雅之舉措。

21.《金陵叢書》甲乙丙丁四集

翁長森、蔣國榜等輯纂，民國間陸續刊行。是書涵蓋經史子集四大部類，明清金陵士紳著述賴此以行世者不在少數。

22.《南京文獻》

盧前等輯纂，民國間刊行。該書搜求前賢往哲斷簡殘編與刊刻時流詩文著述並重，亦爲金陵人文之淵藪。

如果我們只是注意到了由朱氏所宣導發起的關注鄉邦文獻的金陵詩徵系列，毫無疑問這與近世以來金陵地方人文輯纂的整體態勢顯然有所偏差，由此而來，金陵詩徵系列著述的文獻價值以及廣泛影響也將失色不少。

通過耙梳相關文獻可知，金陵士紳繫心鄉邦文獻發端於道光時期以朱緒曾爲代表的士紳，諸如甘熙、金鏊、陳宗彝等人。作爲深受乾嘉樸學影響之下的傳統士紳，諸人對經史子集、版本目錄、音韻訓詁乃至金石鼎彝均有搜輯著述，依託甘氏津逮樓以及朱氏開有益齋豐富藏書，他們先後自行輯纂了《金陵詩徵小傳》、《白下瑣言》、《金陵待徵錄》等關係金陵人文邁嬗的史志資料，揄揚表彰鄉賢往哲不遺餘力。受此風尚影響，自此以還，金陵士紳又陸續輯纂了《粉黛錄》、《金陵文徵小傳彙刊》、《續纂江寧府志》、《上兩江縣志》、《金陵通傳》、《續金陵通傳》、《炳燭裏談》、《金陵藝文志》、《里乘備識》、《鄉飲贈談》、《金陵前明雜文鈔》、《近人詩錄》、《金陵詩文近錄》等史料。

　　總集之外，搜求鄉賢詩文別集，刊行相關地方文獻的叢書也同樣方興未艾。《石城七子詩鈔》、《金陵叢書》〔註36〕甲乙丙丁四集乃至《南京文獻》雜誌，迢邁相續，時間跨度達半個世紀，足稱一時盛況。

　　當然，在此基礎上，踵武賡續詩徵系列的地方詩文總集也同樣蔚為大觀。《國朝金陵文徵》、《國朝金陵詞徵》、《續金陵文鈔》等等便是明證。

四、地域之爭

　　如上文所述，當我們梳理清楚自道光及至民國間由詩徵體所揭櫫的金陵地方詩文輯纂曆程之後，金陵詩徵系列地方詩文總集本身所涵蘊的範式意義就不言自明瞭。不過，如果目光所及僅僅侷限於金陵一隅，這種範式意義所折射出的地域鄉土觀念依舊比較淡薄。

　　事實上，道咸時期相關涉金陵的詩歌總集最早並不起源於朱氏所輯之《金陵詩徵》，而是王豫所輯纂的《江蘇詩徵》，甚至於更早的由王昶所輯纂的《湖海詩傳》！《湖海詩傳》本為青浦（今上海）王昶選錄康熙至嘉慶間海內名流之詩，匯輯六百餘人，此中金陵詩家亦不在少數。《江蘇詩徵》則為以王豫（丹徒人，今丹陽）為代表的「京江七子」搜輯整理，歷時十二年，道光元年阮元釀金刊印。是書收錄歷代江蘇詩家五千四百餘人，「忠節、教義、布衣、逸士詩集未行於世者，所錄尤多，可謂攄懷舊之蓄念，發潛德之幽光者矣」，〔註37〕為後人研究查找江蘇詩人詩作的重要參考。

　　然而，在《金陵詩徵》卷首序言中，汪士鐸歷述前賢往哲詩徵源

〔註36〕甘熙在歷述甘氏津逮樓收藏前賢多種關係金陵人文風物撰著之後，曾有言曰「朱述之（緒曾）大令嘗欲擇其尤者彙刊為《金陵叢書》，亦盛舉也，且以俟諸異日」云云。朱、甘之構想自然與翁、蔣二人自然有所異趣，然而其繫心鄉邦文獻則可謂一脈相承。

　　　　甘熙《白下瑣言》第五卷，南京出版社，2007年版，第80、81頁。

〔註37〕王豫《江蘇詩徵‧阮元續》，蘇大館藏，清道光元年（1821）刻本。

流正變時曰：

> ……選詩而詳其仕履，若元遺山（元好問）、錢牧齋（錢
> 謙益）、朱竹垞（朱彝尊）、王述庵（王昶）諸先生，人爲
> 小傳，善矣。又皆鳩合天下才士而非止一郡。至網羅桑梓
> 前民之言，上溯秦漢下逮於朋舊，並陳其人之生平則吾友
> 朱君述之（朱緒曾）之詩徵爲用力勤而計功最……〔註38〕

此中譜系自元遺山、錢牧齋、朱竹垞、王述庵之後，便爲朱氏，有意無意間，對於阮元、王豫等輯纂之《淮海英靈集》、《江蘇詩徵》不免漏略。如果說《淮海英靈集》爲揚州總集，與金陵無涉，倒也合情合理，然而《江蘇詩徵》畢竟又有所不同。汪士鐸精審博辨，稱重東南，行文主筆自然不會如此陋略，如此一來，這個小小「疏忽」就不免隱隱透漏出些許地域偏見的色彩！

甘熙在《白下瑣言》中曾記載其父就「永和右軍」晉殘磚拓本與雲貴總督阮元往來的軼事，〔註39〕可見金陵士紳對阮氏並不陌生。阮元爲儀徵人（今揚州），自弱冠成名，在長達六十餘年的治學生涯中成果斐然，諸如訓詁校勘、版本目錄、典章制度、金石書畫乃至辭章均有精深造詣，因此而成爲嘉道之際揚州學派的領軍人物。阮氏政務之暇又留意搜輯藝文著述，王豫《江蘇詩徵》之所以能夠輯纂流佈，阮氏功不可沒。正是著眼於阮氏學問文章如此崇高的聲望，出於地域觀念的影響，金陵士紳如果想要抗衡於揚州學派諸子，必須首先建構自己獨異的學術譜系！

如果說朱緒曾輯纂《金陵詩徵》僅僅是出於一種模糊的地域意識的話，那麼，經由汪士鐸如此闡釋，金陵士紳希冀以自身的人文實績抗衡揚州的意圖無疑要顯豁很多。

朱、汪二人如此這般的文體構建在嘉道以降的金陵顯然算不得個案。嘉道之際，苔岑社主將之一的車持謙曾以秦淮煙花爲背景，分別

〔註38〕汪士鐸《金陵詩徵》序，朱緒曾編《金陵詩徵》，蘇大館藏。清道光元年（1821）刻本。
〔註39〕甘熙《白下瑣言》卷三，南京出版社，2007年版，第54頁。

於嘉慶丁丑（1817）、嘉慶戊寅（1818）及道光丙戌（1826）陸續撰
成《秦淮畫舫錄》、《畫舫餘談》以及《三十六春小譜》等「畫舫錄」
系列狹邪筆記。「畫舫錄」本爲文人風雅消遣之作，自明末清初余懷
撰《板橋雜記》以來，各處多有踵武摹擬者，如西溪山人所撰《吳門
畫舫錄》、戴石坪所撰《春波畫舫錄》等等，然而刊行較早者當推儀
徵李斗所撰之《揚州畫舫錄》一書，爲乾隆乙卯年（1795）本。在《揚
州畫舫錄》卷首，有阮元以及袁枚所爲序言，可見，李氏之書金陵士
紳應有所耳聞。不過車持謙在《秦淮畫舫錄》卷首自序陳述其書撰述
淵源時卻說：

> 遊秦淮者，必資畫舫，在六朝時已然，今更益其華
> 靡……余曼翁《板橋雜記》，備載前朝之盛……自是仿而纂
> 輯者，有《續板橋雜記》、《水天餘話》、《石城詠花錄》、《秦
> 淮花略》、《青溪笑》、《青溪贅筆》各書……不下一二十
> 種……題曰《秦淮畫舫錄》，蓋竊仿曼翁之體，而以麗品爲
> 主〔註40〕。

如果說因爲「一二十種」續書爲專記金陵秦淮煙水，與揚州無涉
的話，那麼，「畫舫錄」題名的源流顯然就應說明傳承淵源了，然而
車氏在此同樣選擇了忽略，並且明言本書爲直承曼翁《雜記》之體，
似乎傳承「畫舫錄」之體例亦有正宗抑或旁系的分野！

這種鄉邦觀念自嘉道間萌生以後，潛滋暗長，蔚爲大觀，及至民
國間何允恕在爲王孝煃《鄉飲膾談》作序論定其書文獻意義時有言曰
「昔歸熙甫所撰述，每於瑣屑處可喜，茲編識大識小，具見別裁。異
日者賓酢交酬，社觴歡洽，皆將於此取譽。其與吾鄉金先生偉軍《待
徵錄》、陳先生可園《炳燭裏談》並傳無疑也」。〔註41〕可見經過幾代
士紳的傳承與構建，金陵人文已然被打造成爲一個完整自足的體系，
迢邁相續並且淵源有自。當然，造成揚州人文中衰的原因更爲深層的

〔註40〕車持謙《秦淮畫舫錄》卷首自序，《清代筆記小說》第 15 冊，河北
　　　　教育出版社，1996 年版，第 197 頁。
〔註41〕何允恕《鄉飲膾談》序，《南京文獻》第二十二輯，第 1 頁。

原因其實在於東南地區城市之間經濟中心的轉移變化，不過，這並不能成為我們忽視金陵士紳致力於構建地域人文譜系的因由。更進一步而言，道咸以降金陵學術之所以能夠吸收融匯乾嘉樸學吳派、皖派、揚派諸家之長，調停漢宋，相容並包訓詁考據與經世致用，從而出現雲蒸霞蔚的鬱勃氣象，其內在驅動力也正在此！

第二章　《金陵詩徵續》的編選內容

一、編選經過

當汪士鐸、朱緒曾等先哲分別在同光之際完成一系列史志總集的整理輯纂之後，對於新近成長起來的金陵後進而言，承其遺緒，發揚光大便是時代風會賦予諸人的文化使命了。具體到《金陵詩徵續》的輯纂整理，全情參與且作出較大貢獻的當推朱紹亭、陳作霖、秦際唐、周嘉樸以及高德泰諸人。

（一）編選者生平

高德泰（1838～1890 前後），上元人，字子安。高家世居金陵，以機織爲業，允稱金陵紡織業之巨擘。金陵陷落之際闔門殉難，家業蕩然，德泰僅以身免！自此以還，高氏流離轉徙大江南北，立志搜集整理太平天國期間金陵殉難將士鄉紳乃至民眾的言行文字，《高氏闔門殉難十二圖說》與《忠烈備考》即爲此類著述。

秦際唐（1837～190 工詩古文辭而不樂仕進，主持鳳池、奎光等書院多年，獎掖後進不遺餘力，於金陵鄉邦文獻的輯纂整理也多有貢獻。

陳作霖（1837～1920），江寧人，字雨生，號可園，光緒元年舉人。陳氏淡泊名利，醉心於鄉邦文獻的搜集整理，用功至勤，成就特出。道咸以來有功於金陵文獻者，陳氏繼朱緒曾而起，並有突過朱氏

之態勢。

朱紹亭（生卒年不詳），溧水人，字豫生，光緒二年舉人，朱紹頤（石城七子之一）弟。朱氏工詩古文辭，文筆清健，舉凡金陵士紳雅集酬唱乃至輯纂著述，多有參與，在同光之際的金陵詩壇極爲活躍。

周嘉樸（？～1899），上元人，字柳潭，廩生。秉性醇懿質直，與石城七子諸人多有往來。

（二）編選經過

《金陵詩徵續》最初之體例淵源，與朱緒曾《金陵詩徵》差異頗大。當高德泰觸動於家國之痛，發願輯纂《忠烈備考》之後，關係咸同之際金陵人文風尚興衰隆替的詩文著述便成爲其苦心搜羅的重心。如此而來，積數十年之功，此類文獻蔚爲大觀，並且大大超出了《忠烈備考》預期的輯纂意圖。光緒二年，《忠烈備考》成書刊行，至於餘留材料如何處理，高氏並無具體的設想。

當光緒十二年、十八年由朱緒曾主纂之《國朝金陵詩徵》、《金陵詩徵》先繼刊行後，接續詩徵系列就成爲一種下意識的集體期待。在此思潮之下，活躍於金陵詩壇的朱紹亭提出了依託高氏之材料，鳩合同仁增刪削定以畢其功的設想。而這一提議迅速爲秦際唐、陳作霖等人所採納施行。《金陵詩徵續》卷首例言：

> 翁鐵梅大令釀刊《金陵詩徵》，終於道光之際，後之作者擬別爲一集，搜輯未竟，匆匆出山。同人懼及今不圖將就湮沒。廣續斯役，訣於片言。四方之郵筒，藏書家之鈔本；遺文得自覆瓿，善本出之老屋。日增月益，衰然巨觀，亟付手民，用資楷模。〔註1〕

就是諸人彼時所想所爲之具體寫照，而《金陵詩徵續》一書，也就因此而成編。

〔註1〕陳作霖等《金陵詩徵續》凡例，蘇大藏光緒甲午刻本。

二、詩徵內容

　　　金陵士大夫於死亡播遷之由，政教風俗升降之故，桑
　土戶牖綢繆之計實身歷而心危之，懲前毖後，紆軫鬱結，
　既不獲見之施行，乃一發之於詩。其上者爲家父凡伯之倫，
　其窮而在下者亦多優生念亂之感。〔註2〕

　　通過卷首序言、凡例的規劃設計可知，著眼於時代運會變遷，以期有裨史志爲《金陵詩徵續》的基本立足點。在此基礎之上，保存鄉邦文獻乃至闡發詩學源流嬗變才得以漸次展開。而此種輯纂意圖，就切實地落在了選人選詩等微觀環節。

（一）選人宗旨

　　　是書所載詩人，肇自咸豐初元，迄於本年。或宰木已
　拱，或墓草未宿，羅茲片羽，闡彼幽光。存者雖有洪篇，
　不錄一字。

　　　是書於三朝詩人，十得八九。其有生負盛名，沒無一
　字，方干之詩不傳於身後，鮑家之句僅唱於秋墳，緣在昔
　先正素恥標榜，楚人一炬，遂付劫灰。斯文運厄，無如何
　也。〔註3〕

　　《詩徵續》爲咸同光三朝詩選，單就選人而言，能夠體現時代風會且聞名詩壇者固然盡皆載錄。在《詩徵續》中，選錄作品在 25 首以上的作家計有 20 人：

朱緒曾	顧槐三	韓印	阮鏞	許宗衡	王章	端木埰	汪士鐸	蔡琳	金和
52	164	37	28	36	51	102	239	113	64
程肇錦	伍承平	孫文川	周葆濂	楊後	朱紹頤	吳邦法	凌煜	蔣師軾	胡恩燮
32	28	36	61	29	37	43	81	41	37

〔註2〕《國朝金陵續詩徵》卷首孫明鏗序言，蘇大館藏光緒甲午刻本。
〔註3〕陳作霖等《金陵詩徵續》凡例，蘇大藏光緒甲午刻本。

　　其中汪士鐸最爲特出，錄存詩作 239 首，約占詩選全部作品的
14%，甚至超過了一般詩家所留存的全部作品！收復金陵後，汪氏作
爲碩果僅存的金陵碩儒，興覆文教、纂修史志不遺餘力，即或詩酒唱
酬，對於後進英才也頗有沾漑啓沃之功。以經世致用來彰顯士紳對於
學問事功的追求，有如此道德氣節而又著實對金陵的政治、軍事、文
化均產生廣泛而深遠的影響，汪氏地位自然極爲尊崇。

　　此外諸如顧槐三、端木埰、蔡琳等人，均爲風流文采映照一世之
輩，雖與文運之升降無涉，但潤色鴻業抑或歌哭生民之功卻也爲人所
稱道。

　　不過，立足於地方，闡幽表隱亦爲《詩徵續》輯纂成書的題中之
義。這種趨向落實到選政當中，就演化爲學行性情、名望地位、師友
淵源等等政治經濟文化因素。

　　全部《詩徵續》中，入選詩作少於 5 首的作家共計有 74 人，其
中甄採標準著眼於學問性情者占 33.8%、著眼於仕宦履歷者占
25.7%、著眼於師友家族淵源者占 20.3%、入選因素不詳者占 20.2%，
見下表：〔註 4〕

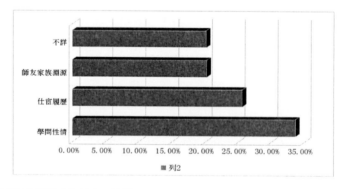

〔註 4〕需要說明的是，學問性情、仕宦履歷以及師友家族淵源等因素在某
　　　　些時候並不是單獨發生作用的，如入選 1 首詩作的葉覲揚，其人才
　　　　識淹博，善詩古文辭，音韻訓詁、星算、金石無不究心，後參辦團
　　　　練，以軍功保升知縣。將此材料資料化，便只能著眼於學問性情。
　　　　陳作霖等《國朝金陵續詩徵》卷首《姓氏小傳》，蘇大館藏光緒甲午
　　　　刻本。

唐　治	道光己酉舉人，歷任桐城、祁門知縣，卒後受贈知府銜	入選詩作 3首
劉富春	道光戊子舉人，直隸獻縣知縣	4首
吳　雙	道光乙未舉人、戊戌進士，工部虞衡司主事	2首
王延長	道光丙午舉人，江西南康知府	1首
葉觀揚	道光乙亥舉人，歷官淮安、揚州、泰興、高郵等地	1首
李　琛	道光壬辰舉人，官山東海陽知縣	1首
方胙勳	歲貢生，以軍功任河南靈寶知縣	1首
李希鄴	歷官湖北東湖、利川知縣	4首
石永熙	諸生，以父蔭得知縣，需次浙江	1首

（二）選詩宗旨

　　是書所載，專錄有關金陵人物掌故及憂時感事之作，
杜陵詩史，睠懷諸將，放翁家祭，引領王師，草茅歌哭，
天下大局所繫也，若夫流連光景，模山范水，稍從略焉。
〔註5〕

　　雖然《詩徵續》卷首多次強調「憂時感事」，「杜陵詩史」的選詩
傾向，不過此處「稍從略焉」的言辭依舊透露出一個重要的信號：「流
連光景，模山范水」之作歷來就是金陵詩歌創作實踐的大宗！不管出
於何種考量，這種宗風祈向都無法被忽視！

　　《詩徵續》起首第一篇即為朱緒曾的《邀笛步》，邀笛步舊名蕭
家渡，為金陵青溪河畔的一處古蹟。東晉時桓伊與王徽之青溪相遇，
以音樂相知，二人風度襟懷遂成為千古美談：

　　　　（桓伊）善音樂，盡一時之妙，為江左第一。有蔡邕
柯亭笛，常自吹之。王徽之赴召京師，泊舟青溪側。（伊）
素不與徽之相識，伊於岸上過，船中客稱伊小字曰：『此桓

〔註5〕陳作霖等《國朝金陵續詩徵》卷首凡例，蘇大館藏光緒甲午刻本。

野王也』。徽之便令人謂伊曰：『聞君善吹笛，試爲我一奏』。
伊是時已顯貴，素聞徽之名，便下車，踞胡床，爲作三調，
弄畢，便上車去，客主不交一言。〔註6〕

朱緒曾的《邀笛步》下字用意均較爲質實，頗爲切合其詩作的學
人風味。當然，在突出朱氏詩作的主要特色之外，編選者亦頗留意朱
氏山水性情之作。在入選的 52 首詩作中，除《宋建康司城殘磚》、《元
雷山義泉篆》、《題明南漳郡主誥敕爲其裔孫石渠作》等金石考據以及
《雷鴨行》、《盆人歌》等感慨民生類詩作外，更多的是諸如《牛首》、
《拂水山莊》、《東園雜詠》二十五首等模山范水之作。

對於開啓道咸之際情韻性靈風尚的苦岑社主將顧槐三而言，《詩
徵續》選錄其詩作達 164 首（僅次於江寧名儒汪士鐸汪氏入選 239
首），而諸如《比翼曲》、《胡粉行》、《阿蓋歌》、《青溪曲》、《搗衣曲》
等選目也正是六朝風尚的絕好詮釋。

對於重要詩家，《詩徵續》在把握主導傾向之餘，也嘗試甄採多
樣化的詩作，以期呈現詩家創作活動的全貌。

道咸之際許宗衡在京師以詩古文辭名重一時，有「近詞一大宗」
〔註7〕之評價，其所師法祁向則在常州張惠言之意內言外，其論述詞
學宗旨云：

　　詞雖小道，果其探始左、屈，旨趣深鬱，意內言外之
妙故不在字句間，而侔揣聲色，其濃淡清濁亦必神明契合，
自然冥悟，意生於悱惻而情極乎纏綿。興緒所流，心聲互
潘。哀樂之寄，靡間騷雅。〔註8〕

與張惠言《詞選序》多有相通之處，故而張宏生先生、朱德慈先
生均視其爲常州詞論的延續與推延。受此意內言外、比興寄託審美旨

〔註6〕房玄齡等《桓伊傳》，《晉書》卷八十一，中華書局，1974 年版，第
　　　　2117～2119 頁。

〔註7〕譚獻《篋中詞》卷四許宗衡條，《續修四庫全書》第 1732 冊，上海
　　　　古籍出版社，2002 年版，第 675 頁。

〔註8〕許宗衡《玉井山館文略》卷三，《詩餘自序》，《清代詩文集彙編》第
　　　　640 冊，上海古籍出版社，2010 年版，第 167 頁。

趣的制約,其詞作雖然感傷國事,優生念亂,而終不脫綿緲深微,《酹江月‧夢登焦山》、《金鏤曲‧書余澹心〈板橋雜記〉》等無不如此〔註9〕。正是著眼於此,《詩徵續》在選錄許氏詩作時便有意攬入《香爐篇爲陳子余寶善參軍作》、《寄陳文學開周太倉,時文學與西澗避地同居》、《憤極》〔註10〕等抒發憤懣不平、反映民生疾苦之作,此類長篇鋪陳渲染,情辭激烈,恰好成爲許氏詞作綿緲深微的重要補充。

對於入選少於 10 首的普通詩家則致力於其流佈較廣、知名度高的詩作。

王金洛爲苔岑社羽翼,其人豪放磊落,所選 9 首詩作中,《橫岫閣題壁》〔註11〕曾爲時人傳誦,其餘詩作則注重王氏與許宗衡、何子坤、朱自六等人的交遊唱酬,用「狂歌雄辯棲鳥驚,以酒味酒全其眞,高陽酒徒何逡巡,欲來不來愁殺人。大江渺渺春波生,春波不敵春酒清」〔註12〕來彰顯其頗具俠士色彩的襟懷氣度。

此外,對於涉及詩壇運會消息的詩作也多有採錄。

韓印詩作中《論白門近日詩人戲仿元遺山》組詩就論列侯雲松、王履泰、楊樂山、端木垛、顧槐三等 19 人,「彈指華嚴見性眞,秋翁健筆古無倫。瓣香願守燃松閣,一篇韓陵許替人」〔註13〕云云,對於

〔註 9〕對此兩闋詞作的具體解析參見朱德慈《常州詞派通論》第六章第一節,中華書局,2006 年版,第 143～145 頁。

〔註10〕以上詩作分別見陳作霖等《國朝金陵續詩徵》卷二,蘇大館藏光緒二十年刻本,第 10、12、13 頁。

〔註11〕橫岫閣位於金陵雞籠山(今爲北極閣公園),建於明代,詩云「扶桑東指海雲平,二百年來罕弄兵。不信鯨鯢成敵國,居然猿鶴失先聲。中原水旱勞供億,沃土驕奢釀戰爭。省識劫灰餘燼慟,至今武備習昆明」,爲有感道光間鴉片戰爭之後舟山、定海海戰而作。
王金洛《橫岫閣題壁》,陳作霖等《國朝金陵續詩徵》卷一,蘇大館藏光緒二十年刻本,第 43 頁。

〔註12〕陳作霖等《國朝金陵續詩徵》卷一,王金洛《飲仝漢京家懷許海伯宗衡》,第 43 頁。

〔註13〕「彈指華嚴」意指古時騷人逸士留攝聲影、詠歌酬唱、圖繪碑銘等風雅掌故,用來比附苔岑諸子所揄揚鼓吹的名士風尚。
韓印《論白門近日詩人戲仿元遺山》,陳作霖等《國朝金陵續詩徵》

顧槐三情韻性靈風尚的推崇之情溢於言表。

在這些主流詩家之外，傳統詩文體系中體現文人雅趣的遊戲之作以及詠歌新奇事物文化的詩作也成爲《詩徵續》編選者的關注之一。

陳恭釗字月舟，爲同光時期金陵詩家，善詩，尤工集句。集中所選詩作如《題甘健侯丈元煥江上春歸圖》、《壬申暮秋莫愁湖晚眺》二首、《重遊莫愁湖懷曾文正公》均爲集句詩。《莫愁湖晚眺》之一云：

> 天光雲影共悠悠（劉禹錫），
> 物換星移幾度秋（王　勃）。
> 昔日荒煙迷故國（釋法振），
> 今時高閣枕寒流（高　駢）。
> 也只興廢從來事（姚　合），
> 只有登臨可自由（胡　宿）。
> 獨倚欄杆飛鳥外（楊　鎰），
> 遠帆將落近帆收（李咸用）。〔註14〕

舉凡登臨所見所思，無不一一形諸吟詠，諸家詩句婉轉流利，妙手天成。

而陳恭釗之同門凌煜，則又頗甄錄其好異搜奇之作。《讀〈申報〉漫題》三首云：

> 雁使更番鳳紙收，旁行斜上聚蠅頭。橢圓闡述平三角，益地新圖大九州。浪跋長鯨疑擘海，氣噓妖蜃早成樓。憑君鑿空論西域，飛蹻誰工汗漫遊。
>
> 讜論公然出草茅，頻將遠略望中朝。龍沙遼闊天山戍，蠻舶飛騰桂海潮。四譯盡能區部落，五行難與補風謠。軒皇神武專千古，曾見東南宿霧消。
>
> 瑣聞碎事溢陶瓶，尺簡分明照汗青。月旦品題流外定，霓裳舞序夢中聽。市塵微涴零丁帖，花影潛窺屈戌屏。寄

卷一，蘇大館藏光緒二十年刻本，第48頁。

〔註14〕陳作霖等《國朝金陵續詩徵》卷四，蘇大館藏光緒甲午刻本，第50頁。

　　語半山勤著眼，幾封朝報媿遺經。〔註15〕

　　分別就《申報》所載地圖、社論、新聞（俄羅斯援新疆索賄、法蘭西規占安南）、廣告、尋人啓事、香奩詩、邸鈔等內容落筆，洋洋灑灑，風趣幽默而又觸目成誦。此外，諸如《與伯雅丈論日本事次韻》等亦如此類。

　　仔細涵味以上羅列諸家選人選詩等輯錄標準，經由《詩徵續》所總結樹立的道咸以來金陵詩學流衍情況就逐漸爲我們所瞭解。事實上，關係金陵詩學發展的兩個重要驅動因素分別爲祁向六朝三唐情韻藻采的性靈風尚和感時撫事繫心民生疾苦沉鬱頓挫的詩史風格。當然，這兩種核心因素在不同的社會政治環境中也呈現出各異的面貌。情韻性靈可以表現爲登山臨水逍遙容與，也可以表現爲奇情壯采名士風流，進而描摹樂府歌謠體式，接響漁洋隨園辭章者也都屬此類。自乾嘉以降樸學風尚入詩後，博學嗜古的金石考據詩與通經致用的經世詩作就成爲隸屬於感時撫事這一宗旨下的兩個維度，而隨著時代風會的變遷，歌哭民生的詩史之作進一步受到金陵詩家的推重。

（三）基本結構

　　《詩徵續》共分六卷，第一卷作家作品收錄狀況如下：

朱緒曾	顧槐三	王金洛	顧遜之	韓印	龔長聯	張鑄	夏家鎬	唐治	劉富春
52首	164首	10首	4首	37首	5首	3首	16首	3首	4首

　　如果說朱氏詩作代表金石淵雅的乾嘉遺風的話，那麼，緊隨其後的顧氏則以三倍的數量來體現情韻性靈的地域特色。而韓印、王金洛，又分別爲朱顧二人之輔翼。夏家鎬曾任職總理衙門，精通外交洋務，有此眼界識力，感時撫事之作自然懇切深摯。

〔註15〕陳作霖等《國朝金陵續詩徵》卷六，蘇大館藏光緒甲午刻本，第14頁。

第二卷作家作品情況如下：

吳雙	阮鏞	許宗衡	王章	周大恩	端木埰	顧人龍
2首	28首	38首	51首	4首	102首	1首

此卷多爲道咸之際金陵苔岑社之羽翼，阮鏞、王章等人多才情跌宕、驚才絕豔之作。至於許宗衡、端木埰則振拔於諸人之上，自樹一幟，揚名京師。追溯本末，實爲自出手眼，暗合時代風會之故也。

第三卷情況如下：

汪士鐸	陳鳴玉	顧永熙	王延長	朱沆	楊長年	龔坦	程傳厚	葉覲揚	羅筍	陳元恒	鄭如榛	姚必成	焦光俊	鄭鏡清	王亮采	陳伯銘	李琛	諶命年	陳元頤
239首	2首	16首	1首	5首	21首	10首	5首	1首	3首	11首	4首	13首	10首	15首	1首	1首	1首	1首	1首

此卷收錄多爲咸同之際詩家詩作，此時汪士鐸巋然獨存，身繫金陵人文運會之升降，楊長年、姚必成諸人則爲苔岑諸子之流風餘韻，至於其餘詩家，多爲金陵數十年動盪之中流離轉徙乃至長歌當哭者，雖僅存殘編斷簡、隻言片語，亦足以識國運，感興衰。

第四卷收錄作家作品如下：

蔡琳	金和	程肇錦	程肇鼇	方胙勳	王殿鳳	陳恭釗	甘鼊	甘炳	石惟金	周椿年	伍承平	伍承鈞
113首	64首	32首	1首	1首	16首	7首	3首	2首	1首	3首	28首	1首

此卷所收多爲金陵收復後同光之交較爲活躍的詩家，蔡琳、金和列名白門四雋，即爲此中翹楚。

另外，詩學傳衍流佈的家族化傾向在此卷表現較爲突出，如程肇錦與程肇鼇、甘鼊與甘炳、伍承平與伍承鈞。

第五卷收錄作家作品如下：

孫文川	周葆濂	楊後	蔣紹和	劉因之	陳衍吉	謝學元	劉兆瀛	蔣永齡	程觀鑾	劉家聲	劉家炘	李恭	李畋	程履祥
36首	61首	29首	9首	15首	1首	6首	3首	2首	2首	2首	1首	5首	2首	1首
李希鄴	龔乃琦	陳開周	朱桂模	姚兆頤	汪嘉淦	朱紹頤	戴錦江	方培容	田晉奎	倪以鎔	吳邦法	何師孟	何忠萬	盧崟
4首	3首	2首	6首	6首	1首	37首	2首	2首	2首	1首	43首	3首	6首	3首

此卷中，孫文川為白門四雋之一，姚兆頤、朱紹頤則列名石城七子，從白門四雋到石城七子，如此詩文嬗邁見證了同光以還金陵人文絃歌轉盛的歷史軌轍。其餘詩家或感時撫事，或獨抒性靈，不一而足。

凌煜	陳兆熙	何延慶	羅震亨	羅晉亨	蔣師軾	郭樹勳	朱桂明	顧繼高	陶錫霖	黃宗彥	馬蔣生	周登甲	周桂清	周國棟	尚兆山	何誦芬	田曾	陶必成
81首	3首	23首	6首	2首	41首	2首	2首	6首	10首	2首	2首	4首	1首	1首	21首	1首	9首	2首
王廷基	程士琦	周嘉楫	高德泰	胡恩燮	謝繼曾	汪壬林	梅壽康	石廷鑾	石永熙	吳嘉淦	王蔭春	程祥葆	甘鐸	甘釗	沈壽彭	童淼	陶源清	
2首	5首	3首	10首	37首	1首	1首	1首	1首	1首	4首	5首	1首	1首	1首	1首	1首	1首	

第六卷收錄詩家詩作如下：

此卷繼續輯錄石城七子二人：何延慶與蔣師軾。此外，又致力揶揄凌煜、尚兆山、胡恩燮三人。凌氏生際亂離，詩多變風變雅之音，立足白門而與江浙詩家多有往還，有「金陵近今詩人一大宗」之美譽。尚、胡二人則繫心金陵一地之史志文獻，著述豐碩，有功桑梓。

另，五六卷輯錄詩家眾多，也從另一個側面透露出同光以還金陵人文生態場域雲蒸霞蔚的鮮活情景。

三、流傳與影響

　　《詩徵續》輯纂成書後，於光緒二十年冬刊印行世，成爲朱緒曾《金陵詩徵》、《國朝金陵詩徵》之後一部重要的地方詩文總集。雖然《詩徵續》日後並未再版，但詩徵三部曲的完成顯然拓展了金陵士紳對於文徵、詞徵的群體期待。可以說，經由汪士鐸等前賢艱苦的存亡續絕之後，《詩徵續》所展現的，就是金陵後勁對此人文運會全面而深入的拓展，其意義，就落實在傳承二字上面。

　　《詩徵續》對地域人文運會的傳承深遠地影響了以石城七子爲代表的一代人，陳作霖之所以能夠在文獻史志方面如此特出，就是此種風尙的絕佳例證。更重要的是，當光宣時代的這批士紳凋零之後，進入民國的金陵依舊葆有此種風尙淵源。柳詒徵、王沆、蔣國榜、夏仁虎、盧前等人全面崛起，在詩學實績乃至文獻纂著等多個維度全面完成了傳承，並且更見光大。

第三章 《金陵詩徵續》所載詩家考略

　　道咸以降近百年來金陵詩家迢邁相續以建構流佈江左流風餘韻，學問文章乃至立身行事皆有所軌範，《金陵詩徵續》雖僅立足藝文一途，正足以表彰導揚此種風尚。其所搜羅排布諸家姓氏、小傳，也就成爲後學窮源溯流，以梳理論列金陵詩文風尚發展史程的絕好材料。

　　通過查閱《續修四庫全書》、《金陵叢書》、《近代史料叢刊》、《叢書集成》以及《清代詩文集彙編》等大型叢書，多數入選《金陵詩徵續》的詩家生平、著述、師友交遊等信息得以進一步明晰。或許單個來看他們算不得名家大家，未能特出於彼時詩壇，然而若是作爲一個群體來看，他們卻是一股不可忽視的力量，金陵地域文化的品性、內涵，正是藉著這樣的人文賡續，傳承至今。

　　有鑒於學界對近代江左（以金陵爲中心）詩文風尚的隔膜，本章致力於金陵學術文化乃至詩文風尚的史料發掘及簡略勾勒，依據諸家入選《金陵詩徵續》作品的多寡分重要作家、一般作家以及未收作家三類，〔註1〕分別論列。

〔註 1〕在此重要作家指入選作品數量高於 5 首者；一般作家指入選作品少

一、重要作家藝文考索

（一）朱緒曾

朱緒曾（1805～1860），字述之，號北山，上元人，道光壬午舉人（1822）。先後任孝豐知縣，署武義、秀水，又任海寧府知事，遷嘉興，轉檇州府同知，升知府。江寧朱家自明代以來，讀書著述綿延不斷，爲金陵文化世家之一。朱氏早年從同里孫鈴問業，從姚文田（字秋農，浙江歸安人，嘉慶四年己未科狀元，〔註2〕曾官江蘇學政，學宗程朱，亦治漢學）問學，精通訓詁、輿地之學，與同邑金鰲、陳宗彝考訂文史，最爲相得。通籍後爲官清廉有循聲，一以提倡風雅爲己任，又耽好文學、地理、稽古，尤其致力搜求金陵地方文獻，所居秦淮水榭藏書十數萬卷，與當時著名藏書家甘熙過從甚密，〔註3〕同時相知者還有張文虎、〔註4〕江湜〔註5〕等人。咸豐三年（1853），太平軍攻佔金陵，其書多毀於戰火。今人劉枚曾對朱氏家世生平做過詳細的考述，可參閱。〔註6〕

朱氏著述極富，其《爾雅集釋》、《續宋文鑒》、《中論注》、《論語義證》、《金陵舊聞》、《筆譜》、《續宋文鑒》、《金陵詩匯》等皆經亂散佚，今所存者有：

於 5 首者：囿於編纂體例，《金陵詩徵續》不收在世詩人作品，故而光宣之際石城七子如陳作霖、顧雲等不在其列，但諸人與金陵地域詩風衍流關係實深，因此增添未收作家一類，略作描述。

〔註2〕朱寶炯、謝佩霖《明清進士題名錄索引》，《近代史料叢刊續輯》第785～790 冊，臺北文海出版社，1981 年版，第 2755 頁。

〔註3〕甘熙，《白下瑣言》卷十，南京出版社，2007 年版，第 178 頁。

〔註4〕張文虎《秋日懷人詩》「萬卷藏書付劫灰，烽煙回首尚驚猜。西湖收詩開風月，珍重瑤編遠寄來。」詩末自注云「朱郡丞緒曾在浙得秘笈輒以寄示」，《舒藝室詩存》卷四，《續修四庫全書》第 1535 冊，第 372 頁。

〔註5〕《感憶四首・朱述之先生》，《伏敔堂詩錄》卷十五，江湜著，左鵬軍點校，上海古籍出版社，2008 年版，第 321 頁。

〔註6〕劉枚《朱緒曾家世生平著述略》，《江蘇教育學院學報》，2007 年第5 期。

《曹集考異》十二卷

《金陵叢書》本，民國三年蔣氏愼修書屋鉛印；《續修四庫全書》
第 1303 冊、《叢書集成續編》（上海書店版）第 98 冊均有收錄。

《昌國典詠》十卷

《金陵叢書》本，民國三年蔣氏愼修書屋鉛印；《叢書集成續編》
（上海書店版）第 53 冊收錄。

《開有益齋金石文字記》一卷

金陵翁氏茹古閣本，光緒六年刻本，藏南圖；臺北新文豐公司《石
刻史料新編》第二輯第 8 冊收錄。

《開有益齋經説》五卷

南菁書院光緒十四年刻本，收入《皇清經解續編》中；此書又有
一卷本，爲光緒十五年上海斐英館石印本。

《開有益齋讀書志》六卷續志一卷附金石文字記一卷

光緒四年刻本，又有光緒六年刻本，均藏南圖。

《金陵朱氏家集》三十種

道光二十年金陵劉文楷刻本，其中《北山集》三卷爲朱氏自著，
藏南圖。

《六朝事?類編附識》一卷

道光二十年張問園刻本，藏國圖。

《金陵詩徵》四十四卷

光緒十八年刻本，藏南圖。

《國朝金陵詩徵》四十八卷

光緒十一年刻本，又有光緒十二年、十三年刻本，卷首有俞樾序，
均藏南圖。

《金陵詩徵小傳》不分卷

光緒二年刻本，藏南圖。

《曹集考異》爲其「慨隋唐舊帙既佚，而諸本或審舉未窺全豹，
或聱鼓僅拾一鱗……承僞踵謬，難以卒業也。於是尋源竟流，覈其原

採之書……一字一句，必稽異同，必求根據」，〔註7〕朱氏本精訓詁考訂，該書又歷經十餘年甫成，加之莫子偲亦曾校補一過，〔註8〕「要約不匱，賅詳不蕪」，〔註9〕與同時丁晏的《曹集詮評》十卷相輝映，深受後世學者的推重。其缺點則為蔣國榜跋語所稱「唯沿乾嘉考據之末流，以多為貴，不加裁汰」。〔註10〕

《昌國典詠》收七言詩二百二十一首，為朱緒曾搜集《昌國州志》、《舟山志》、《乾道四明圖經》以及寶慶、延祐、至正諸志，用以題詠定海山川地理、人物風俗、物產土宜之作。「勾稽考證、博綜今古……自來數定海掌故，無出其右者」，〔註11〕以至於黃以周多採其說入《定海志》。除了考辨精審之外，此書更為重要的意圖在抒發朱氏經歷中英鴉片戰爭定海戰役之後的感慨，表現了他「究輿地以籌邊防」，〔註12〕以史為鑒，防患於未然的經世思想。

《開有益齋讀書志》為我國目錄學中一部重要的著作，全書以經史子集四部分類，每部之下，又有子目，著錄書籍一百六十二部（經部二十三，史部四十二，子部二十，集部七十七）。每部書皆有題記，內含書名卷數，作者介紹、書籍內容、版本源流、著錄書目等等，內容詳盡，考訂精審。〔註13〕所收錄者，有時人著作，有金陵文獻，部分圖籍版本精良，突過《四庫全書》。所附金石文字記共三十篇，多記勒石原委、碑文內容等等。

朱緒曾枕經胙史，淵懿浩博，筆力雄健，抱負奇偉，素以研經博

〔註7〕 朱緒曾《曹集考異》卷首自序，《續修四庫全書》第 1303 冊，上海古籍出版社，2002 年版，第 434 頁。

〔註8〕 朱桂模《曹集考異》卷末跋語，《續修四庫全書》第 1303 冊，上海古籍出版社，2002 年版，第 571、572 頁。

〔註9〕 蔣國榜《曹集考異》卷末跋語，《續修四庫全書》第 1303 冊，上海古籍出版社，2002 年版，第 573 頁。

〔註10〕 蔣國榜《曹集考異》卷末跋語，《續修四庫全書》第 1303 冊，上海古籍出版社，2002 年版，第 573 頁。

〔註11〕 馮貞群《昌國典詠》卷首題識，《金陵叢書》本，藏南圖。

〔註12〕 蔣國榜《昌國典詠》卷末跋語，《金陵叢書》本，藏南圖。

〔註13〕 來新夏《清代目錄提要》，齊魯書社，1997 年版，第 146 頁。

物聞名東南，提倡以史爲鑒，學以致用，雅不欲以文士自居，所作詩歌除《昌國典詠》外，有《北山集》三卷，多考訂鍾鼎銘文以及俯仰憑弔之作，如《吳天發神讖碑》、《明錦衣衛同知紀綱齋》、《鍾山石壁字》、《江南開寶五年磚》等等，整飭謹嚴，考辨精審，殆爲乾嘉諸儒之餘緒，學人之詩，庶幾近之。

（二）顧槐三

顧槐三（1785～1853），字秋碧，上元人，〔註14〕諸生。少與胡大猷同從胡本淵（字愚溪，嘉慶元年丙辰科進士，〔註15〕官國子監學正，工書、畫）問學，通經學訓詁，長於史，爲文極敏贍，家居秦淮河畔，與明經張瀠夾河相對，人稱「白門二妙」。後入鍾山書院，師從錢大昕、姚鼐，以博學通經名聞海內，與江寧名士汪士鐸齊名，號曰「汪顧」。〔註16〕晚年客授淮上，沉酣著述，《三禮補注》、《古今風謠補》均散佚，著述現存者有：

《燃松閣存稿》三卷

《友聲集》本，一冊，王相信芳閣咸豐八年刻本，藏國圖；此書又有二卷本，亦爲信芳閣所刻，二卷本稿本則藏南圖。

《燃松閣賦鈔》一卷《詩鈔》三卷《存稿》三卷

《燃松閣詩鈔》有三卷本，清道光十二年刻，一冊，藏南圖；《燃松閣詩鈔》三卷《存稿》三卷有清光緒二十二年鉛印本，藏南圖；《燃松閣詩鈔》五卷，稿本一冊，藏南圖；《金陵叢書》本，民國三年蔣氏愼修書屋鉛印；《叢書集成續編》（上海書店版）第138冊收錄。

〔註14〕柯愈春《清人詩文集總目提要》，北京古籍出版社，2002 年版，第1196 頁。

〔註15〕朱寶炯、謝佩霖《明清進士題名錄索引》，《近代史料叢刊續輯》第785～790 冊，臺北文海出版社，1981 年版，第 2754 頁。

〔註16〕馮煦《補後漢書藝文志》卷首跋語，《叢書集成續編》第 66 冊，上海書店出版社，1994 年版，第 239 頁。

《燃松閣詩鈔》、《燃松閣續鈔》〔註17〕

《冶麓山房叢書》本；臺北新文豐《明清未刊稿彙編初輯》收錄。

《補後漢書藝文志》三十一卷

《小方壺齋叢書》本，王錫祺光緒間鉛印，藏國圖；清末藝風堂鈔本，不分卷，十四冊，藏國圖；清光緒十三年鈔本，十冊，藏南圖；又有《金陵叢書》十卷本，民國三年蔣氏愼修書屋鉛印；《叢書集成續編》（上海書店版）第66冊收錄；2009年國家圖書館出版社輯《歷代史志書目叢刊》第3冊收錄。

《補五代史藝文志》一卷

《仰視千七百二十九鶴齋叢書》本，趙之謙光緒間刻，藏國圖；清光緒二十三年刻本，藏南圖；《國朝金陵叢書》本，傅春官光緒二十七年刻；《金陵叢書》本，民國三年蔣氏愼修書屋鉛印；《廣雅叢書》本，徐紹啓民國九年匯印；《續修四庫全書》第916冊收錄；2005年北京圖書館出版社輯《隋唐五代史補編》收錄；2009年國家圖書館出版社輯《歷代史志書目叢刊》第8冊收錄。

《風俗通義佚文》一卷

清末翁長森家藏鈔本一冊，藏南圖；《小方壺齋叢書》本，王錫祺光緒間鉛印，藏南圖；《金陵叢書》本，民國三年蔣氏愼修書屋鉛印；《叢書集成續編》（上海書店版）第88冊收錄。

〔註17〕《冶麓山房叢書》本詩鈔、續鈔實爲《金陵叢書》本詩鈔三卷、存稿三卷。惟前者爲陳作霖從《友聲集》以及友人甘健侯處鈔得，後者爲王鄰仙據《友聲集》以及段朝端所藏排印，雖名稱有異而實則爲一也。

陳作霖《燃松閣詩鈔》題記，《冶麓山房叢書》第11冊，臺北聯經出版事業公司，1976年版，第3576頁。

段朝端《燃松閣詩鈔》卷首序言，《叢書集成續編》第138冊，上海書店出版社，1994年版，第287頁。

王鄰仙《燃松閣詩鈔》卷末跋尾，《叢書集成續編》第138冊，上海書店出版社，1994年版，第398頁。

《通俗文補音》一卷

《小方壺齋叢書》本，王錫祺光緒間鉛印，藏南圖。

《補後漢書藝文志》為顧氏竭數十年精力，窮研經史所為，計三十一卷二十九類，條分縷析，甚為宏富。世所多見者為十卷本，「卷九別集類有上而無下。卷十創為師承一門，也有上而無下」，〔註18〕為未成之書。此書稿本為魯一同所藏，翁鐵梅假以錄副，遂輯入《金陵叢書》。蔣國榜跋語稱讚本書「於數千年之吉光片羽，博採旁搜，並世作者所著論有足發明，亦見甄採，可謂大雅，卓爾不群矣」。〔註19〕並稱其有四善：一為通今，二為信古，三為正名，四為紀實，書雖未完成，卻也為後世版本目錄學家所推重。

《補五代史藝文志》為顧氏有感五代圖籍凌亂無考，「觀《崇文總目》及《宋史》所載無從區別」進而「據五代人所自為書廣泛搜輯，仿前史經史子集例分類而條列」〔註20〕而成，考辨精審，為人所稱重。〔註21〕乾嘉以降，作意專為史志作補的，首推錢大昕的《補元史藝文志》，搜羅材料達三十年之久，精密無匹。嗣後，仿其體例補史者紛出，顧氏兩書承紹乃師而來，精勤雖有不逮，卻也自成一家。

顧槐三早年業師胡本淵曾選編《唐詩近體》四卷，卷首有端木埰跋語：

> 昔蘅塘孫退士先生有《三百篇》之選，久已人奉一編，以為圭臬矣。第兼古體為一帙，古詩既少，近體勢不得不儉，此即李杜諸名作未免限於數而不多錄也。茲選仍《三

〔註18〕王欣夫《補〈後漢書〉藝文志各家評述》，《文獻學講義》，上海世紀出版集團，2005 年版，第 36 頁。

〔註19〕蔣國榜《補後漢書藝文志》跋語，《叢書集成續編》第 66 冊，上海書店出版社，1994 年版，第 520、521 頁。

〔註20〕顧槐三《補五代史藝文志》卷首自序，《續修四庫全書》第 916 冊，上海古籍出版社，2002 年版，第 153、154 頁。

〔註21〕王欣夫《〈南史〉、〈北史〉和〈五代史〉藝文志的補作》、《〈遼史〉、〈金史〉、〈元史〉藝文志的補作》，《文獻學講義》，上海世紀出版集團，2005 年版，第 38、39 頁。

百》舊例，古詩則另爲一編，而五七律近體得錄之稍廣，
至絕句僅則其尤者，略登數十首以爲楷式，合之得三百二
十餘首，美雖不備，而唐人之精華未嘗不萃於此……此書
久爲里塾誦習。〔註22〕

端木埰師從金鼇，而金則爲本淵及門弟子。〔註23〕由此可知，
此書選編爲嫌《唐詩三百首》近體太少，故而專選五七律近體，以補
其不足，此爲顧氏學詩之始。厥後顧氏又曾讀書鍾山書院，沾漑錢大
昕、姚鼐治學餘緒，博研經史，學古不輟，甚爲山長朱珔所賞，所作
《七事詩》亦雋妙風趣，流播眾口。〔註24〕道光十一年，與同邑楊輔
仁、車持謙、王章等結苔岑社，談詩論藝，「以偉博奧麗之文嘘翕一
代，天下靡然傾歎」。《燃松閣詩鈔》三卷，收錄嘉慶九年（1804）至
十七年（1812）顧氏三十以前所作，「才氣浩瀚，幾欲上薄韓蘇，而
言情怊悵，體物瀏亮，千回百折，銳入毫芒」，也有部分詩作則「雋
雅軼群，出入梅村漁洋間」。《存稿》三卷爲中年後所作，詩益篤雅，
究極沉煉，哀樂並舉，尤多民生之慨。

由此觀之，顧氏亦爲承接錢大昕、姚鼐等乾嘉漢學一脈，博古通
經，淵雅浩博。惟其早年薰染選學，加之才情發越，詩酒文宴多所與
爲，故所爲詩詞文賦情韻搖曳流轉，並爲一時之雋。較朱緒曾《北山
集》精審整飭之學人之詩，更偏重於才思性情。

（三）王金洛

王金洛（1817～1853），又名王京雒，〔註25〕字蔗鄉，一字柘鄉，

〔註22〕孫琴安《唐詩選本提要》，上海書店出版社，2005 年版，第 440、441
頁。
〔註23〕端木埰《唐詩近體》卷首跋語，光緒十七年刻本。
〔註24〕金武祥著，林其寶編《粟生隨筆》，中共中央黨校出版社，1998 年版，
第 242 頁。
《七事詩》爲顧氏少作，分詠茶、米、油、鹽、醬、醋、茶，見《燃
松閣詩鈔》卷中，《叢書集成續編》第 138 冊，上海書店出版社，1994
年版，第 356 頁。
〔註25〕又作王京雒，見徐世昌《晚晴簃詩匯》、柯愈春《清人詩文集總目提

上元人，諸生。善詩古文辭，與同邑王章、金鰲相友善。〔註26〕道光間，海氛不靖，嘗作《橫岫閣題壁》四章，爲時人傳誦。〔註27〕金陵名公巨卿如侯雲松、包世臣、湯貽芬等人，皆折節相交。咸豐二年，入江寧布政使祁宿藻幕，襄贊軍務，次年，太平軍攻克金陵，死之，時人感其義烈，曾作《兩哀詩》予以悼念。〔註28〕著作今存者有：

《蔗餘軒詩略》

存稿本三卷，一冊，署王京雒撰，藏南圖；又有刻本一卷，署王京雒撰，光緒十五年馬毓華武都官廨刊刻，藏南圖；又有《蔗餘軒詩略》一卷，光緒十四年鈔本，藏中科院圖書館。按，王金洛還著有《蔗餘軒詩集》三卷《駢文》一卷，今散佚。〔註29〕

王氏生而穎異，「十餘歲時爲小吏，厭其奔走碌碌，發憤下帷讀書，甫一載即補博士弟子員」，能詩善畫，然其早卒，詩集亦散佚漫漶。現存者爲吳禮園農部家藏本，爲王氏道光甲辰年刊刻，爲其少作，存「詩百餘首，各體皆備……五律尤爲擅場，余亦豪放磊落，頗得唐賢三昧」。〔註30〕同邑許宗衡也曾刊其駢體文兩篇，其餘詩古文辭著作則俱湮沒無聞。

（四）韓印

韓印（1804～1889），字介孫〔註31〕，江浦人〔註32〕，韓廷秀孫，

要》等書。
〔註26〕王氏詩作《偕雨嵐偉軍遊北山暮歸》，雨嵐爲王章字，偉軍爲金鰲字。徐世昌《晚晴簃詩匯》，中國書店，1988 年版，第 6153 頁。
〔註27〕徐世昌《晚晴簃詩匯》，中國書店，1988 年版，第 6153 頁。
〔註28〕《兩哀詩》爲悼念死於太平軍戰火的湯貽芬及王金洛，見方濬頤《二知軒文存》，《方忍齋所著書》第 2 冊，臺北聯經出版事業公司，1976 年版，第 786 頁。
〔註29〕汪士鐸等《續纂江寧府志·藝文志》，臺灣成文出版社，1970 年版，第 84 頁著錄。
〔註30〕方濬頤《二知軒文存》，《方忍齋所著書》第 2 冊，《明清未刊稿彙編》，臺北聯經出版事業，1976 年版，第 786～788 頁。
〔註31〕另有字伯符，號介孫一說，見柯愈春《清人詩文集總目提要》，北京古籍出版社，2002 年版，第 1397 頁。

道光甲辰舉人（1844）。歷任新陽、肥鄉、南和、昌黎知縣，升保安、
延慶知府。韓氏少從同里曹士蛟、顧槐三問學。補諸生後入鍾山書院，
為山長蔡世松、溫葆深、胡培翬所賞。胡氏家學淵源，熟精三禮，其
門下弟子眾多。韓印交遊其間，與邑人楊大埻、汪士鐸、馬壽齡等尤
善，〔註33〕研經博物，考訂訓詁也多有心得。雅好經史，整理校刻前
人著作多種。著作今存者有：

《尚簡堂詩稿》十卷（包括《夷門集》、《長干集》、《廡下集》、《吾
園集》、《盍山課存》、《劫外餘編》、《北來集》等）

同治十三年蘆川官廨刊刻，二冊，藏南圖；又有九卷本，藏北京
大學圖書館。〔註34〕

《金陵韓氏族譜錄》

據清同治九年刻本重修，光緒六年刻本，藏國圖。

韓氏詩多近體，宗尚宋詩，以議論為詩。〔註35〕詠史諸作則對
現實頗多諷喻。曾仿元好問《論詩絕句》，論定彼時金陵十九位名
詩人。

（五）夏家鎬

夏家鎬，生卒年不詳，字伯音，江寧人道光己酉舉人（1849）咸
豐三年進士（1853）。歷官戶部主事、總理衙門章京、內閣學士、太
常卿、通政副使、左副都御史、刑部右侍郎等職。著述有：

《蚓竅集》一卷附《詞鈔》

光緒間刻本，一冊，南京圖書館藏。

〔註32〕柯愈春《清人詩文集總目提要》，北京古籍出版社，2002 年版，第
1397 頁。
〔註33〕趙之謙《國朝漢學師承續記》，漆永祥整理《漢學師承記箋釋》，上
海古籍出版社，2006 年版，第 973～976 頁。
〔註34〕柯愈春《清人詩文集總目提要》，北京古籍出版社，2002 年版，第
1397 頁。
〔註35〕王廣西、周觀武編《中國近現代文學藝術辭典》，中州古籍出版社，
1998 年版，第 1013 頁。

夏氏入職總理衙門時，值其草創，同成林、周家楣、吳廷芬、袁
昶等苦心經營，迅速成爲辦理外交和洋務的骨幹要員，先後升任總署
大臣。他心繫民瘼，精明練達，詩詞爲其餘事，不甚措意，現存著述
亦爲其「官京曹時丁內艱，回藉後手錄之稿」。〔註36〕

（六）阮鏞

阮鏞（1799～？），字鐵香，號蝶仙，上元人〔註37〕，諸生。生
性偏儻，天才卓越，狂名早著，惟厄於場屋，屢試不第。壯年家道中
落，貧病交加，而檢身克己，悟性窮原，怡然渙然，一變早年輕狂偏
儻狀，沉酣經史，所學益進，與邑人楊長年、楊後、顧槐三等人往還
甚密。〔註38〕詩作現存有：

《醇雅堂詩略》六卷

清末金陵翁氏茹古閣鈔本一冊，藏南圖；《金陵叢書》本，民國
三年蔣氏愼修書屋鉛印本；《叢書集成續編》（上海書店版）第139冊
收錄。

阮氏中間貧困潦倒，內難外侮，踵起迭生，窮愁抑鬱，骯髒不平
之氣，一泄之於詩。其「歌詩樂府，獨出無古今」，〔註39〕「五言清
微淡遠，純得力於陶謝韋孟諸公，絕異模仿家數，七古飛動流逸，氣
力超邁，議論新警，汪洋恣肆，駕乎律詩之上」。〔註40〕晚年則於詩
亦不復措意。錢塘陳文述曰「隨園老去孫郎逝，又見騷壇起後賢。如
此文章空福命，不憑科第自流傳」。金陵風雅，淵源有自。「隨園而後

〔註36〕柯愈春《清人詩文集總目提要》，北京古籍出版社，2002年版，第
1596頁。
〔註37〕柯愈春《清人詩文集總目提要》，北京古籍出版社，2002年版，第
1343頁。
〔註38〕阮鏞《醇雅堂詩略》卷首序言、跋語，《叢書集成續編》第139冊，
上海書店出版社，1994年版，第641、642頁。
〔註39〕顧槐三《醇雅堂詩略》序，《叢書集成續編》第139冊，上海書店出
版社，1994年版，第641頁。
〔註40〕彭驛梅《醇雅堂詩略》題辭，《叢書集成續編》第139冊，上海書店
出版社，1994年版，第641頁。

享林泉之樂，極觴詠之娛者，莫如陽湖孫伯淵師。始僑居舊內之五松園，園有古松五株故名。後買皇甫巷司馬河帥宅，亭館池樹，布置有法，名曰冶城山館。賓朋宴集，歲無虛月」，〔註41〕阮鏞被時人推許爲袁、孫二人之繼起，其詩名卓著，可見一斑。阮氏平日所爲賞心詣極之作殆千餘章，惟艱於剞劂，無從刪汰，多流散湮沒。今傳本爲同里吳課花女士鈔本，增入近作數十首而成，刻於道光乙巳。〔註42〕

阮鏞主張根柢經史以立言，涵養性情以抒情，認爲當人其心鶩八極神遊萬仞之際，詩思自然浩博鬱發，隨筆而下，恍若天成。〔註43〕可見，阮氏更爲注重詩作本身的情思藻采，根柢經史只是其發抒情思的基礎，並不進入創作過程。由此而來，他的詩作多情思穠麗，興味蘊藉，獨出時人之上。

（七）許宗衡

許宗衡（1811～1869），初名鯤，字海秋，號我園，上元人〔註44〕，道光甲午舉人（1834）咸豐壬子進士（1852），授內閣中書，任起居注主事。幼孤力學，性簡傲，不慕權勢。居京師時，庭齋簫爽，花竹翳如，日日茗酒讀書其間。著有：

《玉井山館筆記》一卷《舊遊日記》一卷

《滂喜齋叢書》本，同治十三年（1874）吳縣潘氏刻；《叢書集成新編》（上海書店版）第 89 冊收錄；《近代中國史料叢刊》第 488～490 冊收錄。

《西山遊草》一卷

清同治元年刻本，一冊，藏南圖。

〔註41〕甘熙《白下瑣言》卷一，南京出版社，2007 年版，第 9 頁。
〔註42〕顧槐三《醇雅堂詩略》序，《叢書集成續編》第 139 冊，上海書店出版社，1994 年版，第 641 頁。
〔註43〕阮鏞《論詩簡吳九颿》二首，《醇雅堂詩略》卷三，《叢書集成續編》第 139 冊，上海書店出版社，1994 年版，第 658 頁。
〔註44〕柯愈春《清人詩文集總目提要》，北京古籍出版社，2002 年版，第 1461 頁。

《海秋詩錄》二卷

歸安沈氏同治十年刻本，二冊，藏南圖。

《心盒詞存》四卷一卷

何兆瀛、許宗衡合著，鈔本二冊，藏南圖。

《玉井山館集》（包括《玉井山館文略》五卷、《文續》二卷、《詩》十五卷、《詩餘》一卷）

同治間刻本，藏南圖；《玉井山館詩》又有四卷本，稿本；《拳峰館詩》二卷，稿本，以及《拳峰館癸丑以後詩》不分卷，稿本，均藏國圖。

《許海秋文稿》不分卷

稿本三冊，南京圖書館藏。

許氏先世為晉人，依外室，因家江南。母孫氏能書善畫，兼諳音律，其言論風采，得力於家學者多。性嗜典籍，工詩文，其文「坦白通達而意蘊窈然而深，不故為拗句棘字。貌取奇古而下語若鑄，不可增減……深憂遠思，往往隱隱見言外，至目擊時艱，憤悗疾呼，亦時有不能已焉」、「不主常故，而大致勁暢，與魏叔子為近」、「近日古文，自梅伯言之後，眾推上元許海秋，其文夷猶自得，不為桐城末派所囿」。〔註45〕居京師日與道咸間海內知名之士如梅曾亮、包世臣、潘德輿、魯一同、朱琦、葉名澧等人均有交接。

許氏詞名藉甚，譚獻評曰「海秋先生，傷心人別有懷抱，胸襟醞釀，非尋常文士……為近詞一大宗」，也有人定其為常州詞派「守成型詞人」，〔註46〕他雖沒有直接描寫鴉片戰爭、太平天國運動，但詠物言情，無不心繫時代世運、民生疾苦，悲愴淒苦，頗能反映衰世下

〔註45〕也有人對許氏持貶斥看法，如「……居京師，極富盛名……詩文皆模擬桐城，絕無真詣；文尤淺率。蓋道光以後名士，皆剽竊浮言，坐致虛聲，不知有根柢之學。亦緣時無真賞，聾瞽滿朝，非此不能得名也」云云。見李慈銘《越縵堂讀書記》，第1023頁。

〔註46〕朱德慈《常州詞派通論》，中華書局，2006年版，第143～149頁。

部分下層士紳的蕭颯心緒。〔註47〕

許氏詩作爲其文名、詞名所掩，然亦「豪宕感激，幽異頑豔……緣事而發，高古沉鬱」。

今人張舜徽曾評其曰：

> 道咸以來，學術雖不逮乾嘉之盛，而賢者識大，不囿於一名一物之細，其補偏之功，要不可泯。宗衡之學，雖未至于大成，然於並世諸儒，惟推重潘德輿爲正學，劉文淇爲純儒。則其一生趣向，固可考見。〔註48〕

許氏於音韻訓詁、名物考訂雖未有專著，但交接名公巨卿，濡染時代風尚，也並非如李慈銘所言，毫無根柢。

（八）王章

王章（1812～1863），初名搏霄，字雨嵐（一作宇南），上元人，〔註49〕諸生。有夙慧，長而劬學，能爲班馬韓歐之文，尤善詩，與同邑許宗衡齊名，又與王金洛稱「金陵二王」。〔註50〕兼工書畫，所作山水花卉，均清勁超群不落流俗，亦通曲律，善吹笛，〔註51〕性情耿介絕俗，終其生聲名不出里閭。道光年間顧槐三結岑苔社，王章亦曾參與。晚年流離動盪，詩文多散佚，著作今存者有：

《靜盧堂吹生草》四卷

清光緒十四年金陵翁氏茹古閣鈔本，一冊，藏南圖；《金陵叢書》本，民國三年蔣氏愼修書屋鉛印本；《叢書集成續編》（上海書店版）第139冊收錄。

王氏詩作頗豐，同治四年避兵海陵，其子諒初默錄早年詩作若干

〔註47〕祝誠《許宗衡詞作賞析》，《鎮江師專學報》，1989年第3期。

〔註48〕張舜徽《清人文集別錄》，中華書局，1963年版，第450頁。

〔註49〕柯愈春《清人詩文集總目提要》，北京古籍出版社，2002年版，第1472頁。

〔註50〕蔣國榜《靜盧堂吹生草》跋語，《叢書集成續編》第139冊，上海書店出版社，1994年版，第256頁。

〔註51〕莊一拂《明清散曲作家匯考》附錄二，浙江古籍出版社，1992年版，第頁。

首，增以咸豐三年後近作以及許宗衡處其生平酬唱及書信等，成詩文集一卷，未梓行。後上元蔣國榜重新編輯爲文一卷、詩二卷、詞一卷，成《金陵叢書》本《靜虛堂吹生草》四卷，民國三年鉛印行世，成爲通行版本。〔註52〕

按：許宗衡、蔣國榜均未提及十二卷本《靜虛堂詩集》，如柯愈春先生言，清王章有二人，其一爲清初萊陽王章，有《隨緣草堂文稿》行世。然《靜虛堂詩集》亦別有作者，爲清宗室書誠。書誠，字實之，一字季和，又字子玉，號樗仙，鄭獻親王濟爾哈朗六世孫，襲封奉國將軍，有《靜虛堂集》。〔註53〕

然而，此《靜虛堂集》以上諸家均未標明卷數，近人吳恩裕在《敦敏的〈懋齋詩抄〉稿本考》一文中提及曾提及《靜虛堂集》原藏燕京大學圖書館，但又說四七年之後，再沒有見過該書稿。〔註54〕查考《續纂江寧府志·藝文志》，收錄王章《靜虛堂文》一卷《詩》二卷；《清史稿藝文志拾遺》，記載王章有《靜虛堂吹生草》四卷，而《清史稿藝文志補編》則記載王章有《靜虛堂詩集》二十卷、《守約堂詩集》一卷、《隨緣堂文稿》一卷，明顯有誤。柯先生所據材料實爲劉啓瑞轉錄符保森《寄心庵詩話》而來。由此看來，十二卷本《靜虛堂詩集》爲王章所著，或爲舛錯。

《靜虛堂吹生草詞鈔、曲》

鈔本，民國間上海合眾圖書館刊本，藏上圖。

〔註52〕 王章《靜虛堂吹生草》卷末蔣國榜跋尾，《叢書集成續編》第139冊，上海書店出版社，1994年版，第260頁。亦見柯愈春《清人詩文集總目提要》，北京古籍出版社，2002年版，第1472頁。又見劉啓瑞《續修四庫全書總目提要（稿本）》，第27冊《靜虛堂詩集》十二卷條，齊魯書社，1996年版，第754頁。

〔註53〕 鐵保輯、趙志輝點補《熙朝雅頌集》，遼寧大學出版社，1992年版，第271頁。亦見徐世昌《晚晴簃詩匯》，第195頁。又見楊鍾義撰，劉承幹參校《雪橋詩話》卷六，北京古籍出版社，1989年版，第249、250頁。又見趙爾巽等撰《清史稿》第44冊《文苑》「書誠」條，中華書局，1977年版，第13363頁。

〔註54〕 吳恩裕《曹雪芹叢考》，上海古籍出版社，1980年版，第190頁。

道光間荊宜施道陶樑曾聘王氏為記室，因之遊歷彭蠡洞庭，遍覽湖湘之勝。其早年詩作兼有眾體，「上自漢魏六朝，下逮李杜高岑元白，旁及宋元有明，彌不深涉」，〔註55〕王氏自謂「於古人無不似」，〔註56〕風骨簡秀，俊爽之氣，沉摯之思溢於紙上。三十以後，遭逢亂世，身世浮沉，則優生念亂，哀苦之音轉多，亦有部分詩作氣韻沉雄，格律雋雅，於彼時軍政多有反映。

（九）端木埰

端木埰（1816～1892），字子疇，江寧人，〔註57〕道光丙午（1846）拔貢，錄用知縣。後為祈嶲藻所賞，薦授內閣中書，光緒間充會典館總纂，升侍讀，後卒於京師。端木埰性兀傲，不諧時俗，「布衣蔬食，無兼從之奉」，〔註58〕浮沉京師而未見進用，遂枕經胙史，沉酣著述，尤喜《離騷》，工書法，詞名藉甚。生平著述宏富，有《經史粹言》、《讀史法戒錄》、《名文勸行錄》、《賦源》、《篤舊詩集》、《古今詩選》、《金陵文徵小傳彙刊》等，均散佚。〔註59〕今存者有：

《碧瀣詞》二卷

《薇省同聲集》本，王鵬運光緒十六年刻，藏國圖；此書又有陳乃乾《清名家詞》一卷本，民國二十六年上海開明書店鉛印，藏國圖；2008年甘肅文化出版社、寧夏人民出版社編《回族典藏全書》收錄，藏國圖。

《宋詞賞心錄》一卷（一名《宋詞十九首》〔註60〕）

〔註55〕許宗衡《靜虛堂吹生草》卷首《王章傳》，《叢書集成續編》第 139 冊，上海書店出版社，1994 年版，第 186 頁。
〔註56〕許宗衡《靜虛堂吹生草》卷首《王章傳》，《叢書集成續編》第 139 冊，上海書店出版社，1994 年版，第 186 頁。
〔註57〕朱德慈《端木埰生卒年歲新考》，《江海學刊》，2004 年第 5 期。
〔註58〕陳作霖《端木侍讀傳》，《續碑傳集》卷20，《近代中國史料叢刊》第 981 冊，臺北文海出版社，1973 年版，第 23、24 頁。
〔註59〕陳作霖《端木侍讀傳》，《續碑傳集》卷20，《近代中國史料叢刊》第 981 冊，臺北文海出版社，1973 年版，第 23、24 頁。
〔註60〕此書為端木埰晚年所編，舊藏王鵬運四印齋，1933 年，盧前從王氏

清末民初刻本，藏國圖；民國二十三年上海開明書店影印本，藏國圖；《飲虹簃癸甲叢刊》本，民國二十五年金陵盧前刻。

《楚辭啓蒙》

光緒二年黎陽端氏刻本，藏上圖。

《有不爲齋集》六卷

宣統三年刻本，藏南圖。

《有不爲齋小集》一卷

稿本一冊，藏南圖。

《有不爲齋雜錄》一卷

稿本一冊，藏南圖。

《粉槑錄》

同治十二年刻本；盧前編《南京文獻》本

端木埰早年穎異，作《梅花詩》「飽經霜雪無寒相，能返陽和亦大才」，爲同里金鰲所賞，〔註61〕遂從其問學，日相過從者，有楊長年、許仲常、錢漸之及其家兄，數人曾結「聽松詞社」相唱和。〔註62〕入都後，復與同里蔡小石、何青士等人唱和。光緒間，與王鵬運、許鶴巢、況周頤、彭瑟軒等薇省同僚酬唱頗多，進而匯輯成爲《薇省同聲集》行世。其詞紹承常州詞派，重寄託，推尊王沂孫，但又心儀蘇

後人處購得，易名《宋詞十九首》行世。

〔註61〕一說爲韓印。

陳作霖《端木侍讀傳》，《續碑傳集》卷20，《近代中國史料叢刊》第981冊，臺北文海出版社，1973年版，第23、24頁。

金鰲，原名登瀛，字偉軍，一字曉六，性亢直，能面折人過，學問詳洽，與金佐廷、金志尹齊名，號稱「東城三金」工詩文詞賦，尤究心鄉里文獻，著述繁富，有《金陵待徵錄》、《湖熟小志》、《重修祁澤寺志》、《金陵志地錄》、《鷺藤花館詩鈔》等。其《金陵待徵錄》有朱緒曾序言，目之爲「盛仲交之流亞」。

陳作霖《金陵前明雜文鈔》，「金鰲」條，《冶麓山房叢書》，《明清未刊稿彙編》，臺北聯經出版事業，1976年版，第1049頁。

吳小鐵《南京莫愁湖志》，中央文獻出版社，2005年版，第480頁。

〔註62〕端木埰《碧瀅詞》卷首自序。

軾，兼融姜夔，於浙西詞派多所借鑒，遂融冶兩派之長而開其晚清詞學「重、拙、大」的基本發展方向，晚清四大家如王鵬運、朱祖謀、況周頤、鄭文焯無不受其影響。〔註63〕「近數十年來，詞風大振，半塘老人歷遍兩宋大家門戶，以成拙重大之詣，實爲之宗，論者謂爲清之《片玉》。然詞境雖愈豎愈進，而啓之者則子疇先生」。〔註64〕

端木埰又熱心搜羅鄉邦文獻，曾搜集明末清初至咸同間金陵人物近五百人，有文有傳，卷帙浩繁，爲其編纂金陵文徵的資料匯輯，因艱於全部梓行，遂於光緒二年將人物小傳單獨刊刻，是爲《金陵文徵小傳彙刊》，同邑友人夏家鎬爲之作序。《粉槃錄》則成書於同治十二年，記錄金陵人物言行，尤詳於其目見耳聞者，徵實可信。《耆舊軼事》同爲記述人物，然側重於鄉前輩的遺聞逸事。這些著述均對後進如陳作霖等進一步搜集整理鄉邦文獻提供了翔實有力的基礎。

端木埰專意爲詞，詩不多作，然亦多傷時感事的黍離之悲，牢落窮愁，報國無門的寒士情懷尤爲突出。

（十）汪士鐸

汪士鐸（1802～1889）〔註65〕，初名鏊，後易名士鐸，字振庵，改字晉侯，號梅村、芝生，四十九歲後改爲悔翁，避地績溪後又改爲無不悔翁，江寧人，道光壬子（1840）舉人，光緒十一年（1885）以耆儒賞國子監助教銜。汪氏早年家貧，遂習賈，後棄賈向學，督學姚文田深爲歎賞，而湯金釗也謂其「有大醇，亦多小疵，由洗伐之功未

〔註63〕彭玉平《端木埰與晚清詞學》，《中山大學學報》，2004 年第 1 期。
　　　按：彭先生此文梳理論定端木埰推動浙西詞派與常州詞派的合流，以「浙」濟「常」，有力影響了晚清四大家的詞學創作活動，進而奠定晚清詞學發展的基本方向，對於學人重新認識端氏詞學創獲有重要意義。然文中稱端氏師爲「金偉君」，未爲妥當。金氏字型大小生平簡況見前小注 59。
〔註64〕陳匪石《宋詞賞心錄》附錄跋語，臺北正中書局，1975 年版，第 111 頁。
〔註65〕柯愈春《清人詩文集總目提要》，北京古籍出版社，2002 年版，第 1375 頁。

至」云云。後入鍾山書院，從績溪胡培翬、荊溪任泰問學，精研三禮，
與同里楊大堉並稱「汪楊」。咸豐二年，曾與鄒漢勳同館魏源幕府，
協助輯補《海國圖志》。〔註66〕金陵失陷，避地績溪北山，後依座師
胡林翼，爲其記室，鄙棄聲名榮利，胡極愛重之，東南軍政大事多所
贊畫，進而爲曾國藩、李鴻章、沈葆楨等督撫所推重。同治間，因講
求實學與番禺陳澧並爲時人所稱道。同光間，受聘主纂《上兩江縣志》
以及《續纂江寧府志》。生平著述極豐，然多毀於兵燹。〔註67〕今存
者有：

《水經注圖》一卷附錄一卷

咸豐十一年刻本；四庫未收書輯刊第六輯第 10 冊收錄。

《漢志釋地略》

《漢書檢地》本，抄本一冊，藏南圖；二十五史補編本。

《漢志志疑》

二十五史補編本

《南北史補志》十四卷

光緒四年淮南書局刻本；四庫未收書輯刊第五輯第 4 冊收錄。

《南北史補志未刊稿》十三卷

〔註66〕「曩與新化鄒叔績漢勳館魏默深所，嘗取所借魏君書，而各摘錄其
　　　　所嗜。其冬，叔績偕余歸金陵，爲魏刊所著《海國圖志》也」。
　　　　汪士鐸《開有益齋讀書志序》，《汪梅村先生集》卷八，《近代中國
　　　　史料叢刊》第 125 冊，臺北文海出版社，1966 年版，第 324 頁。

〔註67〕「（汪氏）嘗據《注疏》、《通典》及宋楊氏、元敖氏、本朝盛百二、
　　　　吳東壁、程易疇、張皋文、張淵甫諸家說爲《禮服記》三篇……後
　　　　又取後漢諸書爲《儀禮鄭注今制疏證》……又取《說文·玉篇》而
　　　　下諸小學書及《史鑒注》爲《廣韻定正》，正其文字雅俗而旁及於訓
　　　　詁、姓氏、郡縣，並爲《廣韻聲紐表》一卷，又以宋、齊、隋有志
　　　　而梁、陳、北齊、周皆無之，爲《補梁陳州郡志》，於梁之百七州皆
　　　　爲確證其沿革……又據《續志四分術》衍《東漢朔閏考》以正範史
　　　　及洪氏、王氏書而注其甲子異同於下……又爲《佚存書目》蒐討至
　　　　廣」，又有「《韓詩外傳疏證》」則未成書。
　　　　胡林翼《水經注圖》卷首序言，《四庫未收書輯刊》第六輯第 10 冊，
　　　　北京出版社，2000 年版，第 714、715 頁。

二十五史補編本。

《同治上兩江縣志》二十九卷首一卷

同治十三年刻本，藏南圖；中國方志叢書‧華中地方收錄。

《續纂江寧府志》十五卷首一卷

光緒七年刻本，藏南圖；中國方志叢書‧華中地方收錄。

《汪梅村先生全集》四十卷（《文集十二卷》、《外集》一卷、《詩鈔》十五卷、《補遺》一卷、《詞鈔》五卷、《筆記》六卷）

光緒七年刻本，藏南圖。

《悔翁詩鈔》十五卷補遺一卷

燕京大學圖書館民國二十四年刻本，四冊，藏南圖；光緒九年合肥張氏味古齋刻本，藏南圖；《續修四庫全書》第 1532、1533 冊收錄。

《悔翁詩餘》五卷

燕京大學圖書館民國二十四年刻本，一冊，藏南圖。

《悔翁筆記》六卷

光緒九年合肥張氏味古齋刻本，藏南圖；民國二十四年燕京大學圖書館補刻上元吳氏銅鼓軒本，藏國圖；《續修四庫全書》第 1161、1162 冊收錄。

《梅村剩稿》二卷

金陵叢書本，民國三年蔣氏愼修書屋鉛印本；叢書集成續編第 138 冊收錄。

《汪悔翁乙丙日記》三卷

民國二十五年鄧之誠鉛印本，藏南圖。

《續溪山水記》

《小方壺齋輿地叢鈔》本，光緒十七年鉛印，藏南圖；此文又收入光緒七年刻《汪梅村先生集》。

《汪士鐸書札》

稿本，藏國圖。

《無不悔齋駢文》二卷

清末刻本，味古齋；《汪先生駢文》二卷，清末鈔校本，一冊，藏南圖。

《胡文忠公撫鄂記》三卷〔註68〕

清末鈔本，國家圖書館藏；1988 年嶽麓書社《湘軍史料叢刊》收錄。

《汪子語錄》不分卷

稿本一冊，藏南圖。

《輿圖稿》不分卷

稿本一冊，藏南圖。

《讀史考異》不分卷

稿本二冊，藏南圖。

《梁安雜鈔》不分卷

稿本一冊，藏南圖。

《汪悔翁自書紀事》

民國二十二年鉛印本，藏國圖；《北京圖書館藏珍本年譜叢刊》本第 151 冊收錄。

《水經注圖》爲汪氏「據仁和趙氏本《水經注》，爲之疏櫛，釋以今地，及列史諸家文集有可附屬連綴者，率爲補輯」所成，意在「爲讀唐以前古書者之一助」。因其立意於經世致用，遂「於山川厄塞、陂池水利特詳盡，可施之政治」，由其座師胡林翼刊行。從其文後《自記》來看，汪氏另有《水經釋文》，惜未能刊刻流傳。〔註69〕學者陳橋驛在《水經注圖》後記中曾寫道「歷史上曾今出現過的《水經注圖》，

〔註68〕鄧之誠《古董瑣記》卷四引《汪悔翁自書記事》有「同治元年壬戌，作《撫鄂記》六卷」，同時鄧氏又有「汪悔翁《胡文忠公撫鄂記》四卷」，與國圖藏本略異。國圖另藏《胡文忠公撫楚記》鈔本四卷，與《撫鄂記》爲同一本書。

〔註69〕汪士鐸《水經注圖》卷末自記，《四庫未收書輯刊》第六輯第 10 冊，北京出版社，2000 年版，第 770 頁。

從宋代程大昌起直到民國鄭德坤，前後一共有六種……至今幸存者，唯汪圖及楊、熊圖二種」，而汪圖更是「瀕於亡佚的稀本」，具有重要的學術意義。而汪圖以《漢志》郡縣為酈注河川定位，以便古為今用的做法也為陳氏所激賞並沿用。〔註70〕

《南北史補志》為道光戊申己酉間汪氏同劉文淇、楊亮、吳廷颺、王翼鳳受童濂延聘注《南北史》所著，成志三十卷表一卷。此稿曾就正於姚瑩、包世臣、陳奐等人，未及刊刻而遭東南兵燹，不知所終。後為地方督撫士紳方及劉壽曾購得並刊行，雖為殘本，終得以流傳。

《南北史補志未刊稿》為江都李氏所藏淮南書局未曾刊刻十三卷，南陵徐乃昌父子補輯《藝文志》三卷，由開明書店出版印行。至此，汪氏所注《南北史》基本恢復了全貌。〔註71〕

《悔翁筆記》為其沉酣經史的箚記，涉及音韻訓詁、輿地山水、典章名物等方面。其中卷二《儀禮今文》、《儀禮漢制考》為三禮系列著述之遺存；而卷四《漢志河水經流》、《漢志江水經流》、《續漢志失載並省贈立縣》以及卷六《宋志節度使團練防禦》、《六鎮》等則為其詳徵史籍，考辨山水輿地，以期經世致用之作。

《汪悔翁乙丙日記》為鄧之誠據汪氏手稿《乙卯隨筆》、《丙辰備忘錄》匯輯而成，為金陵圍城時所作，記錄了咸豐乙卯丙辰間太平天國革命軍事以及建國典章制度等等，為研究太平天國史之珍貴史料，具有重要的參考價值。

《胡文忠公撫鄂記》則採用編年體紀事，上起咸豐五年胡署理湖北巡撫，下訖咸豐九年胡督軍安徽太湖，對期間清軍與太平軍的戰鬥乃至胡氏的各項軍政措施均有翔實的記載，為研究胡林翼以至於湘軍

〔註70〕陳橋驛《汪士鐸〈水經注圖〉後記》，《〈水經注〉論叢》，浙江大學出版社，2008 年版，第 45～48 頁。

〔註71〕徐乃昌《〈南北史補志〉未刊稿》卷首序言，《兩晉南北朝十史補編》第 4 冊，北京圖書館出版社，2005 年版，第 465 頁。

的第一手材料。

　　汪氏博通群籍，又從胡氏精研三禮，舉凡山川輿地音韻訓詁考證名物，皆能辨其門徑，而其一生精力，尤重輿地，《校刻肇域志商例》一文，溯源歷代地理書之長短異同，舉重若輕，言簡意賅，尤為張舜徽先生所激賞。〔註72〕汪氏生性恬退，外默內剛，不諧於俗，又屢試不中，遂橐筆遊幕四方，相繼入魏源、方仲堅、胡林翼、曾國藩等人幕府，好學深思又兼參與機要，所見日益廣博。汪氏治學無門戶之見，嘗曰「天下學術五，所以行之者三，曰經濟，曰漢學之典章制度朝章掌故，曰宋學修己明理養德，曰詞章，曰俗學，遵功令也。上哲一以貫之，下愚一無所得，中人隨其性之所近，各得其一二」，所究心者尤在在山川郡國典章制度，以期達經術於政治。汪氏自稱亂後之作，「筆記為上，詩次之，詞又次之，而文最下」。其文章散文喜秦漢，駢文喜齊梁而不廢魏晉。為詩喜唐人及明七子，為詞喜南宋人。

（十一）楊長年

　　楊長年（1811～1894）〔註73〕，字健行，號樸庵，又號西華，江寧人，同治庚午舉人，光緒十一年，選武進教諭，因年老語不赴。先後主講上海敬業書院、南京鳳池書院、鍾山書院。少從胡鎬遊，稱高足弟子，精製藝，著作今存者有：

　　《妙香齋集》四卷補遺一卷

　　金陵叢書本，民國三年蔣氏慎修書屋鉛印本；叢書集成續編（上海書店版）第139冊收錄。

　　《慎獨齋讀〈易〉省心錄》不分卷

　　清光緒八滬上敬業書院年刻本，上圖藏。

　　《春秋律身錄》二十二卷

　　清光緒十九年刻本，南圖藏

〔註72〕張舜徽《清人文集別錄》，中華書局，1963年版，第423頁。
〔註73〕柯愈春《清人詩文集總目提要》，北京古籍出版社，2002年版，第1464頁。

《桑根遺愛錄》三卷

清光緒間刻本，藏南圖。

楊氏受業於同里胡聖基，早負盛名，劬志力學，於書無所不窺。壯歲與湯貽芬、周石生、侯青浦、林章甫等人結社唱和，詩酒流連。〔註74〕後遭逢兵燹，詩亦多抒寫幽懷、繫懷家國，時人目之爲少陵詩史，李鴻章、曾國藩皆倚重之。晚主書院二十餘年，總持風雅，觸詠雍容，照耀林壑，眾推爲詩壇祭酒，過江名士無不禮致。其詩宗法唐賢，多淡遠之作，又喜以佛理入詩。古文得史漢筆意，詞亦入白石、草窗之室。

（十二）龔坦

龔坦（1807～1890）〔註75〕，字謙夫，江寧人，恩貢生，候選訓導。師事顧槐三。著有：

《憶舊詩鈔》一卷

《龔氏家集》本，鉛印，民國八年龔乃保刊行，藏南圖。

《以蟲鳴秋詩存》一卷

《龔氏家集》本，鉛印，民國八年龔乃保刊行，藏南圖。

龔氏曾館於金陵甘家、翁家，得以飽覽兩家藏書，所著《養和書屋文稿》則散佚不存。

（十三）陳元恒

陳元恒（1818～1892），字葆常，號月樵，又號景陸，江寧人，〔註76〕同治丁卯舉人。八歲失怙，從季父讀經史諸書，復受業於夏紫

〔註74〕「（楊長年）壯歲以《黃山松詩》見賞於侯青浦廣文，時湯雨生都督方倡冶山吟社，遂與遊宴」。
陳作霖《楊樸庵先生傳》，《可園文存》卷十一，《清代詩文集彙編》本第 736 冊，第 91、92 頁。

〔註75〕柯愈春《清人詩文集總目提要》，北京古籍出版社，2002 年版，第 1428 頁。

〔註76〕陳元恒《稀齡撮記》，《冶麓山房叢書》，臺北聯經出版事業公司，1976 年版，第 4108 頁。

駿姑丈。道光十八年，與同人夏伯音、王竹壬、哈聘之、邰心蓮等十一人結文會，切劘制藝。入鍾山書院，山長王紉齋極賞之。攻苦讀書，專意經史。咸豐三年金陵陷落後，轉徙流離，後從軍糊口。金陵克復後，歸里授徒自給。晚年蒔花木，栽桑竹，讀書課孫其間，優游以終。詩集《棠芬書屋詩存》散佚不存。著作今存者有：

　　《稀齡撮記》

　　稿本，陳作霖《冶麓山房叢書》收錄，1976 年臺灣聯經出版事業公司印行；排印本，民國三十六年《毗陵雙桂里陳氏宗譜》卷三收錄，南京圖書館藏；另有抄本，藏北京圖書館，《北京圖書館藏珍本年譜叢刊》第 163 冊收錄。

（十四）姚必成

　　姚必成（？～1864），字西農，溧水人，〔註77〕道光己酉拔貢。資性方嚴，狷介自持，補諸生，入惜陰書舍，以詩賦爲山長馮桂芬所賞。選授崇明訓導，未赴。與上元湯貽汾、楊得春、江寧周葆濂等交遊酬唱，長於近體。金陵陷落後流離坎坷，身世家國之感一發之於詩歌，著有《袁江小草》、《吳市詩存》皆佚。散曲現存小令一首。〔註78〕今有：

　　《西農遺稿》一卷

　　《金陵叢書》本，民國三年蔣氏愼修書屋鉛印本；《叢書集成續編》（上海書店版）第 141 冊收錄。

　　姚氏服膺少陵，而從昌黎義山入。學韓之雄健而去其險怪，學李之典碩而去其晦僻，風雅兼濟，溫柔敦厚。

（十五）焦光俊

　　焦光俊，生卒年不詳，初名子俊，字章民，又字稚泉，晚號耐庵，

〔註77〕柯愈春《清人詩文集總目提要》，北京古籍出版社，2002 年版，第1528 頁。
〔註78〕盧前《金陵曲鈔》，有飲虹簃刊本。

〔註79〕江寧人，諸生。工詩善畫。咸豐癸丑之亂，焦家四十七人殉難，
〔註80〕焦氏幸免得脫，轉徙淮南，後亦憂鬱而卒。著有《讀史撮要》、
《讀史管見》、《客窗隨錄》、《耐庵古文》、《淮上鵑啼集》、《長中調詞》、
〔註81〕《耐庵詩鈔》〔註82〕等，皆佚。

（十六）蔡琳

蔡琳（1819～1868），字紫函，一字子韓。江寧人，〔註83〕咸豐
壬子舉人，己未進士。歷任刑部主事、提調律例館等職。琳自幼穎異，
振拔於孤童之中，後就讀惜陰書舍，與同里壽昌、孫文川、金和齊名，
號白門四雋。〔註84〕博學嗜古，名冠諸生。爲京官後不以仕進爲意，
俸祿纖薄，復開館授徒以佐家用，窮困侘傺，未幾病卒。著有《夷白
齋詩集》，已佚，今存者有：

《荻華堂詩存》二卷《附錄》一卷

光緒十八年丹陽束氏刻本，藏南圖；又有《金陵叢書》一卷本，
民國三年蔣氏愼修書屋鉛印本，《叢書集成續編》（上海書店版）第
142 冊收錄。

（十七）金和

金和（1818～1885），字弓叔，又字亞匏，上元人，〔註85〕諸生。
早年入惜陰書院，與蔡琳、壽昌、楊後、周葆濂、馬壽齡、姚必成等

〔註79〕陳玉堂《中國近現代人物名號大辭典全編增訂本》，浙江古籍出版
社，1993 年版，第 1226 頁。
〔註80〕曾國藩同治元年八月十二日《懇將焦王氏張氏等分別旌恤片》，《曾
國藩全集 奏稿》，第 2575 頁；又見陳作霖《金陵通傳》，第 1272
頁。
〔註81〕汪士鐸等《續纂江寧府志・藝文志》著錄。
〔註82〕徐世昌《晚晴簃詩匯》，中國書店，1988 年版，第 6982 頁。
〔註83〕柯愈春《清人詩文集總目提要》，北京古籍出版社，2002 年版，第
1546 頁。
〔註84〕蔣國榜《荻華堂詩存》跋尾，《叢書集成續編》第 142 冊，上海書店
出版社，1994 年版，第 87 頁。
〔註85〕柯愈春《清人詩文集總目提要》，北京古籍出版社，2002 年版，第
1534 頁。

酬唱切劘，談詩論文，並爲一時之雋。長於說經，詩賦尤天才卓越，
妥帖排奡、隱秀雄奇，熔漢魏六朝三唐於一冶，時流許譽備至。咸豐
癸丑之變，曾與同里張繼庚等人密謀策應清軍，事泄脫逃。遂流離嶺
南，後寓居滬上，從唐景星辦招商局，尋卒。

著作今存有：

《來雲閣詩稿》六卷（《然灰集》、《椒雨集》、《殘冷集》、《南棲
集》、《奇零集》、《壓帽集》各一卷）

譚獻選，光緒十八年丹陽束氏刻本，藏南圖。

《秋蟪吟館集》（《詩鈔》五卷、《詞鈔》二卷、《古文》一卷）

清光緒十四年翁長森家藏鈔本，二冊，藏南圖；金遺、金還據《來
青閣詩稿》重新增補編輯，光緒二十一年鉛印本，藏國圖；又有民國
三年鉛印本，藏南圖。

《秋蟪吟館詩鈔》七卷（刪《壓帽集》，增入《壹弦集》）

民國五年上元金氏刻本，藏南圖；《金陵叢書》本，民國三年蔣
氏慎修書屋鉛印本；《續修四庫全書》第 1554 冊收錄；2009 年上海
古籍出版社《中國近代文學叢書》收錄。

《祖香詩鈔》二卷

清末活字印本，一冊，藏南圖。

《仲安遺草》一卷

金武祥編《粟香室叢書》本，清光緒間刻，藏南圖。

金氏早年放情詩酒，跌宕自喜，詩古文辭操筆立就，文不加點。
又兼抱負卓犖，足以濟一世之變，然才高命蹇，因作文不中程序而困
頓科場，中年以還，又迭遭變亂，流離轉徙間亦不廢吟詠，而少年磊
落抑塞之氣概漸消，後遊幕四方，幕主多未能盡識其才，無所施用。
薛時雨所謂「振奇人，至性人」，洵爲的評。金氏爲全椒吳敬梓外孫，
其詩作多受《儒林外史》影響，尖銳峭刻，入木三分，金氏亦自謂「不
符古人敦厚之風」。譚獻評曰「大凡君之淪陷，之鮮民，之乞食，一
日茹衰，百年忍痛，情動於中而形諸言，於我皆同病也。風之變，變

之極者，所謂不得已而作也。君終爲放廢，不復能以變雅當諫書」，「跌宕尚氣，所謂振奇者在；纏綿婉篤，所謂至性者在」。蓋寓至情至性於尖銳峭刻，愈見其拳拳之心哉。新會梁啓超以爲「格律無一不軌於古，而意境、氣象、魄力，求諸有清一代，未睹其偶」，「元氣淋漓，卓然稱大家」，推譽備至，然其所著眼處，爲金氏詩文磅礡振奇之一面，以期引以爲文學革命運動之助，難免有所偏頗。

（十八）孫文川

孫文川（1822～1882），字澄之，一字伯澄，上元人，﹝註86﹞諸生。善詩古文辭，咸豐癸丑間，避兵滬上，遂通曉洋務互市事，曾國藩薦入京師，因功保知縣，進同知。沈葆楨督兩江，延之入幕裏辦，後升知府。孫氏爲官不樂仕進，暇則招邀同好以談文論藝、考訂金石書畫爲務。著作今存者有：

《南朝佛寺志》二卷

孫文川、陳作霖輯纂，宣統元年刻本，藏上圖；《中國佛寺志彙刊》（臺北明文書局）第 1 輯收錄、《中國佛寺志叢刊》（廣陵書社）第 28 冊收錄、《南京稀見文獻叢刊》《金陵瑣志九種》（南京出版社）收錄。

《讀雪齋詩集》

光緒八年刻本，九卷，藏南圖；又有七卷本、十卷本，均爲稿本，藏國圖。

《淞南隨筆》

黃坤、王順點校，《明清上海稀見文獻五種》收錄。

《淞南隨筆》爲孫氏同治二年至四年寓居滬上的部分日記。內容涉及其金石字畫藏品、賞鑒考訂；古今藝文、作品作者鉤沉考辨；清軍、太平軍乃至英美等外國勢力之間錯綜複雜的軍事政治鬥爭；上海近代的世態萬象等等，頗具史料價值。

﹝註86﹞黃坤、王順《淞南隨筆》前言，《明清上海稀見文獻五種》，人民文學出版社，2006 年版，第 645 頁。

　　《南朝佛寺志》爲其從歷代相關著述中勾稽耙梳，考辨整理出六朝時期佛寺二百二十六座，爲研究六朝佛教在金陵活動的重要資料。本書爲孫氏未成之稿，後由陳作霖補足，「遺稿在貴池劉聚卿觀察（劉世珩）處，作霖見而索得之，於叢殘蠹蝕中編纂成帙，間有辯駁，即注其下，燈窗雨夕，目眵手胝，閱五月而告竣」。〔註87〕

　　孫氏早年就讀惜陰書院，與蔡琳、壽昌、金和齊名，號稱「四雋」，旅居上海後，復同王韜、趙烈文、張鴻卓等人交遊，〔註88〕耳聞目擊，得以通曉外事洋務，後入曾國藩幕府，多所歷練，官至知府。藏書甚富，爲金陵藏書家之一，性喜金石書畫，長於考據之學。其詩作多變徵之音，蒼涼奇肆，反映時代亂離。歌行體慷慨健拔，聲情激越，表彰鄉賢義烈不遺餘力，與同時金亞匏詩格相伯仲。〔註89〕

（十九）周葆濂

　　周葆濂（？～1866），初名葆淯，避穆宗諱改今名，字還之，號且巢，江寧人，〔註90〕貢生。詩才清麗，咸豐癸丑間，曾與張繼庚密謀內應清軍，事敗逃竄脫身，旅食江淮間，晚年任桃源、寶應訓導，卒於官。著作今存有：

　　《且巢詩存》四卷

　　光緒十六年刻本，藏南圖；另有《金陵叢書》本，五卷，民國三年蔣氏愼修書屋鉛印本；《叢書集成續編》（上海書店版）第142冊收錄；《且巢詩集》鈔本不分卷，藏南圖。

　　《周還之無題詩》一卷

　　鈔本，藏南圖。

〔註87〕陳作霖《南朝佛寺志》卷首，《中國佛寺志叢刊》第一輯第2冊，臺北明文書局印行，1980年版，第3頁。
〔註88〕王韜《瀛壖雜誌》卷首孫文川題詞，《近代史料叢刊》第388冊，第12頁。
〔註89〕徐世昌《晚晴簃詩匯》，中國書店出版社，1988年版，第6895頁。
〔註90〕柯愈春《清人詩文集總目提要》，北京古籍出版社，2002年版，第1560頁。

另，周氏散曲現存套數一套，見盧前輯《金陵曲鈔》，有飲虹簃刊本；同治間刻《惜陰書屋賦鈔》選錄其賦作八篇。

周氏少負雋才，有聲庠序間，惜陰書院山長王絅齋、馮桂芬欣賞之。其時湯貽芬、侯青浦主持風雅，律導後進，孫氏與壽昌、孫文川、蔡琳、楊後、金和等人相沿六代之遺風，祖尚騷雅，詩酒流連，「一篇脫手，都人爭寫，如三河少年，鮮衣盤馬，其詩豪雋」。後遭金陵動盪，遷徙流離於江淮之上，舉凡軍事頹靡，民生凋敝，羈旅行役莫不發之於詩，優生念亂，「如霜夜吹笛，征人感泣，其詩激楚」，晚年則頗多今昔之感，「如白髮宮人話開天遺事，其詩怨抑」。周氏循循君子，與人交渾渾不露鋒穎，深自斂抑。雖智略洞達一世，然終隨身而沒，無所用於世。其詩作中年以後，鬱悒百結，亦為遭際運會所激發。寒士孤吟，殆此類也。

（二十）楊後

楊後（？～1863），初名得春，咸豐癸丑後改今名，字柳門，號師山，上元人，[註91] 諸生。與金和、姚必成、周葆濂齊名。詩學中晚唐，尤工駢文。性嗜古，居處雜陳金石鼎彝、磚瓦古錢，斑駁陸離。咸豐間避亂江北，尋卒。著有《師山詩集》，已佚，今存者有：

《柳門遺稿》二卷

光緒二十年丹陽束允泰刻本；《金陵叢書》一卷本，民國三年蔣氏慎修書屋鉛印本；《叢書集成續編》（上海書店版）第 141 冊收錄。

楊氏性謙沖，潔清自好，少負雋才，為湯貽汾、侯青浦座上客，詩則風華綺靡，冠絕當世，沿六朝三唐之餘緒，詩人之詩庶幾近之。

（二十一）劉葆恬（劉偶）

劉葆恬（1809～？），字雲卿，號偶因、偶因道人，江寧人，

〔註91〕朱德慈《近代詞人考錄》，中國社會科學出版社，2004 年版，第 264頁。

〔註92〕諸生。著作今存者有：

《讕言瑣記》一卷

光緒十二年刻本；《金陵叢書》本，民國三年蔣氏愼修書屋鉛印本；《叢書集成續編》（上海書店版）第 96 冊收錄。

《蟻餘偶筆》一卷《附筆》一卷

光緒十二年石菖蒲吟榭刻本；《金陵叢書》本，民國三年蔣氏愼修書屋鉛印本；《叢書集成續編》（上海書店版）第 139 冊收錄。

《讕言瑣記》完成於同治六年（1867），〔註93〕是書雜記晚清金陵一地世態人心，「皆抒其中之所見與近事之足備勸懲者。間有他書所載，小有異同，各述所聞，不嫌因襲罪福之說。雖近二氏，然言者無罪，聞者足戒」。〔註94〕

《蟻餘隨筆、附筆》爲詩文集。「（劉氏）家上新河，即古白鷺洲也。學行修飭，早負盛名。四十後始學詩，質而文、澹而永，與唐儲光羲、沈千運爲近。……蓋其無意爲詩而興會所至，自在流出，自有不可幾者。文亦雅篤有節，其《遊鹽城東門記》似枚乘《七發》，《雜說》及《讀史記》於論古之中寓規世之意，皆有爲而作也，標寄蕭遠」。〔註95〕劉氏咸豐壬子（1852）三月學詩於黃鐸，〔註96〕與黃裕、

〔註92〕柯愈春《清人詩文集總目提要》，北京古籍出版社，2002 年版，第 1444 頁。

〔註93〕占驍勇《清代志怪小説集研究》，華中理工大學出版社，2003 年版，第 344 頁。

〔註94〕蔣國榜《讕言瑣記》跋尾，《叢書集成續編》第 96 冊，上海書店出版社，1994 年版，第 877 頁。

〔註95〕蔣國榜《蟻餘偶筆、附筆》跋尾，《叢書集成續編》第 139 冊，上海書店出版社，1994 年版，第 107 頁。

〔註96〕黃鐸（1821～1879），字子宣，號小園，又號鷺洲詩漁、明秀閣外史，原籍安徽婺源，江寧人。黃鼎子，工詩善畫，兼精醫術，咸豐間寓居滬上，以筆名鷺洲詩漁與《申報》、《瀛寰瑣記》中葛其龍、蔣其章諸人多有唱和，著有《肱餘集》四卷，宣統三年刻本，藏蘇州大學圖書館。
孫琴《我國最早之文學期刊——〈瀛寰瑣記〉研究》，蘇州大學 2010 級博士論文。

〔註97〕王芻民、程莒鄉極樽酒唱和之樂，次年鷺洲告急，諸人各自逃竄流徙，蟬緩之音一變而爲噍殺，多記流離轉徙之哀苦，金陵後學陳作霖《可園詩話》謂其「詩格在開、天以上」。〔註98〕

劉氏交遊廣闊，居金陵時與姚必成等友善，避亂滬瀆後，復與《瀛寰瑣記》諸君子相往來，發表有《復黃小園書》、《江上秋翁傳》（見第三卷）、《高郵孝子記》、《說孝廉方正》、《記相法》、《王氏厚德記》（見第八卷）等。

（二十二）朱紹頤

朱紹頤（1832～1882），字子期，一字養和，號劫餘道人，溧水人，世居江寧，〔註99〕光緒丙子（1876）舉人，歷署邳州、海州學正，曾入天津周盛傳幕，襄贊軍務。著有今存有：

《把翠樓詩存》二卷

翁長森選刻《石城七子詩鈔》本，清光緒十六年刻，藏南圖；陳作霖輯刻《冶麓山房叢書》本，臺北聯經出版事業公司 1976 年版；揚州古籍書店 1987 年重印本。

《紅羊劫傳奇》

原署「劫餘道人原作，聽秋道人錄印」。影印本，刊年不詳，首都圖書館藏；周妙中《江南訪曲錄》著錄舊鈔本，藏江蘇省文化局長周村處〔註100〕；同治元年（1862）鈔本，藏國圖；民國間手鈔石印本。〔註101〕

〔註97〕黃裕（1820～1864），字問芝（問之），江寧人，黃鐸兄，著有《菜花剩語》四卷。

〔註98〕錢仲聯主編《清詩紀事（十五）道光朝卷》，江蘇古籍出版社，1989年版，第 10771 頁。

〔註99〕柯愈春《清人詩文集總目提要》，北京古籍出版社，2002 年版，第1673 頁。

〔註100〕梁淑安、姚柯夫《中國近代傳奇雜劇經眼錄》，書目文獻出版社，1996 年版，第 52 頁。

〔註101〕左鵬軍《晚清民國傳奇雜劇考索》附錄《晚清民國傳奇雜劇目錄》，人民文學出版社，2005 年版，第 272 頁。

《紅羊劫》卷首聽秋道人序曰「吾友有劫餘道人，抱王粲登樓之感，值黃巢肆虐之年，偶對南國之雲山，遂製龜年之樂府」，又曰「甲寅秋，朱門告警，余匆匆遠徙。《紅羊劫》原本已經遺失，既抵椒陵，旅邸無事，因就記憶之所及，爲錄出。其間不無舛錯遺忘，惟此閱者見諒焉」。由此可知該劇創作之所由以及版本源流等情況。《紅羊劫》雜糅朱氏自身經歷與見聞，直接反映太平天國攻陷金陵前後的史實乃至社會狀況，有很強的現實意義，爲後世治曲學者所重視。

朱氏爲石城七子之一，嗜古積學，工詩文，通曉音律。金陵陷落後，與妻甘氏赴水求死而獨幸免，遂不復娶，賦《孤鴻篇》以明志。性友孝，以質行著稱。朱氏早年好初唐四傑文，所爲文亦沉博絕麗，藻采紛披，晚歲由駢入散，祁向漢魏高古法度，而間以韻語出之。詩作則初學鹿樵，情詞清婉，後亦有所變化，硬語盤空，近乎韓昌黎。〔註102〕

（二十三）吳邦法

吳邦法，生卒年不詳，字揖蓮，江寧人。諸生。因目眇，書法不中程序而困於科場，遂棄舉子業，專精詩詞，著有《夢碧山房稿》、《浣香流夢詞》等，皆佚。其詞作《金盞子・對燭》爲時人所重，曾入選《金陵詞鈔續編》、《全清詞鈔》、《詞綜補遺》等等。著述今存者有：

《延陵吳氏宗譜》十卷

吳邦法修，吳鳳藻纂，清光緒七年至德堂活字印本，吉林大學圖書館藏。

（二十四）凌煜

凌煜，生卒年不詳，字伯炎，又字耀生，江寧人，諸生。幼遭金陵之亂，從其父凌志珪遊幕四方，支離兵間猶不廢吟詠，名滿江浙。

〔註102〕 陳作霖《朱子期孝廉傳》，《可園文存》卷十一，《清代詩文集彙編》第 736 冊，第 94 頁。

亂定歸里，以軍功議敘知縣。光緒中入安徽巡撫沈秉成幕，沈氏愛重之。著述今存有：

《柏岩乙稿》十五卷《丙稿》一卷

清光緒十三年鈔本，一冊，藏南圖；《金陵叢書》本，民國三年蔣氏慎修書屋鉛印本；《叢書集成續編》（上海書店版）第 141 冊收錄。

凌煜交遊廣泛，與同邑孫文川、蔡琳、長洲孫麟趾、寶山蔣敦復、元和王炳、常州莊棫、德清戴望等相友善，詩工五言近體，多反映戰亂流離、民生疾苦者，喜以議論爲詩，以金石、釋典入詩，略近於宋詩格調。同時德清戴望稱其「用典確、擇語精、選詞煉，沿梅村竹垞而上，以探唐宋諸家，爲金陵近今詩人一大宗」，莊棫則曰「學力俱優，爲白門一大作手」，尤可見凌氏詩學創作之成就。

（二十五）何延慶

何延慶（1840～1890），字善伯，號寄漚，江寧人，[註103]允孝父，師孟子。同治癸酉（1873）舉人。後入天津遊周盛傳幕，於中外交涉和戰之利害與洋槍炮火彼此短長之故，講求備至，以軍功保升知府，旋因母病乞假歸，又入天津總兵賈致堂幕，以咳血卒。著述甚豐，有《賜策堂文集》，已佚。今存者有：

《寄漚詩存》二卷

翁長森選刻《石城七子詩鈔》本，清光緒十六年刻，藏南圖；揚州古籍書店 1987 年重印本。

《寄漚遺集》八卷附《醒齋遺文》一卷《醒齋遺詩》一卷（何允孝撰）

清宣統間江寧何氏刻本，藏南圖；

《梅花書屋詩鈔》五卷

稿本一冊，有同時秦際唐題詩，藏南圖。

〔註103〕 柯愈春《清人詩文集總目提要》，北京古籍出版社，2002 年版，第1743 頁。

何延慶為石城七子之一，秉性爽朗特出，風骨有執，工詩詞，學行並礪。為文取法六一，尤殫心時事，務讀有用之書。所作於官場黑暗腐敗多有揭露，反映現實，家國憂思而兼感唱身世，山長薛時雨有「此腔皆熱血，所至發哀吟」之評價。

（二十六）蔣師軾

蔣師軾（1846～1877），字幼瞻，上元人，〔註104〕光緒乙亥（1875）舉人。與弟師轍齊名，人稱二蔣。性嗜學，工詩古文辭，並精楷法。因貧故，囊筆從軍，轉戰於河南商丘一帶，凡所歷覽，皆有題詠。後受江寧知府涂宗瀛賞識，補縣學生。中舉後應禮部試，旅途病卒，年僅三十二。蔣氏少有才名，近於狂，後深自斂抑，究心濂洛關閩之學，力懲空談以切於身心日用，毅然以古賢自期。著述頗多，《治學求近》一卷、《漁石樓箚記》二卷、印譜一卷，皆佚。今存者有：

《三逕草堂詩鈔》四卷

清光緒十六年（1890）刻本，一冊，卷首有江寧鄧嘉楫序、金壇馮煦哀辭，卷末有蔣師轍跋尾，藏南圖。

蔣氏與同邑劉壽曾、何延慶、陳作霖、朱紹頤、羅震亨等友善，博通經史，喜金石文字。詩作「宕往沖夷，風格在蘇黃之間，佳處復神似王漁洋，或有所未至，則天限之矣」〔註105〕。雖經歷坎坷流離，然春容駘蕩，詞舒音雅，不為物境所轉移，「詩秀而冷，如寒花初胎，偃蹇冰雪」。〔註106〕多紀遊之作，長於摹寫景物，喜長歌，時以議論入詩。要之，究性理，講學問，略近於宋人。

（二十七）尚兆山

尚兆山（1835～1883），字仰止，句容人，〔註107〕諸生。肄業惜

〔註104〕柯愈春《清人詩文集總目提要》，北京古籍出版社，2002年版，第1795頁。

〔註105〕鄧嘉楫《三逕草堂詩鈔》序，清光緒十六年（1890）刻本。

〔註106〕徐世昌《晚晴簃詩匯》，中國書店，1988年版，第7434頁。

〔註107〕柯愈春《清人詩文集總目提要》，北京古籍出版社，2002年版，第

陰書院，與同時名士甘元煥、陳作霖、翁長森、馮煦、劉壽曾等人相友善。嗜古力學，淡泊榮利，曾佐汪士鐸修撰《江寧府志》，句曲兵事纖悉必備，汪士鐸愛重之。尚氏尤好金石古鼎彝器，至典衣購置，曾裹糧走亂山中，摹拓摩崖題名。尚氏兼工繪畫，曾有同治十二年癸酉（1873）莫愁湖《湖上挑菜會》、同年八九月間《玄武湖雅集圖》〔註 108〕以及汪士鐸小像等。年四十九卒，生平著述極豐，有金石輿地之類三十餘種，皆未成，爲其弟卷去，終散佚不存〔註 109〕。今殘存者有：

《括囊詩草》二卷《詞草》一卷

《金陵叢書》本，民國三年蔣氏愼修書屋鉛印本；《叢書集成續編》（上海書店版）第 142 冊收錄。另《括囊詩草》二卷有清光緒十年鈔本一冊，藏南圖。

《赤山湖志》六卷

清鈔本，三冊，藏南圖；《金陵叢書》本，民國三年蔣氏愼修書屋鉛印本；民國間南京通志館編《南京文獻》第 24 期收錄；《叢書集成續編》（上海書店版）第 62 冊收錄；廣陵書社 2006 年版《中國水利志叢刊》第 44 冊收錄。

《句曲外史集》六卷

（元）張雨撰、尚兆山編定，稿本五冊，藏南圖。

《赤山湖志》爲尚兆山襄助左宗棠治理南京秦淮河時搜集資料的匯輯〔註 110〕，原名《赤山湖源委箚記》，包括《祈年志》一卷、《文

1700 頁。

〔註108〕 《玄武湖雅集圖》金陵文壇俊彥多有題詠，後散佚不存，近人唐圭璋先生亦曾多方求索。

陳鳴鐘《南京近代學者陳作霖》，《文教資料簡報》，1983 年第 3 期。

〔註109〕 翁長森《括囊詩草》跋尾，《叢書集成續編》第 142 冊，上海書店出版社，1994 年版，第 19 頁。

〔註110〕 光緒間左宗棠規劃治理秦淮河，遂疏濬赤山湖，尚兆山參與其事，甫開工左氏既調任他處，事未半而廢，尚氏感慨歎惜之餘，匯輯諸

集》一卷、《圖說》一卷、《歷代源委圖》及《圖證》一卷、《古蹟考》二卷、《祈年譜》一卷，計七卷。卷首序言自揭絕拘墟、詳故跡、傳實際、則古昔四種敘述赤山湖體例。後金陵蔣國榜將書稿收入《金陵叢書》，題名爲《赤山湖志》〔註111〕。

尙氏《括囊詩草》本爲八卷，經翁長森裁汰，成二卷，入《金陵叢書》。其詩多出於幽懷感憤，孤芳擢秀，深詞苦語。又有登臨懷古諸作，多事考索，網羅舊聞，流連陳跡，近乎學人之詩。

（二十八）高德泰

高德泰（1838～？），字子安，上元人。〔註112〕世代以機織爲業，爲南京絲織業巨頭，南京陷落後，流離輾轉蘇州、如皋、廣東等地，轉徙流離。亂定歸里，曾與修《續金陵詩徵》。近世著名學者王瀣爲其弟子。

《竇芳錄》一卷

高熊舉撰、高德泰輯，清同治十三年刻，光緒六年補刻，光緒十一年重修本，藏南圖。

《忠烈備考》不分卷

清光緒二年刻本，八冊，藏南圖；又有《忠烈備考》一卷首一卷，一冊，光緒六年刻本，藏南圖。

《江寧林烈婦事實》一卷

清光緒六年刻本，一冊，藏南圖。

《高氏閭門殉難十二圖說》

清光緒三年刻本，一冊，藏南圖。

《金陵機業瑣記》一卷

清光緒七年刻本，一冊，藏南圖。

史料，成《赤山湖源委箚記》一書以誌之。

〔註111〕程尊平《尚兆山憤寫〈赤山湖志〉》，《句容文史資料》第17輯，第149、150頁。

〔註112〕柯愈春《清人詩文集總目提要》，北京古籍出版社，2002年版，第1726頁。

《高子安遺稿》二卷

清末鈔本，二冊，藏南圖；另有《高子安遺稿》一卷，民國間南京通志館編《南京文獻》第 15 期收錄。

《忠烈備考》為高德泰耙梳整理歷年奏恤、奏案以及搜集採訪所得太平天國期間死於南京的朝廷將士、地方鄉紳以及民眾資料，按照千、秋、碧、血、萬、古、丹、心、分別立傳，尤側重於江寧、上元兩縣義烈之士的統計整理，於後世研究南京地方史志者多有裨益。

《金陵機業瑣記》則對於清末南京紡織業的發展情況多有介紹，為研治近代經濟史者所重。

（二十九）胡恩燮

胡恩燮（1825～1892），字煦齋，晚號愚園，江寧人。〔註113〕少好古文辭，應郡邑試，鬱鬱不得志，遂供職京師國史館，議敘縣丞候選，丁未復入馬蘭鎮幕府。太平軍陷金陵，與邑人張繼庚謀為內應，奉欽差大臣向榮之命，喬裝乞丐入城偵察，出入凡 36 次，事泄逃奔江南大營。後率水勇 300 與太平軍作戰，因軍功升候補知府。後於江北等地辦理釐局，善於理財籌餉，深得總督吳棠信任。光緒八年（1882）受左宗棠委託承辦徐州利國驛煤鐵礦（即徐州礦務局）。同治間胡氏於金陵中山王徐達西園故址築愚園（又名胡家花園），為金陵名士詩酒宴遊之所。〔註114〕著有《愚園偶憶詩草》、《愚園記》、《遺容詩錄》等，皆佚。今存者有：

《孝行錄》

濮文暹、胡恩燮等撰，清光緒間刻本，藏國圖。

〔註113〕 陳玉堂《中國近現代人物名號大辭典：全編增訂本》，浙江古籍出版社，1993 年版，第 890 頁。

〔註114〕 「愚園之成，於今凡五十年。當夫粵寇初平，風騷繼起，冶山之館舍，薜廬之講席，一時通儒碩彥，萃集於金陵。往往載酒來遊，分題選勝，不空北海之樽，高會南皮之侶，或歌或哭，數十年如一日也」。

胡光國《愚園詩話》卷首自序，民國九年（1920）刻本，藏南圖。

《白下愚園題景七十詠》一卷

胡恩燮、胡光國撰，民國七年刻本，藏南圖。

《患難一家言》三卷

羅爾綱藏刻本，一冊；中華書局 1962 年《太平天國史料叢編簡輯》據以刪定收錄。

《愚園偶憶詩草》一卷

《白下愚園集》本，胡國光清光緒二十年刻本，藏南圖；臺北臺聯國風出版社 1970 年版，藏國圖。

《患難一家言》為胡氏退居之暇，錄其生平所經歷，上自咸豐癸丑，下訖光緒丁亥，雖依傳記年譜之例，然於太平天國據金陵期間軍政情況、典章制度、社會風氣等等，均有詳盡描述，成為後世史家研治太平天國的珍貴史料。

胡氏詩作多反映戰亂，長歌學李太白，近體類宋人，風格峭厲。

（三十）陶錫霖

陶錫霖，生卒年不詳，字鐵君，上元人，著作今存者有：

《寄生草堂吟草》二卷

稿本，藏南圖。

《寄生草堂吟草》一卷

清末鈔本，藏南圖。

（三十一）顧永熙

顧永熙，生卒年不詳，字君彥，上元人，道光丙午科舉人，官河南固始知縣。

（三十二）鄭鏡清

鄭鏡清，生卒年不詳，字海秋，江寧人，咸豐己未舉人。工詩賦及制舉文，有詩二卷，今佚。

（三十三）程肇錦

程肇錦，生卒年不詳，上元人，諸生。有《峰餘草》、《浙遊詩存》，

今散佚。

（三十四）王殿鳳

王殿鳳，生卒年不詳，字枳簃，上元人，咸豐壬子舉人。考取內閣中書，轉協辦侍讀，充方略館校對，以同知分發四川，主講少城書院。著有《蕉梧書屋詩存》，今散佚。

（三十五）伍承平

伍承平，生卒年不詳，字伯衡，江寧人，道光甲午舉人。歷官海州學正、徐州府教授，以軍功升直隸州知州，卒於任所，著述今皆散佚。

二、普通詩家

（一）顧遯之

顧遯之，生卒年不詳，字子巽，江寧人，歲貢生，候選訓導。曾入鍾山書院，〔註115〕潛心經史，制舉文雄視一時，為山長朱琦激賞，然困於場屋，屢試不售。顧氏與同邑汪士鐸、潘鐸等相友善。汪氏曾舉薦顧遯之於曾國藩。〔註116〕後受潘鐸禮聘，流寓河南，未幾卒。子孫遵其遺言，留居河南，發展成為晚清顯赫一時的開封顧氏家族，《明清進士題名碑錄》中載錄顧家五位進士，其中顧璜、顧瑗、顧承曾均為翰林。顧氏有《燕貽堂集》，已佚，著述今存者有：

《燕貽堂制藝》

清末刻本，二冊，藏國圖。

汪士鐸有《顧子巽文集敍》，曰「其為文思深而閎爽，典而不靡，精而賅，著而密，沛乎其若淵泉之出而無極也。使與國初諸老宿分席

〔註115〕 鍾山書院山長朱琦所刊《鍾山課藝雜體詩》收其四首詠史懷古詩作。

　　　　　甘熙《白下瑣言》，南京出版社，2007年版，第49、50頁。

〔註116〕 《曾國藩全集·日記一·咸豐十年五月十三日》，嶽麓書社，1994年版，第501～502頁。

較技，或已啜其羹臠而投其骨矣」〔註117〕云云，尤可見顧氏詩文之
作大概。

（二）葉覲揚

葉覲揚，生卒年不詳，字敏修，號蓮因居士，江寧人。武英殿纂
修葉聲揚弟，道光十九年舉人，歷任淮安、揚州、泰興學篆，高郵學
政，升知縣，卒於任。著有《求放心齋文集》十卷《詩集》廿四卷、
《求放心齋金石跋隨筆》二十卷、《醫學通神錄》十卷、《求放心齋隨
筆》三十卷、《蓮因居士所見集》四卷等。今存者有：

《金石萃編篆隸匯鈔》不分卷

稿本二冊，藏南圖。

《蓮因居士雜鈔》一卷

鈔本一冊，藏南圖。

（三）羅笏、羅振亨、羅晉亨、羅鼎亨

羅笏（？～1863），字心魚，號寶山，上元人，〔註118〕諸生。家
極貧，留心經世之學，咸豐間上《清淮團練籌餉》二議，總督吳棠頗
採納之。後從軍浦口，以軍功保舉訓導，年五十餘卒。著有《養一齋
詩文集》，其詩作歷敘「兵戈離亂之慘，喪亡之慟，兄弟友朋聚散之
感，道途奔走飢寒所歷，登臨遊覽之所及」，率為寒士實錄。

羅振亨（1846～1880），字雨田，笏長子。〔註119〕年十七即入營
司筆筍事，性友孝。金陵復，充保甲局書記。後補縣學生，館常熟。
後入軍需局幕，光緒六年分修府志，未竟而卒，年三十五。振亨嗜古
好學，從寶應成孺（成蓉鏡）遊，詳明義理，復學古文於江夏張裕釗、

〔註117〕 汪士鐸《顧子巽文集序》，《江梅村先生集》，《近代中國史料叢刊》
第 125 冊，臺北文海出版社，1989 年版，第 335、336 頁。
〔註118〕 柯愈春《清人詩文集總目提要》，北京古籍出版社，2002 年版，第
1457 頁。
〔註119〕 柯愈春《清人詩文集總目提要》，北京古籍出版社，2002 年版，第
1796 頁。

同邑汪士鐸，頗得義法，遂匯通漢宋。振亨與同時馮煦、蔣師軾、蔣師轍、蒯光典、張士珩等友善，切劘學問，唱酬流連，有聲東南。著述頗豐，計有《續經正錄》四卷、《服膺錄》四卷、《正蒙課例錄》一卷、《篔進錄》一卷、《其則錄》一卷、《五子要例》一卷、《閨門必談》一卷、《壺雅》一卷、《古文觚》一卷、《羅氏家禮》一卷、《羅氏家訓》一卷、《有不為齋集詩文集》三卷、《日新記》一卷、《奧學堂藏書目》一卷等。

羅晉亨（1847～1874），字接三，一作捷山，笏次子，〔註120〕諸生。從學寶應成孺，同治七年補官學弟子，十三年卒，時二十八歲。著有《藕花館詩》一卷。

羅鼎亨，生卒年不詳，字叔重，笏少子，諸生。著有《陋習詩》一卷。

羅氏父子著述多散佚，今存者有：

《羅氏一家集》五卷（包括《羅心魚集》一卷、《羅雨田集》二卷、《羅接三集》一卷、《羅叔重集》一卷）

《金陵叢書》本，民國三年蔣氏慎修書屋鉛印本，藏國圖；《叢書集成續編》（上海書店版）第154冊收錄。

（四）陳恭釗

陳恭釗，生卒年不詳，字月舟，江寧人。能詩，尤工集句。家有樸園，彼時名流多唱酬其間。著有《綠衫野屋集》，今散佚。

（五）朱桂模

朱桂模（1826～1886），字崇嶧，上元人，〔註121〕朱緒曾次子，

〔註120〕 吳小鐵編纂《南京莫愁湖志》，中央文獻出版社，2005年版，第323頁。

〔註121〕 柯愈春《清人詩文集總目提要》著錄朱氏「生年不詳，約卒於光緒十二年（1886）」，然《在莒集》卷首汪士鐸撰《質行朱先生傳》有「光緒十二年以疾卒於家，春秋六十」之語，則朱氏生卒年自可確定，毋庸約辭。

咸豐十一年拔貢。性敦篤，博雅能文。曾入直隸學政鮑源深幕府三年，候補道洪汝奎重其學識，延入金陵書局分校，參與修纂《江寧府志》等。著述今存者有：

　　《在莒集》一卷

　　清光緒十四年鈔本一冊，藏南圖；《金陵叢書》本，民國三年蔣氏慎修書屋鉛印本，藏國圖；《叢書集成續編》（上海書店版）第141冊收錄。

　　朱桂模紹承家學，沉酣經史，以精博聞名鄉里，與甘元煥、陳作霖、顧雲、劉壽曾、侯宗海、翁長森等友善。其詩作「述鄉里之耆宿，悼宙合之寇攘，一篇一什皆非苟作，合於興觀群怨之旨」。〔註122〕其妻熊嘉穎亦能詩，著有《憶萱詩草》，今佚〔註123〕。

（六）盧崟

　　盧崟，生卒年不詳，字雲谷，江寧人。幼穎異，能賦詩，尤工制藝。年十六補諸生，賦性冷峭，睥睨一切，金陵陷落，避地浙江，同治初參淮軍營務，有軍功。金陵克復後，入尊經書院，文章骨力雄厚，爲山長薛時雨所賞。同治十年中進士，授編修，充國史館纂修、山東東平令，兼龍山書院主講。光緒五年督學雲南，歸里後主尊經書院。著作今存者有：

　　《東平州志》二十七卷《圖》一卷首四卷

　　盧崟、恩奎、左宜似等撰修〔註124〕，清光緒七年刻本，五冊，藏南圖；鳳凰出版社選輯《中國地方志集成·山東府縣志》第70冊

柯愈春《清人詩文集總目提要》，北京古籍出版社，2002年版，第1757頁。

汪士鐸《質行朱先生傳》，《在莒集》卷首，《叢書集成續編》第141冊，上海書店出版社，1994年版，第79頁。

〔註122〕蔣國榜《在莒集》跋尾，《叢書集成續編》第141冊，上海書店出版社，1994年版，第102頁。

〔註123〕《續纂江寧府志》閨閣。

〔註124〕盧崟修撰《東平州金石錄》二卷、《東平洲藝文志》四卷，爲《東平州志》第17卷至22卷。

收錄。

《盧太史稿初集》一卷、《二集》一卷

清光緒十七年石壽山房刻本，日本京都大學人文研究所藏。
〔註125〕

《石壽山房集》四卷

民國二十二年金陵盧氏飲虹簃鉛印本，一冊，藏南圖；民國間
《南京文獻》第 1 號收錄。

盧氏少負雋才，長益嗜學，與同時劉汝霖、姚兆頤、秦際唐、甘
元煥號為能文者，而取材宏富，魄力沉雄，似突過諸子。

三、未收詩家

（一）車持謙

車持謙（1778～1842），字子尊，號秋舲、捧花生，室名捧花
樓、薇西小舫，上元人，〔註126〕增生。家貧，嘗遊幕四方，性冷峭，
與顧廣圻、周濟、梅曾亮等友善，道光十一年與同邑顧槐三、王
章、楊輔仁等結苕岑社談詩論藝。車氏博學多聞，尤長史學，又好
金石。生平著述豐富，有《鍾山志》、《捧花樓詞》、《金石叢話》、
《錢譜》、《印譜》、《紀元通考》、《薇西小舫近稿》等，皆散佚，今存
者有：

《秦淮畫舫錄》二卷《畫舫餘談》一卷《三十六春小譜》一卷

《申報館叢書》本，清光緒間上海申報館鉛印本，藏南圖；《畫
舫錄》二卷有清光緒四年王韜輯《豔史叢鈔》鉛印本，廣陵書社、廣
陵古籍刻印社影印本等，均藏南圖；《畫舫錄》、《餘談》又有清刻本，
六冊，藏南圖；《三十六春小譜》又有四卷本，清光緒間刻本，一冊，

〔註125〕 柯愈春《清人詩文集總目提要》，北京古籍出版社，2002 年版，第
1762 頁。

〔註126〕 魏守余《秦淮夜談》第十四輯《秦淮人物志》，人民日報出版社，
1999 年版，第 116 頁。

藏南圖。

　　《顧亭林年先生譜》一卷

　　車持謙、吳映奎、錢邦彥合輯，清道光十九年刻本，藏國圖；民國間鈔本一冊，藏國圖；民國間上海商務印書館輯《四部叢刊三編》第 181 冊收錄；北京圖書館出版社輯《清初名儒年譜》第 6 冊收錄。

　　《隋唐石刻拾遺》、《關中金石記》、《隋唐石刻原目》

　　黃本驥、車持謙合輯，清道光二年刻本，藏上圖。

　　《秦淮畫舫錄》、《畫舫餘談》以及《三十六春小譜》均以金陵秦淮煙花爲背景，「以承平之盛，爲群屐之遊，跌宕湖山，增綜花葉。花燈替月，抽觴攤笛之天；畫舫凌波，拾翠眠香之地。南朝金粉，北里煙花，品豔柔鄉，紓懷瓊翰……仿曼翁之體，而以麗品爲主，雅遊軼事，因以錯綜其間。不必於從同，實亦未嘗不同已」，﹝註127﹞同《板橋雜記》一脈相承，紀冶遊而筆削有法，頗能反映彼時士人的心態，形成嘉道時期江南狹邪筆記中的「畫舫」系列，對後來的《秦淮廿四花品小傳》、《十州春語》均有重要的影響。﹝註128﹞

　　另，車氏妻方曜，字蓮漪，工詩，有《紅蠶閣遺稿》，收詩四十三首，詞八首。繼室袁青，爲袁枚孫女，字黛青，紹承家學，工詩詞，著有《燕歸來軒吟稿》二卷﹝註129﹞，凡詩一卷，詞一卷。兩書同王瑾《味蘗居近稿》一卷合裝，均藏南京圖書館﹝註130﹞。

（二）侯雲松

　　侯雲松（1765～1853），字觀白，號青浦，晚號白下青翁，江寧

﹝註127﹞　車持謙《秦淮畫舫錄》卷首自序。

﹝註128﹞　對車氏「畫舫」系列筆記的具體考辨闡述見李匯群《閨閣與畫舫：清代嘉慶道光年間江南文人和女性研究》相關章節，北京大學 2005屆博士論文。

﹝註129﹞　陳作霖《金陵通傳》第一百二十卷，「車氏」條。

﹝註130﹞　柯愈春《清人詩文集總目提要》，北京古籍出版社，2002 年版，第1216 頁。

人，〔註 131〕嘉慶三年舉人，選授安徽歙縣教諭。歸里後主講鳳池書院。善寫意花卉，工詩。晚年家居，以書畫自給。著作今存者有：

《薄遊草》八卷（包括《粵中草》、《潤中草》、《姑孰草》、《於湖草》、《吳中草》、《白下草》各一卷及《新安草》二卷）

清道光二十四年環勝閣刻本，藏中國國科學院圖書館；《薄遊草》一卷《補遺》一卷又有《金陵叢書》本，民國三年蔣氏慎修書屋鉛印本，藏國圖；《叢書集成續編》（上海書店版）第 134 冊收錄；另有《薄遊草》一卷，清鈔本一冊，藏南圖。

侯氏與黃鉞、王應綬等友善，晚年同湯貽芬、沈琮、馬士圖、崔溥、朱福田等結清溪耆老會，書畫詩酒，流連唱酬，揄揚揶揄金陵後進不遺餘力。侯氏與湯貽芬以名士主持東南風雅，爲彼時士紳所重，金陵動亂，二人皆殉難，金陵風雅亦隨之消歇，殆曾國藩率湘軍收復金陵，與眾士紳振興文教，重開雅集之後，金陵風雅才得以重現。

（三）甘元煥

甘元煥（1839～1897），名勳，字元煥、建侯、劍侯、紹存，號復廬，晚號峴叟，甘延年次子，甘熙堂弟，江寧人。〔註 132〕早年因金陵動盪而流離轉徙東南各地，然未嘗一日廢書不讀，後入鍾山書院，光緒二年舉人，歷任宿遷訓選知縣、邳州、桃源、睢寧學篆、蕭縣訓導等職。後主六安書院。著述宏富，有《金陵氏族譜》、《蔣壁山人掌錄》、《慎終大事記》、《江寧藝文考略》、《復廬詩文集》、《復廬詞集》等，均散佚，今存者有：

《靜齋府君（甘延年）行述》一卷

甘鼇、甘元煥著，清咸豐間刻本一冊，藏南圖。

〔註 131〕 侯氏生年各家著述頗有不同，此處依從柯愈春先生。
柯愈春《清人詩文集總目提要》，北京古籍出版社，2002 年版，第 1006 頁。
〔註 132〕 吳小鐵《南京莫愁湖志》，書目文獻出版社，2005 年版，第 473 頁。

《悔翁先生（汪士鐸）行狀》一卷

清光緒間刻本，一冊，藏南圖。

《甘劍侯元煥雜鈔四種》（包括《研漚漫錄》不分卷、《怡雲館雜體文鈔》一卷、《寒碧盦文鈔》一卷及《推步太陽到向法》一卷）

清鈔本，四冊，藏南圖；另《研漚漫錄》有光緒十九年石印本，《寒碧盦文鈔》有清刻本，均藏南圖。

《怡雲館雜體文鈔》一卷

甘氏雜鈔四種之一，民國十年石印本，藏南圖。

《庚辛雜錄》不分卷、《戊巳漫錄》一卷、《筠僚所見錄》一卷、《西齋雜存》一卷、《直瀆草堂筆識》不分卷、《研漚雜綴》不分卷、《金陵文乘初稿》不分卷、《金陵耆舊述聞》不分卷、《諡法便覽》一卷、《莫愁湖志》不分卷

均爲稿本一冊，藏南圖；《莫愁湖志》今有吳小鐵整理本，名《南京莫愁湖志》。

《尺素稿存》二卷、《桑泊文鈔》不分卷附《目錄》一卷、《復廬雜錄》二卷

均爲稿本二冊，藏南圖。

《甘元煥日記》不分卷（光緒元年至四年）

稿本九冊，藏南圖。

《甘元煥雜稿》不分卷（包括《江寧金石旁徵》、《復廬讀書志》、《魔蝎生雜記》、《直瀆草堂筆識》、《摘錄備宋》、《楹帖錄勝》、《讀書漫鈔》、《附地法精言相宅錄要》等）

稿本十六冊，藏南圖。

《江寧金石記》不分卷

甘元煥、劉壽曾合纂，稿本五冊，藏南圖。

甘氏爲一代名士，工詩文，興趣廣泛，於經史、小學、堪輿、岐黃以及殯殮喪葬儀禮均有深入研究，嗜好書籍、金石碑版，聚書達數萬卷，構復廬庋藏之，意欲恢復昔日津逮樓舊貌，然終未果。

（四）顧雲

顧雲（1845～1906），字子朋，號石公，上元人，諸生。早年浪遊河南北，舞鞘盤馬，豪俠自喜。既而折節讀書，致力詩古文辭，而以橫逸之氣出之，不囿於桐城家法，亦不喜章句訓詁之學，多思經世致用之途轍。曾受吉林省通志館聘，與修《光緒吉林通志》，又曾任常州教授。顧氏爲江寧名士，不樂仕進，高隱盋山，顏所居曰「深樹讀書堂」，四方學者來金陵多所過往，嗜酒善畫，著作今存者有：

《天東驪唱》一卷

清道光十九年刻本，一冊，藏南圖。

《盋山詩文錄》十卷（包括《詩錄》二卷《文錄》八卷）

清光緒十五年刻本，四冊，藏南圖；《金陵叢書》本，民國三年蔣氏愼修書屋鉛印本，藏南圖。

《忠貞錄》一卷

清光緒二十二年刻本，一冊，藏南圖。

《盋山志》八卷

清光緒九年金陵盋山精舍刻本，三冊，藏南圖；《南京稀見文獻叢刊》收錄

《光緒吉林通志》一百二十二卷《圖》一卷

顧雲、李桂林、訥欽、長順等撰，藏國圖；上海古籍出版社《續修四庫全書·史部·地理類》第 647、648 冊收錄；南京鳳凰出版社《中國地方志集成·省志輯·吉林》第 1、2 冊收錄。

《遼陽聞見錄》二卷

《遼海叢書》本，民國間鉛印本，藏國圖；《叢書集成續編》（上海書店版）第 50 冊收錄。

顧雲爲薛時雨高足，與馮煦齊名，人稱「馮顧」，交遊廣泛，與袁昶、張謇、張士珩、翁長森、陳作霖、秦際唐、何延慶、朱紹頤等相友善，又與閩縣鄭孝胥論詩最契，鄭詩爲顧作者幾無一不工。顧氏詩古文辭均有深得，嘗自言「吾詩不甚工，特不失先輩風氣，質之不

我遺也」，殆紹承金陵鄉賢六朝三唐流風雅韻而來，多性情之作，近乎詩人之詩。

（五）秦際唐

秦際唐（1837～1908），字伯虞，號南崗，上元人，〔註133〕同治六年舉人，候選知縣，後試禮部不第，遂家居授徒。秦氏早年入鍾山、尊經、惜陰三書院，從學於謝學元、侯雲松、姚必成、周學濬、李聯琇等人，〔註134〕性不樂仕進，工詩詞文賦，曾主金陵鳳池、奎光書院，獎掖後進不遺餘力，成就人才甚多。有《南岡草堂集》。

《國朝金陵詞鈔》八卷附一卷

秦際唐等輯纂，清光緒二十八年刻本，四冊，藏南圖。

《國朝金陵文鈔》十六卷

秦際唐等輯纂，清光緒二十三年刻本，十六冊，藏南圖。

《南岡草堂詩選》二卷《續編》一卷《文存》二卷

清光緒間刻本，四冊，藏南圖；《詩選》有《石城七子詩鈔》本，清光緒間刻本，藏南圖。

《南岡草堂時文》三卷

清末刻本，三冊，藏南圖；又有清末四卷木活字本，四冊，藏國圖。

《奎光書院賦鈔》

秦際唐輯，清光緒十九年刻本，藏上圖。

《南岡草堂墨餘集》一卷

見盧前輯纂《南京文獻》第十八號。

秦氏早年聰穎敏詹，勝出儕輩，爲彼時書院高材生，亦曾究心國家掌故，鄉邦文獻。歸里講學後，居處有亭臺之勝，唱酬雅集無虛日，

〔註133〕 江慶柏《清代人物生卒年表》，人民文學出版社，2005 年版，第 601頁。

〔註134〕 顧廷龍《清代朱卷集成》第 148 冊，臺北成文出版社，1992 年版，第 203 頁。

醋嬉淋漓，意氣遒壯。秦氏交遊廣闊，與陳作霖、鄧嘉楫、顧雲、蔣師轍、何延慶、朱紹頤等並稱石城七子，又與同邑甘元煥、馮煦等人友善。其詩作摹寫「四十年來，骨肉友朋死生契闊之感，一己悲愉欣戚之由」，舉凡運會升降，中外消長，皆歷歷可尋。

（六）鄧嘉緝

鄧嘉緝，生卒年不詳，字熙之，江寧人，同治十二年貢生，候選訓導。鄧氏祖爲晚清名臣鄧廷楨，父爲鄧爾晉，以知府殉太平天國。鄧氏雖然家世通顯，少日卻轉徙流離滇黔間，艱苦備嘗。讀書好爲深湛之思，工詩古文辭，爲人冷峭矜貴，落落寡合。曾國藩頗賞識其人，後國藩死，世無知者。

《扁善齋詩存》二卷《文存》三卷

清光緒二十七年刻本，四冊，藏南圖；《扁善齋詩存》二卷又有《鄧氏家集》本，民國二十一年刊刻；《扁善齋詩選》二卷，《石城七子詩鈔》本，清光緒十六年翁長森選刻本，藏國圖；1987 年揚州廣陵古籍刻印社影印本。

《上谷訪碑記》一卷

《古學彙刊》本，民國三年上海國粹學報社鉛印本；《叢書集成續編》（上海書店版）史部第 75 冊收錄。

《光緒臨朐縣志》十六卷首一卷

鄧嘉緝、蔣師轍、姚延福等輯纂，清光緒十年刻本，民國十六年重修，六冊，藏南圖；鳳凰出版社《中國地方志集成·山東府縣志》第 36 冊收錄。

鄧氏工詩能文，又擅書法，同光年間以古文名重江南。亦究心經世致用之學，集中關涉洋務運動頗多，如《請遣散洋弁暫停練軍議》、《水師學堂記》、《復楊緝庵書》等等，爲今日治晚清史事者所重。其文依歸桐城，詩則寒瘦峭拔，多寒士磊落抑塞之氣。鄧氏與秦際唐、顧雲、陳作霖等人友善，爲石城七子之一。其詩作《秣陵織業行》對比今昔，感慨民生，爲彼時金陵絲織業之真實寫照，曾

傳誦一時。

（七）陳作霖

　　陳作霖（1837～1920），字雨生，號伯雨，別號可園，晚年因目盲而又自號盲和尚，〔註135〕江寧人，〔註136〕舉人陳元恒子，光緒元年舉人，選授教諭。三應禮部試不第，遂潛心從事著述，歷主奎光書院、崇文書院、上江兩縣學堂堂長、江楚編譯官書局分纂、南洋官報局總纂、江南圖書館典籍、江蘇通志館總校分纂等職。民國中任江寧縣志局總纂，晚年受徐世昌之邀，參編《晚晴簃詩匯》。其著述今存有：

　　《金陵先生言行錄》六卷

　　清末江楚編譯書局刻本一冊，藏南圖

　　《可園文存》十六卷《詩存》二十八卷《詞存》四卷〔註137〕

　　清宣統元年刻本，十冊，藏南圖；《續修四庫全書》第 1568、1569冊收錄。

　　《上元江寧鄉土合志》六卷

　　清宣統二年江楚編譯書局刻本一冊，藏南圖。

　　《炳燭裏談》三卷

　　清宣統三年刻本，一冊，藏南圖。

　　《葆常（陳元恒）府君行述》一卷

　　陳作霖、陳作儀撰，清光緒十八年木活字本一冊，藏南圖。

　　《金陵瑣志》五種九卷《續志》二種二卷（包括《鳳麓小志》、《東

〔註135〕　高拜石《古春風樓瑣記》第十四集，臺灣新生報社，1979 年版，第87 頁。

〔註136〕　柯愈春《清人詩文集總目提要》，北京古籍出版社，2002 年版，第1719 頁。

〔註137〕　《可園詩存》包括《爐餘草》、《泛梗草》、《觀濠草》、《浮淮草》、《汜湖草》、《京江草》、《喜聞草》、《息影草》、《上計草》、《課圃草》、《倦遊草》、《冶麓草》、《詳琴草》、《曠觀草》、《石城草》、《盍山草》、《蟠園草》、《近遊草》、《橐窠草》等十九種，按年編排，起於道光二十六年迄於宣統二年。

城志略》、《金陵物產風土志》、《運瀆橋道小志》、《南朝佛寺志》以及
《鍾南淮北區域志》、《石城山志》〔註138〕）

　　陳作霖、陳詒紱輯纂，清光緒二十六年刻本，三冊，藏南圖；《瑣
志》五種九卷有1987年廣陵古籍刻印社影印本；《運瀆橋道小志》有
清光緒十一年刻本，一冊，藏南圖；《鳳麓小志》有清光緒二十五年
刻本，四冊，藏南圖。

　　《續金陵詩徵》六卷首一卷

　　陳作霖、朱紹亭、秦際唐等緝，清光緒二十年刻本，六冊，藏南
圖。

　　《養和軒隨筆》一卷

　　清光緒二十四年刻本，一冊，藏南圖。

　　《金陵詞鈔》八卷附一卷

　　陳作霖等緝，清光緒二十八年刻本，藏國圖；另有殘本三冊，藏
南圖。

　　《國朝金陵文鈔》十六卷

　　陳作霖等緝，清光緒二十三年刻本，十冊，藏南圖。

　　《金陵通傳》四十五卷《補遺》四卷《姓名韻編》一卷《續通傳》
一卷

　　陳作霖、陳詒紱輯纂，清光緒三十年瑞華館刻本，十冊，藏南圖；
又有1986年廣陵古籍刻印社影印本。

　　《金陵通紀》十卷《續記》四卷

　　清光緒三十三年瑞華館刻本，一冊，藏南圖。

　　《一切經音義通檢》二卷

　　民國十二年上元蔣氏慎修書屋鉛印本，二冊，藏南圖。

　　《可園詩話》八卷

　　民國八年鉛印本，一冊，藏南圖。

〔註138〕　《石城山志》爲陳詒紱依據《運瀆橋道小志》、《鳳麓小志》以及《東
　　　　　城志略》體例改編顧雲所撰《益山志》而來。

　　《壽藻堂文集》二卷《詩集》八卷《文續》一卷《雜存》二卷
〔註139〕

　　民國間鉛印本，三冊，藏南圖。

　　《涇舟老人洪琴西先生年譜》四卷

　　陳作霖、章洪鈞輯纂，民國二十八年鉛印本，一冊，藏南圖；
《北京圖書館藏珍本年譜叢刊》第166冊收錄。

　　《江蘇兵事紀略》二卷

　　民國九年鉛印本，一冊，藏南圖。

　　《可園備忘錄》四卷

　　稿本一冊，藏南圖；1986年廣陵古籍刻印社影印本。

　　《冶麓山房叢書》二十種二十一卷

　　1976年臺北聯經出版公司影印本。

　　《可園存書目錄》四卷《跋尾》五卷

　　稿本四冊，藏南圖。

　　《運瀆橋道小志》、《鳳麓小志》、《東城志略》、《金陵物產風土志》
以及《金陵佛寺志》並稱《金陵瑣志》五種，《運瀆橋道小志》側重
於秦淮河以北、《鳳麓小志》側重於以鳳凰臺爲中心的金陵城西南一
帶、《東城志略》則側重於金陵城東部，對這三個最富地域特色片區
的歷史文化進行了梳理；《物產風土志》及《佛寺志》則從區域生態
與社會生活的角度以及佛教的發展流衍等方面梳理地方歷史文化的
重要內涵與特色。《鍾南淮北區域志》、《石城山志》並稱《續金陵瑣
志二種》，爲陳詒紱所輯纂，分別側重於金陵城東北、西北區域的歷
史發展沿革。

　　《金陵通傳》、《金陵通紀》爲南京地方史志專著，積陳元恒、陳
作霖乃至陳詒紱三代人之功，陳元恒繫心鄉邦掌故，「上採六朝，下
稽明史，旁及諸名家之記載，以至碑版文字……皆刺取之」，陳作霖
結合這批材料乃至後出的《續纂江寧府志》、《同治上兩江縣志》等，

――――――――――――――――

〔註139〕　《壽藻堂文稿》爲陳氏晚年所作，止於民國八年。

以年經事緯的體例勾勒金陵地方歷史的基本進程，形成《通紀》，又用列傳的形式表彰鄉賢明達，成《通傳》，二書相輔相成。另《續紀》以及《通傳補遺》均為陳詒紱所撰。這兩部地方史專著完成後即引起廣泛關注，成為史地學者的重要參考材料。

《金陵文徵》、選錄清初至光緒間江寧作家近三百人，所作駢散體文五百餘篇；《續金陵詩徵》則紹承朱緒曾《金陵詩徵》而來，輯錄金陵道咸同光四朝詩家近三百人，詩作一千七百餘首；《國朝金陵詞鈔》輯錄清代金陵詞人一百零七家，詞作一千一百餘首。這三部總集或因人存文，或因文存人，另附有作家小傳，闡幽發微，於保存金陵地方文獻居功至偉。然是書亦有疏漏，編纂目錄與書中實收作家、篇目頗有出入，且收錄作家有不盡然為鄉里者。

陳氏素性耿介，而氣貌溫和，學識淹博，究心鄉邦文獻，生平著述宏富，繼汪士鐸而起，為清末江寧耆宿，四方學者多所請益，成就者亦眾。陳三立盛讚其「醇德劬學，歸然係東南之望」又曰「亂後人士，考道問業，依以為宗，卒後，於是咸唏噓奔相走告曰：『吾鄉耆舊盡矣』」云云。陳氏為文體兼駢散，論史、紀事、論辯諸作各具特色，詩作則多記民生疾苦、家國亂離，舉凡兩次鴉片戰爭、天津教案、中日戰爭等重大史事，無不形諸筆端，感時憂憤、悲歌慷慨。陳三立、鄭孝胥等人居金陵時，宣導鼓吹「同光體」，與陳作霖等石城七子詩論頗不相同，然亦交遊唱酬，並行不悖。〔註140〕

〔註140〕 鄭孝胥同顧雲詩論不合而情誼深厚，陳作霖亦曾贈送詩稿給鄭氏，並請其題寫《壽藻堂文集》封面；陳三立尊陳作霖為耆舊碩儒，曾為其題寫墓誌銘。

附錄：《金陵詩徵續》所收金陵士紳地域家族譜系表

　　余集曾云：「今之所謂世家者，大率以聲施之赫奕、門第之高華相矜尚，簪纓甲第，蟬聯累葉，鄉之人即莫不嘖嘖稱巨族。僕竊謂不然。夫世家者，有以德世其家，有以業世其家，有以文學世其家，而窮達不與焉。」〔註1〕本表所論列之金陵士紳地域家族著眼於《金陵詩徵續》中所收錄諸詩家，多立足於科第文章。錢穆在《略論魏晉南北朝學術文化與當時門第之關係》中所論列世家的特點則在於傳承「孝友之內行」以及「經籍文史學業之修養」，〔註2〕因此，傳承三代或以上，似乎方可稱爲世家。道咸以來金陵學術文化傳衍，地域家族實爲非常重要的一環，因此，排比羅列諸家風尙淵源，頗有必要。而表中屬入不足三代者，則著眼於師友交遊、母教姻親等其他因素，雖出入於體例格局，亦聊備一格。

〔註1〕余集《查介坪壽序》，《秋室學古錄》，《續修四庫全書》第1460冊，上海古籍出版社，2002年版，第306頁。

〔註2〕錢穆《中國學術思想史論叢》第三冊，生活・讀書・新知三聯書店，2009年版，第159頁。

曹氏	曹庚 上元人	字西有，號梟川，上元人，乾隆二十五年舉人	篤學嗜古，工吟詠，著有《且想齋稿》
	曹含暉 （庚子）	字玉蘊，號岫雲，諸生	有文名。
	曹淼 （含暉子）	道光五年副貢	卒於第一次鴉片戰爭期間。
	曹森 （淼弟）	字寶書，嘉慶二十三年舉人，道光二年進士	累官山西榆次、忻州、大同等地。咸豐三年辦團練，死於太平天國運動期間。
	曹士蛟 （森弟）	字叔龍，道光二十年舉人	除蕭縣教諭，為人磊落有斷，制文踔厲雄峻。著有《燼餘草》。
	曹士鶴 （森弟）	字季皋，道光十五年舉人，二十年進士	有吏才，累官陝西清澗、城固、富平、渭南等地，死於太平天國運動。
吳氏	吳岐鳳 江寧人	歲貢生	除無為州學正，有至性。
	吳繼昌 （岐鳳子）	字述之，嘉慶二十四年舉人，二十五年進士	官紹興知府，有惠政，民眾為之鑄像建祠。
	吳元昌 （岐豐子）	字復初，道光十四年舉人	官儀徵訓導，善屬文。諸弟鼎昌、吉昌、潤昌皆其所傳授
	鼎昌 （元昌弟）	字仲銘，一字新之，道光十七年舉人，二十年進士	歷官陝西糧道、廣西按察使、布政使、順天府尹等職。
	吉昌 （元昌弟）	字藹人，道光十五年舉人，十八年進士	歷官珈河、運河同知。同治中曾國藩延主金陵勸農局。
	潤昌 （元昌弟）	字雨香，諸生。	詩文最秀偉，早卒。
	吳邦法 （元昌子）	字揖蓮	工詩詞，善駢文，著有《夢碧山房稿》。

夏氏	夏昂 江寧人	字愚泉	少習吏事，入安徽布政使署，後歸隱課子。
	夏塏 （昂子）	字子儀，道光十一年舉人	詩文極敏，兼工繪事。官福建建陽知縣，罷官後寓居杭州，流連詩酒，著有《信天閣集》。
	夏埰 （昂子）	字子俊，號去疾，道光五年拔貢，十五年舉人	讀書過目成誦，善屬文，並工詩詞，有《篆枚堂集》。
	夏家鎬 （塏子）	字伯音，道光二十九年舉人，咸豐三年進士	歷官戶部主事、總理衙門郎中、內閣侍讀學士、通政副使、刑部右侍郎等職。著有《蚊睫小巢詩草》。
	夏家銑 （埰子）	字季質，諸生	工詩文、善談論。
	夏鑾 （家銑族兄）	字鳴之	少倜儻有志節，負經濟才，詩畫猶精絕。多軍功，曾國藩延之創辦湘軍水師。
甘氏	甘國棟 江寧人	字遜士	晉於湖敬侯卓後裔。
	甘福 （國棟子）	字德基，號夢六	嗜學慕古，精研地學，創津逮樓，蓄書極富。著有《保彝齋日記》、《鍾秀錄》。
	甘遇年 （福弟）	字鶴儔，國子監學生	恭友孝悌，與福俱入孝悌祠。
	甘延年 （福弟）	字靜齋，晚號願賢老人	內行肫厚。著有《字說》、《織說》、《教學淺說》。
	甘鶴年 （福弟）	字鑑亭	性慈惠，著有《鑑亭詩鈔》。
	甘煦 （福子）	字耆壬，道光元年舉人	少師事胡鎬通《易》、《春秋》，補諸生後治詩古文辭，酷嗜金石。歷官寶應訓導、太平教諭，著有《貞冬詩錄》、《水法宗旨》、《納音訂正》、《陽宅錄要》等。

	甘熙 （煦弟）	字實庵，號二如，道光十七年舉人，十八年進士	參與道光間海防事。博識強記，好搜輯鄉邦文獻，著有《忠義孝悌祠傳贊》、《白下瑣言》、《渾蓋通銓》、《日下筆記》、《金石題詠彙編》、《靈谷寺志》、《壽石軒詩文集》等。
	甘炘 （遐年子）	字俊卿，諸生	體弱善病，好周恤窮乏，早卒。
	甘炳 （遐年子）	字竹生	性明決，通當世之務。著有《古泉文字考》、《親民一得》、《堪輿淺述》、《小津逮樓詩稿》。
	甘元煥 （延年子）	字劍侯，同治六年優貢生，光緒二年舉人	工詩文，以著作自娛。喜收集金石碑版圖籍，欲重複津逮樓舊觀。著有《復廬詩文集》、《蔣璧山人掌錄》、《桑泊文鈔》、《金陵氏族譜》。
	甘塏 （甘炘子）	字子純，諸生	性和而介，言論侃侃，著有《晚樂道人詩草》。
	甘灼 （國相孫）	字賣如，諸生	束躬謹飭，著有《靜心齋稿》。
田氏	田咸豐 上元人	字碧圃	早卒。
	田寶瑚 （咸豐子）	字伯珊	與同里伍承欽相友善。
	寶琛 （寶瑚弟）	字仲瑜，一字獻之，道光二十六年舉人	官績溪知縣，辦團練。
	田晉奎 （寶琛子）	字星文，光緒五年舉人	渾樸能文。
	田曾 （寶瑚孫）	字撰異，爲名諸生	少治班氏書，通其大義；復治許氏《說文》，喜用今體書古奇字；治古文辭喜荀子、韓非子；詩可治不治；治詞喜以硬語撐拄；治醫喜《內經》、《靈素》，若親與岐伯、鬼臾輩相然疑；治道家若浮屠家言，亦弗之竟治；治舉文喜道王荊公不置。從汪士鐸遊，妻爲詩人楊後之女。

阮氏	阮思文 上元人		居冶山下，父子兄弟相師友，由薛高以溯伊洛，文最樸茂，著有《來鶴亭草》。
	阮紹文 （思文族弟）	字晉源，號晴江，乾隆五十四年舉人	善談名理。
	阮鏞 （紹文子）	字鐵香，諸生	工詩詞，著有《蝶仙草》。
汪氏	汪照 江寧人	字倉臨	
	汪均 （照子）	字㟁坪	夙好儒書，篤《五經》、《近思錄》，又好《張楊園集》，課徒自給，著有《㟁坪語錄》。
	汪士鐸 （㟁坪子）	字振庵，一字晉侯，號梅村，道光二十五年舉人	江寧名儒。爲學尚博，精研三禮以及列史氏族、天文曆算、輿地山川、沿革形勝、小學形聲、訓詁通假之遺，散駢文、古今體詩、詩餘皆能辨其出入門徑、堂奧曲折之數，藏書二萬六千餘卷。〔註3〕
秦氏	秦朝選 上元人	字信緣	以孝友名，著有《關中餘蔭二錄》。
	秦學誠 （朝選子）	字質存，一字竹村，諸生	寬厚誠樸。

〔註3〕同里與汪氏齊名者又有楊氏。楊勳，字承建，性好吟詠，流覽甚博，著有《悟眞廬集》。子大□，字育齋，能詩，著有《梧影山房集》。大□弟大堉，字雅輪，研窮經訓，最耽小學，從元和顧廣譽、吳縣鈕樹玉遊，備聞蒼雅閫奧，純以聲音求假借，以偏旁繁省求古籀異同之變，文亦古雅秀逸。著有《毛詩補注》、《三禮義疏辯證》、《五廟考》、《論語正義》、《說文重文考》等。大堉子鎏，早慧，酷嗜漢唐人注疏、《通鑒》、《文選》等書，年甫二十即卒。
傳贊論曰「汪楊經學齊名於道光間，雖皆後顧茫茫，楗書莫寄，而梅村則巋然一老，名動朝廷，以視雅輪之橋項黃馘，轉死溝壑者，誠所謂有幸有不幸也……比而傳之，且各溯其先世。俾知積累有自，而洪範五福，以壽爲先」。
陳作霖《汪楊傳第一百五十九》，《金陵通傳》，臺北成文出版社，1970年版，第1083～1088頁。

	秦士先 （學誠子）	字開之，諸生	
	秦士科 （學誠子）	字掇之，諸生	士先、士科工制舉文，試輒邁冠其曹。山長朱珔、任泰、胡培翬及布政使賀長齡均激賞之，號稱二秦。
	秦際唐 （士科子）	字伯虞，同治六年舉人	博學能文，主鳳池書院講席，與陳作霖為姻親。
程氏	程慶芝 上元人	字曉嵐	性尚義俠，入江蘇巡撫幕，著有《湘驪吟草》。
	程傳厚 （慶芝子）	字積堂，道光五年舉人	官高郵州學正。
	程肇錦 （傳厚子）	字伯孫，諸生	
	程肇鍫 （傳厚子）	字仲山	習刑名，入上元知縣幕。
王氏	王岑 上元人	字渠封，一字樵嵐，諸生	品學皆粹，肄業鍾山書院，姚鼐深重之。著有《薛幃書屋集》。
	王鑠桂 （岑子）	字竹樓	篤學好義，尤喜表彰名節，輯《節孝備考三編》。
	王荃 （鑠桂弟）	諸生	有文名，咸豐間死於太平天國運動，著有《史準發凡》。
	王金洛 （荃從弟）		
何氏	何汝霖 江寧人	字雨人，嘉慶十八年拔貢，道光五年舉人	歷任都水司主事、軍機員外郎、內閣侍讀學士、軍機大臣、兵部尚書等職。
	何兆瀛 （汝霖子）	字青士，一字通甫，道光二十六年舉人	工填詞，官至廣東鹽運使。
陳氏	陳世溶 江寧人		好施予。
	陳士安 （世溶子）	字靜人，道光十七年舉人	嗜書畫，雅好賓客，居京師日嘗著小樓嘯詠其間。歷任戶部郎中等職。

	陳恭釗 （士安從子）	字月舟	善詩，尤工集句。家有別墅名樸園，多名流觴詠唱和，著有《綠衫野屋集》。
胡氏	胡培 上元人	字參一，又字蕭卿，諸生	工詩，著有《冷綠軒集》、《青溪草堂詩稿》。
	陳名立 （培妻）	字芷君	博通經史、算法、金石、醫卜之學，著有《庸言》、《女誡六箴》、《合簫樓稿》
	胡鎬 （培子）	字聖基，號心齋	幼承母教，博聞強記，長從姚鼐、盧文弨遊，學益淹貫，館甘氏最久，得以遍觀津逮樓藏書。治經兼採漢宋，邃於易。爲文渾樸淵茂，姚鼐稱之。著有《易經說》等二十餘種，文集若干卷。
陳氏	陳繼昌 江寧人	字問舟，號醒翁，歲貢生	學綜漢宋，不務浮華，與鄧廷楨相友善。著有《中庸闡義》、《醒翁老人遺書》
	陳宗彝 （繼昌子）	字雪峰，號耆古，諸生	學求本源，不屑屑於制舉，酷嗜金石，校勘古籍甚富。著有《讀禮識疑》、《六書偏旁析疑》、《漢蜀石經殘字考》、《鍾鼎古器錄》、《古磚文錄續》、《古篆重編》、《金石文跋重編》、《訪碑錄》等等。
	陳汝翼 （宗彝子）	字伯輔，諸生	嘗與同學共撰《晉略補表》。
朱氏	朱仲齡 溧水人	字景初	性友孝，好施予，喜讀《朱子綱目》。
	朱沅 （仲齡子）	字芷江，諸生	好學，酷嗜購書，淡泊名利。官淮安訓導。
	朱紹頤 （沅子）	字子期，光緒二年舉人	與江寧姚兆頤並稱二期，官邳州、海州學正，入浙江學使幕、天津戎幕。少好唐四傑文及梅村樂府，晚歲變駢爲散，規撫八大家，詩近昌黎，有《挹翠樓詩文集》。
	朱紹亭 （紹頤弟）	字豫生，光緒二年舉人	文筆清健，工詩古文辭。

姚氏	姚先立 上元人	字樹棠	好施予，鄉里稱善人。
	姚錫華 （先立子）	字曼伯，號適盦，道光十二年舉人，二十一年進士	少從陳授遊，習於易，並通孫子、夏侯諸算書，律曆天文各志及《梅氏叢書》，著有《怡柯草堂詩文集》。與朱彥華並稱江南二華。
	姚延福 （錫華子）	字介生	以軍功授臨朐知縣，延同邑鄧嘉緝、蔣師轍續纂邑志。著有《滇遊記》、《山左日錄》。
葉氏	葉聲揚 江寧人	字虞廷，道光十二年舉人，十八年進士	嗜讀書，早卒。著有《汲古軒文稿》。
	葉覲揚 （聲揚弟）	字敏修，道光十九年舉人	少承兄教，善古文辭，兼通音韻訓詁、星算金石，尤究心經世之務。著有《求放心齋文集》、《金石跋隨筆》、《醫學通神錄》、《蓮因居士所見集》。
	葉文銓 （覲揚子）	字仲衡，光緒十四年舉人，十六年進士	早卒。
朱氏	朱琦 上元人	字偉君，諸生	少時讀書但觀大略，使氣任俠，工畫，從王章學詩，遊揚州，獲交劉文淇、吳廷颺、程慶燕等人。妻爲楊大堉女，知書善畫。
顧氏	顧遜之 江寧人	字子異，歲貢生	家世擅金石之學，而獨究心經史，以制舉文雄視一時，山長朱珔激賞之。與同邑袁廷璜、孔繼周、阮亙相友善。袁獲交與管同、梅曾亮。
	顧大成 （遜之子） 遷居祥符	字展卿	投筆從戎，由附生保薦知縣。
	顧璜 （大成子）	字漁溪，光緒二年進士	幼承家學，才思橫溢。年甫弱冠而才名馳都下，詩作驚才絕豔，卓犖不群。有《顧漁溪先生遺集》、《大梁書院藏書總目》等。

	顧瑗 （大成子）	字亞蘧，光緒十五年 舉人，十八年進士	甚有才氣，文采出眾。有《顧瑗 所藏函札》、《西徵集》等。
	顧承曾	字伯寅，光緒二十九 年進士	
孫氏	孫文川 上元人	字澂之，一字伯澂， 諸生	嗜讀書，尤工詩賦，惜陰山長王 煜、馮桂芬激賞之。究心互市事， 見重於李鴻章、薛煥、曾國藩、 沈葆楨等人，著有《讀雪齋詩 集》。
	孫文友 （文川弟）	字會之	幼使氣任俠，後入軍幕。
羅氏	羅笏 上元人	字心魚，號寶山，諸 生	性倜儻，篤於內行，留心經世學， 漕運總督吳棠頗賞之，著有《養 一齋詩文集》。
	羅震亨 （笏子）	字雨田，諸生	嗜古好學，從寶應成榕遊，究明 義理，復學古文於江夏張裕釗、 同里汪士鐸。與同里蔣師軾友 善。著有《有不為齋詩文集》等。
	羅晉亨 （笏子）	字接三，諸生	性清介，有《藕花館詩》。
	羅鼎亨 （笏子）	字叔重，諸生	著有《陋習詩》。
蔣氏	蔣永齡 上元人	字漁生	以軍功官山東沾化知縣，剛直廉 介。
	蔣師軾 （永齡子）	字幼瞻，光緒元年舉 人	性嗜學，工詩古文辭，並精楷法。 少負時名，究心關閭之旨。著有 《三徑草堂詩鈔》等
	蔣師轍 （永齡子）	字紹由	究心小學，隸篆楷書無不工妙， 善詩賦，留心山川輿地，著有《青 溪草堂詩文集》、《江蘇水利圖 說》、《海塘志》、《臨朐、鹿邑縣 志》、《鳳陽府志》等。

陳氏	陳維垣 江寧人	字豐之，號星臺，嘉慶二十三年舉人，二十四年進士	少有文名，曾主紫陽書院講席，以經史課士，著有《星臺詩文稿》。
	陳元恒 （維垣子）	字葆常，號月樵，同治六年舉人	少從仁和龔守正遊，鍾山書院祭酒王煜極賞之。留心鄉邦文獻，著有《稀齡攝記》、《聽秋館詩草》。
	陳作霖 （元恒子）	字雨生，號伯雨，光緒元年舉人	嗜古好學，以詩古文辭見賞於臨川李小瑚、全椒薛時雨，與儀徵劉壽曾、金壇馮煦、同邑姚兆頤、秦際唐、朱紹頤等相善。有《棠芬老屋文稿》、《可園詩存》等。
	陳作儀 〔註4〕 （作霖弟）	號鳳生，亦號鳳叟	著有《逸園詩文集》、《蚊睫巢筆記》、《息廬談薈》、《鳳叟八十年經歷圖記》等。
	陳詒紱 〔註5〕 （作霖子）	字稻孫，一字蟄齋，號無何居士	任教於南京中學堂、師範學堂近30年。曾協助徐世昌輯《晚晴簃詩匯》，有《金陵小品叢書》、《金陵藝文志》、《續金陵通傳》、《續金陵文鈔》等書。
翁氏	翁模增 江寧人	字益堂	用法家言遊諸侯間，爲蘇撫林則徐所重，凡農田水利無不殫精。
	翁大緯 （模增子）	字叔文，號榕門	志在經世，不屑屑於章句，遊幕江浙間。
	翁以巽	字子謙	少習錢穀學，有經世略，左宗棠賞其才。
	翁長森 （以巽子）	字鐵梅，諸生	學制藝於侯宗海，學詩賦於龔坦，學古文於汪士鐸。生平勤於學，儲書極富，留意鄉邦文獻，輯有《金陵叢書》。

〔註4〕見薛冰《鳳叟八十年經歷圖記》，《淘書隨錄》，江蘇教育出版社，2001年版，第107～112頁。

〔註5〕見江慶柏《陳作霖與可園藏書》，《近代江蘇藏書研究》，安徽文藝出版社，2000年版，第25～31頁。

徐氏	徐鑑 六合人	字藻亭，號遠村，諸生	秉性淡雅，絕意進取。與同邑朱實發、唐湘、汪鶴舉、孫永清、常鈖結社唱和。著有《遠村詩鈔》。
	徐石麟 （鑑子）	字穆如，諸生	歷署邠州學正、宿遷教諭、儀徵訓導等職。著有《四書廣義》、《軼陵詩文鈔》。
	徐鼎 （石麟子）	字吉芝，諸生	舉動必以理法自持。
	徐鼏 （石麟子）	字彝舟，道光十五年舉人，二十一年進士	博學嗜古，通經世之務。著有《小腆紀年》、《未灰齋詩文集》、《說文引經考》等書。
伍氏	伍長華 上元人	字實生，又字雲卿，嘉慶十八年舉人，十九年進士	歷官翰林編修、廣東學政、甘肅按察使、雲南布政使等職。與林則徐、鄧廷楨友善。著有《兩廣鹽法志》等。
	伍承平 （長華從子）	字伯衡，號春湖，道光十四年舉人	
	伍承欽 〔註6〕 （長華子）	字式之，號退齋，道光十七年拔貢，十九年舉人	歷任海州、如皋、江都縣學，晚年主講關中、崇化書院。著有《燹餘雜詠》。
何氏	何其興 上元人	字祥垣，嘉慶十八年舉人，二十五年進士	歷任戶部主事、衡州、長沙知府、山東鹽運使等職。晚歲優游林下，與邑里耆宿詩酒唱和，總督曾國藩賓禮之。

〔註6〕伍承欽子伍子儀，孫伍仲文。伍仲文（1881～1955），名崇學，字靜
廬，號仲文。南社社員，1946 年南京通志館成立，出任副館長。伍
氏早年的求學道路及職業生涯均與魯迅結伴而行（江南路礦學堂、
赴日留學、歸國任職教育部）。
伍貽業，伍氏後裔，現任南京大學教授、中國伊斯蘭教協會副會長
等職，致力於民族宗教問題的研究探索。
金建陵《南社中的民族教育家伍仲文》，《檔案與建設》，2006 年第 2
期。

	何桂芬（其興弟）	字茂垣，道光十五年舉人，二十五年進士	歷官御史、刑科掌印給事中，有經世識略。著有《自樂堂遺文》。
	何忠萬（桂芬子）	字子青，咸豐九年舉人。	嗜古績學，劉蓉、沈葆楨均愛重之。遺文一卷由其婿翁長森刊刻。
凌氏	凌霄，一名延炯江寧人	字芝泉，諸生	工小學，並擅書畫。與袁枚、洪亮吉、孫星衍、姚鼐友善。著有《音韻異同》、《巢鳳、雲鶴、溟鷗、雪鴻詩集》、《湔薇詞集》等。
	凌志玨（霄子）	字式如	工詩，著有《快園詠物集》。
	凌志珪（霄子）	字竹泉，諸生	著有《惜分陰館詩集》、《桐叔詞集》。
	凌煜（志珪子）	字伯炎，又字耀生	工詩古文辭，遊幕江浙，名動公卿。著有《柏岩乙稿》
焦氏	焦若珍江寧人	字珠泉，歲貢生	歷官阜寧、興化訓導。著有《五經精義》、《四書集解》、《精金粹玉咫尺見聞錄》等。
	焦子元（若珍子）	字桃溪，諸生	工制舉文。
	焦光俊（若珍子）	字章民，號耐庵，諸生	工詩善畫。著有《客窗隨錄》、《耐庵古文》、《鵑啼集》。
管氏	管霱上元人	字晴雲，乾隆九年舉人	少以詩名，在京師日所遊者皆一時聞人。
	管同（霱孫）	字異之，道光五年舉人	早遊姚鼐之門治古文辭，與梅曾亮齊名，為文主宋儒所言義理。著有《七經紀聞》、《孟子年譜》、《戰國地理考》、《因寄軒文集》等。
	朱芬（同妻）	字浣芳	工詩，著有《浣芳軒集》。
	管嗣復（同子）	字小異	博雅好經術，精研算術，窺代微積之略，一時名士多所往還。

羅氏	羅笏 上元人	字心魚，號寶山，諸生	性倜儻，篤於內行，留心經世學。著有《養一齋詩文集》。
	羅震亨 （笏子）	字雨田，諸生	嗜古好學，從寶應成榕遊，學古文於汪士鐸、張裕釗。著有《有不爲齋詩文集》、《羅氏家禮》等。
	羅晉亨 （笏子）	字接三，諸生	性清介，著有《藕花館詩》。
盧氏	盧崟 〔註7〕 江寧人	字雲谷，同治十年進士	幼穎異，能賦詩，尤工制藝，文章骨力雄厚。歷主龍山書院、尊經書院講席。著有《石壽山房集》、《東平州志》等。

〔註7〕盧崟子孫也都以教書、藏書爲事，家學淵源，曾孫爲盧前（1905～1951），字冀野，號飲虹，別墅飲虹簃主、江南才子等。盧氏爲曲學大師吳梅高足，先後任教金陵大學、暨南大學、中央大學等，講授文學、戲曲，又任《中央日報》副刊主編、國立音樂專科學校校長、南京通志館館長等職，活躍於三四十年代以南京爲核心的江南文化圈中。

蘇克勤、苗立軍《南京名人舊居：散落在大街小巷的流年碎影》，河南人民出版社，2008年版，第488、491頁。

下編：《金陵詩徵續》與金陵詩壇研究

小　引

　　袁枚曾在《隨園詩話》中言「金陵山川之氣散而不聚，以故土著者絕少傳人。王謝渡江，多作寄公，亦復門戶不久。此其證也……然街衢宏闊，民氣醇靜，至今士大夫外來者，猶喜家焉」〔註1〕。對於這種議論，今人沙葉新則以爲大謬不然，並塡《滿庭芳》一闋予以駁斥，詞云：

　　　　漫道「金陵，山川氣散，土著絕少傳人」。斯言唐突，令我目雙瞋。試舉家鄉賢哲，權爲證，斥爾狂狺。陶弘景，山中宰相，兩晉便超群。　　詩人王少伯，畫家董巨，並邁常倫。馬錦長於戲，曾亮工文。更有延楨、起亮，奇男子，血濺英軍。思先輩，余應急起，相與播清芬。〔註2〕

　　若我們立足於考察金陵詩壇的發展源流來看，這則公案就顯得頗有意味。事實上，二人各執一詞，合之則兩善。袁氏所謂「山川之氣散而不聚」云云，實有讖緯家的氣息，未爲確論，然其「士大夫外來者，猶喜家焉」，卻又切合彼時金陵地處東南學術文化風會中心，坐擁博採宏徵，左右逢源之地利因素。

　　然而，如此優裕的環境之下，金陵士紳卻無法引領一時學術文學

〔註 1〕袁枚著，顧學頡校點《隨園詩話》下冊卷一第十八條，人民文學出版社，1982 年版，第 571 頁。
〔註 2〕沙葉新《月是故鄉明》，《沙葉新諧趣美文》，廣東人民出版社，1999年版，第 25～27 頁。

風尚，加之迭遭天災人禍，斯文一脈風雨飄搖，若存若亡，其文氣「散而不聚」倒是頗爲恰切。沙先生爲南京人，桑梓情深而推美南京，然其所舉鄉賢鄉哲與道咸以來學術文學相關涉者，亦只得梅曾亮一人。雖然金陵詩文先後有「白門二妙」、「岑苔社」、「白門四儁」、「石城七子」等名目，也不乏如金和、顧雲等名家，然終究無力獨樹一幟，遂流而爲附庸羽翼，倒也不必諱言。可沙先生之言畢竟也不錯，道咸以來金陵學術人文風氣事實上呈現出逐漸上升的趨勢，因太平天國運動帶來的擾攘動盪而全面停滯，後又隨著曾國藩及其幕府的復興文教而重新振起，蔚爲大觀。而經此十數年的動盪，金陵學術文化卻也失去了引領彼時宗風祈向的天時。有如此因緣際會，自然就有無限感歎。

如果我們跳脫開來，著眼於金陵一地輾轉相沿的地域家族、士風民情，袁、沙二人的爭執也依然有其意義。袁枚所謂「土著絕少傳人」者，在唐五代以前，自然公允，若以之比擬清季道咸以來的金陵士族的發展情況，就不免皮相了。金陵士紳名望地位雖然不及常州、蘇州、無錫等人文淵藪，卻也多有世家大族，自具面目。參照陳作霖所輯纂《金陵通紀》、《金陵通傳》等書，金陵士紳諸如陳家、夏家、甘家、管家、伍家等也都家學家風傳承有序，共同建構了道咸以來金陵學術文學的基本風尚。〔註3〕

但相較於本地土著而言，外來寓公、名士似乎更加能夠引領金陵學術文化的宗風祈向。六朝人物晚唐詩，袁枚選擇金陵小倉山優游養老，亦曾自言「愛住金陵爲六朝」。金陵似乎是一個充滿暮氣的城市，兼具古色斑斕與流風雅韻。而對於見慣了繁華榮辱，住在秦淮煙水之畔的金陵人而言，其士風民情中也就多了幾分保守與包容。作家葉兆言也曾寫過一段公案：

> 抗戰勝利以後，一幫社會名流被召集到了一起，徵選
> 南京的市花。於是各抒己見，有人提議梅花，有人提議海

棠，還有人提出了櫻花。意見沒有得到統一，人們互相攻
擊，尤其是對提議櫻花者攻擊最凶。櫻花是日本的國花，
而日本和中國的舊恨未消，豈可以櫻花做市花。徵選市花
最終不了了之。一位名人打岔說南京的代表不是什麼花，
而應該是大蘿蔔。〔註4〕

　　事實上，將「大蘿蔔」作為南京的代表，正將其士風民情中的淳
樸、熱情與保守三個特徵完好地統一起來。對於金陵文化秉性中保守
型的開放格局，南京人薛冰先生也有著自己的獨特理解：「統治集團
的更迭如此密集，造成了南京文化史上一個獨特的現象。……後繼的
王朝總是來不及肅清前朝的思想文化影響，於是南京城裏便陸續形成
了一塊塊相對穩定的居民群落，每一個群落都試圖固守自己的文化氛
圍。……另一方面，南京人更多的是懷著看客般的心態。……寬容地
欣賞，……寬容地擔待。這便形成了那些外來文化群落得以維繫的大
環境」〔註5〕。除袁枚而外，諸如錢大昕、姚鼐、盧文弨、胡培翬、
孫星衍、魏源、李小瑚、薛時雨等人也都有著具體而深遠的影響力。
正是這種大蘿蔔式的包容，使得金陵詩壇的發展走向同步於時代風
會，也正是因為擁有著六朝遺風中的隨性懶散，金陵詩家終究沒能自
樹一幟，引領一時風尚。

　　在道咸以降近百年的歷史進程中，金陵詩壇的發展衍流也因著彼
時政治經濟文化的興衰隆替而呈現出自身的獨特軌跡。大體上我們可
將其分為三個階段，兩個分界點則為咸豐三年（1853）太平天國定都
天京以及同治三年（1864）曾氏湘軍集團收復金陵。為了行文的方便，
我們暫將其分別定名為道咸時期的金陵詩壇、咸同（太平天國）時期
的金陵詩壇以及同光時期的金陵詩壇。

〔註4〕葉兆言《六朝人物與南京大蘿蔔》，《南京人》，南京大學出版社，2007
　　　年版，第68頁。
〔註5〕薛冰《一代宏圖開建業》，《家住六朝煙水間》，南京師範大學出版社，
　　　2005年版，第6頁。

第四章　《金陵詩徵續》與道咸以降東南學風

　　以《金陵詩徵續》所載詩家爲考察基礎，本文所關注的具體時空地域也就有了大致落點：時間——道咸以降；空間——金陵。由此而來，對於《金陵詩徵續》所收錄詩家的研究就成爲一個個鬆散的地域文人集團範式的考察，進而，梳理排比道咸以降金陵自身學術文化傳承演變的史程就成爲題中之義。而準確評估此時金陵學術文化的具體情狀，又離不開對道咸以來東南一地學術文學風尚的宏觀體悟。對此，嚴迪昌先生曾有言曰：

> 　　地域文學流派的興衰，每每決定於文化士族的能量。這種士族群體網路把親族、姻族、師生、鄉誼等聯結一起，組構成或緊密或鬆散的文學文化群。於是，地域的人文累積，自然氣質與具體宗親間的文化養成氛圍，以及家族傳承的文化審美習慣相融匯，形成各式各樣的群體形態的審美風尚。〔註1〕

　　道咸以來東南沿海學術人文蔚爲大觀：在學術思想方面，乾嘉樸學流風未歇而今文經學又應時而起，伴隨著清王朝內憂外患的衰世的到來，經世致用思潮全面興起；在詩文創作方面，由袁枚宣導的性

〔註 1〕嚴迪昌《清詩史》·《緒論之一：清詩的價值和認識的克服》，浙江古籍出版社，2002 年版，第 13 頁。

靈詩風與翁方綱崇尚的金石之氣並行不悖，而桐城古文又與常州駢文交相輝映。與此同時，更有經世詩派同道咸宋詩派的雙峰並峙；而從學術文化傳承的地域視角來看，吳中有以錢大昕、孫星衍、洪亮吉為代表的吳派，皖北有以胡培翬、盧文弨為代表的皖派，揚州有以阮元、汪中、劉文淇為代表的揚州派，常州有以龔自珍、魏源為代表的常州派。

　　東南學術文化如此繁昌，身處其間的金陵一地自然左右逢源，受其時代思潮演變流轉的沾溉啟沃，而四大地域學術流派代表人物又與彼時金陵士紳或師或友、聲氣相求，過從甚密，故而從此宏觀、微觀兩個層面入手來明晰金陵學術文學思想資源譜系，自然信而有徵。

一、道咸經世思潮的演進

　　洪亮吉在《邵學士家傳》中曾簡略言及乾嘉樸學的發展源流：「迨我國家之興，而樸學始輩出，顧處士炎武、閻徵君若璩首為之倡，然奧窔未盡闢也。乾隆之初，海宇太平，已百餘年，鴻偉傀特之儒接踵而見，惠徵君棟、戴編修震，其學識始足方駕古人」。〔註2〕顧炎武作《唐韻正》、《易》、《詩》本音，以發明古韻，後之言音韻訓詁者皆有遵循，閻若璩撰《古文尚書疏證》，亦開後世校勘辨偽之途。其後惠棟、戴震諸子又紹述顧、閻所傳之學而更加闊大。惠棟標榜「漢學」，認為通經必由漢儒訓詁始，戴震羽翼其說而加以改進，進一步明晰由訓詁以明義理的治學體系，既反對鑿空說經，也反對因循古注之訛誤，立足於實事求是。乾嘉樸學以考據為方法，以儒家經典著述（後進一步拓展到子史等部類）為研究對象，考證文字、音韻、名物、制度、版本等等，由此而興起小學、金石、輯佚、校勘等學科門類，迨樸學全興之際，舉凡歷史、地理、天文曆法、音律術數、典章制度等

〔註2〕洪亮吉《卷施閣文甲集》卷九・《邵學士家傳》，中華書局，2001年版，《洪亮吉集》第1冊，第192頁。

等，無不納入研究視野，而其方法，依舊不脫樸學本色，一以考訂校勘、輯佚注疏爲主。諸如惠棟撰《古文尚書考》，繼續考辨《尚書》眞僞；戴震校刊《水經注》，錢大昕撰《二十二史考異》，考辨歷代正史的訛誤；段玉裁注釋《說文解字》；王念孫、王引之父子注解古籍虛字等等，皆爲此類。

　　乾嘉諸子俯首故紙堆，推崇考訂訓詁、發明經義的宗旨，看似遠離政治、萬馬齊喑，而事實上，其中也頗蘊藏著批判精神與啓蒙意味。六經皆史，一切經文皆成爲研究的對象，進而，一切經義也就成爲研究的問題。由此而來，樸學還原了儒家經典著述的本來面目，褪去了千百年來附著於其上的道統地位與神聖光環。而徵實有信、辨僞存眞的樸學研究範式，也閃耀著後世科學實證的積極光芒。

　　嘉道之際，清王朝國勢衰敗，內憂外患迭起，進入了「日之將夕，悲風驟至」〔註3〕的衰世。受此世風激蕩，上自朝廷，下殆士紳均有所回應。道光皇帝推崇公羊學說，究心實務，提倡通經致用，傾向變革進取，有「士不通經，不足致用；經之學，不在尋章摘句也，要爲其有用者……」、「通經致用，有治人而後有治功，課績考勤，有實心而後有實政……」〔註4〕等言論；而大批憂國務實、關心民瘼的經世學者以及疆臣官吏如陶澍、李兆洛、林則徐、賀長齡、包世臣、龔自珍、魏源、馮桂芬、俞正燮、張穆、姚瑩等等，則從地方實務入手，大力提倡「通經致用」的學風，以探求拯時濟溺、紓解民困的良策，由此而來，經世之學風行海內，朝野回應。

　　事實上，經世之學本由明遺民黃宗羲、顧炎武等人所提倡，有感於明朝滅亡的慘痛教訓，他們全面反思學術文化的弊病，不再糾結於空言心性、脫離實際的宋明理學、心學，轉而汲取儒家民胞物與、匡世濟民的徵實精神。乾嘉樸學取其一端，偏重訓詁考訂，迴避經世之

〔註3〕　龔自珍《龔自珍全集》·《尊隱》，人民出版社，1975年版，第87頁。
〔註4〕　王煒《〈清實錄〉科舉史料彙編》·道光二十一年四月乙巳條，武漢大學出版社，2009年版，第791、792頁。

意。自今文經學興起之後，力倡微言大義之說，強調依經立義，甚至於飾經術爲政論，學術路徑不復侷限於樸學一途，時代風會意味頗爲濃厚，進而成爲經世致用思潮的思想基礎。

經世思潮是指講求通曉儒家經學以服務於現實政治和社會實際的崇實學風和價值趨向，它以經義爲治理國家、改良社會的根本，以構建理想的社會秩序爲目的，實質上，它是儒家傳統治國平天下政治抱負付諸社會實踐的思想表現和具體方略。經世思潮內涵豐富，不僅包括積極入世的價值取向，注重外王功業，講求實用實效；也包括基於現實需要而闡發傳統學術、彰顯思想意義。因此，體用並重就成爲晚清經世思潮的一大特點。

乾隆四十年（1775），陸燿輯纂刊行《切問齋文鈔》30卷，關學術、風俗、教育、服官、選舉、財賦、荒政、保甲、兵制、刑法、時憲、河防等十二類，成爲經世思潮的先聲。50年後，魏源等輯纂《皇朝經世文編》120卷，收錄議論、條陳、奏章等2000餘篇，包括學術、治體、吏政、戶政、禮政、兵政、刑政、工政等八個部類，集清初至道光以前經世致用文章之大成，成爲晚清經世思潮的發端。〔註5〕這兩部書，尤其是《皇朝經世文編》集中體現了經世派注重研究當代制度及其歷史沿革；注重實用、功效、變革與進取的治世精神。晚清俞樾曾謂「（《皇朝經世文編》）數十年來風行海內，凡講求經濟者無不奉此書爲矩，幾乎家有其書」。〔註6〕也正是在此影響下，舉凡與國計民生有關的政治、經濟、文化、教育等方面的改革乃至變法；理財、治河、漕運、鹽務、水利、刑獄以及養民、邊政、海防、洋務等等務實之學，得到了文人學士以及開明士紳的全面關注，取得了大量積極有效的實績。

〔註5〕陳祖武《清儒學術拾零》·《清中葉今文經學的復興》，湖南人民出版社，2002年版，第299頁。

〔註6〕俞樾《春在堂雜文·四編》卷七·《皇朝經世文續編序》，《近代中國史料叢刊》初編第42輯（412），臺北文海出版社，1986年版，第1233～1234頁。

　　從乾嘉樸學思潮到經世致用思潮，學術思潮風會的轉換不僅引發了學科門類的進一步拓展，深化了傳統的知識結構體系，更爲重要的是，學術與時政的結合也越來越緊密，務爲有用之學，不專意於尋章摘句逐漸成爲傳統士紳自覺不自覺的治學祈向。具體到金陵一地之學術風會，諸如汪士鐸、朱緒曾等士紳，其成就固然未能特出於時，但路徑祈向卻印記了鮮明的時代風尙，甚至於發而爲歌詩，亦爲此風所牢籠浸染，呈現出援學入詩的風貌。

二、金陵士紳的文化接受

　　如同前文所言，自嘉道以來東南四大地域流派〔註7〕學術文學先後輝映，皆足以引領一時風尙，而其同金陵士子的師友淵源，又頗爲紛繁複雜，加以必要的梳理排比，必將有助於準確把握金陵地域學術文學風尙之所由來以及特點。

（一）吳中學派

　　吳中自惠氏三世傳經，遂蔚爲大觀，輯佚校勘之外，復治金石史地之學。錢大昕精於經義聲音訓詁之學，有鑒於「自惠、戴之學盛行於世，天下學者但治古經，略涉三史；三史以下，茫然不知」，〔註8〕遂創闢史地之學，作《廿二史考異》，並擬補輯《元史》，搜羅元人詩

〔註7〕清代樸學地域流派說法雖然淵源有自，幾成學界公論。然而，通過學術流派來考察清季樸學發展態勢，似乎也稍嫌簡單。諸如錢穆、楊向奎、陳祖武等人均認爲「以地域來區分學派，本身並不科學，與乾嘉學術發展的實際也不盡吻合」云云。
陳祖武《關於乾嘉學派的幾點思考》，《清代經學國際研討會論文集》，臺灣中央研究院中國文哲研究所籌備處，1994年版，第247～263頁。
另外，作爲地域學術流派，很多代表人物也並非該地士紳。
而正是有鑒於學術文學風尙的形成需要通過地域、家族、師友等因素的維繫推動，特別是著眼於地域流派與金陵學術文學風尙的互動交流，因此，本文認同清季樸學四大地域流派的說法。
〔註8〕江藩纂，漆永祥箋釋《漢學師承記》，上海古籍出版社，2006年版，第313頁。

文集、小說筆記、金石碑版等，作《補元史藝文志》四卷以及《元詩紀事》等書。繼錢氏之後，仿其體例作意補史之作紛紛而出，極一時之盛。金陵一地即有顧槐三作《補後漢書藝文志》十卷、《補五代史藝文志》一卷、汪士鐸作《補南北史藝文志》三卷等，均足稱名家，為後學所重。

王昶亦為吳中樸學大家，經學之外，復倡金石之學，作《金石萃編》，集金石學之大成。流風所及，金陵士紳亦多有回應。陳宗彝有《六書偏旁析疑》、《續古篆》、《重編金石文跋》、《重編訪碑錄》、《鍾鼎古器錄》、《古磚文錄》、《漢石經殘字》、《蜀石經殘字》等著述，甘熙輯纂《金石題詠彙編》四十六卷，車持謙有《金石叢話》，朱緒曾撰有《開有益齋金石文字記跋尾》一卷，葉覲揚著有《求放心齋金石跋》二十卷等等。

而孫星衍、洪亮吉，則以文士治經，記誦淵雅，孫氏雜治諸子，精於校勘，洪氏旁治輿地，撰述不輟。金陵士紳紹承此風尚者有陳宗彝《胡刊通鑑識誤》一卷、《通鑑補正匯鈔》，管同《戰國地理考》一卷、朱緒曾《中論注》、甘熙《訂補渾蓋通銓》二卷、《水法宗旨》二卷、《納音訂正》一卷等等。

錢大昕曾主講金陵鍾山書院，其《廿二史考異》即撰成於此，胡培翬有《錢竹汀先生入祀鍾山書院記》，對其道德文章多有褒揚。而孫星衍則晚年寓居金陵，「始僑居舊內之五松園，園有古松五株故名。後買皇甫巷司馬河帥宅，亭館池樹，布置有法，名曰冶城山館。賓朋宴集，歲無虛月」，[註9] 享林泉之樂，極觴詠之娛。與之往還者除孫原湘、唐仲冕、吳鼒、石韞玉、姚鼐等人之外，金陵俊彥自然也時相過從。同時與金陵士人聲氣相通者還有元和顧廣圻，工於版本校勘之學，得錢氏之傳；長洲陳奐，精於訓詁音韻，所學出於段玉裁、王念孫之門。

〔註9〕甘熙《白下瑣言》卷一，南京出版社，2007年版，第9頁。

（二）皖派學者

皖派學者首倡於戴震，注重審定經書的音韻訓詁，進而在此基礎上申明己見，以駁斥宋學的性理。道咸之際，繼起者有盧文弨、胡培翬、俞樾、孫詒讓等人。劉師培認爲吳派「所學以掇拾爲主，扶植微學，篤信而不疑」，皖派則「以小學爲基，以典章爲輔，而曆數、音韻、水地之學，咸實事求是，以求其源……以實學自鳴」。〔註10〕

盧文弨潛心漢學，精於校讎，所校之書極多，經史子集，包羅萬象，如《荀子》、《春秋繁露》、《顏氏家訓》、《呂氏春秋》、《墨子》等均經其手訂而成爲善本，趙鴻謙有《盧抱經先生校書年表》，可以概見其大略。盧氏以「抱經」顏其堂，翁方綱曾於《書同人贈盧抱經南歸序卷後》云「『抱經』者云，盧氏故事也。玉川三傳束閣之意，吾不敢知，然以校訂諸經言之，則莫若韓中郎將子乾於源流得失之故爲最深也」。〔註11〕衡之以《校書年表》，「抱經」二字著實名實相副。胡培翬則十世傳經，復多交接名公碩儒，淵源至粹，治學精研三禮。其室名爲「研六室」，亦足以發明胡氏所學推本六經之意。胡氏自謂曰「翬之始致思，欲效用於世，自歷戶曹，即謂國家根本在是」他認爲，「戶部理財，不在開捐例，加鹽價，惟在理其自有者而已」，〔註12〕其爲官戶部，清名遍天下。兩江總督陶澍重其學行，延主鍾山書院，又別創惜陰書院，延之主講，前後凡十餘年。而胡氏諸弟子中，楊大埔、韓印、汪士鐸等均爲金陵後進，沾漑其治學風尚，研經博物，以期致用，各有專精，皆足自立。

〔註10〕劉師培《近儒學術系統論》，章太炎、劉師培等撰《中國近三百年學術史論》，上海古籍出版社，2006 年版，第 148 頁。

〔註11〕翁方綱《書同人贈盧抱經南歸序卷後》，《復初齋文集》卷十七，《續修四庫全書》第 1455 冊，上海古籍出版社，2002 年版，第 518、519頁。

〔註12〕胡培翬《上羅椒生學使書》，《研六室文鈔・補遺》，《續修四庫全書》第 1507 冊，上海古籍出版社，2002 年版，第 488、489 頁。

楊大堉有《毛詩補注》、《五廟考》一卷、《三禮義疏辯證》、《論語正義》、《說文重文考》六卷,又補充考訂胡氏《儀禮正義》,成書四十卷刊行於世;楊長年之父楊銓有《易學史證一貫》、《春秋集評》;陳宗彝有《讀禮識疑》、《重次臧氏經義雜記》等。而真正紹承皖派研究經史以達聞道致用宗旨,且成就最為突出者為汪士鐸。汪氏有《水經注圖》一卷附錄一卷、《漢志釋地略》以及《南北史補志》等書行世,山川郡國典章制度素所究心,而其著述則頗有寓經術於政治的經世意味,識見精審,為胡林翼、曾國藩等當道者所重。

(三)揚州學派

揚州學派由吳、皖兩派分化演進而來,吸收兩派治學優長而又自具特色,其代表人物有阮元、汪中、劉文淇等人。張舜徽先生在《清代揚州學記》緒論中言曰「余嘗考論清代學術,以為吳學最專,徽學最精,揚州之學最通。無吳、皖之專精,則清學不能盛;無揚州之通學,則清學不能大。然吳學專宗漢師遺說,摒棄其他不足數,其失也固。徽學實事求是,視夫固泥者有間矣,而但致詳於名物度數,不及稱舉大義,其失也偏。揚州諸儒,承二派以起,始由專精匯為通學,中正無弊,最為近之」,他進一步概括揚州學派的治學風格為「能見其大,能觀其通」。〔註13〕由此可見,以阮元等為代表的揚州學派在堅持漢學宗旨,推重實事求是學風的同時,更著力於洞觀學術源流,總結一代學術,試圖找尋一條超越漢宋,會通古今的治學路徑。〔註14〕

揚州諸儒與金陵士紳關係有所關聯者為劉文淇、劉毓崧、劉壽曾祖孫等人。道光戊申(1848)年間,汪士鐸同劉文淇、楊亮、吳熙載、

〔註13〕張舜徽《清代揚州學記》,上海人民出版社,1962年版,第2頁。
〔註14〕阮元曾說「兩漢名教,得儒經之功;宋明講學,得師道之益:皆周孔之道,得其分合,未可偏譏而互詆也。我朝列聖,道德純備,包涵前古,崇宋學之性道,而以漢儒經義實之」。
阮元《揅經室一集》卷二《擬國史儒林傳序》,《續修四庫全書》第1478冊,上海古籍出版社,2002年版,第548頁。

王翼鳳等受揚州運同童濂聘，注《南北史》。〔註15〕許宗衡性頗簡傲，然其於並世諸儒，惟推重潘德輿為正學、劉文淇為純儒。〔註16〕咸同年間，劉毓崧入兩江總督曾國藩幕，先後在安慶編書局以及金陵書局校勘群籍，與汪士鐸多有過從。〔註17〕劉壽曾則就讀於鍾山、惜陰諸書院，與金陵名士陳作霖、朱紹頤、羅震亨、甘元煥、馮煦、顧雲等交遊酬唱，以學問相切劘。

而由揚州諸儒所開創的匯通漢宋的治學風尚也影響深遠，或者可以說，經過吳派皖派漢學的發展演變，嘉道之際的漢學家普遍開始了調停漢宋之爭，兼取其長的努力。諸如姚鼐、姚文田、朱珔、俞正燮等人，或主講金陵諸書院，或同金陵後進交遊切劘，淵源極深，而此種風尚也潛移默化，為金陵後進如管同〔註18〕等人所接受。

（四）常州學派

常州學派由莊存與、劉逢祿等人奠基，推崇西漢今文經學，立足多在《春秋公羊傳》，從而形成公羊學理論體系。嘉道間今文經學的崛起事實上成為對經學研究中尊崇東漢古文經、重視訓詁名物、以字解經的吳皖漢學的反撥，而其求新求變的主張又進一步導致了後學諸如龔自珍、魏源等人的經世致用思潮。在這個意義上來說，常州後勁

〔註15〕汪士鐸《南北史補志》卷首《南北史補志後序》，《四庫未收書輯刊》第 5 輯第 4 冊，第 2 頁。
　　　尚小明《清代士人遊幕表》，中華書局，2005 年版，第 166 頁。
〔註16〕張舜徽《清人文集別錄》，中華書局，1963 年版，第 487 頁。
〔註17〕尚小明《清代士人遊幕表》，中華書局，2005 年版，第 200 頁。
〔註18〕管同有言曰「朱子解經，於義理絕無謬誤。至於文辭訓詁，則朱子不甚留神，故其間亦不能無失。義理之得，賢者識其大也；文辭訓詁名物典章之得，不賢者識其小也。世之善學者，當識大於朱子，識小於漢唐諸儒及近代經生之說，而又必超然有獨得之見，然後於經為能盡其全體而無遺。求勝焉，曲徇焉，非私則妄，均之無補於經也」。則其洞觀學術源流，匯通漢宋以求真求實之治學宗尚略可概見。
　　　管同《因寄軒文二集》卷一《答陳編修書》，《續修四庫全書》第 1504 冊，上海古籍出版社，2002 年版，第 464 頁。

突破了以往乾嘉漢學流派的學術視野，轉而傾向於致用的實效。由此而來，樸學思潮一變而為經世致用，成為道咸以降學術風會的主潮。對於常州學派之精神，國學大師錢穆有如此評價「常州之學，起於莊氏，立於劉（逢祿）宋（翔鳳），而變於龔（定庵）魏（默深）。然言夫常州學之精神，則必以龔氏為眉目焉。何者？常州言學，既主微言大義，而通於天道人事，則其歸必轉而趨於論政，否則何治乎《春秋》？何貴乎《公羊》？亦何異於章句訓詁之考索？故以言常州學派之精神，其極必趨於輕古經而重時政，則定庵其眉目也」。〔註19〕

　　魏源治學以今文經學為主，兼習漢宋，對先秦諸子亦廣泛涉獵，他強調「由典章、制度以進於西漢微言大義，貫經術、故事、文章於一」，宣導「弘通精淼，內聖而外王，蟠天而際地」的公羊學風，以期內聖外王、經世致用的和諧統一。道光中，鴉片戰爭爆發，揪心時局之變，為尋求禦敵之策，魏源先後編纂有《聖武記》以及《海國圖志》等書，宣揚師夷長技以制夷，主張向西方學習。而咸豐二年，金陵汪士鐸曾與鄒漢勳同館魏源幕府，協助其輯補《海國圖志》，並「取所借魏君書，而各摘錄其所嗜」。〔註20〕同樣有鑒於鴉片戰爭中世態人心種種，朱緒曾不僅身體力行參與中英鴉片戰爭期間的定海海戰，更於戰後搜羅《昌國州志》、《舟山志》、《乾道四明圖經》諸地志資料，勾稽排比，博綜古今，用以題詠定海山川地理、人物風俗、物產土宜等等，作七言詩二百二十一首，冠以《昌國典詠》之名。此書除考辨精審之外，更重要的意圖在於「究輿地以籌邊防」〔註21〕的經世思想。此外，眾金陵士紳諸如夏家鎬、陳元恒、金和、孫文川等，或究心洋

〔註19〕錢穆《中國近三百年學術史・龔定庵思想之分析》下冊，北京商務印書館，1997 年版，第 590～591 頁。

〔註20〕見汪士鐸《開有益齋讀書志序》，《汪梅村先生集》卷八，《近代中國史料叢刊》第 125 冊，臺北文海出版社，1967 年版，第 341～343 頁。

〔註21〕見蔣國榜《昌國典詠》卷末跋語，《叢書集成續編》第 53 冊，上海書店出版社，1994 年版，第 950 頁。

務，於地方國計民生多所贊畫，或潛心著述而與時代風會相呼應，目光所及，多爲山川輿地典章制度之屬。

三、金陵詩風溯源

　　縱觀乾嘉以來清詩創作的整體風貌，一個值得注意的現象就是學問化。對於清詩學問化的具體表現，寧夏江曾從詩歌創作、詩歌研究以及詩學風向等方面加以概括總結。具體說來，在詩歌創作上，有以樸學入詩，考訂典章制度、金石文字、輿地山川、音韻訓詁等等；有以實學入詩，如道咸經世派詩作關注民生疾苦，多反映政治、社會問題；除此而外，詩歌創作普遍注重用典，出現用典經常化和偏僻化等傾向。在詩歌研究方面，詩學著述日漸豐富，總結前賢、評騭時人成爲一時風尚；詩學文獻整理也蔚爲大觀，乾嘉以來完成了歷史上唐以後詩作的紀事、詩話體撰述，並且出現了編纂地方性詩作總集、斷代集的風氣。在詩風宗尙方面，則不論尊唐、宗宋，一個總的趨勢就是學問化的加強。〔註22〕

　　當然，詩歌創作總體風貌下的學問化傾向沒有也不可能完全消解彼時詩壇風格各異的流派特徵，由此而來，詩人之詩、學人之詩及其新變就成爲學問化背景之下的三種不同風向，它們膠著混融而又發展演變，共同作用於道咸以來的金陵詩壇。

（一）詩人之詩

　　金陵爲六朝古都，秦淮煙水，烏衣門第，如此溫山軟水，形諸吟詠，自然多有情思綿渺、婉轉低回之作。明末清初的遺民詩作固然俯仰今昔、悲慨哀傷，然而輾轉相傳，延續下來的，逐漸只剩下了哀感頑豔、風華旖旎的六朝遺風。最早的遺民詩人林古度詩作由王士禎揀擇刊布，存其早年「刻意六朝，未染楚派」〔註23〕之作爲《林茂之詩

〔註22〕寧夏江《清詩學問化研究》，暨南大學 2009 屆博士論文，第一章第四節相關論述。
〔註23〕王士禎《林茂之詩選序》，《清代詩文集彙編》第 1 冊，上海古籍出

選》二卷,「多清綺婉孌之致,有鮑謝之遺軌」。〔註 24〕而與之同時的
杜濬、余懷,也同樣融才思、氣韻於一體,情思俳惻清峭。

順康之際,王士禎謁選得揚州府推官,得以交接金陵草野遺逸,
進而在揚州「紅橋唱和」,成為事實上的江南詩壇宗主。楊迪昌先生
認為,神韻實際上是對詩歌的風格和才調的一種認同,即「指興象飄
逸的『清圓』、後又演進為『清遠』的風神情韻」格調,「這種格調具
有神韻之美,富有神韻氣體之醇」。〔註 25〕這種神韻說以宗唐為其基
石,情韻流轉,與金陵遺逸異曲同工。然而,神韻詩法又不盡然描摹
性情,而是逐漸透露出乾嘉考據詩風的端倪。翁方綱曾言曰「漁洋之
精詣,可以理性請,可以窮經史,此正是讀書汲古之蘊味。而所謂不
涉理路,不落言筌者,乃專對貌為唐賢之滯跡老輩言之……其僅執選
本以為學先生,與夫執一端以議先生者,厥失均也」。〔註 26〕如果說
翁氏有立足漁洋神韻而推繹闡發肌理詩風之嫌疑,那麼近代學者錢鍾
書之言論當較為公允,「觀其辭藻之鉤新摘雋,非依傍故事成句不能
下筆,與酣放淋漓,揮毫落紙,作風雨而起雲煙者,固自異撰。然讀
者只受其清雅,而不甚覺其餖飣,此漁洋之本領也」,〔註 27〕同樣著
眼於神韻詩學中的學人本色。

切近唐音婉轉流暢、情韻盎然詩學風尚的,還有以袁枚為代表
的性靈詩派。袁枚自乾隆十四年以後長期隱居金陵小倉山隨園,而
袁氏家族詩人諸如袁機、袁杼、袁樹、袁棠等也多同金陵有著千絲
萬縷的聯繫,〔註 28〕另外,袁枚諸弟子中也多有金陵士紳。〔註 29〕

版社,2010 年版,第 1 頁。

〔註 24〕陳文述《乳山訪林古度故居》,《秣陵集》卷六,南京出版社,2009
年版,第 262 頁。

〔註 25〕嚴迪昌《清詩史》,浙江古籍出版社,2002 年版,第 467 頁。

〔註 26〕翁方綱《漁洋詩髓論》,《清詩話》,上海古籍出版社,1999 年版,第
305 頁。

〔註 27〕錢鍾書《談藝錄》,中華書局,1984 年版,第 98 頁。

〔註 28〕金陵名士車持謙繼室袁青即為袁枚孫女,紹承家學,工詩詞,著有
《燕歸來軒吟稿》二卷。而車氏所著《秦淮畫舫錄》、《畫舫餘談》

孫原湘曾說「吳中詩教五十年來凡三變：乾隆三十年以前，歸愚宗伯主盟壇坫，其詩專尚格律……自小倉山房出而專主性靈……爲之一變」。〔註 30〕對於以袁枚爲代表的性靈詩派的「詩史意義」，嚴迪昌先生在其《清詩史》中有著精闢的論述。詩是個性情心的載體，沒有個人心靈躍動等於無詩，由此而來，諸如唐宋詩的分界隔閡以及恪守門戶家法均受性靈風尚的沖洗滌蕩，進而，眞氣尚存的布衣寒士詩成爲其揄揚品題的重要內容，詩國風尚中的異量之美得以葆有、發展。

具體到性靈風尚對金陵詩壇的影響，當從情思綿渺、婉轉流暢的創作祈向；兼採唐宋、立足眞情的詩作範式以及重視布衣寒士詩作等方面來考量。

（二）學人之詩

以上諸種詩作風尚雖然各有獨至，然大體皆推重性靈情韻，謂之詩人之詩自當較爲恰切。而與之相對應的，便是學人之詩。事實上，這兩種傾向本爲具體詩歌創作的一體兩面，相輔相成。之所以人爲加以界定主要著眼於清詩創作乃至金陵詩壇創作中的學問化特點，同時也便於進一步擴展延伸至學人之詩的新變——經世致用詩風的論述。因此，詩人之詩與學人之詩二者的發展衍流均起始於明清之際，並無時間上的先後之分。

繼神韻說而起，對金陵詩壇產生重大影響的詩學風尚，莫過於翁方綱的肌理說。翁方綱認爲「士生今日經學昌明之際，皆知以通經學古爲本務，而考訂訓詁之事與詞章之事，未可判爲二途」，其肌理詩學將作詩同考訂訓詁合而爲一，淡化詩作的抒情性特徵，進而抹煞了

以及《三十六春小譜》與余懷《板橋雜記》一脈相承，而其秦淮冶豔、名士風流情懷，亦可見性靈風尚的流風餘韻。
〔註29〕王英志《清代性靈派乃江南詩派》，《河北學刊》，2010 年第 3 期。
〔註30〕孫原湘《籟鳴詩草序》，《天眞閣集》卷四十一，《續修四庫全書》第1488 冊，上海古籍出版社，2002 年版，第 325、326 頁。

作詩者的個性精神特徵。肌理風尚的突出特點，就在於詩作中濃重的金石氣——以金石考據入詩。

翁方綱其人與金陵詩壇的學人詩風尚似乎較少關聯，然而，錢大昕作為咸同學人之詩的代表人物之一，恰好成為肌理詩風從吳中擴散至金陵的橋樑。錢氏「學究天人，博綜群籍，著述等身，於學無所不淹貫，洵卓然一代儒宗也。詩亦摭實博雅，不蹈虛薄之習」。〔註31〕其詩作立足經史，將學術內容、方法滲透融入詩歌創作中去，學問化傾向在主要表現在金石書畫詩以及詠史詩中。諸如《王匯英家藏古錢歌》、《題侯官林氏所藏漢甘泉瓦拓本》、《覃谿學士視嶺南還摹東坡英德南山石壁頭名及米元章藥洲題名嵌齋壁顏曰蘇米齋招同賦詩》、《題籜石宗伯仿沈石淇花卉冊》〔註32〕等等，多為五七言長篇。人謂翁方綱「金石碑版之作，偏旁點畫剖析入微，折中至當；品題書畫之作，宗法時代，辨訂精微。蓋其學問既博，而才力又足以副之，故能洋溢縱橫，別開生面」，〔註33〕錢氏此類詩作，亦復如此，而其詠史詩作亦有別於中唐劉禹錫、明清之交遺民詩人金陵懷古乃至吳偉業「梅村體」等詠史抒懷之作，而是紹承自班固以來的敘事詠史範式，注重史實的鋪敘，結尾偶作點評，略近史傳之論贊，如《元史雜詠二十首》等。

需要指出的是，對於金陵後學而言，錢氏四十歲以後的詩作多為講學東南時期而作，彙集而成《潛研堂詩續集》，「蓋先生自辛卯後，供京職五年，即應廣東督學之命，旋以先大夫憂歸，服闋不復起。歷應當事聘，主鍾山、婁東、紫陽各書院，凡三十餘年。中間惟奉使文

〔註31〕龔詠樵《蔵園詩話》，轉引自錢仲聯《清詩紀事》，江蘇古籍出版社，1987年版，第5661～5671頁。

〔註32〕以上詩作分別見錢大昕《潛研堂詩集》卷九、卷十，《潛研堂詩續集》卷一、卷六，《續修四庫全書》第1439冊，上海古籍出版社，2002年版，第326、334、353、396頁。

〔註33〕徐世昌《晚晴簃詩匯》卷八十二「翁方綱條」，中國書店，1988年版，第484頁。

衡跋涉稍遠，否則遊跡所至近百里，遠不過千里。兼以晚年東南故舊日就凋落，以故登臨贈答之什較少於前，而優游林下，日事丹黃，意有所得，觸而成詠，性情之蕭曠，議論之確核，實又有過於少壯時者」。〔註34〕錢氏早年以辭章名，為吳中七子之一，詩作空靈清麗，甚至有晚唐柔靡婉轉的情韻，然當其歸田後刪定《潛研堂詩集》，不僅摒棄少作，詩風亦轉而老成，從而走上了學問化的道路。

「為學必以考證為準，為詩必以肌理為準」〔註35〕的詩作風尚雖然統系可以上溯至杜甫，但實際上多以宋詩為理想範式，所謂「宋詩妙境多在實處」〔註36〕云云，事實上，此實處多為實證性的學問以及相關具體社會人生問題的識見，學問為學人之詩金石淵雅特色的關鍵因素，而對於具體社會人生問題的識見則成為道咸之際經世詩作的先聲。

與肌理詩派相互印證闡發的，還有桐城詩派。姚鼐詩學成就為其文名所掩，而實際上，其七律頗有特色，張裕釗標舉國朝三家詩，姚鼐七律便為其中之一，〔註37〕而曾國藩也認為其七律為清代第一〔註38〕。桐城詩派宗法宋詩而不囿於宋詩，類同於其文論的圓融通達。桐城詩法經由姚門諸弟子方東樹、管同、姚瑩以及曾氏的揄揚提倡，聲勢頗盛。以姚鼐為代表的桐城詩派講求以文法論詩，注重起承轉合、布局變化，而在詩作風尚方面則追求混融唐宋，學問性情並重。

〔註34〕錢大昭《潛研堂詩集序》，《潛研堂詩續集》，《續修四庫全書》第1439冊，上海古籍出版社，2002年版，第340、341頁。

〔註35〕翁方綱《言志集序》，《復初齋文集》卷四，《續修四庫全書》第1455冊，上海古籍出版社，2002年版，第390、391頁。

〔註36〕翁方綱《石洲詩話》卷四，人民出版社，1981年版，第122頁。

〔註37〕馬亞中師《學宋詩派與桐城詩派》，汪軍主編《皖江文化與近世中國——京劇、近代工業和新文化的源頭》，合肥工業大學出版社，2004年版，第175頁。

〔註38〕吳汝綸《吳汝綸尺牘》卷二下《與蕭敦甫》，合肥黃山書社，1990年，第178頁。

（三）經世風尚

如果說以袁枚爲代表的性靈詩風立足於唐音的情韻性靈而不廢學問的話，那麼，以姚鼐爲代表的桐城詩派則是立足於宋調的筋骨思理而濟之以情韻氣象，殊途而同歸，從這一層面來看，鎔鑄唐宋成爲潮流所向，而詩人之詩與學人之詩也得以由對立走向同一。事實上，道咸之際的宋詩運動及其後繼的「同光詩派」所標舉的宋詩祈向已然有所變化，呈現出打通唐宋，上溯六朝的態勢，不盡然爲宋調所牢籠。

道咸宋詩派的興起發展爲同光體詩論家陳衍所揭櫫：

> 道咸以來，何子貞（紹基）、祁春圃（寯藻）、魏默深（源）、曾滌生（國藩）、歐陽磵東（輅）、鄭子尹（珍）、莫子偲（友芝）諸老，始喜言宋詩。何、鄭、莫，皆出於程春海侍郎門下，湘鄉詩文字，皆私淑江西，洞庭以南言聲韻之學者，稍改故步，而都下亦變其宗尚張船山（問陶）、黃仲則（景仁）之風。〔註39〕

此時的宋詩風尚承繼清中葉宋詩熱而來，揄揚宣導者除了程恩澤、祁寯藻、鄭珍、莫友芝諸人之外，尚有從桐城詩派發展衍流而來的梅曾亮、管同〔註40〕等人，雖然兩派源流有別，但都與金陵士紳有

〔註39〕陳衍《石遺室詩話》卷一，《民國詩話叢編》第 1 冊，上海書店出版社，2002 年版，第 18 頁。

〔註40〕對於梅、管二人文學造詣，劉聲木曾有如此評價，「（梅）師事姚鼐，受古文法，衷然居姚門四傑之首。居京師二十餘年，四方人士以文字從其講授及求碑版者至無虛日，其爲文義法一本之桐城，稍參以歸有光，精悍簡質，清夷往復，獨深於性情，實有精到處，能窺昌黎門徑。其勝處最在能窮盡筆勢之妙，磐控縱送，無不如志。其修辭愈於方、姚諸公，而一意專精於是，氣體理實不能窮極廣大精微之致，然頓挫峭折，矯然自異，足以自樹一幟」；「（管）嘉慶初，姚鼐主講鍾山書院，以古文倡天下，同師事最久。久親指授，最承許與，實爲姚門四傑之次：苦心孤詣，淹貫群言，好爲深湛之思。實得姚鼐的傳，遂以古文名家。其文雄深浩達。簡嚴精邃，曲當法度，規模廬陵」。

劉聲木《桐城文學淵源考》，卷七，卷四，直介堂叢刻，1929 年版，

著密切的關聯。

　　首先來看隸籍金陵的梅曾亮。梅曾亮與其父梅沖俱爲姚鼐弟子，姚鼐論詩鎔鑄唐宋而盛稱黃庭堅江西詩法，故而梅氏受其沾溉，進一步稱揚梅堯臣、蘇軾、黃庭堅等人，開拓宋詩學習師法的範圍。近人李詳曾論及梅氏對道咸宋詩風尚的揄揚宣導情形：「道光朝，梅伯言倡學韓、黃，參以大蘇，如黃樹齋（爵滋）、孔繡山（憲彝）、朱伯韓（琦）、何子貞（紹基）、曾文正（國藩）、馮魯川（志沂）、孫琴西（衣言），皆奉梅爲職志」。〔註41〕言論雖有鄉曲之私，不免與史實有所出入，〔註42〕然而卻也點出了梅氏宋詩祈向的影響力。梅氏宋詩輻射所及，主要集中於第二次入京期間發展形成的桐城古文圈，以邵懿辰、朱琦、馮志沂、王拯、曾國藩等人爲主。道光二十九年（1849），梅氏出都南歸，這一詩學群體也逐漸消歇。〔註43〕對於金陵後進而言，以鄉賢詩古文辭創作成就爲標杆，心摹手追，遙相呼應自不待言，而梅氏返鄉則又成爲進一步親炙請益的絕好契機。

　　對於咸同宋詩派的發展衍流以及詩學主張，同門賀國強在其博士論文《近代宋詩派研究》中有著深入而全面的論述。程恩澤、祈雋藻自道光元年（1821）同受皇帝接見以來，交接日漸密切，揄揚宋詩風尚不遺餘力。何紹基、鄭珍、莫友芝均出程氏之門，道光十七年（1837），程氏染病去世，在此前後，祈雋藻爲江蘇學政，於東南詩壇頗有影響。對於鄭珍、莫友芝諸人，祈氏同治間年亦曾有舉薦之

　　　　　蘇大館藏。
〔註41〕李詳《藥裏慵談》，《李審言文集》，江蘇古籍出版社，1988年版，第629～630頁。
〔註42〕李氏所論列諸人中，黃爵滋並非尊尚宋詩，而孔憲彝、何紹基、孫衣言等人同祈雋藻劘切往來更爲密切。
　　　　　代亮《梅曾亮與道咸年間的宋詩風》，《山西師大學報》，2009年第6期。
〔註43〕梅氏對宋詩的揄揚導啓之功不爲後世所重除了本身詩學圈子存在時間較短之外，另一個更重要的原因或在於陳衍詩論的偏向性。金陵詩家較同光諸子更早沾溉宋詩風尚，亦有可觀的創作實績，若要成功確立同光諸子的詩學譜系，迴避這一事實自然較爲妥當。

功。至於程、祈之外的另一位重要人物曾國藩，對於金陵士人的影響就更爲深遠。莫友芝在道光二十七年（1847）與曾國藩訂交，後長期遊於曾氏幕府，而何紹基、鄭珍等人與曾國藩乃至其幕僚多有交遊酬唱。平定張穆、蕭寧苗夔與祈寯藻亦有師友交遊之誼，其他諸如邵陽魏源、歙縣俞正燮、光澤何秋濤等人，也聲氣相求，先後交接祈氏乃至曾氏。諸人詩風祈向雖不盡然爲宋調所牢籠，但對於立足經史以講求通經致用的經世風尚卻多有啓導培植之功。

道咸之際國事日非，乾嘉詩壇那種「才氣並展、辭藻富麗、聲韻和諧的和朗之聲已經難以唱出」。〔註44〕宋詩派諸子紹述肌理詩風以及桐城詩論而來，鎔鑄唐宋，期望以理氣溝通學問與性情，由性情而求眞詩，最後學人之詩與詩人之詩合一的境界。事實上，學問性情並重，追求詩作的理趣發展深化了從肌理詩風乃至桐城詩論而來的學問性情的緊張衝突，爲日後圓融通達的學人之詩與詩人之詩合一理論的提出作了必要鋪墊。

宋詩派對於金陵詩壇的影響具體表現爲祈寯藻視學江蘇期間對金陵士紳詩學風尚的揄揚導啓，而何紹基、莫友芝乃至張穆、苗夔等人也與金陵諸子頗有淵源。金陵名儒汪士鐸二十九歲遊於程恩澤之門，三十七歲時復交接祈寯藻，在其《感知己贊》中，何、莫、張、苗乃至俞正燮、包世臣、魏源、姚瑩等人均有論列。

道咸間金陵經世詩風的興起事實上與常州今文經學的興起一脈相承。在此風尚之下，陶澍及其幕府對於金陵人文的影響十分突出。自道光五年（1825）起，陶澍先後任職江蘇巡撫、兩江總督等職，至道光十九年（1839）病逝於兩江節署，其與東南經濟政治文化均有重大影響，通過幕府中林則徐、魏源、包世臣、賀長齡、姚瑩等人的輔佐贊畫，先後在鹽政、河工、漕運、吏治、財政等方面都取得了豐碩的實績，深化了經世風尚在東南地區的影響力。

〔註44〕賀國強《近代宋詩派研究》，蘇州大學古代文學 2006 級博士論文，第 17 頁。

　　陶澍「通經致用」的思想突出在他對金陵一地書院的規劃建設方面，在《尊經書院課藝序》中，陶氏言曰「不貫通乎《易》、《詩》、《書》、《禮》、《春秋》，而能闡發四子，吾不信也，不貫通《易》、《詩》、《書》、《禮》、《春秋》，以闡發四子而能代四子立言，吾尤不信也。夫即末可以知本，有得於經，則根茂實遂，言中體要，皆經之精液也。無得於經，雖獵取浮華，譬彼行潦之水，朝盈而夕涸耳！」〔註45〕對於陶氏的舉措，金陵後進端木埰亦有言論及之：

> 自制府安化陶文毅公創建惜陰書院，專試經古，由是姚先生璋及楊先生大堉、葉先生庭鑾、汪先生士鐸皆脫穎起。是年適祁文端公（寯藻）來督江蘇學，精明綜覈……於是雖不獲於惜陰，而樸學便腹者皆騰起。先是江蘇學政重經籍者，推胡豫堂先生高望，至是老輩欣慰，以爲有胡公時遺範。〔註46〕

　　陶澍嘉慶年間就曾在京師聯絡東南京官發起組織了「消寒詩社」，朱珔、胡承珙、賀長齡、程恩澤等人均參與其中。道光間，「消寒詩社」改稱「宣南詩社」，又增益以林則徐等人。詩酒流連之餘，諸人對於家國大事、生民疾苦也日漸關注，詩作中的政治理想和濟世情懷愈發濃烈，經世風尚也由此而生發流衍。事實上，經世派詩作的突出代表爲龔自珍、魏源等人。龔氏突破了儒家詩學溫柔敦厚、主文而譎諫的傳統，鋪張揚厲，宣揚個性，並對現實多有抨擊批判；魏源則以經術爲治術，融經術、政事、文章於一體，有「文之用，源於道德而委於政事」的言論。〔註47〕具體到其詩學思想則有「厚」、「眞」、「重」的三條原則。〔註48〕其他諸如包世臣、姚瑩等也各有專擅。如

〔註45〕陶澍《陶文毅公全集》卷三十七，《近代中國史料叢刊》第二十九輯（281），臺北文海出版社，1986 年影印版，第 38 頁。
〔註46〕端木埰《粉槧錄》，《南京文獻》第五冊，南京市文獻委員會，1948年鉛印本，第 415 頁。
〔註47〕魏源《默觚上‧學篇二》，遼寧人民出版社，1994 年版，第 9 頁。
〔註48〕魏源爲陳沆《簡學齋手書詩稿》所作題辭，轉引自王運熙、顧易生主編《中國文學批評史新編》（下冊），復旦大學出版社，2007 年版，

果說宋詩派諸人詩作中所流露的致用風尚主要表現爲稽古通經的話，那麼，經世派詩作所表現的內容範圍就更加的闊大了，換句話說，先前偏重於學理闡述的風氣已經逐步轉化爲側重於學術應用了。此種現象即爲學問化的新變，而典型的經世派詩作則多爲策論詩，立足於務實有用。這種風尚特點經由陶澍本人及其幕府的推廣流衍，逐漸滲入金陵士人的文學創作活動中去，成爲廣泛的社會思潮。

以上我們從嘉道以來學術思潮的演進、東南地域學術風會的濡染浸潤以及以學問化爲主線的詩人之詩、學人之詩乃至新變等層面較爲深入具體的勾勒了道咸以來金陵詩壇創作風尚的源流脈絡，從而爲深入把握金陵諸詩家學術文化思想乃至詩歌創作的宗風祁向提供了翔實有徵的思想背景。

第 411 頁。

所謂「厚」，意指「肆其力於學問性情之際，博觀約取，厚積薄發」；所謂「眞」，意指「凡詩之作，必其情迫於不得已，景觸於無心，而詩乃隨之，則其機皆天也，非人也」；所謂「重」，意指有爲而作，態度慎重而非「輕淺」。事實上，「厚」字偏重於學問性情，而「眞」字則呼應於龔自珍的「尊情説」，「重」字又進一步點名經世派詩作的社會現實意義所在。固然魏源詩作成就龔自珍，然而，如此圓融弘通的詩學思想自然更容易爲時人所接受。

第五章 《金陵詩徵續》與道咸時期 的金陵詩壇

　　金陵一地的詩文風尚，最為輝煌燦爛的歷史時期為明末清初，東林黨人的慷慨氣節同秦淮煙水的柔媚婉轉相互映發，如夢似幻的故國山川文物與悲苦流離的現實遺民境遇兩相對照，加之從六朝輾轉相沿而來的深沉感喟乃至流風遺韻，所有這些都化作金陵詩文創作中的氤氳之氣，纏綿婉轉、不絕如縷。在嚴迪昌先生的《清詩史》中，如白門遺老林古度、「嗔氣」逼人的杜濬、哀感頑豔的余懷、奔走呼號的顧夢遊、伏處隱逸的邢昉以及魂繫鍾山的紀映鍾等等，諸家詩文著述均為此類。傳世之林古度詩作清綺婉縟，刻意六朝；杜濬則才氣凌厲，雄渾氣韻中又多有疏放豪逸的情致；余懷《板橋雜記》借六朝華藻述故國之哀，而其詩作也俳惻清峭，時流目為劉禹錫之流亞⋯⋯明清之際的這類遺民詩文創作經由康乾文網的鉗制打壓，逐漸演變成為兼具才思氣韻的六朝遺風，而故國之思也多化作渺遠深沉的時空感喟。最為重要的是，這種遺民詩風打通了傳統詩文風尚中對於唐宋、正變、古今的拘泥界說，凸顯出的沛然正氣和真摯情感與清季同光諸子所推崇的學人之詩詩人之詩合而為一的詩學追求遙相呼應。只是，康乾而後的詩壇卻無力承繼這一優長，而是繼續落入了詩分唐宋，學問與性情兩相疏離的發展路徑。當然，這種疏離的走向在神韻派、性靈派以

及格調說、肌理說的發展演變過程中，又逐漸呈現出會通融合、并美兼善的趨勢，對此，前文有所論述，此處不再展開。實際上，道咸以來金陵詩壇各種風尚的發展走向，也正是四大詩學流派發展演化的具體而微，匯通唐宋，學問性情並重的努力或許糾結於學術趣味、地域淵源而有所偏頗，但它始終是發展的主線。

一、能收白下叢殘事，不愧黃初大雅聲 [註1] ——研經博物、淵懿樸茂的學人風尚

朱緒曾（1805～1860），字述之，號北山。道光二年（1822）壬午科舉人，工部左侍郎徐士芬之門生。歷官秀水、孝豐、海寧、嘉興知縣。修葺朱彝尊故居曝書亭，建三忠祠，嗜讀書，尤精於《爾雅》，藏書多達十數萬卷，惜毀於太平軍之役。撰有《開有益齋讀書志》6卷、續志1卷，《金石文字記》1卷，又有《金陵詩匯》、《續宋文鑒》、《金陵舊聞》、《筆譜》、《論語義證》等。

朱緒曾爲道咸時期金陵著名學人之一，素以研經博物聞名東南，在目錄學、文獻學方面均有突出成就。朱氏家學淵源，早年即耳聞目接諸經史典籍，及至青年，更醉心讀書問學，「居臨秦淮，盛夏時畫船簫鼓，不一顧也」[註2]，舉凡經史子集，皆旁搜博採，務求根柢紮實。步入仕途以後，朱氏勤於政事，憂心民瘼，清廉耿介，政務之暇，又喜搜輯圖籍，「同列者爭要津、馳捷徑，或顧君而揶揄之，君不顧也」[註3]，以至於「解職赴新任時，行囊惟書簏而已」。朱氏詩作頗有特點，多紹承乾嘉以來考據訓詁一派流風餘韻，翻檢其的《北山集》，金石考訂、碑版圖籍之作比比皆是。如《吳天發神讖碑》：

〔註1〕此爲朱氏評定同邑金鰲詩集之語，二人均嗜金石，相互切劘所在多有，故而此語不當夫子自道。
見朱緒曾《題金偉軍鰲桐琴生集》，《北山集》卷二，光緒間刻本，藏南圖。
〔註2〕汪士鐸等《續纂江寧府志》，臺北成文出版社，1970年版，第109頁。
〔註3〕朱緒曾《昌國典詠》卷首黃樂之序，《金陵叢書》本，藏南圖。

椎牛伐鼓石印王，臨平湖開春草香。石函詭刻皇帝篆，
夢中青蓋入洛陽。楚吳九州作都渚，揚州四世太平主。不
銘岣嶁銘岩山，語雜巫妖字奇古。降幡一豎幾千年，段石
崗下埋雲煙。狐狸笑呼野火炙，好事移置學宮前。日星炳
煥尊經閣，度度藏墳典架丘索。此碑不許廁其間，天飭祝
融特銷灼。拓本流傳助博聞，辨別篆隸滋紛紜。皇象書猶
半疑信，我曾謂非華覈文。(《建康實錄》引張勃《吳錄》
云「未知誰書，或傳是皇象，恐非」，按碑文有「東觀令」，
並無華覈，後人因華覈名重，故附會耳) 永先直諫非佞諛，
手腕可斷詎操觚。丈夫願作韋昭死，肯雜名姓巧工朱！(《三
國志・華覈傳》「孫皓即位，封徐陵亭侯，皓盛夏興工，覈
上疏諫，皓不納。後遷東觀令，領右圖史，時倉廩無儲，
世俗滋侈，覈上疏云云，書百餘上，皆有補益。天冊元年，
以得譴免」，據此，則天璽改元東觀令已非華覈，且覈伉直，
必不撰造圖讖，《建康實錄》亦不言華覈文) 狂語欺天不忍
見，紫蓋黃旗驚掣電。荒臺月黑昭明宮，碎瓦蟄啼赤烏殿。
前人覆轍後人嗤，嶧山刻石同秦癡。銘功頌德誰不愧，石
鼓高詠車攻詩。〔註4〕

《天發神讖碑》為書法史上的一件奇作，它用隸書筆法以作篆
書，別樹一體，有人謂之「雄奇變化，沉著痛快，如折古刀、如斷古
釵，為兩漢來不可無一，不能有二之第一佳績」〔註5〕。此碑文刻於
一塊巨大的矮圓幢形石上，天璽元年（276）初立於岩山，為孫皓偽
託讖緯以安定東南人心的舉措之一，宋元祐六年（1091）時轉至金陵
漕臺後圃，後來又被移入江寧縣學，嘉慶間毀於一場大火。

關於《天發神讖碑》的淵源始末，金陵學人多有言論。孫星衍謂
此碑「刻於天璽元年，華覈撰文，皇象書石，始徙於天禧寺門外，宋
元祐時移至漕臺後圃，是今府志。元至治時又移廟學，即今縣學。嘉

〔註4〕朱緒曾《北山集》卷一，光緒間刻本，藏南圖。
〔註5〕轉引自馬自樹主編《中國文物定級圖典・一級品（上卷）》，上海辭
　　　書出版社，1999年版，第472頁。

圖一：江寧甘元煥所藏明末清初碑拓冊頁

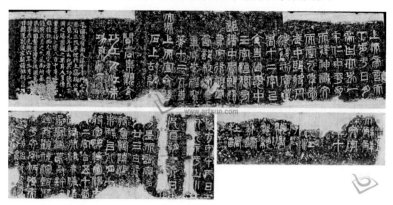

2006 年由佳士得（香港）有限公司拍賣於香港會展中心，售價 127200 元。

圖二：胡嗣瑗所藏明拓本

2009 年北京保利國際拍賣有限公司於北京亞洲大酒店拍賣，成交價 61600元。

慶十年，尊經閣毀，石亦銷亡，惟留拓本。今郡守余慰農先生下車以來，綢繆荒政，民既安和，修建府學。因念東南古刻，惟校官、國山與此而三，不可使漢魏名跡不傳於世，乃據佳拓鉤摹上石，並附宋跋，以識遷徙本末。樹之明倫堂右，以惠來學……是碑三段，而其文連接。山謙之《丹陽記》謂其高一丈，據齊代未折時言之。今改爲碑，仍以三石刻之，連屬其辭，砌至堂右，移跋於後。呂學博偉標興修廟學，因視排石，並附記之」。〔註6〕

除詩作以外，朱緒曾另有專文考辨此碑撰書者曰：

> 天發神讖碑嘉慶間尊經閣毀，此碑遭燹。今重刻者神氣索然無足觀。此拓紙尾有「山飛泉立草堂」印，乃王安節橃所拓。周雪客在溶作《天發神讖碑考》，安節爲《補考》。雪客得一百九十六字，安節與弟宓草及鄭谷口又補三十一字。康熙辛酉，以斷石三接累之，中貫以巨鐵，仍立碑。雖非宋元人舊拓，然經雪客、安節洗刷一番，拓手加工。陳承祚志但雲臨平湖石函中有小石，刻「上作皇帝」字，《太平御覽》岩山山謙之《丹陽記》言「岩山西有石室，山東大道左有方石，長一丈，勒名題贊吳功德，孫皓所建也」，《建康志》紫岩山引同，又段石崗引《丹陽記》「岩山東有大碣石，長二丈，折爲三段，因以名崗」。是紀功德碑、三斷石判然兩處。許嵩《建康實錄》云「立石刻於岩山紀功德」，《實錄》注按《吳錄》「其文東觀令華覈作，其字大篆未知誰書，或傳是皇象，恐非」。其石折爲三段，《建康志》石刻後主紀功三段，石碑合而爲一，後人多指三段石爲紀功碑，不復區分。董回《廣川書跋》訛爲皇象書吳大帝碑，梅聖俞又呼爲丫頭山石上吳大帝字，吳琚《慶元志》沿其說，蓋因有「上天帝，帝曰大吳」等字，遂不暇審諦，指爲吳大帝。此碑前列神讖，令群臣解之，某未解，某解十，無紀贊功德，東觀令下無名。《金陵新志》戚光云

〔註6〕汪士鐸等《續纂江寧府志》卷九《藝文志》，臺北成文出版社，1970年版，第87、88頁。

「是必華歆考禪國山碑，東觀令史邱信中郎將臣蘇健書，
東觀令非必華歆」，周擊甫《瑣事》又謂「蘇健書尤無據」，
葛洪云「吳之善書者有皇象、劉纂、岑伯然、朱季平，皆
一代之絕手，以皇休明名更著，故以歸之」。竹垞謂「華歆
免官在天冊元年，歆時犯顏數諫，既免官，必不薦符瑞取
媚」，誠有識之言也。皇象書恐非，華歆文更不足信。至天
發神讖與紀贊功德爲二爲一，《丹陽記》書已佚，莫能定
也。〔註7〕

旁徵博引，多方搜採，力求謹嚴有據。對於此碑，朱氏同時乃至
稍後的士紳也多有論述，如金鰲、孫文川等等，又有進一步的補充考
辨。〔註8〕

在朱緒曾的《北山集》中，類似的考訂之作還有卷二的《江南開
寶五年磚》、《宋建康教授西亭淳熙丁未磚》、《宋建康司城殘磚》、《元
雷山義泉篆》等等，金石淵雅，古色斑斕。事實上，朱緒曾詩作中淵
雅的金石氣在道咸之際的金陵詩壇頗有代表性，與其相往還的金鰲、
陳宗彝等人也都酷嗜金石，並有多種著述傳諸後世。

金石詩之外，朱緒曾詩作中關注現實、經世致用的思想也有所
發展。道光二十年，中英鴉片戰爭爆發，英國侵略者沿海岸線北
上，侵佔了不設防的定海，朱氏積極參與謀劃戰事。面對亂定後流
傳舟山非中國屬地的謠言，他旁徵博引，撰著《昌國典詠》一書，
「凡山川塘塍及書院、社倉、鹽場、泉井、祠墓之屬，犖然畢載，
較之馮部所分八門更爲詳洽，徐辛庵侍郎許爲有用之言，誠不虛

〔註7〕 汪士鐸等《續纂江寧府志》卷九《藝文志》，臺北成文出版社，1970
年版，第88頁。
〔註8〕 蔡琳《觀孫伯淵先生天發神讖碑拓本》七古中有「今觀拓本何精妍，
仙華髮蕚鋒摧堅。金繩鐵鎖互纏結，指畫未及先口鉗。字古疑是皇
象書，文詖斷非華歆編。中勒梅張許賀共，七姓大都此葷容……況
復當年謠應當塗高，轉瞬不見袁與曹。一龍渡江地流血，石馬金牛
等煙滅」云云。
蔡琳《荻華堂詩存》，《叢書集成續編》第142冊，上海書店出版社，
1994年版，第70頁。

也！」〔註9〕時人「有用之言」的贊許，或矚目於蒐討輯匯之精勤，
其自言書名源流云：

　　　　張逸問鄭君「山川能說」？鄭君答曰「兩讀。或言說，
　　說者說其形勢也；或曰述，述者述其故事也。」余是編兼
　　取二義，因名曰《昌國典詠》。〔註10〕

　　述其故事，為郡國文獻之資，說其形勢，則立足古今沿革以昭示
主權！朱氏夫子自道「兼取二義」，而其所側重，當在後者。在他看
來，切實服務於時代風雷，才是真正的「有用之言」。

　　在《昌國典詠》卷一「定海山」條目中，朱氏寫道：

　　　　一境磨青島嶼環，巍峨片石崃天關。帆檣不動龍蛇護，
　　日月高懸定海山。〔註11〕

　　詩前小引歷敘此山建制沿革，對其軍事價值，更是再三致意，
如：

　　　　（定海山）海面四達，均宜設兵船防守。夫定邑為寧
　　郡咽喉，而舟山為定邑門戶，攘外正所以安內。舟山固則
　　定邑固，定邑固則寧郡（寧波）以達紹郡（紹興）俱固，
　　有地方之責者不可不深長慮也。〔註12〕

　　是書卷一至卷五羅列舟山自然風物，而其敘述處理，又多類同於
「定海山」。卷七以下，該書對殉節將帥士紳也極盡褒揚之辭，卷十
「定海令姚公殉節處」朱氏寫道：

　　　　浩然勁氣折飆輪，青骨知君死後神。血食英靈能捍患，
　　永教東海不揚塵。〔註13〕

　　姚公名懷祥，字斯徵，道光庚子（1840）五月署定海縣事，六月
即有夷船來患。姚氏招募鄉勇，聯合水師拒之，潰散後又據守城角，

〔註 9〕朱緒曾《昌國典詠》卷首呂賢基跋語，《金陵叢書》本，藏南圖。
〔註10〕朱緒曾《昌國典詠》卷首朱緒曾自序，《金陵叢書》本，藏南圖。
〔註11〕《昌國典詠》卷一定海山條，《金陵叢書》本，藏南圖。
〔註12〕朱緒曾《昌國典詠》卷一定海山條，《金陵叢書》本，藏南圖。
〔註13〕朱緒曾《昌國典詠》卷十定海令姚公殉節處條，《金陵叢書》本，藏
　　南圖。

事敗後投水而死。第一次鴉片戰爭結束後，清政府敕修五忠祠，姚公居首焉。至此，朱氏感歎云：

> 夫五公或守官而隨營兮，當城陷師潰之下乃牽衣不去，遂各效其忠。惟屑儒而末秩兮，恨不殲怪鼉於強弓，痛湛身於鋒鏑，明大義於厥躬。夫人之不可失者職守；不易顯者勇功。勇有所限而功不就，職遂欲守而不能守，惟一死不辱，能自全其始終。上五星下五嶽，曜白日互長虹。〔註14〕

字裏行間，無一不透漏著奮發圖強、精忠報國的拳拳熱忱！而諸如「吳忠烈寓室」、「孫忠襄旅舍」、「安洋將軍祠」等等條目，皆為此類。

如果說《昌國典詠》是媾和恥辱刺激之下經世思想的勃然爆發，那麼，《北山集》中諸如《雷鴨行》、《盆人歌》、《秦淮水榭雨夜》〔註15〕等詩作就是關注現實，繫心民生疾苦思想的具體而微。

朱緒曾以版本目錄之學名世，而其詩作，亦多淵懿樸茂，研經博物的學人遺風。「能收白下叢殘事」，質之上文所述，自是準確精當，而「不愧黃初大雅聲」，則側重於昭示其學人風尚的地位與影響。

大體來說，學人詩作偏重理致，或考述斷簡殘編，或感念古今勝蹟，謹嚴典麗。又因趣味雅正，故而詩不多作，尤少唱酬贈答之屬。金石斑斕之作，前文多有引述。三卷《北山集》中，即或寫景抒情之作，朱氏也多牽連史事，寓意褒貶。其《牛首》云：

> 旭日開煙翠，鐘聲引上方。樓臺雙闕秀，茶筍一山香。石磴盤空峻，江流繞郭長。尋碑芒履破，惆悵為南唐。
> 〔註16〕

《拂水山莊》云：

〔註14〕朱緒曾《昌國典詠》卷十定海令姚公殉節處條，《金陵叢書》本，藏南圖。
〔註15〕朱緒曾《北山集》卷二，光緒間刻本，藏南圖。
〔註16〕朱緒曾《北山集》卷二，光緒間刻本，藏南圖。

　　　　煙花南部已飄零，話到開天不忍聽。一代編詩爭水火，
　　　半生學佛擁娉婷。空思表聖王官穀，尚託遺山野史亭。隔
　　　水鶯聲休訴恨，春來垂柳戀人青。〔註17〕

　　前者作意詠歌牛首風物，「惆悵爲南唐」乍看好似感慨繁華幻滅的詠史範式，不過小注「南唐孫晟有碑，遍山尋之不見」卻使其轉向了金石考據的學者風尚；後者則聚焦錢謙益輯纂《列朝詩集》的史事，剝離種種是非紛紜，以體悟錢氏之心理軌轍，其思路理致之謹嚴，不讓考辨著述。

　　朱氏家學淵源，並且仕途通達，故其著述多數刊刻行世，而同期金鼇、陳宗彝等人，卻難逃著述散佚之厄運。一者諸人沉淪下僚，絀於資財，無從刊印；再者道咸之際金陵十數年的兵火浩劫，即使立足保存文獻的《金陵詩徵續》，對諸人詩作亦付諸闕如！故其著述名目，僅見於地方藝文志。〔註18〕正是經由朱氏，我們才得以瞭解諸家詩作中的學人風尚。〔註19〕

二、聲華滿天地，一賦千黃金〔註20〕——綰合詩畫、縱情任眞的詩人情懷

　　以考據入詩的乾嘉學人之詩風尚之外，道咸之際的金陵詩壇另有祖尚六朝三唐風華綺靡，縱情任眞、情韻流轉的另一側面。事實上，自袁枚揄揚性靈詩風以來，金陵詩家多有回應，「乾嘉之際，海內承

〔註17〕朱緒曾《北山集》卷三，光緒間刻本，藏南圖。

〔註18〕金鼇有《桐琴生文集二十卷》、《鶯藤花館詩鈔》；陳宗彝有《蒼山文存》、《蒼山詩草》等。
　　　《同治上兩江縣志・藝文志》，第233、234頁。

〔註19〕朱緒曾《題陳仲虎宗彝禮堂問經圖用張古餘先生原韻》，《北山集》卷二；《題金偉軍鼇桐琴生集》，《北山集》卷二，光緒間刻本，藏南圖。

〔註20〕顧槐三《才子》，《燃松閣詩鈔》卷上，《叢書集成續編》第138冊，第343頁。
　　　全詩爲「聲華滿天地，一賦千黃金。誰人解憐惜？愛極生殺心。名山有著書，涕泗傷古今」，該詩與《俠客》、《酒徒》、《美人》並作組詩，實爲顧氏跌宕縱恣人生況味的絕佳概括。

平，袁沈諸公主持東南壇坫，士披其容接者，如登龍門，古漁、南園，其最著者也，黃葉以下諸人，雖不必踵門投謁，而麗藻翩翩，實其流派」〔註21〕。與此同時，金陵盋山、莫愁湖均有雅集酬唱，〔註22〕而其詩風大率相沿性靈餘風。〔註23〕進入道咸時期，金陵士紳結社唱和風氣更盛，先後有吟香詩社、鍾靈文社、華陽書舍、淮南唱和以及江上詩會等團體出現〔註24〕。而能夠匯聚道咸間重要詩家，具有較大影響的詩社團體莫過於以湯貽汾、侯青浦爲首的唱和詩人群，以及與

〔註21〕陳毅，字直方，號古漁，工文詞，尤深於詩，矯健拔俗，著有《金陵聞見錄》、《攝山詩概》、《所知集》等；何士容，字南園，詩才清婉，與陳毅並稱而各擅其勝，著有《南園詩集》；黃家炳，字樞齋，少即能詩，壯歲遊京師，以詠秋蝶得名，人稱黃秋蝶，著有《撝懷集》、《峽雲詞》，道咸間其裔黃光燮、黃光裕又同劉葆恬相唱酬賡和；葉光奕，字宣林，篤志爲學，尤耽詩，有《紅雨軒集》、《延碧山房詩稿》等。
　　陳作霖《金陵通傳》，臺北成文出版社，1970年版，第1077頁。

〔註22〕嘉慶二十三年，江寧同知聯碧招海內名士二十餘人結詩會於盋山，金陵詩家嚴駿生、管同均列名其中；甘繩典，字愛園，嘉慶間曾與錢塘袁樹、丹徒王文治、江寧張敔集莫愁湖水榭唱和。
　　陳作霖《金陵通傳》，臺北成文出版社，1970年版，第1002、1073頁。

〔註23〕阮鏞有《遊隨園懷倉山老人》三首，中有「天生名士健精神，唐唐代司勳此替人……隨意梳妝成格調，群公休笑捧心顰」、「白頭行樂千秋少，青眼憐才一世忙。恨我遲生三十載，無緣垂盼賀知章」云云，於袁枚詩酒優游，獎拔後進多有致意。
　　阮鏞《醇雅堂詩略》卷三，《叢書集成續編》第139冊，上海書店出版社，1994年版，第660、661頁。

〔註24〕吟香詩社有李蓮、金殿、葉世槐等人；鍾靈文社有杜寶田、閔文昭、蔣恩元、王紹裘、王芝田等人；華陽書舍有王錫蕃、趙弁朝、李川、陳範、王坦等人，成立於道光二十六年；淮南唱和詩群則有錢壽昌、焦光俊、周鎔、金步鑾、張永清等人。
　　分別見陳作霖《金陵通傳》，臺北成文出版社，1970年版，第1145、1163、1265、1273、1273頁。
　　江上詩會有甘煦、楊長年、阮鏞、楊後等七人，成立於1848年。此爲楊長年學詩之始，後經歷兵燹，其詩稿盡毀，阮鏞詩稿亦無存。
　　楊長年《耆壬詩序》，《妙香齋集》附錄，《叢書集成續編》第139冊，上海書店出版社，1994年版，第183頁。

此頗有淵源，稍後而起的苔岑社。

（一）湯貽汾與侯雲松

湯貽汾（1778～1853），字若儀，一字雨生，號粥翁，又號琴隱道人。先世爲武將，世襲雲騎尉，歷任揚州三江營及廣東撫標營守備、山西靈丘路都司撫標營游擊、浙江撫標營參將等職，道光中以浙江樂清協副將致仕，築琴隱園寓居金陵。湯氏雖爲武將，但天文地理、諸子百家咸有深得，長身玉立，儀觀偉然，議論飆發，性喜賓客交遊，加之南北爲官，身行萬里，故而與當世名流多有往還，如王文治、孫星衍、曾燠、吳錫麒、彭兆蓀、王芑孫、包世臣、董士錫、嚴可均、張問陶等等。

湯貽汾首先是畫家，濡染侵潤於惲壽平所開創的常州畫風，湯氏進一步拓展了沒骨畫法，其山水清潤簡遠，饒有雅趣，至於梅花蒼松，也都遺貌取神，出塵高逸，時人將其與杭州戴熙並置，稱之爲「湯戴」。繪畫之外，湯氏音律亦獨步當世，與酈露、雲志高、江嗣珏並稱「四琴仙」。「身外餘長劍，劍邊餘古琴。留琴且賣劍，一笑入山深。繞屋碧流水，滿庭松樹陰。妻孥休苦寂，猿鶴亦知音」〔註25〕

1.6
湯貽汾
「山水册」之一　1849
册頁　紙本設色
美國 M. HUTCHINSON 藏

〔註25〕湯貽汾《自題琴隱圖》，《琴隱園詩集》卷九，《清代詩文集彙編》第526 冊，第 247 頁。

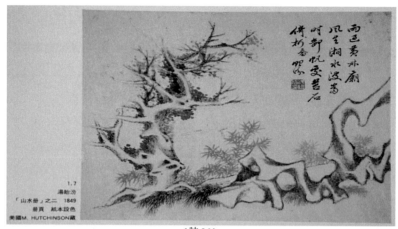

〔註26〕

吟詩擊劍，撫琴作畫，園名琴隱，則其儒雅淡澹的風神，就詩意地發散於詩詞書畫了。

　　湯氏早年學詩於祖母楊太夫人，紹承家學，喜清俊一派，其自為詩作則雄深雅秀，不落纖巧習氣，蓋得江山之助為多。陳韜評論其曰「操行藝學，任取一長皆足以傳世，足跡半天下，平生奇事甚多，所交當代聞人數百輩，即緇羽亦且近百。圖畫題詠計當逮萬。論其一門風雅則有似趙集賢，耆年觴詠則有似白太傅，放意山水則有似謝康樂，樂志田園則有似陶彭澤，而幽燕老將之氣，輕裘緩帶之風，則又彷彿李北平、羊南城」〔註27〕，雖有過譽之嫌，然考之年譜、詩集，則湯氏揄揚鼓動金陵一地詩文風尚，交接名流，獎掖後進之功，歷歷可徵。退居金陵二十年間，湯氏同張古餘、唐冕、方體、孫源潮、王嶼、錢俊、瞿曾輯等七老會諸人交遊酬唱，唐、方去世後，補入湯氏、任泰，仍為七老之會。七老會後又加入王鳳笙，成為青溪八逸〔註28〕。

〔註26〕湯貽汾《自題琴隱圖》，《琴隱園詩集》卷九，《清代詩文集彙編》第526冊，第247頁。
〔註27〕陳韜《湯貞愍公年譜》，《北京圖書館藏珍本年譜叢刊》第135冊，北京圖書館出版社，1999年版，第597頁。
〔註28〕陳韜《湯貞愍公年譜》，《北京圖書館藏珍本年譜叢刊》第135冊，北京圖書館出版社，1999年版，第557、558頁。

之後，湯氏又同林則徐、陶澍、包世臣等詩文相接。

　　侯雲松（1774～1853），〔註29〕字青甫，嘉慶戊午舉人，江寧人。侯氏工詩善畫，淡薄榮利，晚年主講鳳池書院，嘗與湯貽汾、沈琮、馬士圖、陳太占、崔溥、朱福田結青溪耆老會以優游唱酬。〔註30〕侯氏「爲文如山出雲、如春在花」，「詩得江山之助，闊而肆、婉而多風」，〔註31〕名動金陵近四十年，可謂耆宿典型。

　　其《贈程枕山》云：

　　　　漫說前身是畫師，清才尤善美文詞。題來短拍兼長拍，寫出繁枝更折枝。傲骨恰非名士氣，豪情相見少年時。與君染翰都成癖，百幅同揮也不辭！〔註32〕

　　大約程氏之立身行事類同於己，故而此詩流蕩昳麗，風神獨具，而其所醉心者，殆爲詩酒書畫之文人雅趣歟？

　　侯氏傳世之作僅留存《薄遊草》一卷，〔註33〕爲遊歷東南唱酬贈答之作，一鱗半爪，難窺其詩學全貌。不過蔣國榜在跋語有云「五古清言娓娓，老嫗可解，置之《長慶集》中，幾亂楮葉……七古則青蓮之嗣響也。近體亦清婉無塵，抗希蘇陸，洵江左嘉道間一作手……與貞愍當角逐詩壇，如泰華雙峰，莫能兩大」。〔註34〕雖不無溢美之辭，然證之以湯貽汾詩作，可見二人境界志趣！

　　道咸之際，湯侯二人交游雅集愈加頻繁，而金陵俊彥諸如楊長年、顧槐三、姚必成、周葆濂、楊後、阮鏞等詩家也均得以沾溉此流風餘韻。〔註35〕翻檢諸人詩集，回憶舊遊，感慨今昔之作比比皆是。

〔註29〕張彬《中國古今書畫家年表》，第 186 頁。

〔註30〕《薄遊草》卷首《小傳》，《叢書集成續編》第 134 冊，第頁。

〔註31〕徐世昌《晚晴簃詩匯》卷一百三十「侯雲松」條，第4819頁。

〔註32〕侯雲松《贈程枕山》，《薄遊草》，《叢書集成續編》第 134 冊，上海書店出版社，1994 年版，第 706 頁。

〔註33〕侯氏另有《青甫詩集》，後散佚。

　　　　《同治上兩江縣志‧藝文志》，第 232 頁。

〔註34〕《薄遊草》卷末蔣國榜跋，《叢書集成續編》第 134 冊，上海書店出版社，1994 年版，第 742 頁。

〔註35〕「武進湯雨生協戎（貽汾）致仕居金陵，築琴隱園於獅子窟，易其

〔註36〕湯氏於咸豐三年（1853）金陵城陷時投水而死，至此，由他所匯聚輻射的雅集酬唱風尚逐漸有所消歇，然而，新近成長起來的金陵後進詩家顯然已經具備了紹承其詩酒風流的結社唱酬傳統，並且更加追求情韻盎然、藻采紛披的典麗之作。

（二）苔岑社

當我們矚目於湯侯二人的時候，事實上也就勾連起了畫壇金陵八家與詩壇苔岑詩風的迢邁嬗變，由此而來，廓清苔岑詩風的淵源始末乃至道咸以降金陵詩壇的風會祈向，包括歷時性、共時性的金陵畫派的浸潤，也就需要加以重新考量。具體到湯貽汾的詩畫同源，其內核顯然在於眞賞與神韻，〔註37〕外化爲詩文，便是縱情任眞，便是豐

名曰『詩之窟』，與吾郡侯青甫廣文（雲松）家之八月梅花草堂俱爲文宴之所。二老年皆八十餘，爲詩壇祭酒，一時名士，多從之遊」。陳作霖《可園詩話》卷一，蘇大館藏民國八年（1919）鉛印本，第5頁。

〔註36〕如楊長年《妙香齋集》卷首祭文有「壯歲與湯貞愍公、周石生、侯青甫、林章甫諸先達結社唱和，誼兼師友」，楊氏《九日弔湯貞愍公》小注又云「師堀開詩社，公招予入，每歲作重九必展之又展」；周葆濂《劫吟》有「老去塡詞湯玉茗（雨生），少年作畫陸探微（小蓝）。多情更有侯公子（青甫師），同逐王孫（柘鄉）去不歸」、《朱曼伯家見湯雨生貽汾畫篋》云「詞壇鼎足峙三分，樽酒時時獲異聞。今日吟懷感風雨，當年健筆走煙雲……」有小注曰「侯青甫師、金偉軍丈暨雨生丈皆與余爲忘年交」、《白田秋禊蓮池庵分得五律四首》中「回首冶山樓，高吟木末秋。涼珠天在水，盧幔屋如舟」句小注「壬子秋日，湯貞愍公、侯青甫師結吾鄉詩社於冶山第一樓及秦淮涼珠閣」；楊後《贈周還之》「當代周邦彥，風流迥不群。相逢異鄉縣，同憶故將軍。往事付流水，前遊空夕曛。天涯幾人在，望斷冶山雲」等等。

楊長年《妙香齋集》，《叢書集成續編》第139冊，上海書店出版社，1994年版，第137、159頁。

周葆濂《且巢詩存》，《叢書集成續編》第142冊，上海書店出版社，1994年版，第92、96、117頁。

楊後《柳門遺稿》，《叢書集成續編》第141冊，上海書店出版社，1994年版，第34頁。

〔註37〕時志明《會境通神　合於天造——清代著名詩畫家湯貽汾的人品及畫品》，蘇州教育學院學報，2009.9。

神遠韻。

　　道光十一年（1831），顧槐三同江厚之、王步康（王履泰）、楊樂
山（楊輔仁）、凌鞠坪、吳蘭坪、周竹恬、車秋舫（車持謙）等人訂
交，〔註38〕結苔岑社談詩論藝，之後，又有王雨嵐（王章）、姚亮甫、
汪曉仙、王羲亭、葉曉湖等加入。而事實上，同上述諸人相友善往還
者還有王金洛、韓印、阮鏞、焦光俊、楊長年等人。〔註39〕對於圍繞
在苔岑社周邊的這些金陵詩家而言，仕途不彰，遭際坎坷，窮愁幽憂
的寒士為主流，而若仔細翻檢尋繹他們的作品，諸如風流蘊藉、才思
性情之作卻比比皆是。詩窮而後工，越是流離輾轉，詩思反倒愈加鬱
勃浩漫，驚才絕豔。誠如朱琦所云「秣陵為六朝都邑所在，綺麗遺風
往往未殄。操觚家競喜騁才藻……炳若縟繡，淒若繁絃」〔註40〕。

　　先看顧槐三。顧氏自幼聰明穎異，經史諸子過目不忘。為諸生時
遊於錢大昕、姚鼐諸先生之門，以沉博絕麗之辭賦壓倒儕輩，其《七
事詩》分詠柴米油鹽醬醋茶，詠醋一首云：

　　　　書生風味美人心，三斗嘗來釅不禁。眼底桃花空蓄酢，
　　江頭梅子又成陰。呼兒未忍令酸鼻，入甕真應費苦淦。我
　　益釃雞感身世，半瓶羞澀到而今。〔註41〕

　　牽連古今故實，奇情巧思而以風趣精警出之，所謂「雲夢吞楚，
奴僕命騷，作為文章，千言立就」〔註42〕云云，殆非虛譽。顧氏後遊

〔註38〕顧槐三《警志詩》「珊珊姍窮骨盡堪憐，到處逢迎縞苧添」下小注，
　　　　《燃松閣詩鈔》卷下，《叢書集成續編》第 138 冊，上海書店出版社，
　　　　1994 年版，第 366 頁。

〔註39〕作為道咸之際規模、影響均較大的詩社組織，苔岑詩社成立、發展、
　　　　演變的軌轍絕非如此簡略，遺憾的是，金陵動盪流離之後，諸家著
　　　　述留存無多，目前僅在《燃松閣詩鈔》、《金陵詩徵續》中找到零星
　　　　的記錄。就此材料梳理排比，亦可見湯、候二人與此詩社之淵源。

〔註40〕顧槐三《燃松閣賦鈔》卷首朱琦《燃松閣賦詩合鈔序》，《叢書集成
　　　　續編》第 138 冊，上海書店出版社，1994 年版，第 293 頁。

〔註41〕顧槐三《燃松閣詩鈔》卷中，《叢書集成續編》第 138 冊，上海書店
　　　　出版社，1994 年版，第 356 頁。

〔註42〕中國科學院圖書館整理《續修四庫全書總目提要（稿本）》第 27 冊，

京師應京兆試，亦爲人所稱揚推重，唱酬宴集，縱橫詩酒文辭，不拘小節，飲譽一時，而終無所遇，人謂之江東羅隱，以不得貢之玉堂鼓吹休明深爲惋惜，其後又遊津門、遊任城、遊大梁，坎懍流離，不獲於有知。遂歸鄉里居，授徒以自給。雖身處草野，詩作卻饒多金玉之音。

顧氏早年學詩從選體入，偏重唐音，又輔之以如此遭際身世，詩境愈發精進。《燃松閣詩鈔》古今體皆備，其中尤以古歌見長。如《踏災行》：

> 漏天市月雨不止，鋤柄生黴老殃死。圩田十室九報災，曉起撐船入城市。朝不見長官，忍饑匍匐蹲公室，夕不見長官，風刀刺骨寒無裳。借問長官在何處？搖手噤聲吏胥怒。長官昨日祠城隍，爲民請命宵焚香。官廚昨夜斷屠宰，願災不成漕不改。道逢長官吆喝來，攀轅泥首心悲哀。今年秋成擬大熟，誰料蒼生苦無福。田廬漂沒居人空，耕牛已賣餘哀鴻。阿爺夜半護圩去，可憐身葬淤泥中。長官聞言但愁歎，官符火速催查勘。縣胥歡喜里胥愁，供給來朝竟誰辦？腷腷膊膊雞亂鳴，後村已踏前村行。縣官此行亦良苦，可惜全災報三五。連日飛章申大府，上請於帝帝曰撫。春風一吹瘡痍蘇，高田薺麥青模糊。矧聞下詔蠲徵輸，澤有菱藕塘菱菰。亦知水旱無時無，愼勿遣吏來催租。〔註43〕

詩歌緊承白居易樂府詩而又對格調韻律加以整飭，如同梅村體一般音韻流轉，胎息深厚，氣韻深長，詩中對於民生疾苦感同身受，於胥吏之姦猾、官場歪風惡習均有揭露批判，結尾雖然曲終奏雅，然而指向最高統治者的詰責依舊發人深省。天災水旱不可避免，只是，如果上下欺瞞，政令不通，那最可怕的反而是人禍！

顧槐三一生流離困頓，然而發爲詩歌，卻風度清遠，胸懷宕逸，

齊魯書社，1996年版，第379頁。

〔註43〕顧槐三《燃松閣存稿》卷下，《叢書集成續編》第138冊，上海書店出版社，1994年版，第393頁。

言論沉著，如集中《詠懷用阮嗣宗韻》三十一首中「束髮冠鶡鵜，勇
爵廁羽林。交歡黃金賤，噓氣白日沉。清歌激浩唱，簫管競繁音。金
吾但陰喝，趙李復追尋。不遇報仇子，焉識朱家心」〔註44〕，借古之
忠勇義烈之士來寄寓自身空有滿腹才華而不得揮灑施展的抑鬱之
情。而黃金賤，白日沉又分明有著早年倜儻自命，風神遠韻的濃重
印記。

　　大略言之，顧氏詩作淵源選體，早年之作尤以民謠樂府、神弦
竹枝之曲為多，言情條暢，體物瀏亮，胸中天然才情汩汩滔滔，而其
中尤雋雅者，又受梅村、漁洋影響頗深。中年以後，以研經博物名
重東南卻無所遇於時，胸中塊壘無從傾瀉，加之世風凋敝、民生流
離，故而弔古傷今、感慨時事之作頗多，而此類詩作亦多師法六朝
三唐，篤雅沉煉、哀樂並舉，風尚面貌與朱緒曾之學人之詩判若兩
途。〔註45〕

　　再來看王章。王氏為道咸間上元諸生，少有夙慧，其小傳云「三
歲時隨父夜步中庭，仰視月，俯自顧其影，乃背誦舉頭見明月，低頭
思故鄉之句。父歎曰『兒之故鄉何在？豈生有自來耶！』」〔註46〕。
長益劬學，不屑為章句瑣屑之學，善詩賦，班馬韓歐之文操筆立就，
工書畫又通曲律，善吹笛，性情耿介絕俗。久困場屋，倖得倖失，因
此更無意名利進取，放浪形骸，跌宕自喜，「揮塵談玄，似王謝烏衣

〔註44〕顧槐三《燃松閣存稿》卷上，《叢書集成續編》第138冊，上海書店
　　　出版社，1994年版，第385頁。
〔註45〕當然，顧槐三也主張多讀書，在《題周竹恬芥圃詩鈔》中，不但有
　　　「周郎詩格清於水，脫手彈丸無不美。清俊時登庾鮑堂，高奇擬薄
　　　曹劉壘」等推崇情韻性靈之語，更有「顧君還讀千卷書，上之胡璉
　　　珍國器，此亦淹疋成通儒。剛日讀經柔讀史，開券有益良不誣。試
　　　觀古人著書者，穴穴各有真工夫」的根柢經史，援學入詩的苦心教
　　　誨。
　　　顧槐三《燃松閣存稿》卷中，《叢書集成續編》第138冊，上海書店
　　　出版社，1994年版，第390頁。
〔註46〕王章《靜虛堂吹生草》卷首小傳，《叢書集成續編》第139冊，上海
　　　書店出版社，1994年版，第185頁。

子弟」〔註47〕。晚年因太平軍亂作而流離失所,憂傷侘傺之色時時見之,常獨行荒灘草叢中,出袖中橫笛而吹,曲聲幽咽,聊以自遣,若有人來聽,則大笑而去。其一生行事大率如此。

　　王氏曾與同邑好友許宗衡論詩,其言曰「吾詩於古人無不似,此吾之病也。故三十年以後,吐納萬象,隨手設施,具有造化,舂容乎大篇,寂寥乎短章,興象既殊,味於無極,惟運動於神明,不震驪於耳目,是不復似古人,乃益似古人焉」〔註48〕。翻檢其詩集,俊爽之氣、沉摯之思溢於紙上。如《聽幻道人彈風雷引》:

> 瘠儒十載寒齋酸,淒音哀調入耳攢。市喧日日肆紛雜,
> 一心愁結如枯瀾。道人夜半開蓬戶,寸燭留髡肯教去。感
> 我平生塊壘多,特向冰絲拂塵污。初聞轉軸不成聲,兩三
> 郭索爬沙行。是時未識太羹趣,睡死杳若春雲生。漸聽竹
> 葉輕投地,斜捎屋瓦涼飆至。崩城白晝悄無人,炮車四合
> 愁鷹翅。凝結春寒凍玉瓶,又若秋漏淒金屏。陰房暗鬼狀
> 飄忽,天水色混魚龍青。忽然霹靂破空走,丁甲諸天散獅
> 吼。怒蟾矯尾抉崑崙,膽落炎摩共搖手。翩然來下雲中君,
> 洞庭之野旗紛紛。玉女狂笑三界黑,海波壁立如翻銀。……
> 昆陽鼙鼓動地來,虎豹追奔戰不得。我抱琴癖癖已深,今
> 夕百倍聞愁襟。移情悚魄乃如此,此韻何處無知音。為問
> 琴辭生莫對,云是仙傳意能會。結響訇轟入大荒,推窗月
> 墮青天外。〔註49〕

　　敘述王氏流落他鄉時牢騷抑鬱之時,住所附近的友人夜裏彈琴,藉以發散悲苦情思。詩作洋洋灑灑,詳盡刻畫了由始而終聽琴過程的種種感受,琴曲淒涼婉轉,意象亦紛紜飄忽。王氏本精通音律,故而此詩尤注重音樂描摹刻畫,盡態極妍,混融白居易歌行體的細膩

〔註47〕 王章《靜虛堂吹生草》卷末蔣國榜跋尾,《叢書集成續編》第 139 冊,
　　　　 上海書店出版社,1994 年版,第 256 頁。

〔註48〕 王章《靜虛堂吹生草》卷首許宗衡《傳》,《叢書集成續編》第 139
　　　　 冊,上海書店出版社,1994 年版,第 186 頁。

〔註49〕 王章《靜虛堂吹生草》卷二,《叢書集成續編》第 139 冊,上海書店
　　　　 出版社,1994 年版,第 203 頁。

描摹與李賀律體詩的奇詭夢幻，而其借詩作以抒發的，則是遊走於傳統社會體系之外窮愁牢落的畸零人的形象。

對於王章而言，以諸生垂老而不能一展其懷抱實爲平生憾事，而其一生行事之所以放浪形骸，也多有憤世嫉俗之意，其詩中不平之氣、哀苦之音、抑塞之懷所在多有，又因其辭采斐然，故而詩作氣韻沉雄，格律雅雋，爲時人所稱羨。

而苔岑社另一位主將車持謙，則又有自己的特點。車氏爲上元諸生，秉性冷峭，愼於取與，因家貧而遊幕四方，故得獲交東南名流顧廣圻、周濟等人。車氏博學嗜古，尤深於史學，金石考證諸著述亦頗豐富。其生平膺服顧亭林文章學術，故爲之作年譜，考據詳贍，成爲後世撰述之楷法。其詩文著述有《薇西小舫近稿》、《捧花樓詞》，除《全清詞鈔》收錄其《玲瓏四犯·臨春閣用周密體》一首之外，其他均已散佚不存。〔註50〕詞曰：

閣回臨春，已香散沉檀，重問無地。銅狄摩挲，轉恨奈何爲帝？聞説複道凌空，可望見、欄杆千騎，悔不如、狎客裁箋，曲曲朱蘭都倚。

後庭傳出君王制，譜新聲，麗華能記。念家山破幽腸斷，消受此間曾幾？憑待夢醒雞臺，等是一般興替，勝多情璧月，還省識年時事。〔註51〕

此詞爲俯仰懷古之作，假借六朝舊事鋪衍繁華夢幻轉瞬即逝的淒冷無情。事實上，車氏本人極爲心醉於對六朝舊事乃至南明史事的尋繹考索，不僅表現在其作爲史家的學術興趣，在其所撰述的詩文作品

〔註50〕陳作霖曾錄其《青門柳枝詞》第三首，「銷魂橋畔樹銷魂，送客迎人總莫論。聽説情絲攀折盡，爲誰禁住幾黃昏？韋杜城南尺五天，樓臺高下五雲連。貴遊寂寞香車冷，剩有鶯啼似往年。轉眼風光夢易醒，飛花莫遣化浮萍。封侯夫婿無消息，陌上年年色自青」，感慨時序變遷、世事無常，亦有絲絲懷古傷今的風味。

陳作霖《可園詩話》卷一，蘇大館藏民國八年（1919）鉛印本，第10頁。

〔註51〕葉恭綽《全清詞鈔》，中華書局，1982年版，第767頁。

中，這種特質也是一脈相承的。由此，分析其傳世的《秦淮畫舫》系列，也同樣能夠反映苦岑詩社彼時風尚的一個側面。

化名爲「捧花生」的《秦淮畫舫錄》、《畫舫餘談》以及《三十六春小譜》紹承鄉前輩余懷《板橋雜記》而來，專寫金陵一地青樓畫舫間的冶遊情形。有人指出，此類狹邪筆記有記人記地，以六朝金粉、秦淮風月構建金陵地域文化之一脈；重新審視歷史，評價論定南都士人政治氣節；借感懷舊事來凸顯當下的世風日下的現實〔註52〕等三個方面的意義價值。而若我們參照上文所引車氏詞作來看，六朝煙水抑或秦淮往事也都只是弔古傷今的由頭而已。

以車氏爲代表的苦岑社諸詩家多窮愁牢落、生世坎坷，若不追慕往事，傚仿金陵名士風流，以穠詞麗藻來發抒胸中塊壘，藉以麻醉無所著落的心靈，又能有什麼更好的途徑呢？而也正是緣於金陵深厚悠久的地域文化底蘊，這些詩家多能詩善畫，又通音韻曲律，從而其生活思想也似乎更加的藝術化、戲劇化，他們在有意無意間塑造強化自身的名士氣息。

除上文所提到的王章外，另一個例子來自於同顧槐三並稱江南二妙的張瀠：

> 張氏爲諸生，簡傲有才，爲陽湖孫星衍所賞，家奇窮。某年除夕，張宅門闌恬寂，惟讀書聲琅琅然。顧槐三過而問之曰「何以辭歲」？曰「姑徐之」。又問「餐未」？曰「昨日晡時食矣」。槐三肅然退。有頃，持數金至曰「此或浣爲文者，請與子共之」。瀠笑而謝之。上元知縣伍家榕與瀠舊交，一日大雪，伍遣人饋瀠以薪米，正值瀠吟詩未就，斥來人敗其詩興，揮去。俟後，瀠轉向鄰人吳湘家貸米以炊。〔註53〕

〔註52〕李匯群《車持謙及其「畫舫」系列》，《閨閣與畫舫：清代嘉慶道光年間的江南文人和女性研究》第四章，中國傳媒大學出版社，2009年版，第169～184頁。

〔註53〕汪士鐸等《續纂江寧府志》，臺北成文出版社，1970年版，第235頁。

　　這位張明經的逸聞趣事無疑會讓人聯想到清初金陵名士杜茶村那句「往日之窮，以不舉火爲奇；近日之窮，以舉火爲奇」〔註54〕！

　　正是經由顧槐三、王章、車持謙等人加以發揚宣導，金陵詩壇這種混融著六朝三唐性靈餘風以及驚才絕豔名士氣息的風尚得以發展衍流，進而蔚爲大觀。〔註55〕他們或發揚蹈厲逞才使氣，或清新自然悠遠脫俗，也頗有窮愁牢落坎懍抑塞之辭章乃至目擊心傷歌哭流離之詩句。

　　諸生王金洛與湯貽汾同死於太平天國運動，時人作有《兩哀詩》以傷之，湯以詩書畫三絕傳諸後世，王則詩稿散佚殆盡，經方濬頤多方搜輯，得道光間刊本一冊，存詩百餘首。「各體皆備，遊西湖詩居多。五律尤爲擅場，余亦豪放磊落，頗得唐賢三昧」〔註56〕，方氏進而感歎，其少作已精能如此，則其散佚諸作更當別有風韻，所謂放蕩不羈、脫略形骸，豈足以概括論定！其《懷海秋》詩「風凄度窗搖明燈，濃雲四壓寒煙痕。三日無粟酒在樽，主人意氣殊不貧。狂歌雄辯棲鳥驚，以酒味酒全其眞。高陽酒徒和逡巡，欲來不來愁殺人。大江渺渺春波生，春波不敵春酒清。相期同醉三千春，可惜昨夜好月明」〔註57〕，奇情壯采如天風海雨，噴薄而出，一如其人。

　　顧槐三有言曰「詩人中如蝶仙（阮鏞）者，其品奇，其才奇，其識更奇，其遇則奇而又奇，而天之所以報詩人者想亦別出奇格，

〔註54〕周亮工《尺牘新鈔》，嶽麓書社，1986年版，第69頁。
〔註55〕韓印曾有《論白門近日詩人戲仿元遺山》組詩，其中評王履泰曰「酸吟天壤有王郎，宗派西崑最擅場。垂老江頭還覓食，一船打鼓過樅陽」、評楊樂山云「論詩難捨楊瘋子，尾禿頭髡老病侵。學就江東名士派，瓦盆糠火夜謳吟」，對感悟彼時苕岑詩風頗有裨益。
　　　　韓印《尚簡堂詩稿》卷四，《清代詩文集彙編》第616冊，上海古籍出版社，2020年版，第266頁。
〔註56〕方濬頤《二知軒文存》，《方忍齋所著書》，《明清未刊稿本》，臺北聯經出版事業公司，1976年版，第786～788頁。
〔註57〕王金洛《飲仝漢京家懷許海伯宗衡》，陳作霖等《國朝金陵續詩徵》卷一。

不在尋常意計中也」〔註58〕，觀此則阮氏亦如張灤一般。其歌詩樂府尤所擅長，如《將進酒》「我有明月兮，曾照李白堂。我有美酒兮，不澆劉伶腸。過去年華盡烏有，吾生自壽咸彭殤。何不及時從吾好，把酒玩月惜流光。惜流光，入醉鄉，直達清虛府。姮娥一顧驚老蒼，手團金粟饋我面，攬鏡大笑三萬場。勸君進壺殤，萬事皆荒唐。簪祓不能榮枯骨，金玉不能買春陽，明鐺翠羽不能伴蕭蕭之白楊」〔註59〕。從李白、李賀同名詩作中化出，跌宕自喜，頗有鼎足而三之氣概。〔註60〕

韓印早年亦曾追陪同邑湯貽芬、侯雲松輩詩酒文宴，才情灑落，抒情賦物曲達其情，又因爲官邊邑多年，於邊地奇情壯采多有描摹，《尚簡堂集》中古今體詩作眞率自然，時見風神遠韻之雋致語，饒有風味。與苔岑社諸子相較，雖然宦途順暢，然而根柢性靈情韻卻是殊途同歸，並無二致。

聲華滿天地，一賦千黃金。謹嚴儒雅的學者風尚顯然不是他們所長，情靈搖盪，歌哭隨心才是他們的理想，而這縱恣的詩情，也定然要藉著書畫曲律的哀感頑豔才能噴薄而出，那是他們生命人格的凝練與外化，因其情眞而移人也深。

如上文所述，道咸之際金陵詩壇中對應於以學問爲詩風尚之外縱情任眞、情韻流轉，以才情爲詩宗風祁向的發展衍流大抵如是。若不是咸豐間金陵爲太平天國運動所衝擊震盪，眾多金陵士紳流離轉徙，居無定所，進而無心唱和雅集，此種風尚定然還會流衍傳播。〔註61〕

〔註58〕阮鏞《醇雅堂詩略》卷首顧槐三序言，《叢書集成續編》第139冊，上海書店出版社，1994年版，第641頁。

〔註59〕阮鏞《醇雅堂詩略》卷六，《叢書集成續編》第139冊，上海書店出版社，1994年版，第683、684頁。

〔註60〕苔岑社主將楊輔仁則「性倨詭，好大言，人呼『楊瘋子』，嘗自謂『漁洋後身』」。
陳作霖《可園詩話》卷一，蘇大館藏民國八年（1919）鉛印本，第11頁。

〔註61〕事實上，諸如王章、楊長年、周葆濂、楊後等人在咸同動盪流離之

我們可以認為這是進入衰世之際一部分下層士紳通過建構名士文化來進行自我麻醉，以消解其內心深處對於時政社會的失望之情。正是憑藉著金陵豐厚的文化底蘊，這種名士風流情結得以紹承南明秦淮河畔的風華旖旎進而上溯六朝如煙舊夢，成就懷古傷今的詩作範式，建構詩文創作中自具面目的地域性風尚。

際，也依舊有部分詩詞創作。同光初金安清在泰州設籌鹽局，軍務之餘設「九秋詞社」，與眾多詩家唱酬交遊，王章有《金眉生都轉招作東坡生日》詩，楊長年有《十二月十九日金梅生廉訪招集同人於海陵光孝寺作東坡生日》，周葆濂有《感逝·金布衣國琛》、《次金丈眉生消夏元韻》、《次眉丈泛舟觀荷原韻》，楊後有《金眉生廉訪招飲即席賦詩》等，且前兩者均參與九秋詞唱和。

分別見王章《靜盧堂吹生草》，《叢書集成續編》第 139 冊，上海書店出版社，1994 年版，第 237、252～254 頁。

楊長年《妙香齋集》，《叢書集成續編》第 139 冊，上海書店出版社，1994 年版，第 163、179～180 頁。

周葆濂《且巢詩存》，《叢書集成續編》第 142 冊，上海書店出版社，1994 年版，第 95、117、118 頁。

楊後《柳門遺稿》，《叢書集成續編》第 141 冊，上海書店出版社，1994 年版，第 41 頁。

《憩園詞話》卷三云「同治癸亥春，金眉生……乃以公暇廣招才士，大開詞壇。時喬鶴儕中丞師都轉兩淮，復能主持風雅。文墨之勝，遠近所傳，無殊王漁洋、盧雅雨之在揚州也」。九秋詞社核心人物為金安清、錢勗、姚輝第、宗源瀚、張熙、黃子湘、黃徑祥、蔣春霖、杜文瀾九人。在宗源瀚的《水雲樓詞續序》中對於上述金陵詩家有著更為清晰的說明，「同治壬戌（1862）以後，予居泰州數年，兵戈方盛，人士流離，渡江而來，率多才傑。一時往還如王雨嵐、楊柳門、姚西農、黃琴川、錢揆初、黃子湘，皆以詩名，而蔣鹿潭之詞尤著」。這批詞家在形式上講求聲律之美，在內容上則推重沉鬱幽怨之美，他們或抒發漂泊淪落之感，或感慨世態時局之亂象，普遍呈現出一種淒怨幽咽的審美特徵。對比諸人道咸之際風華跌宕的詩作，反差頗大，已然開啓成同時期金陵詩家的創作風氣。

第六章 《金陵詩徵續》與咸同時期的金陵詩壇

　　自咸豐三年（1853）起，天王洪秀全率領太平天國將士攻佔金陵城，定名天京，金陵轉而成為另一個同清王朝對峙的農民政權的核心所在，直到同治三年（1864），以曾國藩為首的湘軍集團才重新將其收歸中央。在這樣一段特殊的歷史時期內，那些早已同清王朝建立了千絲萬縷的聯繫，依附於其統治軌轍下的金陵士紳多表現出了濃重的忠君愛國思想，對他們而言而言，「士不能誦孔子之經，而別有所謂耶穌之說、《新約》之書。舉中國數千年禮儀人倫，詩書典則，一旦掃地蕩盡。此豈獨我大清之變？我孔子、孟子之所痛哭於九原。凡讀書識字者，又爲可袖手安坐，不思一爲之所哉」〔註1〕此類呼喊無疑更具親和力。由此而來，他們或從容殉難，踐諾忠貞義烈，或慷慨從軍，以實際行動保衛家園。當這兩條道路均走不通之後，輾轉流離、避難遷徙就成為最後，也是大多數人的普遍選擇。當然，不管哪條道路，通過詩古文辭來捍衛傳統政治經濟體系下的綱常名教、道統文統都是他們表達其固有立場看法的共同方式。

　　事實上，在太平天國內部的政治文化體系之中，也不乏頗有影響

〔註 1〕曾國藩《討粵匪檄》，《曾國藩全集·詩文》，嶽麓書社，1986 年版，第 232 頁。

力的詩歌創作者，諸如洪秀全、洪仁玕、石達開等人均有詩文傳世，格調風尚也均有獨到之處。但若從彼時詩壇的具體生態環境來看，傳統孔孟政教體系之下的詩文活動顯然是絕對的主流，而且因爲立足於《金陵詩徵續》詩歌選本所秉持的政治文化立場，因此，在本文的論述範圍內，咸同時期的金陵詩壇主要包括從道咸時期所傳承延續下來，並基本站在太平天國對立面的地方士紳的詩文活動。

在這段歷史時期中，建構名士風流、詩酒遊宴的企圖顯然是不合時宜的，從一己之流離遭際來審視當下，歌哭民生疾苦成爲此期詩歌創作的基調和底色。當然，咸同之際的金陵士紳畢竟有著根柢經史的優良學風，如果說乾嘉諸儒多爲在書齋中訓詁考訂以明晰經史本義的話，那麼，當此流離侘傺之際，金陵士紳更多表現出依經史以切世用的經世色彩，由此而山川輿地、漕運鹽法、西學洋務等新學更爲他們所關注，發爲詩歌，也多切時事，呈現出新的色彩。

> 江寧雖爲東南大邦，自道光以來，先進漸以淪喪，學子以帖括爲重……自制府安化陶文毅公創建惜陰書舍，專試經古，由是姚先生璋及楊先生大堉、葉先生庭鑾、汪先生士鐸皆脫穎起。〔註2〕

徐雁平先生綜合端木埰此則材料以及彼時惜陰山長胡培翬《惜陰書院別諸生文》的相關論述，認爲約從道光後期開始，更確切些來說是從道光十八年開始，金陵一地的學術文學風尚有所轉變。〔註3〕而在此轉變過程中，一大批金陵學者、詩家也得以湧現，他們於動盪

〔註2〕端木埰《粉槑錄》，《南京文獻》第五冊，南京市文獻委員會，1948年鉛印本，第415頁。

〔註3〕徐雁平《清代東南書院與學術及文學》，安徽教育出版社，2007年版，第259～262頁。
實際上汪士鐸也曾有類似的表述「宮保安化陶公督兩江之八年，化洽政治，士樂民和……爰取長沙桓公惜陰之語，別闢精舍……乃於春秋校射之暇，時藝帖括之餘，課以經史，勖以詞賦，親加講導，俾爲通儒。且夫事惟師古者，理也；學期致用者，實也」云云。
汪士鐸《惜陰書舍記》，《汪梅村先生集》，《近代中國史料叢刊》第一輯第125冊，臺北文海出版社，1966年版，第243頁。

流離的生活之餘，絃歌不輟，成爲咸同之際特定時代背景下的獨特折射。具體來說，道光後期活躍在惜陰書舍的金陵士紳主要有汪士鐸、楊大堉、蔡琳、金和等人。〔註4〕

一、惜陰書舍

　　道咸以還，金陵書院鍾山、尊經、惜陰呈鼎足三分之勢。鍾山源出前明國子監，後衍化爲府學，寓懲創教化之功，規模淵源自不待言；尊經爲上（元）江（寧）縣學，建於嘉慶十年，規模不逮鍾山，但成立也早，故而聲望影響亦極爲可觀。惜陰爲道光中兩江總督陶澍比照杭州詁經精舍、廣州粤海堂規模建制而創設。三書院中，課舉子業者爲鍾山、尊經；課詁經之作乃至詩古文辭者，爲惜陰。職是之故，雖然惜陰晚出，但與金陵詩文風尚之淵源，卻遠較前兩者深厚。

　　道光十八年（1838），陶澍愛盋山龍蟠里景致幽絕，建印心石屋以極登眺之勝，又建祠供奉其祖陶侃，進而建惜陰書舍。草創之初，陶氏先後延請胡培翬、馮桂芬等名師碩儒執教，又擇取鍾山、尊經兩院高材生充實其間，課之以經史文辭，務爲有用之學。陶澍早先即有言曰：

> 夫學何以實，蓋必從衣錦尚絅之始，以馴致於不見是而無悶之域，而後讀古聖賢之書，恍若謦欬接而聲與通，故發之爲文，悉如古聖賢之所欲言，而犁然有當於人人之心，亦如親見古聖賢而聆其意中之所欲言……有實學，斯有實行，斯有實用。非是，則五石之瓠，非不枵然大也，其中乃一無所有。〔註5〕

　　惜陰書舍既以通經致用爲務，則師生日相講求者，惟在經史文辭：

〔註4〕事實上，如周葆濂、姚必成、楊後等人也均爲此期詩家，只是諸人多沿襲道咸之際苔岑社諸家風尚，新變較少，故而本文附入上個階段來論述。

〔註5〕見陶澍《〈鍾山書院課藝〉序》，《陶文毅公全集》卷三十七，第36、37頁。

　　　　聖人之立言垂教，其道莫著於經，然文字訓詁之未
　　明，曷由進而探性命精微之旨？而詩賦雜體文字，又所以
　　去其顓一固陋之習，使之旁搜遠紹，鋪章摛藻，以求為沉
　　博絕麗之才，異日出而潤色鴻業高文典冊，以鳴國家之
　　盛。〔註6〕

　　通經汲古，混融漢宋延續乾嘉文字音韻訓詁考據遺風而來；鋪章
摛藻，沉博絕麗則是對科舉帖括時文八股的強力反撥。受此學風影
響，書舍師生詩文創作風尚亦不出前賢學人詩與詩人詩兩途。不過，
當太平天國運動席捲東南，金陵一地遭受十數年擾攘動盪之後，諸人
詩文風尚顯然有了較大的變化。流離轉徙中的所見所聞，所想所思升
騰匯聚，逐漸演化成為深沉的反思。雖然依舊源出學人詩抑或詩人詩
（汪士鐸即為前者之代表，而白門四雋則近乎後者），但其底色，卻
已經呈現出豐厚的歷史底蘊與敏銳的思辨意識！而這，與惜陰書舍所
弘揚的宗尚旨趣顯然是有所關聯的。

二、哀生憫亂，沉鬱蒼涼──溫柔敦厚的詩史順延

　　汪士鐸（1802～1889），字振庵，號梅村，江寧人，道光壬子（1840）
舉人。其主要身份為學人，精研三禮，於山川輿地、音韻訓詁均有心
得，甚至對於夷務洋情也有都所關注，他注重鄉邦文獻的搜集整理，
聚書一度達兩萬多卷。然而，太平天國運動波及金陵的時候，這一切
都發生了重大的變化。經過短暫的潛伏觀望之後，他終於避地績溪，
之後，又逐漸同座主胡林翼往來密切，進而入幕襄贊軍務。汪氏根柢
經史、博學多聞，緣經術以干政事，對於彼時東南軍國大政多有精闢
見解，從而成為胡林翼、曾國藩、李鴻章等地方督撫的重要智囊，為
平定太平天國運動乃至重建儒家傳統政教文化，實現同治中興做出了
重要的貢獻。

　　汪氏最為人所知的就是他的人口論。在其傳世的《乙丙日記》

〔註6〕見孫鏘鳴《惜陰書院東齋課藝序》，《中國近代教育史資料彙編：鴉
　　片戰爭時期的教育》，第300頁。

中，他那憤世嫉俗的社會批判思想和積極的社會改良主張並存。在其人口理論中，他系統地分析了當時的人口現狀、產生原因、人口過剩的嚴重性等問題，進而站在統治階層的立場上，提出了一系列控制人口增長的嚴厲措施。對於人口過剩對於社會經濟、政治的巨大壓力汪士鐸的認識體會顯然要比早先的洪亮吉、龔自珍更爲深刻具體，而在控制人口增殖方面汪所提出的計劃生育、藥物避孕等措施也閃爍著科學的知性光芒。當然，汪氏並非能夠脫離於時代侷限，諸如認爲太平天國運動的根源在於人口過剩以及極端仇視婦女、農民等等。正是緣於其人口論中血腥殘暴的一面，他也被後人稱爲中國的馬爾薩斯。

在緣經術以干政事，救治社會弊病，挽救朝廷危機的同時，汪士鐸也有著豐碩的詩文創作活動。對此，徐世昌有言曰：

> 梅村覃精樸學，著述數十萬言，遇亂半毀棄，今行世者《桑經》、《班志》各有專書，又爲《南北史補志》，皆精洽翔實，卓然可傳。詩樸屬微至，擇言尤雅，良由經腴史馥，根柢既深，所謂學人之詩，其所蘊者厚也。〔註7〕

陳衍先生則更爲精到，他說：

> 梅村枕經胙史，根底深厚，作詩幾無一字無來處，然理窟甚深，興趣稍遠，但求妥帖排奡者，幾於美不勝收。〔註8〕

以上兩則材料均從汪氏的以經史入詩文談起，進而拈出學人之詩的範式來解讀其詩作。他也的確同彼時道咸宋詩派諸人多有師友切劘，集中《題莫子偲邵亭詩鈔兼寄懷鄭子尹》有「吾輩處天壤，各有百年意。畦町判鴻溝，造微蘄獨至」〔註9〕，評人而兼有自述意味；

〔註7〕徐世昌《晚晴簃詩匯》卷一四三，中國書店，1989年版，第723頁。
〔註8〕陳衍《近代詩鈔》卷上汪士鐸條，商務印書館民國十二年本，第174頁。
〔註9〕汪士鐸《悔翁詩鈔》卷三，《近代中國史料叢刊》第一輯第125冊，臺北文海出版社，1966年版，第845頁。

《弔何子貞》「儒林道學共純修，老厭承明作遠遊。舊德三朝成大隱，高名四海仰清流。冠彈柱下繩愆正，巾漉筵前酒德優。回憶慈仁古松下，昔年酬唱絕朋儔」〔註10〕則對往日交遊頗多感慨。同類之作還有《題莫子偲隱山草堂圖》等，而其金石考訂詩作如《段太尉小印》、《岳武穆王小印》、《晉元康元年磚歌》、《鄂州興唐寺天祐二年鍾拓本歌》〔註11〕等等，也都窮源溯流、古色斑斕。

汪氏曾有《論詩文》七絕二首，曰「范水模山豈易逢，葉公況未見真龍。於今學子論文獻，誰是東萊呂伯恭」，「太華三峰戌削新，翠連關隴壓河津。涪翁合作西江祖，多事虞山撼樹人」〔註12〕，仔細循繹，頗可看出其詩論中以學入詩的宋調傾向。但事實上，僅用根柢經史，精洽翔實的評述似乎並未注意到汪氏在咸同之際諸詩作中蒼涼沉鬱、哀生憫亂，足當浣花詩史的另一個側面。

在汪氏傳世的《悔翁詩鈔》中，《擬諸將五首》、《有感》、《和杜秋興》等詩作無一不是沉鬱頓挫，感慨有懷。如《和杜諸將》之一：

> 獋猺雜種慣戈矛，容管深山釀隱憂。拔地萬峰圍鬱水，插天一柱限交州。文臣久乏韓雍武，上將宜深馬援謀。誰肯官衙為傳舍，半由成例半才猷。〔註13〕

文末有小注云「廣西，此輩非大兵痛剿不為功，文臣既格定例，又孱弱，自知非其才，不得已為傳舍，所謂求參不得之官也。」〔註14〕太平天國運動初起之時，力量弱小，然而，廣西軍政督撫卻沒能把握機會痛加剿除，終致太平軍突圍而出，一路北上乃至定都天

〔註10〕汪士鐸《悔翁詩鈔》卷十二，《近代中國史料叢刊》第一輯第 125 冊，臺北文海出版社，1966 年版，第 1080、1081 頁。

〔註11〕汪氏金石考訂詩作多見於《悔翁詩鈔》卷六。

〔註12〕汪士鐸《悔翁詩鈔》卷十五，《近代中國史料叢刊》第一輯第 125 冊，臺北文海出版社，1966 年版，第 1140 頁。

〔註13〕汪士鐸《悔翁詩鈔》卷十一，《近代中國史料叢刊》第一輯第 125 冊，臺北文海出版社，1966 年版，第 1051 頁。

〔註14〕汪士鐸《悔翁詩鈔》卷十一，《近代中國史料叢刊》第一輯第 125 冊，臺北文海出版社，1966 年版，第 1051 頁。

京，其養虎爲患之罪可謂大矣。可是，若從地方督撫的角度來考量，清季承平日久，軍備廢弛，地方本無兵力，官員又皆爲柔弱之才，無兵無將，多方掣肘，如何措手？也只得因循欺瞞，看其漸漸成事而無可奈何。如此一來，其深層根源還是在於朝廷！只是如何說得出口！在其他的詩作中，汪氏又一一闡明了廣東、湖南、湖北、江西、徽州、安慶、金陵、歸德以及貴州的種種情狀。事實上，這些篇章連綴起來幾乎可以看做一份關於彼時太平天國與清軍的軍事政治考察報告，足以啓發當道來重新調整戰略思路，振肅士氣民心。而集中其他五古、七古，也都淵雅浩博，自具面目。

　　汪氏卒後約三十年，金陵鄧之誠在太原購得其手書稿本數種，後整理刊行《汪士鐸乙丙日記》以及《梅村先生遺詩》兩種。《遺詩》尤多記述洪楊破城以及金陵陷落後之種種情狀。費行簡序曰「悔翁以醇繹卓犖之才，值晦盲否塞之會，撫時感事，混哀樂於寸衷，品淵藻流，平古今於俄頃，故在心爲志，發言爲詩，於豐縟綺合之中寓簡質清剛之致，所謂窮則益工，哀而不怨者也」〔註15〕，集中懷人詩三十二首、變徵詩一百韻均哀生憫亂，記時感事，不愧詩史之稱。

三、歌哭流離，奇絕傲兀——尖銳峭刻的政教反思

　　如果說汪士鐸是以研經博物、明辨世用的學人身份而爲後人所關注瞭解的話，那麼，以金和、蔡琳等爲代表的金陵詩家則更多是歌哭流離的詩作、坎坷艱辛的際遇而成就其詩壇個人形象。

　　蔡琳、金和、壽昌、孫文川四人同爲惜陰書院高材生，號稱「白門四雋」〔註16〕。金和曾敘述四人交誼云：

　　　　自道光戊戌後，先師陶文毅公既築惜陰書舍，以經史
　　辭賦課諸生於實學，而余與君暨壽君昌、孫君文川先後受

〔註15〕中國科學院圖書館整理《續修四庫全書總目提要（稿本）》第12冊，齊魯書社，1996年版，第686、687頁。
〔註16〕蔡琳《荻華堂詩存》卷末蔣國榜跋尾，《叢書集成續編》第142冊，上海書店出版社，1994年版，第91頁。

> 知於繼續胡竹村（胡培翬）、滁州王絅齋、吳縣馮景亭（馮
> 桂芬）、泰和吳和甫諸先生，時名日棱棱起。自惟才地無多
> 於行輩，要未嘗不孜孜焉。蓋知所發奮，期大異於俗學之
> 所趨競，蘄至於古人之卓然表現於後世者，以不負諸先生
> 責望之重，以大爲陶公光。四人者，蓋交相勖也。〔註17〕

此四人均天才卓犖，久負時譽，如三河少年，鮮衣盤馬，意氣煊
赫，頗有放縱跌宕的一段經歷。「余生於江東金粉之鄉，不無俗耳箏
琶之聽。寵花心事，中酒風光，當其少時，好爲綺語。雖司勳明知春
夢，而彭澤難諱深情」〔註18〕云云，即爲諸人此時傳神寫照。然而，
咸豐三年巨變隨即而來，此四人之顛沛流離、憔悴困頓，又有過於常
人，故發爲歌詩，驚心動魄，令人不忍卒讀。

如果我們把金和等「白門四儁」詩家的詩文著述同前文所提到的
苔岑社諸人相比較的話，似乎他們都有著同樣的偏嗜愛好、宗風祁向
乃至生活際遇，都處於社會的邊緣，才情發越，藻采紛披，他們都屬
於游離於主流社會體系之外的畸零人。但是，在經過數十年血與火的
淬煉磨洗之後，二者的思想認識深度已然有所差別。國家不幸詩家幸
的論斷事實上不僅僅可以著眼於詩藝，更爲重要的，是思想高度，是
批判意識。

（一）金和

金和（1818～1885），字亞匏，上元人，諸生。金氏天才卓犖，
詩古文辭沉博絕麗冠絕儕輩，好聲色犬馬，跌宕自喜。賦性落拓，故
科考屢屢不中程序。金陵陷落之際，曾與妻弟張繼庚等人密謀策應
清軍，事敗後又曾策劃團練。中年以後，流離嶺南、滬上，遊幕四方
而生。

惜陰書舍諸詩人中，金和的《秋蟪吟館詩》尤其特出。在咸同之

〔註17〕蔡琳《荻華堂詩存》卷首金和序言，《叢書集成續編》第 142 冊，上
　　　海書店出版社，1994 年版，第 65 頁。
〔註18〕金和《壓帽集》卷首識語，《秋蟪吟館詩鈔》卷八，金和著，胡露校
　　　點，上海古籍出版社，2009 年版，第 332 頁。

際混亂動盪的社會形態之下，原本處於混一狀態的金陵政治思想文化也有所演變分化，隨著傳統的晚清政教體系與太平天國新興的農民政權體系之間尖銳的對抗衝突，相應地廣大身處社會底層士紳知識分子的思想意識形態也逐漸開始分化。事實上，在兩個政權意志的裏挾下，多數士紳都有過一段迷惘彷徨的階段，有的最終還是回歸傳統政教體系，〔註19〕也有的，則開始對這兩個政權進行深入反思，最終形成新的獨立於當時意識形態之上的革命意識的萌芽。而這正是為什麼金和詩作能夠得到後來的黃遵憲、梁啓超等人的大力提倡揄揚的原因所在。

太平軍初占金陵之時，同廣大的低層士紳一樣，金和首先抱有著極為強烈的敵對態度，積極投身於反抗太平天國，收復金陵的各種秘密活動。他「衣短後衣，與賊兵（太平軍）時轟飲，醉則雜臥酒甕側相爾汝」〔註20〕，故而賺得金陵城防等軍事情報，又「與賊稔，出入城關無所問」〔註21〕，因此會同周葆濂、張繼庚、何師孟等人做內應，隻身出城投謁向榮，以期裏應外合。然而清軍兩次失約，事遂敗露，與其合謀者多遇害。之後，金和又同蔡琳、孫文川等組織團練，卻又遭到當權者的百般阻撓，諸人甚至有被清軍拘禁者！在此期間，金和對於晚清政權的認識也逐漸深刻起來，最終，他完全失望了。

面對這場動亂，金和用自己的詩文創作記錄了一切，他擺脫了任何一個政權意識形態的控制，發出了主流思想文化體系之外的另一種

〔註19〕經歷過一段時間的觀望彷徨之後，最終復歸傳統政教體系，汪士鐸就是最好的例子。根據相關記載，太平天國定都天京之後，曾聘汪為軍師，而經過瞭解考察，他最終還是藉故隻身出城，避居績溪，最終依附督撫胡林翼，站在了太平天國的對立面。
　　　蘇克勤、苗立軍著《南京名人舊居：散落在大街小巷的流年碎影》，河南人民出版社，2008年版，第111、112頁。
〔註20〕胡露校點《秋蟪吟館詩鈔》卷末附錄二，束允泰《金文學小傳》，上海古籍出版社，2009年版，第447、448頁。
〔註21〕胡露校點《秋蟪吟館詩鈔》卷末附錄二，束允泰《金文學小傳》，上海古籍出版社，2009年版，第447、448頁。

聲音。在其詩作中,除了描寫戰亂中廣大百姓的無邊苦難,更大量揭露了江南大營中清軍將士腐敗無能的醜惡現實。如《十六日至秣陵關赴東壩兵有感》:

> 初七日未午,我發鍾山下。蜀兵千餘人,向北馳怒馬。
> 傳聞東壩急,兵力守恐寡。來乞將軍援,故以一對假。我
> 遂從此辭,僕從走西野。三宿湖熟橋,兩宿龍溪社。四宿
> 方山來,塵汗攪滿把。僧舍偶乘涼,有聲叱震瓦。微睨似
> 相識,長身面甚赭。稍前勸勿嗔,幸不老拳惹。婉詞問何
> 之,乃赴東壩者。九日行至此,將五十里也。〔註22〕

東壩軍情十萬火急,千餘蜀兵援軍卻故意拖沓延緩,九天時間只走了五十里路!他們雖然作戰畏縮不前,膽小如鼠,可若掠奪民財,卻個個奮勇爭先。在《雙拜崗紀戰》中,楚軍與蜀軍好勇鬥狠,以命相搏,結果卻是爲了爭奪一個民婦!其他諸如《軍前新樂府四首》等詩作也都從各個側面尖銳反映了清軍的種種醜惡。而《蘭陵女兒行》、《斷指生歌》以及《烈女行紀黃婉梨事》等長篇歌行體則更流傳一時,成爲名篇。

個人同時代的遭際均悲苦坎坷,身處其間,又怎能不滿眼淒涼,失望之餘,路在何方?金和自然無法超越時代的侷限,因此,發爲歌詩,也多悲涼沉痛,秋氣滿紙,如《秋蚊》、《秋蠅》、《秋暮聞蟬》等等。「經秋僵蟪羞遲死,盼曉饑烏悔失群」〔註23〕,他也只能將變革的心力貫注於詩詞創作。

翻檢《秋蟪吟館詩鈔》,諷刺手法的大量運用顯然是金和詩作最爲突出的特點之一。古典詩文創作中諷刺藝術的源頭可以追溯至《詩經》中的怨刺詩,在這類以詩爲諫,以詩爲刺的作品中寄寓著深沉的憂患意識和政治關懷;唐代元白新樂府則紹承這種美刺傳統,進

〔註22〕金和著,胡露校點《秋蟪吟館詩鈔》卷二,上海古籍出版社,2009
年版,第97頁。
〔註23〕金和著,胡露校點《秋蟪吟館詩鈔》卷二,上海古籍出版社,2009
年版,第97頁。

一步批判朝政，揭露社會的陰暗面，希冀有所補益於社會。兩者的著眼點均在於通過批判現實來糾正朝局政令的不合理之處，以詩干政。而現代意義的諷刺則表現爲「運用才智對諷刺目標進行辛辣的譏諷和尖銳的嘲弄，它的目的不一定與政治有關……更多的情況則可能只是揭示出事物的本來面目，是一種單純諧趣或幽默」〔註24〕。《北警有作》云：

> 此賊江南守城賊，江南欲戰戰不得。料無人奪江南城，分走中原到天北。遷延竟作至尊憂，此日羽書馳帝州。此日江南寒漸甚，諸公無事正輕裘。〔註25〕

詩作交代清軍江南江北大營消極殆戰，畏縮不前，以至於金陵城太平軍無仗可打，故而分兵北上，直搗帝都。雖然實際情況遠非如此簡單，但「欲戰戰不得」的確字字千鈞、入骨三分。〔註26〕詩中雖然虛懸高高在上的君王，可字裏行間流露出來的冷峻早已表明金和的深深失望。金氏的諷刺詩多爲古體，語言幽默詼諧，將傳統諷喻詩中溫柔敦厚的底色轉換成淺近痛快，一針見血的尖銳刻露，以成就其新變。突出強化詩歌作品中的敘事藝術，也是金和詩作創新的表現之一。金和的敘事手法大量吸收借鑒了清代優秀戲曲小說的敘事技巧，其外祖吳敬梓的《儒林外史》就是特出的例證。從《孔雀東南飛》、《木蘭辭》等樂府詩到白居易的《長恨歌》，再到吳偉業的《圓圓曲》、《永和宮詞》等，傳統敘事詩越來越典麗雅致，流播傳佈的圈子也越來越小。金和圍繞太平天國運動期間底層民眾的遭遇來抒發對

〔註24〕何曉燕《詩人金和研究》，蘇州大學 2004 級碩士論文，第 35 頁。

〔註25〕金和著，胡露校點《秋蟪吟館詩鈔》卷三，上海古籍出版社，2009 年版，第 135、136 頁。

〔註26〕「向忠武公圍守金陵，駐營孝陵衛四年，持重不戰，其分防將士偕有外婦者半皆宿於營外，遇有警報，不能互相救援。吳逸廉姑丈（邦法）《感事》詩云『軍中懼，桑中喜，河上逍遙壁上觀』，十四字括盡兵驕卒惰情事」。然而若相較於金和詩作，在諷喻體式風格上還是有較大的差別。

陳作霖《可園詩話》卷一，蘇大館藏民國八年（1919）鉛印本，第 8 頁。

這個時代的審視和反思，在行文過程中注重人物個性化性格的刻畫，廣泛採用語言、動作、心理等描寫手法，詩歌語言通俗淺顯、自由灑脫。其散文化、自由化、口語化的特色在一定程度上突破了古體詩的格律限制，成爲新體詩乃至白話詩的先聲。

正是有著這樣的新變，金和的詩作成爲近代以來詩學成就評價高下最爲懸殊的詩家之一。常州派詞人譚獻首先從變風變雅的角度肯定了金氏對時代社會的眞切反映，他說：

> 獻竊聞之，《詩》有《風》有《雅》，則有正有變，廟堂之制，雍容揄揚，著後嗣者，正雅尚矣。天人遷革，三事憂危，變雅之作，用等諫書……既不獲作息承平之世，兵刃死亡，非徒聞見而已，蓋身親之。甚而《式微》之播遷，《兔爰》之傷敗，《清人》之翱翔，《黍離》之顛覆，「不自我先，不自我後」，則夫悲歌慷慨，至於窮蹙酸嘶，有列國變風之所未能盡者，亞匏之詩云爾。〔註27〕

「風之變，變之極者，所謂不得已而作也」，〔註28〕涵詠體味，則譚獻已經敏銳覺察到了金氏詩作字裏行間流露出來的信仰危機，在新的時代精神出現的前夜，這種壓力和苦悶糾纏著每一個敏銳深刻的思考者。進而，梁啓超抓住這種變革思想作了極端的渲染，苦悶彷徨的金和搖身一變而成爲了慷慨激昂的鬥士，成爲鼓吹新文化運動的一面有力旗幟！梁氏論定其詩歌道：

> 讀金亞匏先生集，而所以移我情者，乃無涯畔……其格律無一不軌於古，而意境、氣象、魄力，求諸有清一代，未睹其偶，比諸遠古，不名一家，而亦非一家之境界所能域也。嗚呼！得此而清之詩史爲不寂寥也已。〔註29〕

〔註27〕譚獻《秋蟪吟館詩鈔序》，《秋蟪吟館詩鈔》卷末附錄二，上海古籍出版社，2009 年版，第 451、452 頁。

〔註28〕譚獻《秋蟪吟館詩鈔序》，《秋蟪吟館詩鈔》卷末附錄二，上海古籍出版社，2009 年版，第 451、452 頁。

〔註29〕梁啓超《秋蟪吟館詩鈔序》，《秋蟪吟館詩鈔》卷末附錄二，上海古籍出版社，2009 年版，第 453、454 頁。

　　實事求是地講,金和詩文中通過變革創新詩文體式技巧而流露出來的新變意識雖然代表了時代的最強音,但畢竟還是一種略顯隱晦的微言大義式的存在。這是他思想的精華而非全部。可以說,帶有強烈名士氣息,跌宕自喜的生活態度、方式才是他詩文創作活動的主導。由此而來的喜歡逞才使氣,宣洩而無蘊藉的缺點就成為另外一部分文人學者貶斥其詩學成就的重要藉口。

　　當然,不管是渲染也好,誤讀也好,經由梁啓超的大力揄揚,金氏詩文大行於世,也在客觀上深化了讀者對於咸同之際金陵部分詩家思想境界、詩藝水準的認識、瞭解。

　　金和生前籍籍無名,牢落窮愁,歿後卻因緣際會,作品風行於世,享有大名。與其同時之蔡琳、孫文川,則又是另外的一番人生際遇。此二人也都才名早著,科舉功名之路也較金和順暢,因而,對社會底層的瞭解認識顯然不及金和,加之與清政府所主導的儒家政教體系處於同一陣營,批判的鋒芒也自然黯淡些。他們或許沒能站在時代的潮頭,但其思想路徑的選擇,無疑也是頗具代表性的。〔註30〕

（二）蔡琳

　　蔡琳（1819～1868）,字紫函,江寧人。咸豐二年（1852）中舉,次年赴京應禮部試,甫抵京金陵即陷落,因此火速返回金陵營救城中親人。在此期間,他與友人組織團練,四處奔走呼號,目睹生民流離、清軍腐敗醜惡,種種遭際,也都類同於金和。咸豐九年,他考中進士,成為一名低級京官。京帙清苦,他安貧守正,不慕榮利,「每

〔註30〕如王章《題舊雨軒圖·題記》中謂「辛酉既秋,漢卿先生見招,聞聲六七年,得旦暮遇,喜甚。酒半,出舊雨軒圖……因屬點筆。讀竟,既觸墮巢恨,又琬章林林,爰備各體,措手非易。久之,效元人惡作劇,攄自胸臆,遂忘俚醜。署款拗格,尤出準繩,懶不敬事,漢翁諒之」云云,該作品體式仿元人雜劇而來,優生念亂,悲歌慷慨,特色鮮明,為時人所重。然而此作畢竟為王氏之別調,頗見其才氣性情,創新體式之意蘊則不好過分推譽。
王章《靜廬堂吹生草》卷四附錄,《叢書集成續編》第139冊,上海書店出版社,1994年版,第254、255頁。

晨襲敝衣冠徒步以從公，懷餺飥爲飽，治官事至日昃乃還。復舉燭爲諸生徒講帖括業，以束脩佐祿入，僅僅給資斧，寒餓尚所時有」〔註31〕，終於積勞成疾，死於返鄉小舟中。蔡氏無子嗣，博學嗜古，撰述甚富，歿後手稿飄零散佚，爲友人金和等搜集整理，成《荻華堂詩稿二卷》。

蔡氏詩作亦多撫時感事之作，如《壬寅長夏感事詩十五首》之一云「六朝荊棘泣銅駝，樹得降幡便凱歌。重帑全輸新府廄，寸金已割舊山河。呼公羅拜無回紇，稱帝梟雄有尉佗。城下一盟眞鑄錯，翻誇談笑卻干戈」〔註32〕等，對一八四二年英軍封鎖長江，圍困金陵並逼迫清政府簽訂《中英南京條約》的屈辱歷史有著全面的記錄。早在此時，蔡琳就看到了清軍將士的腐敗無能，「明詔幾頒青曲蓋，前鋒枉號黑雲都」、「離照也曾垂國禁，不堪述職是諸侯」〔註33〕云云，無不飽含作者的憤怒與詰責。今天我們固然可以說當日的戰敗乃是歷史的必然，可是清軍、清政權中赤裸裸的種種醜惡無疑更令廣大的下層士紳感到痛心疾首。這批詩作激楚悲涼，不及杜甫沉鬱頓挫，而頗雜以諷喻白描，別有韻致。

大體來說，蔡琳比較偏好六朝三唐諸家情韻流轉、清新婉麗之風尚。〔註34〕集中《南唐樂府》組詩小序云：

〔註31〕蔡琳《荻華堂詩存》卷首金和序，《叢書集成續編》第 142 冊，上海書店出版社，1994 年版，第 65 頁。

〔註32〕蔡琳《荻華堂詩存》，《叢書集成續編》第 142 冊，上海書店出版社，1994 年版，第 78 頁。

〔註33〕蔡琳《荻華堂詩存》，《叢書集成續編》第 142 冊，上海書店出版社，1994 年版，第 78 頁。

〔註34〕蔡琳《亞陶以題隨園詩見示，悵觸舊遊，率成五律二首》小注云「隨園裔孫薇生昆仲，以寄籍入上元邑庠，與余交最久，春秋佳日觴宴無虛。薇生工詩賦，『落葉有人靜，空山月有聲』之句傳誦一時……今薇生昆仲皆以薄宦糊口，音訊鮮通，思之黯然，不可悲乎」。由此可知，隨園所揄揚之性靈詩風，蔡氏也有所耳聞目接，濡染沾溉。蔡琳《荻華堂詩存》《叢書集成續編》第 142 冊，上海書店出版社，1994 年版，第 76 頁。

　　　　南唐甌缺一隅，牒傳三世。鶯花小劫，金粉零叢。論
　　　者第等諸溝宮之下國，執梃之降王而已。然而金塗建壎，
　　　莽莽梟雄，摩訶開池，陰陰暮氣，李氏擬之殆無愧色。所
　　　惜婦人醇酒，拓地無愁，銜璧把茅，箋天有恨……可憐歌
　　　舞，想瓊花璧月以猶新；依樣葫蘆，弔燕子春燈而如夢，
　　　敢檢茂倩之解，藉衍鐵崖之吟。〔註35〕

就已經有所透露，而之後的分詠對象如延賓亭、青陽公、泥金
帶、緣耳梯、凌波軍、念家山、錦洞天、決囚燈、升元閣、蹲洲虎等，
六朝民歌流宕婉轉與樂府歌行哀感頑豔混融無間，風華綺麗之情遠紹
長慶近揖梅村。長篇如此，短章也清新雋雅，時見逸氣，如《和吳丈
九帆東園雜憶詩二十首》之「小小張園尚賣茶，短牆屈曲接籬笆。荒
畦寂寞蛩聲瘦，開老西風白菊花」、「毘盧佛閣峙崔嵬，鯨吼疏鐘暮靄
催。微雨林塘紅蓼瘦，幾經著屐訪碑回」，〔註36〕描摹當時小園清雅
景色，展現彼時士紳禮佛訪碑，優游自得的隱居生活。

　　此外，《荻花堂詩存》中還有《讀金源諸家詩》、《讀金人詩補》
以及《讀元人詩》〔註37〕等組詩，對趙秉文、王若虛、元好問、方回、
戴表元、趙孟頫等人均有評騭，而其所措意者，也多在金元諸詩所洋
溢著的剛健清新、情韻流轉等詩作風尚。

　　有人在比較蔡氏與金和的遭際境遇之後，說道「《荻花館詩》與
《秋蟪吟館》可稱二難，不啻襲美之與魯望」〔註38〕，蓋著眼於其作
品中的詩史特點。然而，蔡琳的思想境界終究未能比肩金和，他曾
說「詩窮而後工，此語吾固疑。境窮詩亦窮，寒螿泣孤嫠。所以有心

〔註35〕蔡琳《荻華堂詩存》，《叢書集成續編》第 142 冊，上海書店出版社，
　　　　1994 年版，第 73 頁。
〔註36〕蔡琳《荻華堂詩存》，《叢書集成續編》第 142 冊，上海書店出版社，
　　　　1994 年版，第 83 頁。
〔註37〕蔡琳《荻華堂詩存》，《叢書集成續編》第 142 冊，上海書店出版社，
　　　　1994 年版，第 82～85 頁。
〔註38〕中國科學院圖書館整理《續修四庫全書總目提要（稿本）》第 12 冊，
　　　　齊魯書社，1996 年版，第 477 頁。

人，才與境轉移。山川歷兵火，因秀助以奇……我言經亂離，能詩皆拾遺。其才有大小，其境有險夷。上則得其骨，次亦得其皮」〔註39〕云云，在他看來，身處干戈流離的咸同時代，因個人才力之大小，其詩作中詩史精神的強弱也有所不同，而作爲飽讀詩書的士紳所需要做的，就是盡力企及前人所達到的高度，也即一味擬諸古人而無所創新。因此，或許蔡琳詩作更爲圓潤流暢，但畢竟缺少內在創新性的生發。

（三）孫文川

孫文川（1822～1882），字澄之，上元人，諸生。金陵陷落之際孫氏避兵滬上，入幕行伍間，耳聞目擊，逐漸通曉洋務，後因軍功保知縣，升知府，一時督撫如曾國藩、沈葆楨等，皆許之爲幹才。孫氏爲官不樂仕進，喜談文論藝、考訂金石，尤喜藏書，有《讀雪齋詩集》九卷行世。

孫氏學問淵博，才氣橫溢，讀書惜陰書舍之時即爲王煜、馮桂芬等山長所賞識。其血性過人，志向遠大，然而身值亂離之世，鬱勃不平之氣發爲歌詩，盡作變徵之音。

> 無所爲而作者，不可以言詩；有爲矣，氣不足以舉其辭，才不足以用其氣，不可以言詩。世之言詩者，主理或腐，主情或靡。載理道，通事情，才與氣顧可少哉？〔註40〕

觀其《讀雪齋詩集》，或沉鬱頓挫，或豪蕩不羈，「太白之氣與少陵之才」，〔註41〕蓋兼而有之也。沉鬱頓挫，爲咸同間金陵士紳詩史範式的勃興，豪蕩不羈，則又兼有藻采紛披的名士性情。孫氏輾轉東南一地，以書生而入軍幕，尤多表彰義烈、聲情發越之作。包把總隨

〔註39〕《同治丁卯冬月澂之於役都門因復讀其〈讀雪廬詩集〉，流覽所觸，輒即成韻語，無詮次，凡一千二百六十言》。
見蔡琳《荻華堂詩存》，《叢書集成續編》第 142 冊，上海書店出版社，1994 年版，第 68 頁。
〔註40〕《讀雪齋詩集》卷首蔣敦復序。
〔註41〕《讀雪齋詩集》卷首蔣敦復序。

徐州偏將率兵五百人馳援江寧、浦口，累戰至死，屍體倔立如生時；雷公八居六合，爲市井屠狗之流，以其技勇爲國捐軀；洋人華爾，組建洋槍隊，屢立戰功，後竟戰死於慈谿……如此種種，孫氏一一形諸吟詠，以彰其德。〔註42〕時人「咸同大手筆，著述半從軍」之評，足見精警！

孫氏最具特色之作，當推《趙忠毅鐵如意歌》：

> 黑雲一朵白虹氣，凜凜寒風鬼愁避。銘文廿六署姓字，乃是高邑趙公鐵如意。公之烈性百鍊剛，指揮亦見鐵石腸。公之定力千鈞強，談笑亦飛鐵面霜。我觀公物識公志，弗若是折秉道義。珊瑚碎，亦無賴，何似公掌選司，志在屏四害。唾壺缺，安足雄，何似公坐都堂，志在除四凶。將使汝爲朱雲上方劍，斬佞臣頭進直諫。將使汝爲司農袖中笏，擊逆豎首舒憤鬱。奈何鉤黨紛紜君聽讒，元兇爭指群耽耽。不如意事眞八九，爲同心人僅二三……如意分如意，我不知擊閹之疏草罷時，可曾偕汝起舞揚雙眉。又不知雁門關外荷戈日，可曾持汝悲歌望京邑。問汝汝無言，但見土花慘澹面冷無顏色，似有無限煩冤訴不得……昔年得公書，什襲珍手澤。今又得如意，崢嶸森毅魄。我欲快磨鐵硯，椎拓墨本作畫圖。更將豪揮鐵筆，大書銘詞張座側。見者驚心讀撟舌，何物猶矜炙手熱，請看區區一片鐵。

以東林黨魁趙南星之鐵如意起興，牽繫其嫉惡如仇浮沉宦海的遭際境遇，對其立身行事乃至「四害」、「四凶」的言論尤爲歡賞。全詩雄奇跌宕，慷慨蒼涼，才情史識兩相湊泊，並臻化境。孫氏自己亦頗得意此詩，曾抄錄友人索和，朋輩無從賡續，又特意作詩以調之。〔註43〕

當然，若是著眼於詩史意識，孫氏亦自類同於蔡琳，缺乏金和那

〔註42〕《讀雪齋詩集》卷一《雷公八歌》、卷八《嗟哉華爾行》。

〔註43〕孫文川《劍人近不作詩，作八分乃似胡鼻山人。予方以〈鐵如意歌〉索和，久不報，更作此詩挑之》，《讀雪齋詩集》卷九。

種尖銳峭刻的反思。

（四）壽昌

壽昌（生卒年不詳），字湘帆，旗人，道光乙未舉人，進士。壽氏早年名列白門四雋，金陵陷落之際全家慘遭屠戮，因其任職外地才得以幸免，自此心力交瘁，萬念俱灰，不久即染病去世，生平詩作有《惜陰齋草》，〔註 44〕後散落殆盡。故而壽氏詩作風格，此處從略。

咸同時期與金和、蔡琳、孫文川相往還唱和者還有楊後、周葆濂、姚必成等人。

楊後（？～1863），本名楊得春，爲上元諸生，潔清自好，爲諸生時與金和、周葆濂、姚必成齊名，詩學中晚唐，又喜金石碑版，金陵陷落後遷徙流離，遂改名爲後。楊氏詩作風華綺靡者爲多，「霜痕疑是月，水汽欲成煙」、「魚床下浣女，鴨艇載歸僧」、「花氣諸天近，松光一塔明」〔註 45〕等句，婉麗流轉，用詩意抒寫點染一己之聞見生活。其詩作較少反映時代遭際，集中諸如《村居六歎》（無書歎、無墨歎、無筆歎、無硯歎、無紙歎、無衣歎）也多侷限於書生習氣，未能將自身遭際融入更爲廣闊的社會現實。

周葆濂（？～1866），字還之，號且巢，江寧貢生。金陵陷落後，周葆濂曾與張炳桓、金和等人密謀奔走，故其詩作中亦屢有提及。事敗之後，周氏一度旅食江淮，晚年任職桃源、寶應等處。周氏詩才清麗，晚年有《冬暮感懷》組詩，慷慨悲歌，規模宏大，其中對往日生活的留戀、對奔走呼號經歷的回顧以及對生民流離動亂的紀實屢屢形諸筆墨，諷詠不忘。

〔註44〕陳作霖、張熙亭《金陵文徵小傳》壽昌條，《冶麓山房叢書》，第 2137頁。

〔註45〕楊後《柳門遺稿》第 33 頁《淨慈寺》，第 33 頁《舟行雜詩》第六首，第 32 頁《京口阻風》，《叢書集成續編》第 141 冊，上海書店出版社，1994 年。

　　姚必成（？～1864），字西農，溧水人，道光拔貢。姚氏長於近體，以詩賦爲惜陰書舍山長馮桂芬所賞，後選授崇明訓導。金陵陷落後，伏竄草野，流離坎坷，職是之故，詩中尤多身世家國之感。

　　總體來看，這些詩家正如周葆濂在《題張容元詩集》中所言，「屈指舊遊輩，相逢氣不雄（小注：姚西農諸君）」〔註46〕，在咸同動亂流離的時代背景下，他們往往更容易借往日詩酒優游的幻景來塡補內心的失望與落寞。通過翻檢諸家詩文集，一個值得注意的現象就是他們的懷人詩特別多，而且呈現出組詩的形態，如汪士鐸的《感知己贊》（九十九人）、《十哀》（十人）；姚必成的《懷人十四絕》（十四人）以及周葆濂的《歲暮懷人三十六首》（三十六人）等。這些縈繫心間的師友有些已經逝去，徒留回憶，有些雖然活著，卻也因時局動盪而音訊杳然。對他們而言，過往種種亦如同那六朝煙水，留給人的永遠是無盡的惆悵。

　　從上文對咸同時期諸家詩作風向的梳理可知，或許秉性氣質乃至宗尚偏好各有不同，但經由惜陰書舍而體現的經世思想卻頗有相通之處。隨即，金陵城陷落了，當詩史意識成爲詩學創作的主潮之後，深切的思辨能力就成爲評騭高詩作下的重要標準，而這種能力的積澱培育，事實上又與惜陰書舍的經世學風密切相關。

　　對於這批士紳而言，深入反思這場戰爭，尋求彼時政治經濟體系的痼疾以謀求改進發展固然重要；遠離政治，專力於傳統詩文體式的變革也不失爲路徑之一；然而更多數人在詩文創作中還是傾向於前文所言的詩史精神甚至是沉湎於往日的幻景。事實上，汪士鐸以及金和的詩文創作之所以能夠超越儕輩，正是因爲他們植根於這批詩家豐厚的創作實績上，而又進一步有所開拓。從這個層面上來說，他們也代表了惜陰書舍經世思潮的最強音！

〔註46〕周葆濂《題張容元詩集》，《且巢詩存》卷四，《叢書集成續編》第142
　　　冊，第117頁。

第七章　《金陵詩徵續》與同光時期的金陵詩壇

　　同治三年（1864），以曾國藩爲首的湘軍攻破金陵。早在發布《討粵匪檄》之時，曾氏就已經開始著力重塑傳統儒家思想體系爲核心的道統，匯聚民心人氣而扶危拯溺，他敏銳抓住了太平天國思想統系中的「耶穌」、「新約」等異質文化，打出捍衛名教的旗號，「倘有抱道君子，痛天主教橫行中原，赫然奮怒，以衛吾道者，本部堂禮之幕府，待以賓師」〔註1〕，正是植根於數千年傳統文化的深厚積澱，曾氏得到了最廣大東南士紳的文化認同，從而成就其中興偉業。攻克安慶之後，曾氏即捐資養士，設安慶書局以刊刻《船山遺書》，「正因爲《船山遺書》中的教義是他所需要的武器，我們才能理解，爲什麼要在和太平軍作戰的最緊張、最激烈的時刻，竟然刊刻《船山遺書》」〔註2〕，馮友蘭先生的評析無疑是極爲深刻的。金陵收復後，安慶書局東下，遷至江寧府學飛霞閣，繼續刊刻諸如十三經、四書、五史、《資治通鑒》、《文選》以及《漁洋山人古詩選》、《古文辭類纂》、《十八家詩鈔》等書，以立士子根基。鍾山、尊經、惜陰等書院也陸續恢復興辦，對

〔註1〕曾國藩《曾國藩全集・詩文》，嶽麓書社，1986年，第233頁。

〔註2〕馮友蘭《中國哲學史新編》第六冊，人民出版社，1989年版，第76～77頁。

於山長的選擇聘請、書院的甄別等等，曾氏也都參與其間，有所規劃指導。鍾山書院李聯琇、繆荃孫；尊經書院周緬雲；惜陰書院薛時雨；鳳池書院張裕釗、倪豹岑等人，均同曾氏有著千絲萬縷的聯繫，也正是他們，在更爲具體的層面上，成爲金陵文教中興的骨幹力量。而他們所發起舉辦的各類雅集唱酬活動，如飛霞閣集會、莫愁湖妙嚴庵雅集以及百花課會、「至吾知齋」古文會等〔註3〕，對於同光時期金陵詩家的啓沃沾溉也歷歷可見。

一、書院詩人

雖然同光時期依舊有部分詩家俯仰感懷那動盪坎坷的亂離歲月，但歷史畢竟翻開了新的篇章。隨著鍾山、尊經、惜陰等書院的次第興復，它們所樹立弘揚的詩文風尚也日漸清晰。同樣立足於政教，但相較道咸時期，此時的宗尚趣味卻已然有所變化。馮煦曾在《重建鍾山書院記》中論列學術之本爲辭章、經濟、經學、理學，〔註4〕此種風尚顯然源出曾國藩桐城文法之「義理、考據、辭章、經濟」！

如果說陶澍崇尚實學爲咸同金陵詩學增添了濃墨重彩的時代風會，那麼，曾氏經濟思想帶給同光詩家的，就是專精技藝以致用的立身範式。思辨到踐行的演化落實在詩學上，就是一種鬱勃的氣象，雖然歷史已經證明這僅僅是種幻象。

此期金陵諸山長中，李聯琇與薛時雨顯然是聲名最著、影響最大的兩位。

（一）李聯琇

李聯琇（1820～1878），字秀瑩，一字小湖，別號好雲樓主人，臨川人。道光二十五年進士，改庶起士，授編修，歷官福建學政、大

〔註3〕關於同光時期金陵一地士紳的唱酬集會情況，徐雁平先生在其《清代東南書院與學術及文學‧上編》第五章第二節、第三節以及附表十九《同光年間金陵文人讌遊考：以書院、書局爲中心》均有詳明的考辨梳理，對此節寫作啓發很大，此處不再詳細展開。

〔註4〕馮煦《蒿盦類稿》卷23，第5、6頁。

理寺卿、江蘇學政等職，著有《好雲
樓初集》、《二集》等。李氏「精於治
經，詩文亦戛戛獨造，無一語落人窠
臼。嘗序黃明經旭《菰野詩鈔》，謂
『詩有四體，又有四用。纏絡爲經，
扶植爲骨，灌輸爲血，敷襯爲肉，四
體合，而詩之規模具。鏗鉉爲聲，揚
詡爲色，融會爲神，流溢爲韻，四用
周，而詩之性情出』」〔註5〕。四體四
用說兼採學問性情，視野宏通，尤具
特色。李聯琇早年文章才氣浩博，後

「沉酣箋注講義，明大家爲文軌轍，自闢畦町，攄其心所獨得」〔註6〕，
「四體四用」說實際上是作詩過程中的漸悟，正如其七絕《與葉涵溪
（裕仁）論詩》所云「詩境一苦又一樂，有似更番蛇脫殼。脫時縮作
三日僵，脫後陡增一丈長」〔註7〕。此外，李氏還撰有《采風筍記》
六卷，其中頗有涉及詩學者。〔註8〕

　　李聯琇晚年受曾國藩禮聘，主講鍾山、惜陰書院十餘年，「亂後
登笈請業者投卷踰千百，公（李聯琇）評騭自昧爽至丙夜，裁狂成猥
靡怠。寒暑侍坐之士奉公身教爲圭臬，參倚忠篤不少越，故一時氣節
文翰，巍爲世冠。其造就品類，昌明學術，十四年如一日，爲盧抱經、
姚姬傳以來諸儒所不及」〔註9〕。因此，在李聯琇過世後，金陵士紳

〔註5〕聞石點校，徐世昌《晚晴簃詩匯》卷一百四十七，中國書店，1988
　　　年版，第6397頁。
〔註6〕汪士鐸《大理寺卿李公墓誌銘》，《汪梅村先生集》卷十一，《近代中
　　　國史料叢刊》第1輯第125冊，臺北文海出版社，1966年版，第481
　　　～487頁。
〔註7〕李聯琇《好雲樓二集》卷三，《清代詩文集彙編》第682冊，上海古
　　　籍出版社，2010年，第284頁。
〔註8〕劉聲木《桐城文學淵源撰述考》，黃山書社，1989年版，第279頁。
〔註9〕劉聲木《桐城文學淵源撰述考》，黃山書社，1989年版，第279頁。

祠其神主於書院講舍，以表彰其賢。曾國藩曾評價李氏文章學術曰「鄭許之學，淵雲之才，濂洛之傳，正嘉之格，合之於一手，沛之乎寸心，洗洮庸音，追軌前哲，談藝必衷於古，教人必盡其才，下至詩帖小詩律賦末節，亦復力排纖佻，崇尚清眞」〔註10〕。

光緒四年（1878），鍾山書院諸生敦請選刻課藝，李氏遂手定九十八篇爲《初選》，收錄陳作霖、劉壽曾等六十六人作品。後來，陳作霖作《鍾山書院課藝跋》，謂「當其時，督撫監司皆以樂育人材爲事，而絃歌初起，都人士爭自奮屬，即四方遊客亦多魁奇閎達之英，故明師益友互相切劘，其造就遂至於是」〔註11〕，並且對比今昔，感慨道「自此以後，上下日即於惰窳，長吏以謀利視諸生，諸生亦以謀利自任，欲如爾日之名流輩出，何可得哉？」〔註12〕

（二）薛時雨

薛時雨（1818～1885），字慰農，又字澍生，晚號桑根老人，安徽全椒人。咸豐三年（1853）進士，歷任嘉興知縣、杭州知府等職，後主杭州崇文書院，同治八年起改主金陵尊經、惜陰諸書院，激揚風雅、化育後進長達十七年。

> 太平天國之役後，東南學院之復興，先生之力最偉。於杭既辦東城講舍，庇其士人，向之詁經精舍，敷文、崇文、紫陽三書院，亦以次復。每月課士湖上，一時文物蔚盛。後主崇文，造士亦多，浙東西著弟子籍者數百人，去杭之後，浙人士爲結廬西湖鳳林寺後，曰薛廬。既主江寧尊經書院與惜陰書院，著弟子籍者尤多於杭，有德有造，

〔註10〕曾國藩《致李小湖大理》，《曾文正公全集》第十八冊《書札續鈔》，北京中國華僑出版社（據曾氏家藏本），2011年版，第43頁。

〔註11〕陳作霖《鍾山書院課藝跋》，《冶麓山房叢書》第七冊《冶麓山房藏書跋尾‧丁部時藝類》，《明清未刊稿彙編初集》臺北聯經出版事業公司，1976年版，第2653～2654頁。

〔註12〕陳作霖《鍾山書院課藝跋》，《冶麓山房叢書》第七冊《冶麓山房藏書跋尾‧丁部時藝類》，《明清未刊稿彙編初集》臺北聯經出版事業公司，1976年版，第2654頁。

亦盛於浙江。惜陰書院諸生，亦構室以居先生，再稱薛廬。
圜圜之盛，清末頗著。〔註13〕

　　薛氏高弟子顧雲曾論其治學育人之風度謂「教人不甚立主名，往往就宗旨，離則出之。於後進之士，極口獎借，尤有容異量之美。大江南北多鴻才碩學，義理、考證、詞章，人事所業，不能無異同，待其辯，徐以一言折中之，輒渙然以釋，其不爲嗃嗃然造次。以風節自持者，即加之敬異，而不離於口，與夫華聲相耀，本末未能別，及牽於時網之徒，苟有一長，亦必爲之所焉，論者以是稱其大」〔註14〕。由此可見，薛氏視野較爲弘通，於彼時桐城、湘鄉乃至宋詩派均有所取捨，而其育人則更是獎掖讚賞備至。薛氏名士風襟氣度頗足，喜好唱酬交遊、文酒高會，又極善撰聯語，《藤香館小品》中，熔經鑄史，清新俊逸，多有佳作，如題莫愁湖云：

　　　　山溫水膩，風月長存，幾人打槳清遊，倩小伎新弦，
翻一曲齊梁樂府；
　　　　局冷棋枯，英雄安在？有客登樓憑眺，仰宗臣遺像，
壓當年常沐勳名。

　　牽連紛紜史事，切近眼前場景，古今渾融無間，只剩一片蒼茫，感慨之餘，亦有見賢思齊，以圖英雄事業之想。
　　又如題滄浪亭明道堂：

　　　　百花潭煙水同情，年來畫本重摹，香火因緣，合以少

〔註13〕李潔非《薛時雨先生逝世五十週年紀念》，《學風》，1935年第5卷第10期。
　　　另一則材料似乎更爲詳盡徵實，「世謂先後執南京文壇牛耳者有三人，先爲撰《儒林外史》的吳敬梓，繼爲隨園主人袁枚，後爲桑根先生。雖有江左三大家之稱，詩名藉甚，若論門牆之盛，終遜時雨一籌。時雨弟子中多東南才俊之士，如南京秦際唐、顧雲、甘元煥、陳作霖、盧鑒等。杭州袁昶、譚獻、陳豪、許景澄、南通張謇、金壇馮煦、無錫秦緗業、儀徵劉恭甫、嘉興張鳴珂，尤爲其中翹楚」。寧重遠《薛時雨和他的〈藤香館小品〉》，《鼓樓文史》第3輯，第73頁。
〔註14〕顧雲《桑根先生行狀》，《盋山文錄》卷四，《清代詩文集彙編》第759冊，第692～695頁。

陵配長史：

　　萬里流風波太險，此處緇塵可濯，林泉自在，從知招隱勝遊仙。〔註15〕

題留園五峰仙館：

　　迤邐出金閶，看青蘿織屋，喬木干霄。好樓臺舊址重修，盡堪邀子敬重遊、元之醉飲；

　　經營參畫稿，鄰郭外楓江、城中花塢。倚琴樽古懷高寄，尤想見寒山詩客、吳會才人。〔註16〕

　　文采風流，胸襟夷宕，聯語同園林建築花木相映發，寫盡了傳統文人寄情山水花木，詩酒優游的清玩雅趣。

　　如同《藤香館小品》，薛氏詩作也多有風雅氣息。蘇軾曾自謂生平出處似白樂天，品第齊名，同舉制科；典守杭郡，民食共福；秉性戇直，動與時違俱一一契合。薛氏生此二人之後，而遭際境遇，亦有似白、蘇，「其詩如西湖山水，清而華，秀而蒼，往往引人入勝，趨向固不外白、蘇二家。而傷時感事之作，沉鬱頓挫，且駸駸乎入杜陵之室」〔註17〕。時人秦緗業此番評價，得其三昧，頗為後世諸詩話著述所徵引。

　　以李聯琇、薛時雨等為代表的金陵書院山長在帖括教義之餘，更重視敦崇實學，激揚風雅，獎掖後進數十年如一日，故而動盪流離之後金陵衰疲的士氣逐漸復振，成一時之盛。有趣的是，李、薛二人雖然均為名士碩儒，然而其治學風尚卻有所不同。大體言之，李氏多根柢經史，偏向學問；薛氏尚文采風流，祁向性情。對此，陳作霖亦有言曰：

　　自薛桑根主講尊經以來，而課藝之文風行海內，其至

〔註15〕曹林娣《蘇州園林區額楹聯鑒賞》（增訂本），華夏出版社，1999 年版，第 19 頁。

〔註16〕曹林娣《蘇州園林區額楹聯鑒賞》（增訂本），華夏出版社，1999 年版，第 186 頁。

〔註17〕薛時雨《藤香館詩鈔》卷首秦緗業序，《清代詩文集彙編》第 671 冊，上海古籍出版社，2010 年版，第 552 頁。

六刻而不止，都爲二十二冊，較鍾山多至數倍，何其盛歟？
霖嘗竊論李、薛二師之設教也，臨川之門高，桑根之門廣。
高則非賢不接，而其失也僻；廣則來者不拒，而其失也濫。
其所取之文亦如之。故傳尊經之藝者易傳，而傳鍾山之藝
者必久也。〔註18〕

　　面對於時人的這種隱憂乃至詰責，薛氏也自有其見解，培育人才
不等於使用人才，用才宜嚴，育才宜寬，惟其如此，衰弊的士風文教
才能盡快復振，爲中興偉業提供豐富的人文資源。

二、石城七子

（一）中興氣象與詩壇變徵之音

　　對於成長於同光之際的士紳而言，太平天國運動所帶來的動盪
流離無疑是他們早年生活經歷中最濃重的底色，一個延續了兩百多
年的王朝似乎已經要走向沒落，卻最終因紹承發揮傳統政教教義而
得以凝聚人心，實現中興。事實上，軍事的勝利——收復金陵，僅僅
是中興事業的開端而已，正是因爲有著後來的復興文教、設立總理
衙門、修路開工廠等等具體事項的次第規劃開展，中興局面才得以眞
正實現。而在這一歷程中，紹承傳統而來的文教體系也有了具體而微
的變化。如果說以白門四雋爲代表的金陵詩家更多的是關注民生疾
苦，描摹感慨流離之情的話，那麼，同光之際新成長起來的士紳則更
多選擇積極投身中興事業，鎔鑄學問事功以實現自身抱負。他們汲取
道咸乃至咸同諸鄉賢前輩所創闢的經世致用精神以及名士風流情
結，結合時代風會中的政治、經濟、文化變革，從而成就其詩文創作
的新局面。

　　當然，在清季詩壇，最能代表這一時期詩文風尚，成就最高，並
且爲學界所認同的無疑是以同光體爲代表的詩家。這種說法雖然準
確，但難免稍顯膚廓。對於同光體而言，有論者在傳統地域流派視野

〔註18〕陳作霖《尊經書院課藝跋》，《冶麓山房藏書跋尾》，《冶麓山房叢書》，
　　　　臺北聯經出版事業公司，1976 年版，第 2716 頁。

基礎之上，更進一步提出同光體「流派風格所傳達的精神、情感與其時代有著內在關係」〔註19〕。如此而來，同光體詩作就代表了同光以來時代意蘊的風尚祁向，成爲晚清社會風雲的象徵。但是我們也需要看到，同光詩派醞釀成熟，進而風行海內的具體時限大致可以斷定爲1901 年〔註20〕，同光詩家所崇尚的是清寒苦澀的宋詩風尚，甲午海戰、戊戌變法、庚子事變，接踵而至的內憂外患徹底粉碎了廣大士紳對同治中興的種種幻想，變亂糾紛、內外交困的慘澹時局下，變徵之音成爲詩文創作的主色調。他們一方面流連眷念盛世政教文治，反思其沒落的因由，另一方面，又頗感慣時局的慘澹而無力振起。傳統文教經由同治中興的短暫振起已然是迴光返照，時移世易，現今也只能聽任其沒落了。由此看來，同光體諸子荒寒蕭瑟的心路歷程當爲時代風會使然，更爲準確的說，是在目睹中興沒落之後。如果以時間爲線索來考量的話，同光之際以石城七子爲代表的金陵詩家相較同光體諸子無疑要更早登上詩壇〔註21〕，且其詩作有意無意間暗合鳴國家之盛，潤色中興偉業之意。

作爲詩學群體而言，更早登上詩壇的另外一個側面就是同樣較早地謝世，如果以 1901 年作爲節點的話，石城七子顯然已經進入暮年，種種心態境遇也有別於同光諸子，他們的眼界已經有所收縮，對國計民生、內政外交的關注之情已然退卻，時代風會的氣息也越來越淡薄了。

〔註19〕賀國強博士論文《宋詩派研究》相關章節。

〔註20〕根據同光體詩論家陳衍的相關論述，從，1883 年起，同光詩體就逐漸有了切實的意義，到 1901 年《沈乙盦詩序》提出「同光體者，蘇堪與余戲稱同、光以來不墨守盛唐者」，自此以後，同光體詩學影響日益擴大。

〔註21〕大體而言，石城七子等人普遍要早同光體諸子 10 年，因此得以耳聞目接太平天國運動期間的種種亂象，也正因爲這樣，對比今昔，著意學問事功，襄助同治中興就成諸人的第一要務，其詩作也正是這一時代風尚的表徵。也因爲石城七子行年基本與同治中興相始終，故而，他們詩作中蕭瑟衰颯的氣息雖然也有流露，卻並非主調。

同治朝諸詩家年齡表

石城七子	同光體
秦際唐（1837～1908）25～38	沈曾植（1851～1922）10～23
何延慶（1840～1890）22～35	陳寶琛（1848～1935）13～26
朱紹頤（1832～1882）30～43	陳三立（1853～1937）8～21
顧雲（1845～1906）17～30	范當世（1854～1905）7～20
鄧嘉楫？	陳衍（1856～1937）5～18
蔣師轍（1847～1907）15～28	鄭孝胥（1860～1938）1～14
陳作霖（1837～1920）25～38	袁昶（1846～1900）15～28

　　雖然從詩學影響方面來看，石城七子始終只是地方性的詩學流
派，無法比肩同光體諸詩人，但是，耙梳整理相關文獻，我們也會發
現，兩者之間有著千絲萬縷的聯繫，而對於這種聯繫，似乎同光體詩
人自己卻較少提及。對於同光主將之一的鄭孝胥而言，其《海藏樓詩》
結集起始於光緒十五年（1889），少作留存者極少，故而論及其早年
詩風祈向，多援引陳衍之言：

　　　　君詩始治大謝，浸淫柳州。乙酉歸自金陵，訪余於西
　　門街，則亟稱孟東野。詣君案，有手鈔東野詩四冊，題五
　　言古數章於上，有精語足資詩學〔註22〕。

　　　　蘇堪二十餘歲時，不作七言詩。偶作絕句，多不經意。
　　然淒屬綿渺之音，往往使人神往，諷詠不忘。〔註23〕

　　拈出其歸撫六朝三唐的傾向，而梳理其詩學源流，則多歸結於鄭
氏家學淵源以及閩地祈向唐音的詩學傳統，而考之年譜，至二十九歲
（1889 年）結集詩文之前，其活動足跡更多在北京、南京，而非福
州老家，尤其是二十歲到二十五歲（1880～1885）間，更是以南京爲

〔註22〕陳衍《海藏樓詩序》，王坤、楊曉波點校《海藏樓詩集》卷首，上海
　　　　古籍出版社，2003 年版，第 2 頁。
〔註23〕陳衍《石遺室詩話》卷十五，《民國詩話叢編》本，第 211、212 頁。

活動中心。

　　事實上，鄭孝胥此時與以石城七子爲代表的金陵詩家交接往還頗多，雖然在其日記中僅有馮煦、顧雲較爲多見。在金陵詩學宗尙傳統中，祁向六朝三唐情韻性靈本就極富地域特色，加之名賢碩儒雲集輻輳，揄揚好尙各個不同，因此，金陵詩家詩學取向宗尙也較爲弘通，鄭氏受此風尙薰染沾漑，故而「蘇堪詩少學大謝，浸淫柳州，益以東野，泛濫於譚彥謙、吳融以及南北宋諸大家」〔註 24〕云云就有所著落。其詩作「江上飛花縈燕剪，門前細草斷羊腸。數聲鶗鴃春歸盡，一院風香白日長」〔註 25〕情韻悠長，惜春傷時之情若有若無，頗得漁洋三昧。

　　然而，耐人尋味的是，自其出使日本乃至入張之洞幕府，鄭孝胥的詩學宗尙劇烈轉向，宋詩風味成爲其心摹手追的理想範式，詩稿不收少作自是表現之一，而其後的唱酬交遊、文字記錄也均略去與金陵相關的種種印記，又是這種情節的具體而微。

　　陳三立與金陵的淵源同樣很深，從 1900 年開始，他定居南京，直至 1911 年辛亥革命爆發。在數十年的時間裏，陳氏廣泛結交各界名流，唱酬雅集，聲名廣播。楊萌芽曾經論述道：

> 南京時期陳三立日益成爲宋詩派的精神領袖。僑寓金陵的陳三立肆力於詩文，迎來了創作的高峰期。金陵十年，陳三立賦詩近千首，在鄭孝胥、夏敬觀、李瑞清等人的敦促幫助下付印，產生了廣泛的影響。〔註 26〕

　　揄揚推動同光體詩派之餘，事實上陳三立同石城七子中的顧雲、陳作霖以及濮文暹等也極爲熟稔。顧雲 1906 年人日雅集後不久即去世，陳三立曾賦詩悼念，在此之後，民國間陳氏經過龍蟠里顧雲故居，

〔註 24〕陳衍《海藏樓詩序》，王坤、楊曉波點校《海藏樓詩集》卷首，上海古籍出版社，2003 年版，第 2 頁。

〔註 25〕陳衍《石遺室詩話》卷十五，上海書店出版社，2002 年版，《民國詩話叢編》第一冊，第 212 頁。

〔註 26〕楊萌芽《金陵唱和——清末陳三立在南京的交遊》，《洛陽師範學院學報》，2008 年第 6 期。

亦有詩作述懷，「踟躕過門尋斷夢，跛驢騎出更誰看」〔註27〕。在《江寧陳先生墓誌銘》中，陳三立寫道：

> 自余僑江寧，世所推汪先生士鐸歿已久，繼汪先生而起有聲者猶獲接秦君際唐、鄧君嘉緝、顧君雲及可園陳先生。二十餘年間，三君先後徂謝，獨先生醇德劬學，巋然係東南之望。亂後，人士考道問業，依以爲宗。今年正月，先生年八十四，微疾卒……余衰病蹢躅，亦以無由踵見先生，爲居是邦之不幸也。〔註28〕

玩其文意，諸如石城七子等金陵詩家在陳三立看來，皆屬鄉賢一類，雖然詩學宗尚未見一致，卻也頗以後學自居，以未能交接切劘而有所遺憾。

陳三立早年雖也好尚六朝三唐，然其淵源卻得自彼時崇尚漢魏六朝詩風的湘中詩人王闓運，然其耳聞目接石城七子謝世，且頗有往來，則又同鄭孝胥組成了較爲完整的時間鏈條，成爲同光詩家與石城七子間的聯繫關節。

自陳三立寓居金陵之後，相當數量的宋詩派詩家逐漸匯聚東南，范當世、俞明震、李瑞清、陳慶年、林開謩等等均參與金陵唱和，他們談文論藝，共同宣導切劘，在詩學理論與詩文創作等方面爲同光體宋詩派詩學宗尚的形成發展作了重要貢獻〔註29〕。圍繞陳三立《散原精舍詩》的出版，鄭孝胥寫道：

> 大抵伯嚴之作，至辛丑（1901）以後猶有不可一世之概，雖源出於魯直，而蒼茫排憂之意態，卓然大家，非可列之江西社里也。〔註30〕

〔註27〕陳三立《散文精舍詩續集卷中·過龍蟠裏顧石工故宅》，《散原精舍詩文集》上冊，上海古籍出版社，2003年，第444頁。

〔註28〕陳三立《散原精舍文集》卷十一，《江寧陳先生墓誌銘》，遼寧教育出版社，1998年版，第166頁。

〔註29〕楊萌芽《金陵唱和——清末陳三立在南京的交遊》，《洛陽師範學院學報》，2008年第6期。

〔註30〕鄭孝胥《散原精舍詩序《散文精舍詩》卷首，《清代詩文集彙編》第778冊，上海古籍出版社，2010年，第1頁。

　　聯繫鄭氏詩集不錄少作，更可獲知同光諸子欲擺脫前人牢籠，自開戶牖之雄心〔註31〕已然有所實績。與此同時，以石城七子爲代表的金陵本土詩家則日漸沒落，光宣之際的金陵詩壇逐漸成爲了同光體詩家活動的一個重要據點。

　　至此，我們可以說，以石城七子爲代表的金陵詩家雖然詩學成就與同光體諸子有高下之分，但釐清同光之際兩派運會消長的具體情狀，不但有助於更好地認知、定位石城七子，同時也可以藉此瞭解部分同光體詩家早期的詩學演化歷程，明晰宋詩風尚醞釀成熟的時代風會特點。

（二）七子組成

　　石城七子得名於光緒中，包括秦際唐、何延慶、朱紹頤、顧雲、鄧嘉楫、蔣師轍以及陳作霖七人。

　　光緒十六年（1890），金陵翁長森選編《七子詩鈔》，包括秦氏《南岡草堂詩》、陳氏《可園詩存》、鄧氏《扁善齋詩選》、顧氏《盋山詩錄》、蔣氏《青溪詩選》、何氏《寄漚詩存》以及朱氏《挹翠樓詩存》各二卷。在卷首序言中，翁氏寫道「曾文正公戡亂石城，開館冶山，蒐羅天下才雋，論議其中，吾鄉人士相與談道講業，頡頏上下，於時東南壇席，稱爲極盛，而七子尤時輩所推挹」，故而翁氏加以搜輯整理，成《七子詩鈔》，用以「著權輿所自」，「志朋遊之盛」〔註32〕。

〔註31〕早在光緒乙未，黃遵憲就曾評論陳三立詩稿曰「唐宋以來，一切名士才人之集所作之語，此集掃除不少。然尚當自闢境界，自撐門戶，以我之力量，洗人之塵腐。古今詩人，工部最善變格，昌黎最工造語，故知詩至今日，不變不創，不足與彼二子者並駕而齊驅。義理無窮，探索靡盡，公有此才識，再勉力爲之，遵憲當率後世文人百拜敬謝也」。求新求變，自立門戶對黃遵憲而言，後來發展成爲詩界革命中的新體詩。而對於陳三立而言，直至其寓居金陵，拋擲心力以爲詩，其尊奉宋詩風尚的詩學思想才最終形成。
　　轉引自陳正宏《新發現的陳三立早年詩稿及黃遵憲手書批語》，《文學遺產》，2007 年第 2 期。
〔註32〕《石城七子詩鈔》卷首序言，光緒十六年刻本，藏蘇大圖書館。事

在翁氏看來，以七子爲代表的同光金陵詩家多身經喪亂，深於涉閱，感時撫事，覽物興懷，多抑鬱怨誹之作，辭微旨遠，慷慨情深，爲時人所推重讚歎。

1. 秦際唐

秦際唐少好韻語，「同治庚申辛酉之歲避難海濱，其時瑣尾流離，餬粥不濟，案頭僅有《浙西六家詩鈔》，朝夕諷詠，始學爲詩」〔註33〕，多感傷懷人，憂時念亂之語，與表弟何延慶多有往復唱酬。金陵收復後，遊學鍾山、惜陰諸書院，師友切劘、朋輩往還，有名於金陵間，彼時士人頗以「張鷟之萬選，溫岐之八叉」目之，石城七子亦以秦氏爲冠冕。地方大員諸如曾國藩、沈葆楨、左宗棠均愛重之〔註34〕。然而如此聲聞才情，卻總是科場不利，同治戊辰（1868）、庚午（1870）秦氏兩赴禮部科考，均報罷。庚午一科，禮部主考官賞其文，力薦主司，眾皆傳聞讚歎，然而依舊未獲銓選，京城頗有引以爲憾者。經此波折，秦氏隨即歸鄉隱居，不慕榮利，潛心著述。後以學行爲當道所中，延主講席，先後歷鳳池、奎光等書院，獎掖後進不遺餘力，爲時人所推重。

　　　實上，此序言實際作者爲鄧嘉楫，鄧嘉緝《扁善齋文存》卷中，《石城七子詩序（代）》，《清代詩文集彙編》第 759 冊，上海古籍出版社，2010 年版，第 36 頁。

〔註33〕秦際唐《南岡草堂詩選》卷下跋語，《清代詩文集彙編》第 734 冊，上海古籍出版社，2010 年版，第 520 頁。

〔註34〕據現存文獻來看，曾國藩曾送秦際唐庚午赴禮部科考之路費，以示褒獎，「本城公車程儀，係鄙人所私送。茲封送十金，請轉交秦君際唐爲荷」；李鴻章亦曾贈金接濟，遣人護送其還鄉。
　　　曾國藩二月八日致周學濬手札，轉引自林銳《〈皕宋樓陸氏藏晚清名人信札〉小識》，《收藏拍賣》，2006 年第 9 期。
　　　秦際唐《戊辰報罷南歸，至山東，適撚廢屯平原。禹城而東，省團練譏察潰勇甚嚴，遇可疑者輒坑之，徘徊旅店中八日，資斧中斷，適合肥相國駐節德州，贈以金並遣驛卒護之，乃得間道渡齊河，感而賦此》，《南岡草堂詩選》卷上，《清代詩文集彙編》第 734 冊，上海古籍出版社，2010 年版，第 486 頁。

2. 何延慶

何氏少承家學，旁搜博探，於有用之書致力尤深，秉性開爽有執，長身挺立，似汝穎間奇士。因家貧而橐筆遊四方，兵燹之餘多有感憤，金陵收復後，中同治癸酉舉人，之後數上春官不第，遂遊天津，入淮軍周盛傳幕府，屯田築城濬河多所襄助，更得以熟知中外交涉、和戰利害、軍備器械等等洋務事宜，故而援例升爲同知，總理營務處。周盛傳死後，接任者仍以何氏總辦全軍營務。期間何氏恪盡職守，於天時人事倚伏之原，國勢敵情強弱盛衰之故皆能講求備至，終因積勞成疾而卒。

3. 朱紹頤

朱紹頤爲溧水舉人，嗜古績學，工詩古文辭，初好藻采紛披之作，晚歲由駢入散，祁向漢魏風骨。朱氏性友孝，以質行爲人所稱善，又通曉音律。曾任邳州、海州學正，後遊津門周盛傳幕府，積勞成疾，卒於軍中。

4. 顧雲

顧雲字子朋，上元諸生。早年恢詭放蕩，鮮衣盤馬，頗以豪俠自期。既而折節讀書，縱恣橫逸之氣，詩古文辭中時時見之。顧氏爲文不喜桐城窠臼，爲學不尙章句訓詁之風，其所究心者，多爲經世致用之策。雖高隱盋山，然與四方名流皆有交接。曾受聘纂修《光緒吉林通志》，又任職常州教授，後因騎驢醉酒，落湖亡溺。

5. 鄧嘉緝

鄧嘉緝字熙之，江寧歲貢生。鄧氏爲晚清名臣鄧廷楨裔孫，其父殉難太平天國，故雖爲貴介公子，卻備嘗流離轉徙人情冷暖之苦，其讀書好爲深湛之思，工詩能文，名重江南。然賦性冷峭矜貴，生平遭際亦復坎壈困頓，磊落抑塞之氣，時時有之。鄧氏究心經世致用之學，入幕曾國藩期間，文字撰述與軍情洋務多有關涉。

6. 蔣師轍

蔣師轍少負時譽〔註35〕，為光緒十七年（1891）舉人，後往來河南河北十數年，曾主朐陽書院講席，光緒二十四年援例為安徽知州，移調壽州、鳳陽、桐城等地，後任無為知州。蔣氏博學多聞，吏治嫻熟，所至皆有政聲，注重經世致用之學，尤長於水利，曾受曾國荃禮聘參與修纂《續纂江蘇水利全案》等書。

7. 陳作霖

陳作霖字伯雨，光緒舉人。三應禮部不第後潛心著述，一以搜集整理鄉邦文獻為務，先後任職奎光書院、崇文書院、上江兩縣學堂、江南圖書館、江蘇通志館等處。七子之中陳氏獨享高壽，歸然一老而身繫金陵文運，是為金陵詩學源流宗尚之集大成者。

（三）七子詩作

講學之餘，秦氏也多有雅集唱酬，酣嬉淋漓，時有豪氣。其學問立足經史，於乾嘉流風餘韻沾溉為多。甲午之後，變法自強之說風行海內，士皆以能通泰西學術為尚，而秦氏則以古道自期，略顯保守。其詩作情深律細，商推風雅，發抒性情，「風格在慶曆之間」〔註36〕。翻檢《南岡草堂詩》，便可發現秦氏多推崇情韻流轉之作，《讀南唐書訪漁洋山人詠史小樂府二十首之十》序言曰：

> 草長鶯飛，江南夢斷，漬淚痕而洗面，剩堂額之澄心。春去不還，人生如寄，情傷鴛鴦，魄化鵑啼，擬以此間安樂，劉禪尚丐餘生，若教地下相逢，後主豈宜重問。今者訪升元之廢閣，過清暑之故宮，山色含愁，江聲如訴。六朝之藻豔，愴一瞬之興亡。爰仿漁洋樂府之遺，旁採吳氏

〔註35〕陳融《顒園詩話》曾謂「紹由（蔣師轍）同治戊辰客商丘，與兄幼瞻（蔣師軾）、梁西橋、席星府唱和，有『梁園四子』之目」。
錢仲聯主編《清詩紀事・同治朝卷》，江蘇古籍出版社，1989年版，第12112頁。

〔註36〕秦際唐《南岡草堂文存》卷首張佩倫序言，《清代詩文集彙編》第734冊，上海古籍出版社，2010年版，第541、542頁。

春秋之錄，藉抒哀怨，用備勸懲。〔註37〕

其詩則分詠「霓裳譜」、「家山破」、「書降表」、「紅羅亭」、「半臂黃」等等，情兼雅怨，典麗有則，如「朱紫君恩重，爭傳半臂黃。沙場征戰血，和淚灑衣裳」云云。同樣是此種風尚，組詩《書余澹心〈板橋雜記〉後》八首更由詠史懷古而拈出秦淮舊事，接續金陵詩學傳統中名士風流之一脈：

笙歌畫舫月沉沉，得遇才人定賞音。福慧幾生修得到？

家家夫婿是東林。〔註38〕

後人言及明清之際秦淮河畔才子佳人，多引此詩作為例證。興亡之感，離合之情，混融無間。

雖然對風雅才情多有推重，然而畢竟秦氏肩負為人師表，化育後進之責，因此名士風流中的風華旖旎，穠辭豔藻自然有所收斂，轉以凝練明麗、含蓄蘊藉濟之，因而成就其自家面目。當然，考訂金石碑版，倡言經史之作也頗不少，集中如《顏魯公放生池斷碑歌》、《米元章研山歌》等等。

秦氏詩學風尚祁向事實上曾經有所轉變，早年論詩他偏好才學性情，題友人詩集時他曾說「夙昔論詩重性情」〔註39〕，對其耽好孟東野，抗心希古，不落時流窠臼深為歡賞。而耳聞目擊中興以來種種事蹟，尤其是甲午、庚子內外交困的情境，結合自身遭際境遇，詩人顯然已經不再對時局抱有信心，故而有「世已如冬蟄，詩宜作史看」之語。〔註40〕光宣之際國事日非，吏道窳敗，傳統政教學術日益

〔註37〕秦際唐《讀南唐書訪漁洋山人詠史小樂府二十首之十》，《南岡草堂詩選》卷上，《清代詩文集彙編》第734冊，上海古籍出版社，2010年版，第494頁。

〔註38〕秦際唐《書余澹心〈板橋雜記〉後》，《南岡草堂詩選》卷上，《清代詩文集彙編》第734冊，上海古籍出版社，2010年版，第495頁。

〔註39〕秦際唐《題濮青士太守詩文集後》，《南岡草堂詩選》卷下，《清代詩文集彙編》第734冊，上海古籍出版社，2010年版，第515頁。

〔註40〕秦際唐《題夏鏇如孝廉詩集》，《南岡草堂詩選續編》，《清代詩文集彙編》第734冊，上海古籍出版社，2010年版，第522頁。

衰弊，泰西學說橫行，秦氏痛心疾首之餘，目光轉向民生疾苦，進而追求詩史精神〔註41〕。這種略顯保守的文化選擇事實上摺射出的是作爲下層士紳在數千年未有的大變局面前的焦慮與困惑，乾嘉而來的學人風尙與地域傳統中的名士精神顯然無法提供更好的出路，杜陵詩史般的記錄凸顯的是這批士紳無力參與其間，發揮其心智才力的哀歎〔註42〕。相較於同光諸子而言，石城七子普遍沉淪下僚，治學行事均有所侷限，因此，視野未能弘通圓賅，更重要的是，地域詩學淵源的濡染浸潤太深，因而諸人無法全然捨棄唐音而祁向宋調，無力求新求變。

何延慶、蔣師轍二人與秦際唐遭際頗爲相似，故詩文創作亦多有相合。何延慶曾序友人詩集曰：

> 吾友謝善卿，奇士也。少經亂離，奔走四方，足跡所經幾及萬里。嘗登泰岱、窺滄瀛、浮大江、遊梁宋，一時雲物之變幻，與兵燹之荒涼，胥有以發其胸中奇特之氣而暢所欲言，不必規唐摹宋，而世之以作家自命者已瞠乎其後矣。昔人謂太史公遊名山大川，故其文多宕逸之致，吾誦斯語而知善卿得力於羈旅也；歐陽公序梅聖俞詩云『詩愈窮則愈工，非詩之能窮人，蓋窮者而後工也』，吾讀斯文

〔註41〕對自己的詩作，秦氏曾評價道「顧念四十年來，骨肉友朋死生契闊之感，一己悲愉欣戚之由，運會升降、中外消長之機，一一皆發之於詩。幽居展卷，追溯疇昔，惘惘如夢。今則杜陵野哭、太息蒙塵之再；放翁家祭，無復告捷之期，尚何言哉」云云，亦多看重其實錄功用。

秦際唐《南岡草堂詩選》卷末跋語，《清代詩文集彙編》第734冊，上海古籍出版社，2010年版，第520頁。

〔註42〕張佩倫曾跋《南岡草堂文》曰「作者少更兵燹，中值升平，晚年教授鄉邦，親見強鄰日逼，士氣日漓，不得已寓之於文，所撰序跋銘志，大都此意。感喟既深，性情更厚，於人才之消長，風俗之盛衰，下筆尤爲委婉，不止搜考精詳，有繫乎一邦文獻也」，於秦氏詩文，可謂切中三昧。

秦際唐《南岡草堂文》卷末張佩倫跋語，《清代詩文集彙編》第734冊，上海古籍出版社，2010年版，第578頁。

而知善卿得力於患難也。〔註43〕

此言實際上不啻夫子自道，何氏早年亦爲奇士，年十一，操觚即驚長者，後受聘浙江幕府，文章亦得山水之助，遒勁獨造，盡寫胸臆。同治中興以來，政治經濟較之以往自然大有改觀，然而外夷耽耽虎視，捻軍聲勢頗壯亦皆爲志士之隱憂，如果說軍事政治都作外部因素的話，那麼，清政府內部令人觸目驚心的腐化墮落才是眞正的內因所在。傳統政教體系濡染的中興將帥可以抗衡有著異質文化色彩的太平天國，卻逃不脫自身終將走向衰疲的宿命。這支軍隊點燃了無數下層士紳的壯志豪情，他們千里從軍，爲了功名與理想不惜馬革裹屍，然而耳聞目接軍營中赤裸裸的醜惡現實，痛心疾首之餘，更多的則是無可奈何。此種情境之下，其詩文創作就呈現出相輔相成的兩種傾向：經世輔弼之作同諷刺揶揄之辭混融交織、相輔相成。就何氏而言，諸如《防夷論上、中、下》、《淮軍重建新城記》、《淮軍津南屯田記》、《擬禁鴉片煙議》等無不著眼經世致用，思致詳盡周全，頗有助於當道。與此同時，送別友人時何氏又說道：

> 合肥相國以武功削平髮捻各逆，淮勇力爲多，天下稱盛焉。意其時必有忠信之士、瑰異之才，爲之奔走先後，用能宏濟艱難，聲施到今。譬諸山巍峨萬丈，然非有岡巒之屬，以坡坨逶迤於其間，則其高不顯；水之大者無津涯，要其淵乎浩乎者，群流之所匯焉。然予觀淮部諸人，自一二任事者外，余或碌碌無所短長。豈其氣有時而衰也歟？抑賢人在下伏而未出歟？〔註44〕

如果說此文是著眼於將帥乃至幕府諸人的話，那麼，其詩作《從軍樂》就是對下層士兵的刻畫了：

> 古時從軍苦，今時從軍樂。聞者請勿喧，我爲言其略……淮道將軍不好戰，三軍從此笑顏開。朝金銀，暮布

〔註43〕何延慶《謝善卿繼曾詩序》，《寄漚遺集》卷一，《清代詩文集彙編》第741冊，上海古籍出版社，2010年版，第650頁。

〔註44〕何延慶《送戴孝侯宗騫之官直隸序》，《寄漚遺集》卷二，《清代詩文集彙編》第741冊，上海古籍出版社，2010年版，第660頁。

帛，終日擄掠不殺賊。但將愚民首級立功勞，頃刻五品六
品官可得，出營入營氣揚揚。如此逆賊安得亡？嗚呼，但
願此寇永不亡，汝輩從軍之樂乃可長。〔註45〕

最讓何氏憤慨的是，讀書人深受儒家民胞物與浸潤，本該系心民
生疾苦，居然也沾染了濫殺無辜惡習，「做賊不殺避賊殺，海上縣官
能執法。縣官出身非雜流，亦是讀書好科甲」〔註46〕。

同樣，兼濟天下的理想與醜惡現實之間的矛盾糾結在蔣師轍的詩
作中也有所體現「束髮誦經史，慨慕風雲期。許身在社稷，管晏不足
師。三十未通籍，致君當何時」〔註47〕云云，頗有時不我待，期望一
展身手之意味。當然，因爲蔣師轍仕途遠較何延慶順利，故而憤懣不
遇之情與悲苦流離之語畢竟膚泛。蔣氏所繫心者，在於水利，尤其是
治河，探究源流本末，進而形諸吟詠，所在多有，如《直沽行》：
　　驚流箭激趨直沽，眾水達海同一途。白河遠從密雲下，
　　南來漳渭通槽渠。桑乾滹沱力最猛，各會東澱尋歸墟。東
　　東澱更受西澱注，會同中亭分灌輸。泉源數十導巨浸，豈
　　第沙滬兼淶濡。河口三叉並爭入，便如狹巷千人趨……規
　　時我欲獻要策，釃流第一功宜疏。藪澤容蓄勢兼殺，尾泄
　　自爾奔流徐……酒酣語客客撫掌，放論笑爾書生愚。災患
　　歲歲在眼底，官寧不讀《河渠書》〔註48〕？

對於河渠水利的繫心自然沒有因爲坐客的一句書生愚見而消
弭，其《河流歎》、《塞河歎》等作也都是有感而發，見解獨到之作。
當然，書生愚見的論斷也恰恰在另一個層面上成爲現實醜惡的一個絕
好注腳。

〔註45〕何延慶《從軍樂》，《寄漚遺集》卷三，《清代詩文集彙編》第741冊，
　　　　上海古籍出版社，2010年版，第668頁。
〔註46〕何延慶《滬城謠》，《寄漚遺集》卷四，《清代詩文集彙編》第741冊，
　　　　上海古籍出版社，2010年版，第681頁。
〔註47〕蔣師轍《述懷》二十三首之一，《青溪詩選》卷上，《石城七子詩鈔》，
　　　　蘇大館藏光緒十六年刻本，第14頁。
〔註48〕蔣師轍《直沽行》，《青溪詩選》卷上，蘇大館藏光緒十六年刻本，
　　　　第9、10頁。

在著眼於事功的主色調之外，何、蔣諸人畢竟也有些性靈情韻之作，如同表兄秦際唐，何氏也有《讀〈南唐書〉仿漁洋山人詠史小樂府》組詩二十四首，而其《秋柳》：

> 西風昨夜戰庭梧，瑟瑟江村一兩株。萬馬窺營邊月苦，亂鴉歸樹夕陽孤。不妨冷淡供詩料，到處蕭疏入畫圖。至竟秋光勝春色，柔條得似此時無？〔註49〕

從漁洋神韻流麗化出，卻又融入蕭瑟的戰地風光，富有時代風會氣息。固然頸聯不免有湊泊之嫌，卻也透漏出其嘗試創新的種種動向。

追求情韻流轉的風尚，在朱紹頤身上也有體現，朱氏曾將其所為駢文寄示陳作霖，陳氏與之商量道「承示駢文二則，沉雄綿麗，感喟蒼涼……竊以為，駢體之為文也，端莊流麗，較散文尤難，悱惻纏綿，以情為主，沿傳既久，真宰不存，掉以輕心，遂多流弊」〔註50〕。陳氏之隱憂正是朱氏之特色，文如此，詩亦如此。

顧雲曾為蔣師轍《青溪詩選》作序云：

> 古之志士，無所為則已，其有所為，天之運會不能執，地之水土不能拘，而風俗之成於人者抑不足道……運會也，水土也，風俗也，常人推壇於其中，志士則拔出於其外，是非其彰明較著者哉！雲友同邑蔣紹由殆今之志士，縱觀乎諸家道術，以謂原本性情，究其用而得朝野所由。治亂莫尚於詩，蓋非細故也……跡紹由所作，正如茶陵李氏，得宮聲為多。於音為宮，於律為黃鐘，於五行為土，於十干十二支之位而戊巳居厥中，不夏夏自異亦自不同……研精乎歲月，積氣乎道途，而性情之正又有志士之畢力持之者哉。〔註51〕

〔註49〕何延慶《秋柳》之一，《寄漚遺集》卷五，《清代詩文集彙編》第741冊，上海古籍出版社，2010年版，第681頁。

〔註50〕陳作霖《與朱子期論駢文書》，《可園文存》卷四，《清代詩文集彙編》第736冊，上海古籍出版社，2010年版，第32頁。

〔註51〕顧雲《青溪詩存序》，《盋山文錄》卷二，《清代詩文集彙編》第759

　　志士，正是對何、蔣等人最好的稱謂。時代風雲氣息在其詩文中普遍得到了較爲集中的反映。雖然諸人依舊不自覺地偏好六朝三唐的情韻，但那切身的軍政體驗才是他們所殫精竭慮的重心，故而化經世致用的思想作立身行事的準則，諸人的創作實踐實際上已經成爲同光體諸家進一步拓展創闢的基礎。

　　對於同光體詩派而言，「同」字許多研究者認爲不免沒有著落，有著標榜自重的嫌疑〔註52〕。而若從金陵詩家的角度來考量，石城七子之於道咸宋詩派反倒是坐實的。道咸宋詩派諸詩家雲集輻輳金陵始自總督陶澍，消散於曾國藩克復金陵之後。在這樣一段歷史時期中，惟有金陵詩家因了地利因素，對此治學、詩文創作風尚得以濡染沾溉。本土名儒汪士鐸更是接續宋詩派諸家職帙，對後進啓沃化育不遺餘力。然而，也因爲金陵地域風尚持久深厚的影響力，金陵詩家始終未能將此宋詩風尚發揚光大，由學人之詩一變而成爲志士之詩，已然難能可貴。而如果將此消長轉化看作同治時期宋詩派的接續，那麼，同光體中「同」字也就有所著落了〔註53〕。當然，對於何、蔣等人的詩作也勿須拔高，眞正意義上的宋詩風尚——學人之詩與詩人之詩並美兼善畢竟是在鄭孝胥、陳三立、陳衍等人手中才得以形成。

　　石城七子雖然得名於潤色鴻業之實績，然而，七子內部風尚偏好卻也不盡相同。秦際唐之於學問，何、蔣諸人之於事功，均有所寄寓，因此，詩文作品中的名士風尚便有所削弱，而對於顧雲、鄧嘉緝而言，似乎詩酒朋好才是其眞正繫心所在。

　　顧氏自幼避難淮楚間，盤馬彎弓，頗以豪俠自命，自謂曾「泛濫

　　冊，上海古籍出版社，2010年版，第673、674頁。
〔註52〕錢仲聯先生、黃霖先生的相關論述。
〔註53〕當然，以鄭孝胥、陳三立爲代表的同光體詩家在建構自身詩學譜系的時候，選擇了自開戶牖一途，對於石城七子等人均有所疏離，也避免提及其影響，而逕自上溯道咸宋詩派。對此現象，本文所持觀點或爲一種解釋。

兵家言，時或慷慨杯酒，奮袂論天下事」〔註54〕，後折節讀書，攻詩古文辭，專力於史遷橫逸之氣，亦性之所近，不囿於鄉賢管同、梅曾亮之桐城文風。顧氏本無意於功名祿位，於學問亦不分漢宋，取其性適者而已。金陵克復後，借館盋山薛廬，以詩酒優游、朋輩唱酬爲樂事，所謂情之所鍾，殆非虛譽。顧雲自識其詩稿云：

> 所業不一家，故體亦不一律。夫號物之數有萬，物與物不能強同也，而綜物之遭匪一，即物並不能自同，所爲詩亦爾……要之，才力所至，與功候所臻，抑豈能自掩其毫末也耶！〔註55〕

其通脫如此，故而所交接者，也多爲奇人名士。顧氏傳世的逸聞趣事頗多，宴集酬唱必有酒，陳三立與之交接之後，數年間念念不忘其超邁常倫的五斤酒量，後得金陵盧前，才得以釋懷〔註56〕。而顧氏之死，也有醉酒後跌入烏龍譚的傳說。同光體詩論家陳衍對顧氏更有漫畫式的描述：

> 石公短而肥，古貌古心，豪飲，能散文，詩其次也。獨與蘇堪之瘦而長不善飲者甚相得。余嘗謂蘇堪詩爲石公作者皆工。今選石公詩，亦爲蘇堪作者較工。〔註57〕

顧氏詩作造詣自然不及鄭孝胥，而其不拘拘於時論、流派的通脫清俊，正是特出之處。對於七子之一的鄧嘉緝，其散文創作時人多有法乳桐城之說，獨顧雲頗有不同見解：

> 足下所爲文尤以韻勝，而靜穆之致，蕭散之神，時不掩其英概。要以所得力，則故在陳志、范書及酈氏《水經注》，與近世所謂桐城、陽湖等派絕不預其流，可謂能自樹

〔註54〕顧雲《辛巳以前文自跋》，《盋山文錄》卷八，《清代詩文集彙編》第759冊，上海古籍出版社，2010年版，第739頁。

〔註55〕顧雲《盋山詩錄》卷末自識，《清代詩文集彙編》第759冊，上海古籍出版社，2010年版，第766頁。

〔註56〕盧前《顧五酒量》，《冶城話舊》卷一，《盧前筆記雜鈔》，中華書局，2006年版，第403、404頁。

〔註57〕錢仲聯編校《陳衍詩論合集（上）》，顧雲條，福建人民出版社，1999年版，第902頁。

立。且持派之說者，皆末學小生，內顧不足，假前人以爲

名高。〔註58〕

　　事實上，溯源史遷橫逸，不落近時習氣正是顧氏散文創作的取
徑，著力闡發鄧氏推本漢魏，能自樹立，亦爲借他人以張己說之意。
散文如此，其詩論則頗認同鄭孝胥早年的創作風尚，自大謝、柳州、
東野而來，「刻意斥余子，深衷程先民。元亮造自然，軌先二謝遵。
蘇州蘊玄妙，柳州謝緇磷。東野有大句，句句法古陳。窮愁底相峭，
獨契恢無垠。譬諸霜雪候，中孕蓬蓬春」〔註59〕云云，自爲佐證。

　　鄧嘉緝爲鄧廷楨裔孫，門第清華，然祖、父諸人均殉國難，故其
早年頗受流離播遷之苦，雖然滿門忠烈，卻無所蔭庇依託，加之鄧氏
秉性耿介，淡泊名利，於世無所許可，故而仕宦無由。金陵收復後，
曾國藩頗禮遇之，未幾曾氏謝世，其更無所用心於世務，一以詩古文
辭爲寄託，舉凡家國身世之感，治亂興衰之由，往往諷詠再三。中年
以後，鄧氏以筆箚謀食清江浦，有督撫欽其文行，延之主講書院。之
後，鄧氏又入兩江總督幕，貧困以終老。對於鄧氏之遭際，摯友顧雲
多有慨歎：

　　　嗟夫，世之獲庸於世與否豈不視乎時哉？其時之後先
　異尚無論，賢不肖由之則伸，不由則絀，蓋遇爲之哉。而
　遇可必諸古，而今則大謬不然者。在古若可概，在今不轉
　可。〔註60〕

　　有懷投筆，無路請纓的意味頗爲濃重。然而，也正是因爲其跌宕
高蹈的名士本色，成爲造成這一局面的深層原因，顧、鄧二人的惺惺
相惜，也正是在此層面得以展開。

〔註58〕顧雲《復鄧熙之書》，《盋山文錄》卷一，《清代詩文集彙編》第 759
　　冊，上海古籍出版社，2010 年版，第 665 頁。

〔註59〕顧雲《上巳獨遊烏龍譚念鄭蘇龕論詩語遂以命篇》，《盋山詩錄》卷
　　二，《清代詩文集彙編》第 759 冊，上海古籍出版社，2010 年版，第
　　758 頁。

〔註60〕鄧嘉緝《扁善齋詩存》卷首顧雲序言，《清代詩文集彙編》第 759 冊，
　　上海古籍出版社，2010 年版，第 103、104 頁。

　　鄧氏論文頗重氣骨神韻，以漢魏、六朝風尚爲依歸，他曾說「竊以爲，建安之際乃駢散絕續之交，最爲斯文極軌，而容甫先生獨擷其腴。朋好毀譽，要無定評，冷暖自知，寸心難昧。獨賢與梁孝廉璧垣稱許過量，以爲希蹤汪叟，雖疲黽追驥望之卻步，而涓流赴海，異派同歸」〔註61〕，正好印證了前文顧雲所論。而與顧雲有所不同的是，鄧嘉緝論詩也同樣偏好漢魏六朝，骨堅韻峭，跌宕自將。在贈友人的詩作中，他寫道：

　　　　昔我文獻求沅湘，道州之何（何紹基）湘潭王（王闓
　　　　運）。咀含六籍吐光怪，咳唾珠玉猶秕糠。吾家白香（鄧輔
　　　　綸）號詩伯，氣骨深穩逾青蒼。眼中朋輩覲物色，後來惟
　　　　愛張與梁。〔註62〕

　　這種漢魏六朝氣骨堅蒼的風格與金陵詩文風尚傳統中六朝三唐情韻性靈貌同而實異。或許正因如此，眼中朋輩才會如此稀少。

　　綜觀上述顧、鄧二家，事實上我們已經可以看到同光之際石城七子在繼承發揚金陵地域詩學傳統中的種種新變，鄧嘉緝的詩文論思想資源已然取道沅湘漢魏六朝派，而顧雲則更是極力倡言獨樹一幟，自成一家。假如這種趨新求變的思潮繼續發展衍流，進而成爲金陵詩家的共識時，金陵詩壇中新的詩文風尚就會呈現。當然，歷史無法假設，畢竟，鄭孝胥、陳三立等流寓詩家才促成了金陵一地詩文風尚的最終轉向。

　　把陳作霖放在最末一位來介紹既是因爲其年壽最高，從而成爲七子全部詩文活動的見證者，更是因爲陳氏本擅長文獻組織整理，身份地位類同於同光體詩派中的詩論家陳衍，在事實上他完成了金陵詩壇風尚傳統由石城七子到同光體詩派的過渡交接。

　　對於金陵詩家而言，援學入詩本就是傳統之一，單就石城七子而

〔註61〕鄧嘉緝《復吳麐伯書》，《扁善齋文存》卷上，《清代詩文集彙編》第
　　　　759冊，上海古籍出版社，2010年版，第14頁。
〔註62〕鄧嘉緝《贈姚裕迪》，《扁善齋詩存》卷上，《清代詩文集彙編》第759
　　　　冊，上海古籍出版社，2010年版，第126頁。

言，秦際唐也頗有此種傾向，然而，真正將此種風尚發揚光大者當推陳氏。陳爲光緒元年舉人，三應禮部試不第，遂潛心從事著述，浩然有終焉之志。其晚年回顧一生經歷曾有言曰：

> 予生平不務進取，然役於公家者不外文學一途。其庚子以前，則上、江兩縣志局分纂、江寧府志局分修、崇文經塾教習、金陵官書局分校、奎光書院山長。庚子以後，則編譯官書局分纂、南陽官書局幫總纂、元寧縣學堂總教習、元寧縣學堂堂長、學務處參議、純粹學堂堂長、南洋圖書館司書官、江蘇通志局總校兼分纂，皆他日傳志之材料也。〔註63〕

如此種種經歷，加之陳氏本博學旁通，兼及四部，故而其成就也以金陵地方文獻的搜集整理爲最〔註64〕，當然，如此治學風尚也同樣在詩文創作整理方面有著突出的表現。《可園文存》諸作體兼駢散，涵蓋論史、紀事以及論辯等門類，其文頗重立意，而以典籍輔之，氣韻沉雄，而不執執於藻采，自是學人本色。陳氏自謂其詩境凡三變，早年多談經詠史，即景言情之作，弱冠以來適逢動盪，幽憂抑鬱，歌哭流離之作爲多；中興以降，金陵人文蔚起，連鑣並駕，鳴國家之盛，此爲一變；光宣之際，耆宿獨存，轉而多閒適諷喻之詩。雖然陳氏標榜「上無宗派之別，下無門戶之分」，然而綜觀《可園詩存》二十八卷，諸詩作亦類同其文，多學人風味。

在陳氏關係鄉邦文獻的史志著述中，《金陵通紀》、《國朝金陵通紀》、《金陵通傳》等書搜集整理歷代史書傳志乃至筆記家譜等資料，分別以紀事、紀人兩種方式匯輯兩千年來金陵歷史及人物，其中對金陵詩家以及詩文好尚均有所涉及，尤其詳明於有清一代，體例謹嚴，宏富詳贍，成爲後人瞭解金陵地方歷史文化的重要參考典籍。如果說史志著述囿於體例，於金陵藝文介紹依舊稍嫌簡略的話，那麼，

〔註63〕陳作霖《炳燭裏談》卷下，《傳志材料》，見《金陵瑣志九種》（下），南京出版社，2008 年版，第 350 頁。
〔註64〕陳氏文獻史志著述宏富，詳見詩家小傳。

由陳氏等人參與修訂輯纂的《金陵詩徵》、《國朝金陵詩徵》、《續金陵詩徵》、《國朝金陵文鈔》、《國朝金陵詞鈔》、《金陵前明雜文鈔》、《近人詩錄》、《金陵詩文近錄》等等，基本涵蓋了詩詞文賦各個門類，並且對金陵一地各個朝代時段都有所涉及，洵爲巨觀。當然，編纂此類詩文總集的文獻價值在事實上是要遠大於理論價值的，有鑑於此，陳氏也盡力在傳贊中加以按語，以明晰學術詩文風尚消長變化之運會，如：

> 乾嘉之際，海內承平，袁沈諸公主持東南壇坫，士披其容接者，如登龍門，古漁、南園其最著者也，黃葉以下諸人，雖不必踵門投謁，而麗藻翩翩，實其流派。獨默庵（屬柏，六合人，善詩，有《樂天齋舊詩憶錄》、《冶浦集》、《默庵詩存》）掉頭不顧，如候蟲之自鳴，可不謂之豪傑也歟！〔註65〕

> 乾嘉之際，漢學盛行，博雅者多斥宋儒爲空疏，而義理之精晦矣。孟談汪、趙夏吳諸君皆以力踐躬行期底於道，非貌爲理學者比，川南（吳楫，吳際泰弟）精心考訂，貫徹古文，又能通漢宋而一之，樊氏聖謨志在禮樂，其製造猶有依據云。〔註66〕

> 自海上事起，賢人君子迂其言，盛其氣，高視闊步者至以洋務爲詬病，而沿海無賴之徒稍識外國語言文字，栩栩然自以爲解人，人益鄙夷之。澂之（孫文川）以博雅之才，懷經世之志，講求西學，雖犯不諱而不辭，其攘夷之功事關機密，非草野所能知，然波濤累起，瞬息皆平，帷幄運籌之略概可想矣。〔註67〕

均爲此類。

〔註65〕陳作霖《陳、黃、葉、濮、陽、解、甘、馬、吳、屬傳第一百五十七》論贊，《金陵通傳》，臺北成文出版社，1970年版，第1077頁。

〔註66〕陳作霖《孟、談、汪、趙、夏、吳傳第一百五十四》論贊，《金陵通傳》，臺北成文出版社，1970年版，第1056、1057頁。

〔註67〕陳作霖《孫氏傳第一百九十》論贊，《金陵通傳》，臺北成文出版社，1970年版，第1257頁。

　　詩文選集之外，陳氏復撰有《可園詩話》八卷，就詩立話、因話
存詩，以見聞所及，上殆道光，下及並世，尤多採錄著籍金陵者，推
本其意，頗有表微闡幽，重光前賢之情。翻檢玩味此八卷詩話，尤可
辨識石城七子詩文風尚與同光體詩家之差異。陳衍詩話意在鼓吹同光
派宋詩風尚，其所拈出諸如「學人之詩與詩人之詩合」、「三元說」、「荒
寒之境說」等，立足同光體詩家創作實績，對此風尚多有闡發，建構
出較爲完備的理論體系。這種自覺的宗風流派建構意識顯然是陳作霖
所不具有的，固然其詩話中涉及最多的石城七子，然而究其著眼所
在，當爲徵文考獻，畢竟，若無宗派之別，門戶之分，其詩論也就泛
濫無涯而近於無所歸依了。

　　光緒元年中舉後，陳氏曾營建「可園」作爲隱居著述之所，因其
布置得當，秀雅宜人，故而成爲金陵文人雅集唱酬之所，當年的「可
園」與繆荃孫的「藝風樓」、陳三立的「散原精舍」以及薛時雨的「薛
廬」並稱「學士四園」，共同見證了同光間金陵人文的流風雅韻。而
當以「薛廬」、「可園」爲代表的本土詩家漸次謝世之後，「散原精舍」
就成爲新的人文風尚的表徵，「吾鄉耆舊盡矣」〔註68〕的感歎，準確
精當之餘，總不免讓人有所唏噓感慨。

　　對石城七子作如此不厭其煩的闡述介紹，似乎並不符合其詩文創
作所取得的成就，然而，若從金陵本土詩文風尚的收束這一點來看，
也就凸顯出其獨特的意義所在了。

（四）流風餘韻

　　同光之際與石城七子相唱酬交遊，文字著述傳諸身後者的詩家
還有蔣師軾、羅振亨、羅晉亨等。馮煦談及自己早年交遊，曾說道
「上元之交最先者爲二羅、二蔣」，「二蔣」爲蔣師軾、蔣師轍，「二
羅」爲羅振亨、羅晉亨，「二羅近狷，二蔣近狂，並慨然有志於古，
異於人人」。馮氏所謂「二羅、二蔣」立足於自身交誼而言，論列自

<hr>

〔註68〕陳三立《江寧陳先生墓誌銘》，《散原精舍文集》卷十一，遼寧教育
　　　出版社，1998 年版，第 166 頁。

然較爲粗疏，事實上，「二羅、二蔣」周圍還可輻射擴展出二蔣的授業師車書以及二羅的父輩羅笏、兄弟羅鼎亨。羅氏一家人各有集，蔣氏兄弟師友唱酬切劘，他們同樣成爲同光金陵人文蔚起的重要組成部分。

車書字子尙，江寧諸生，於書無所不讀，文筆宏肆，與同里姚西農、謝學元等人友善。咸同間金陵陷落，支離兵間流離失所，亂定歸里後，與二蔣寓居鍾山書院，朝夕講誦不輟，後卒於此間。車氏詩不多作，然頗有清新俊逸之氣，二蔣導其流而揚其波，遂卓然成一家言，時人頗有「出藍之譽」〔註69〕。蔣師軾爲上文蔣師轍之兄，少負時譽，工詩古文辭，善書法，因家貧而橐筆遊四方，山水風雲多有題詠，光緒元年舉於鄉，隨即病卒，年三十二。蔣氏企慕神韻性靈之作，於舟車羈旅之際也不忘隨身攜帶漁洋詩〔註70〕，其自作亦「宕往沖夷，風格在蘇黃之間，佳處復神似漁洋」〔註71〕，如《雨中過惠山》：

　　　芙蓉湖上雨如煙，一棹寒雲十月天。又見九龍山色好，
林巒小別十三年。〔註72〕

又如《秦淮晚泛與素威》：

　　　雨後秦淮漲未消，臨流隨意蕩輕橈。菜花黃遍青溪路，
一角殘山是六朝。〔註73〕

均清新婉轉，諷詠之餘，但覺韻味綿緲無盡。蔣氏英年早逝，故

〔註69〕車書《子尙詩存》卷末蔣國榜跋尾，《叢書集成續編》第140冊，上海書店出版社，1994年版，第26頁。

〔註70〕「寂寞荒江泊，蓬船僅容肘。霜風戰黃蘆，雲氣暗林藪。南望江南山，荒寒懶回首。獨展新城（王士禎）詩，高歌盡樽酒」。
蔣師軾《舟中讀漁洋詩》，《三徑草堂詩鈔》卷三，《清代詩文集彙編》第753冊，上海古籍出版社，2010年版，第792頁。

〔註71〕蔣師軾《三徑草堂詩鈔》卷首鄧嘉緝《敘》，《清代詩文集彙編》第753冊，上海古籍出版社，2010年版，第775頁。

〔註72〕蔣師軾《雨中過惠山》，《三徑草堂詩鈔》卷三，《清代詩文集彙編》第753冊，上海古籍出版社，2010年版，第790頁。

〔註73〕蔣師軾《秦淮晚泛與素威》，《三徑草堂詩鈔》卷三，《清代詩文集彙編》第753冊，上海古籍出版社，2010年版，第794頁。

其詩境未能自具面目。

　　羅笏為上元廩貢，篤於內行，留心經世學。金陵陷落後，輾轉江浙軍營之間，先後入幕向榮江北大營襄贊水軍營務，避兵蘇州時又上《克復六合策》、《防湖策》等，有司賞之而卒不能用，之後羅氏耳聞目擊江北亂離情狀，又作《清淮團練議》、《清淮籌餉議》兩策，終究無由上達有司，鬱鬱而終。羅氏自謂其詩作於「兵戈離亂之慘、喪亡之慟、兄弟友朋聚散之感，道途奔走飢寒之所歷，與夫登臨遊覽之所及」〔註74〕多有反映，觀其《悼松八首》、《殷家莊述懷二十首》等，賦物抒懷，感慨情真，其中：

　　　　自笑書生一得謀，綠沉槍裏殺同仇。年來深愧芻堯獻，
　　徒有虛聲道路收。〔註75〕

　　正是上書當道，雖蒙賞異而終不見用的心理寫照〔註76〕。而在其他的幾首述懷詩中，也恰好透露出了羅氏同前文的周葆濂等人的交遊往還，羅氏生值咸同之際，故而其詩文多呈現白門四雋中孫文川相近的經世特質。如果說羅笏事功學問具有外向型的特質的話，那麼，羅震亨等身體力行的宋明理學無疑就轉向了向內開掘的自省。羅震亨嗜古好學，早年師從寶應成榕，繫心宋明義理之趣，後復從鄉賢汪士鐸通漢學門徑，故其學匯通漢宋，左右逢源無所凝滯。羅氏立身行事多以理法自守，於詩文創作亦然，其有言曰：

　　　　壬申之夏，得讀曾文正公文集，始知文有桐城派之名，
　　於義理、考據、辭章三者缺一不可，於是求所謂義理者，
　　適書局刊程朱大儒書，曾與校讎之役，讀焉而不通其義，

〔註74〕《羅氏一家集》卷首羅笏自序，《叢書集成續編》第154冊，上海書店出版社，1994年版，第169頁。

〔註75〕《羅氏一家集》卷一（羅笏），《殷家莊述懷二十首》，《叢書集成續編》第154冊，上海書店出版社，1994年版，第173頁。

〔註76〕此詩小注云「（咸豐）四年曾帶水勇殺賊多名，五年上鐵練冊一併幫造艇船。去歲上曾鎮軍秉忠《克復六合策》一，今春在蘇上《防湖策》一，徐中丞有壬、王方伯有齡均嘉賞焉」。
　　《羅氏一家集》卷一（羅笏），《殷家莊述懷二十首》，《叢書集成續編》第154冊，上海書店出版社，1994年版，第173頁。

茫茫然無所得也；考據者幼未曾習《爾雅》之書，長不識
《說文》之字，歷代經世大典與夫諸子百家編纂等類未一
寓目，且家貧無以致之，即有可以借觀者亦鮮暇日焉；於
辭章雖奉《古文辭類纂》爲圭臬，然所讀甚少，又不專，
故熟者鮮⋯⋯然數年來終好觀宋人言理之書。〔註77〕

此文爲羅氏請益桐城張裕釗時自述學行之作，在闡明祁向宋明性
理之後，羅氏進一步向張裕釗請益桐城古文之法，以求博採眾長，並
美兼善。羅晉亨、羅鼎亨亦清介自持，詩作饒有風味，如：

獨向寒山冷處遊，孤亭一角枕江流。丹霞散綺千峰暮
色，紅葉如花萬樹秋。振袖始知天宇窄，蕩胸常覺海雲浮。
何當五嶽尋蹤去，好與名山約舊遊。〔註78〕

巨眼如箕不獨醒，燕南冀北幾曾經。閱人都似長亭柳，
一日春風一日青。〔註79〕

只是二人均早卒，學行未能有所大成。以上二蔣、二羅等詩學活
動副翼於石城七子而又分別從師友、家族等層面彰顯了道咸以來金陵
詩家深厚的人文內蘊，也同樣成爲金陵詩學的一種路徑。

歷史無法假設，在以鄭孝胥、陳三立爲代表的同光諸子登上金陵
詩壇並成爲開風氣之先的重要力量之前，金陵地域詩學的傳承流變一
如前文所述，對這一段歷史進行耙梳整理，固然有重光鄉賢的意味，
而在鉤沉梳理出清晰的脈絡之後，更爲重要的就是對此作出合乎實際
的解讀。影響金陵詩學風尚發展流變的因素是什麼？光宣之交金陵詩
壇祁向何以由漸變而發展成爲突變？民國以還學者文人尤其是金陵
一地的學者文人又是如何看待此種詩風轉化？而所有這些問題也都
將在回顧史實的歷程中一一得到解答。

〔註77〕《羅氏一家集》卷三（羅震亨），《上張廉卿先生》，《叢書集成續編》
第154冊，上海書店出版社，1994年版，第208、209頁。

〔註78〕《羅氏一家集》卷四（羅晉亨），《登翠微亭》，《叢書集成續編》第
154冊，上海書店出版社，1994年版，第224頁。

〔註79〕《羅氏一家集》卷五（羅鼎亨），《偶成》，《叢書集成續編》第154
冊，上海書店出版社，1994年版，第233頁。

第八章　《金陵詩徵續》與金陵詩風再思考

　　經由前文對道咸同光時期的金陵詩學流變歷程梳理總結之後，我們對這一階段的史實已然有所瞭解，而面對這樣豐厚的詩學創作實績，進行思考、總結的嘗試也由來已久，與此同時，歷史眞實的紛繁複雜、詩學祈向的門戶家法也使得此種嘗試呈現出各個不同的風貌。若將此種嘗試逐一論列整理，無疑也將成爲進一步斟酌損益、博採眾長，形成更爲清晰合理解釋的重要環節。

　　回顧道咸以來金陵學術文學風尚以及詩壇流變歷程可知，金陵詩學發展流衍中兩個重要的驅動因素分別爲祈向六朝三唐情韻藻采的性靈風尚和感時撫事繫心民生疾苦沉鬱頓挫的詩史風格。當然，這兩種核心因素在不同的社會政治環境中也呈現出各異的面貌。情韻性靈可以表現爲登山臨水逍遙容與，也可以表現爲奇情壯采名士風流，進而描摹樂府歌謠體式，接響漁洋隨園辭章者也都屬此類。自乾嘉以降樸學風尚入詩後，博學嗜古的金石考據詩與通經致用的經世詩作就成爲隸屬於感時撫事這一宗旨下的兩個維度，而隨著時代風會的變遷，歌哭民生的詩史之作進一步受到金陵詩家的推重。正如前文所引之卷首序言，自同治中興以來，回顧往日種種亂離，黍離之感自然不絕如縷。

一、接續六朝

　　情韻性靈爲金陵詩學淵源中獨特的地域性特徵，六朝遺風在千百年來的傳承流變中始終氤氲不散。自渡江以來，王謝等名公巨卿便逐漸遠離情志慷慨、風骨剛健的漢魏詩作風尙，在詩文創作中引入山水性情，玄學興起之後，重情任眞、逸興玄遠的風度又成爲士大夫立身行事的追求，詩化的生活彰顯了個體生命意識的覺醒，延及宋齊梁陳，詩作愈發柔靡婉轉、藻采紛披，而民謠樂府的清麗流暢則始終如一。如果對此六朝風尙作一總體的衡量，自然遠非一句「競一韻之奇，爭一句之巧。連篇累牘，不出月露之行；積案盈箱，唯是風雲之狀」〔註1〕便可蓋棺論定。《世說新語》作爲風雅名士的教科書，不僅成爲使事用典的淵藪，〔註2〕更具有詩學創作方面的指導意義。學者劉強曾撰文歸納出「純文學」觀的自覺、風骨論的形成、「形似」與「神似」、情文之辨、「雅人深致」的詩學觀、文學發展的「新變」觀，這六個方面的詩學概念〔註3〕。除了宮體詩墮入肉慾享樂的惡趣之外，事實上六朝詩學風尙在內容、形式、意境等方面著實有著不俗的成就。山水詩作發源於二謝，永明聲律推動了後世律詩寫作的成熟，清新俊逸的意趣也成爲詩聖杜甫所擷取師法、發揚光大〔註4〕。此後，中唐劉禹錫、晚唐杜牧又在金陵詩學風尙中加入了詠史懷古之一途。李贄曾有「王濬樓船下益州，金陵懷古獨稱

〔註1〕 見李諤《上隋文帝論文書》，《隋唐五代文論選》，人民文學出版社，1999年版，第2頁。

〔註2〕 前文所引朱緒曾《邀笛步》便是例證。

〔註3〕 劉強《〈世說新語〉與中國古代詩學》，徐中玉、郭豫適主編《中國文論的我與他：古代文學理論研究》第二十七輯，第443～452頁。

〔註4〕 杜甫有詩云「清新庾開府，俊逸鮑參軍」，又云「頗學陰何苦用心」，明人楊愼對此亦有發明，云「以藝論之，杜陵詩宗也，固已賞夫人之清新俊逸，而戒後生之指點流傳。乃知六代之作，其志趣雖不足以影響大雅，而其體裁，實景雲、垂拱之先驅，天寶、開元之濫觴也，獨可少乎此哉！」
楊愼《選詩外編序》，《升菴全集》（萬有文庫本）卷二，北京商務印書館，1937年，第25頁。

劉」〔註5〕的褒揚，而王安石之《桂枝香・金陵懷古》則頗多隱括杜牧金陵諸詩作，由此看來，此種風尚二人可謂旗鼓相當。降及明清之際，秦淮煙水又因著時代運會而再一次放射出耀眼的光芒。東林名士與青樓名妓的聚散離合同時也成為家國興亡的縮影，此中種種流風餘韻演化成為《桃花扇》、《板橋雜記》、《影梅庵憶語》等傳奇筆記，成為《圓圓曲》、《聽女道士卞玉京彈琴》等詩作，成為《柳如是別傳》等鉤沉考索的鴻文巨著。借離合之情，寫家國之感，明清之際的金陵詩文創作正是混融此種情韻性靈與時代遭際，從而成就其哀感頑豔的獨特品性，而金陵傳統詩文風尚也由此而走上其最高點。自此已還，王士禎的神韻說、袁枚的性靈說也都曾對金陵詩風有所影響，但混融濃厚歷史文化底蘊的六朝遺風、秦淮煙水始終成為道咸以降諸詩家的共同祈向。

當然，「南朝人物晚唐詩」〔註6〕所代表的唯美、感傷、空靈乃至熱烈、悲壯、豔麗的格調風尚並不僅僅體現在金陵一地，吳晶曾經概括道：

> 西湖詩具有一種純粹的詩興美，一種纖巧精緻卻並不單薄的美，一種柔媚卻並不小氣的美，一種富於靈性與意蘊的美，正如六朝、中晚唐詩和南宋詞的意境。〔註7〕

事實上，具備魏晉名士風尚的遊宦者面對此溫山軟水，競進之心自然會有所平息，而若是推重氣節、賦性簡傲的布衣寒士，追摹六代遺風更成為建構自我精神體系的重要環節。正是在此層面上，道咸間苔岑社主將車持謙的秦淮畫舫系列才能踵武前賢，開啟後學，贏得一代士人的心理共鳴。而在同光之際，由王闓運、鄧輔綸等揄揚宣導的

〔註5〕李贄《焚書・讀劉禹錫〈金陵懷古〉》，《李贄文集》第1卷，北京社會科學文獻出版社，2000年版，第244頁。

〔註6〕日本僧人大沼枕山之詩「未甘冷淡作生涯，月榭花臺發興奇。一種風流吾最愛，南朝人物晚唐詩」曾深得周作人所激賞。
周作人《日本管窺》，《周作人文類編》，湖南文藝出版社，1998年版，第18~26頁。

〔註7〕吳晶《西湖詩詞》，杭州出版社，2005年版，第2頁。

漢魏六朝詩派更是進一步深入詩文創作的體式法度層面，五言師法謝靈運，歌行推崇李東川，排律則又受劉希夷、張若虛等影響頗深。陳衍曾言曰「湘綺五言古沉醉於漢魏六朝者至深，雜之古人集中直莫能辨正。惟其莫能辨，不必其爲湘綺之詩矣」〔註8〕云云。如果說金陵詩文亦如同西湖諸作品，因著著溫山軟水的氤氳浸潤而才情發越，那麼，金陵詩家對於詩作體式法度的探尋亦如同漢魏六朝詩派王、鄧諸人，薛時雨曾往來於杭州金陵之間自不必說，石城七子中鄧嘉緝流寓湖湘之際，也同王、鄧諸人有所過從交接。

二、經世致用

偏好六朝三唐的情韻性靈，努力發揚本土詩文風尚之外，金陵詩家對於感時撫事的詩作也極爲推重。作爲影響金陵詩風的另一個重要的驅動因素，簡要梳理其發展流衍中時代風會、師友淵源等情況也必然有助於我們對金陵詩風的更好把握。

如同我們在前文所言，乾嘉之際樸學大興，而東南一地又是此種學術風尚的淵藪，金陵享有地利、人和等諸種便利，自然也深受其薰染沾溉。對於樸學而言，山川輿地、訓詁音韻、金石考據等謹嚴有序的學科門類固然可以通過援學入詩來充實詩文創作的內容，更爲重要的是，當這種援學術以干政事的萌芽發展演化成爲經世致用思潮之後，詩文創作的思想藝術境界就更加闊大了。對於道咸以降的金陵詩壇而言，以朱緒曾、汪士鐸、金鰲、龔坦、韓印等人首先都是研經博物、業有專精的學者，之後才餘力作詩。受限於自身以及外部時代風會等因素，他們在訓詁考訂方面的成就自然無法同乾嘉大儒相提並論（事實上，若查考彼時府縣藝文志，諸人著述也頗爲豐富，涉獵之廣、鑽研之深均爲後學所企慕，相關內容見文末附錄），但若是著眼於金陵一地的詩學文化傳承，諸人集中弔古傷今、金石考訂之作卻無疑成爲此前漁洋、隨園所宣導的性靈詩風的一種反撥。

〔註8〕陳衍《近代詩鈔》王闓運條，商務印書館民國十二年本，第322頁。

　　以朱、陳等人爲代表的道咸詩家在成功引入整飭典麗、溫柔敦厚的詩學風尚之後，又進一步通過師友交遊來化育導引後學，行年較久的汪士鐸、龔坦、韓印有過設帳授徒的經歷，其中翹楚如端木埰等人又成爲咸同之際金陵詩壇的重要成員。前文介紹朱緒曾時我們曾提到《天發神讖碑》，在《續纂江寧府志·藝文志下》中，金陵學人詩家對此碑的考辨頗多。隨園而後流寓此地的孫星衍首先有所論述，朱緒曾之後，金鼇、孫文川、蔡琳等也分別有詩文考訂之作。其中，咸同之際的孫文川尤好金石，其碑版考訂之作也屢見於《藝文志》中，成爲朱緒曾、陳宗彝等人的得力後勁〔註9〕。孫文川之後，與石城七子年輩相若的尚兆山同樣是一位續學嗜古的金陵詩家。汪士鐸在其小傳中有言曰：

> 君篤嗜金石，或典衣服以購之，若校官國山天發神讖之屬，皆舊拓余所僅見者，君甚寶之，不輕視人也。顧君子朋云「君數數裹糧走亂山中，塹岩深壑，捫葛剔蘚，雖蛇蝎泚蝕所餘，苟成字必椎拓，歸以餉同好」。君娶寶應劉氏，生一女而卒無子，年甫四十九，所撰著金石輿地之類幾二十種，皆未成，其弟卷之去，度歸覆醬瓿爾，惜哉。
> 〔註10〕

《括囊詩草》中如《登泰山》、《仰止亭》、《元故宮歌》、《阻風燕子磯登盤龍山尋鐵鎖故跡》〔註11〕等等，無不洵源委流考索再三，序跋小注滿紙燦然。

　　當然，此種金石考據體式在援學入詩風尚中僅僅是低層級的接受與認同，在道咸宋詩派的影響沾溉下，援學術以干政事的經世致用

〔註9〕文中孫文川對六朝當千泉碑、唐薛繼石刻殘字、隴西郡侯碑等金石碑刻均有所考證論列。
　　　　《續纂江寧府志·藝文志下》，臺北成文出版社，1970年版，第105、102、113頁。
〔註10〕尚兆山《括囊詩草》卷首汪士鐸《尚仰止小傳》，《叢書集成續編》第142冊，上海書店出版社，1994年版，第1頁。
〔註11〕以上詩作分別見尚兆山《括囊詩草》，《叢書集成續編》第142冊，上海書店出版社，1994年版，第5～7頁，第10頁。

思潮進一步得到了金陵諸詩家的熱烈回應。以學政祈寯藻以及總督陶澍所創的惜陰書舍爲中心，通經致用的風尚在詩學淵源、傳承制度等層面均有所保障，而在此風會之下，以「白門四雋」爲代表的咸同金陵詩家在詩作內容、體式等方面均有所開拓。正是因爲經歷了從文恬武嬉的承平之際到亂離板蕩東南糜爛的大變局時代，故而此一階段詩文中沉鬱頓挫的詩史精神全面高揚。在內憂外患迭起的亂離中，山川輿地、典章制度、洋務軍政等實用之學全面超越了訓詁帖括、金石碑版，成爲東南士紳投筆請纓守衛家國的有力武器，表現在詩文創作中，就是更加開闊弘通的視野，一己之情韻性靈悲歡離合固然可貴，但詩家更爲著意的則是自身以外的廣闊社會，舉凡民生疾苦、內政外交、西學洋務等等，無一不形諸吟詠，甚至在某些時候，工拙與否已然不成爲校驗詩意的評判標準，反映時代社會現實的深度與廣度才是進行詩文創作的目的所在。從這個意義上來說，列名《詩徵續》的中小詩家在序跋中所言如：

> ……敢言文哉？聊以紀流離之跡，俾吾子吾孫知前人亂世苦悰，庶自警惕，詩文其寄也。然人有哀樂或寄之詩文，至於不復成聲，不識後之人其亦知昔之人悲痛何若耶？〔註12〕

> ……竊歎早不能悅我親，今始略供菽水費，亦覺遲晚，且恐薄有饘粥資而忘舊日之艱瘁也。因錄前後所作，名曰《在筥集》，詩不足存，亦聊以自警云爾。〔註13〕

雖爲謙辭，倒也不約而同地指向感時撫事，發明彼時史實這一風尚。而如果說寒士布衣見聞閱歷畢竟有限的話，那麼，仕宦生涯相對順利的詩家諸如夏家鎬、孫文川等人對於時事政局、西學洋務的體認便具有相對而言的準確與深入，在《讀雪齋詩》中，諸如：

〔註12〕 劉偶《蟻餘隨筆》卷首自序，《叢書集成續編》第 139 冊，上海書店出版社，1994 年版，第 107 頁。

〔註13〕 朱桂模《在筥集》卷首自序，《叢書集成續編》第 141 冊，上海書店出版社，1994 年版，第 78 頁。

海外居然更九州，地球常繞日輪周。洪荒到此重開闢，括地談天一笑休。〔註14〕

彗星、彗星，勸汝一杯酒。世人不識天幾高地幾厚，但見地轉向左月轉向右晝夜互奔走。恒星不動行星行，銀漢光爲眾星藪……〔註15〕

等介紹西學之作可謂開風氣之先，在時事政局方面，如《嗟哉華爾行》〔註16〕也把古風歌謠體的主角換成了洋槍隊的首領華爾。孫文川避地滬瀆，結交海上蔣敦復等人，故而眼界識力頗爲開闊。同時之夏家鎬則在京師參與草創總理衙門，對於東西洋務，內政外交也同樣精通。夏氏曾有《讀孫澄之〈讀雪山房詩集〉》組詩數首，中「前年吳越間，地半淪於賊。大帥亟驅除，隱忍用其力。華（爾）卜（羅德）傷輕身，戈登幸底績。其功不可湮，其意要有託」數句後有小注云「洋將助剿意在自護口岸，非眞爲中國驅除也」〔註17〕，於此中利病得失之評價可謂灼見！

當然，若從橫向的角度來看，道咸以降金陵詩家對於時代運會、民生疾苦的感受體悟無論在深度還是在廣度上，均算不得第一流。自鴉片戰爭以來，林則徐、魏源均與金陵詩家有所交接，如果說早期反映中英戰事的詩作多出自閩粵一帶，以張維屛、朱琦等爲代表的話，那麼，當英艦沿海岸北上，進犯東南直至炮指金陵城，金陵士紳置身這場戰事之後，所作詩文也定然會比肩張、朱等人。而在事實上，反映浙東蘇南戰事卓有成就的詩家卻是姚燮、魯一同、貝青喬等人。朱緒曾的《昌國典詠》爲關涉舟山、定海戰事之作，金和、蔡琳對於中

〔註14〕孫文川《讀書偶占》，《讀雪齋詩集》卷五，《清代詩文集彙編》第690冊，上海古籍出版社，2010年版，第8頁。

〔註15〕孫文川《彗星行》，《讀雪齋詩集》卷七，《清代詩文集彙編》第690冊，上海古籍出版社，2010年版，第8頁。

〔註16〕孫文川《讀雪齋詩集》卷八，《清代詩文集彙編》第690冊，上海古籍出版社，2010年版，第9頁。

〔註17〕夏家鎬《蚓竅集》，《清代詩文集彙編》第672冊，上海古籍出版社，2010年版，第40頁。

英《南京條約》也多有憤慨，而在通行的詩史譜系中，諸人似乎並沒有自己的位置。金和之所以特出，更多是因為反思太平天國而來。而從接受西學思想的層面來看，馮桂芬、王韜、蔣敦復等人也無疑走在了夏家鎬、孫文川諸詩家的前列。

三、援學入詩

梳理論列清楚金陵詩文創作風尚中情韻性靈和感時撫事這兩個重要的驅動因素之後，我們便能夠理解何以在《國朝金陵詩徵》編纂完畢之後，金陵詩家在盋山之麓廣邀各界名流，舉行盛大的祭詩活動。如果說這是金陵詩家在無意識中完成對自身詩學譜系的回顧建構的話，那麼，自此以還，活動在金陵詩壇並引領一時風尚的，就成為稍後於石城七子的同光體詩家鄭孝胥、陳三立等人了。

光緒十三年，《國朝金陵詩徵》刊刻完成後，翁鐵梅邀集金陵一地流寓鄉賢諸詩家名流大會於盋山薛廬祭祀歷代詩人，以誌慶祝，與會者有三十三人之多，名德之後宦遊居此者有邵陽魏桂、閩縣鄭孝胥、廬江吳鑒泉、長洲朱孔彰、山陽魯楨，從事志局沆瀣相投者有懷寧馬徵麟、寶應成兆麐、儀徵劉顯曾、金壇馮煦，作客江鄉者有滁州唐芝榮、唐薛圃、全椒薛葆樨，金陵詩家則有長白常承恩、常承厚、上元張兆鍾、周嘉樸、金還、江寧楊長年、盧崟、梅壽康、張傳仁、孫綬昌、許長齡，編選是書者合肥張士珩、上元秦際唐、顧雲、蔣師轍、江寧甘元煥、鄧嘉緝、陳作霖、甘曾沂、溧水朱紹亭、江浦侯宗海等人。此次盛會規模空前，故而諸家詩文多有提及盋麓祭詩者：

陳作霖	盋麓祭詩記	可園文存卷八
何延慶	盋麓祭詩圖寄翁鐵梅	寄漚遺集卷八
鄧嘉緝	盋麓祭詩圖序	扁善齋文存
顧雲	題盋麓祭詩圖	盋山詩錄卷二

盧　崟	題翁鐵梅盋麓祭詩圖	石壽山房集卷二
馮　煦	題鐵梅盋麓祭詩圖	蒿盦類稿卷八
秦際唐	題鐵梅盋麓祭詩圖並序	南岡草堂詩選卷下
蔣師轍	盋麓祭詩圖爲鐵梅作	青溪詩選卷下

　　而將這些詩文作品加以對照排比，也頗有意味。鄧嘉緝在《盋麓祭詩圖序》中首先敘說翁鐵梅「盛年劬學，親師取友，日造乎道」的治學精神，又謂「盛事之傳，當以人重」〔註18〕，對翁氏揄揚表彰鄉里文獻之舉多有讚歎，闡述此盋麓祭詩之會不單單爲承接歷代前朝詩酒雅集的意義。陳作霖則進一步發明道：

> 豪華弊俗，佳麗少年，拾王謝之唾餘，踵齊梁之積習，恣情絲竹，溺志壺樽。曲宴迷香，浪擲黃金於盧牝；閒情作賦，終爲白璧之微瑕。而茲獨曲作迎神，文資會友，仿傳芭於楚些，續雅集於鄴園。發潛德之幽光，昌黎志遠；循歲除之祀典，賈島名沿。百罰不辭，觥政倍嚴於梓澤；群賢畢至，畫圖何減於蘭亭。合今古以證盟，爲湖山而生色，其在是歟？〔註19〕

　　「發潛德之幽光」云云，也正是歸納總結地域詩文風尚，「合今古以證盟，爲湖山而生色」之意。

　　如果說鄧、陳二人文辭依舊遊離於詩酒遊宴的話，那麼，秦際唐所總結提出的「四難」就成爲昇華此次盛會的著力點所在了：

> ……茲則旁搜遠紹，指僂幾三百年；青箱赤軸，手鈔過八千紙。秦火雖烈，不燔壁度；楚炬已灰，猶恃口授。是父是子，言纂於一家；日剖日剮，功成於匠氏。遂使沉淵珠耀，藏室書完，此一難也……茲則以風雅流傳，集鄉邦文獻。比襄陽耆舊之錄更載鴻篇，視帝裏人文之書刪其

〔註18〕鄧嘉緝《盋麓祭詩圖序》，《扁善齋文存》卷中，《清代詩文集彙編》第 759 冊，上海古籍出版社，2010 年版，第 37 頁。

〔註19〕陳作霖《盋麓祭詩記》，《可園文存》卷八，《清代詩文集彙編》第 736 冊，第 66、67 頁。

瑣事。自達官清族暨單門下士，著述無覆瓿之嗟；由唐宋
元明逮國朝諸賢，歌詠以當王爲貴。濫觴有自，藉手何難？
開卷而知先澤，子孫大慚；名山惟賴傳人，蔣茅增色，此
二難也……茲則定議杯酒，集力眾腋；季布之諾重於千斤，
劉公之書賢於從事。凡所乞請，不逾晷刻。鄭君通賓之驛，
其應如流；方干身後之詩，先睹爲快。用能楮墨雲合，校
讎風掃。歲星再周，善本斯出，香山樂府，購自雞林之賈；
宛陵詠物，繡爲弓衣之篇，此三難也……茲則心香一瓣，
祀南豐之文；禮堂三楹，近北海之室。蓋薛廬爲桑根先生
所憩，是書之成，亦先生之志也。在昔先正愛畫壁之高吟，
於今不忘永築室之餘慕，此四難也。〔註20〕

在保存文獻，發揚潛德之外，對金陵士紳交期風誼、學術傳承亦
有所措意。

當然從上表中也可看出，似乎石城七子等金陵本土詩家更爲看
重此次集會，而同時與會諸流寓詩人學者，則不甚措意〔註21〕。據現
存文獻來看，金壇馮煦的《題鐵梅盦麓祭詩圖》是目前惟一能找到的
文本，詩中寫道：

江左儒林得所歸，多君風義繼朱暉。定知河嶽英靈在，
玉軑雲螭下翠微。

頻印前塵黯欲銷，西園雲物劇蕭寥。瓣香重下桑根拜，
誰譜神弦續大招？〔註22〕

日後同光派魁傑之一的鄭孝胥當日也曾參與此盛會，然其《海藏
樓詩》不收早年之作，幸而鄧嘉緝文中有所提及，曰：「蘇龕曰斯地
雖僅數武，而遠招近揖，景物畢會，延攬所及，幾於應接不暇，固當

〔註20〕秦際唐《題鐵梅盦麓祭詩圖並序》，《南崗草堂詩選》卷下，《清代詩
文集彙編》第 734 冊，第 504 頁。

〔註21〕流寓詩家學者對此盛會文獻無存的原因較爲複雜，或者是諸人地位
不彰，文集無存；或者是有文獻傳世而對此無所著錄。當然，從現
存史料來推斷，鄭孝胥、馮煦等人諸家不甚在意的可能性較大。

〔註22〕馮煦《蒿盦類稿》卷八，《近代中國史料叢刊》第三十三輯，臺北文
海出版社，1989 年版，第 498 頁。

為山水奧區」，由此而鄧氏發揮道「集思廣益即學問之道亦以取多用
宏為貴……天下之由積而成，以自躋於廣大之域者，其不以此也歟」
〔註23〕。由此觀之，鄭氏所措意者在於增廣見聞、取精用宏。相較於
「四難」理論，馮、鄭二人所見，自然有所偏狹。

　　值得注意的是，秦氏所揭櫫的以石城七子為代表的同光金陵詩
家同心同德、和衷共濟的品質在事實上有力地保障了道咸以來金陵文
獻的編纂整理，諸如《國朝金陵詩徵續》、《國朝金陵文鈔》、《國朝金
陵詞鈔》、《同治上、江兩縣志》、《續纂江寧府志》等史志、選集的陸
續刊刻分別從不同的角度總結歸納了金陵一地的地域詩學譜系，成為
後人觀覽研究的第一手材料，其功至偉！

　　而具體到盋麓祭詩，如果從這個角度來看，也正是金陵地域詩
學活動的最後結穴。翻檢此時諸家詩文集，同治中興以來，金陵詩家
唱酬遊宴活動名目繁多，諸如挑荣會、東坡生日會、白香山生日會以
及莫愁湖、飛霞閣、秦淮河、愚園、盋山等地均有宴飲集會，對此，
徐雁平先生在《清代東南書院與學術及文學》一書第五章《道光以來
金陵書院與文人活動》中輯錄有詳細的宴遊考，此處不再贅述。光緒
十一年（1885）正月，薛時雨卒於盋山薛廬，以石城七子為代表的金
陵詩家開始成為獨立的力量來招邀同伴，詩酒酬唱，迄於光緒十三年
（1887）盋麓祭詩，此類活動的規模達到了頂峰。光宣之際，外來流
寓者逐漸越軼本土詩家而上，成為金陵詩壇的主流。在此，我們僅以
鄭孝胥為例。

　　自光緒六年（1880）起，鄭孝胥寓居金陵，期間，先後結識馮
煦、顧雲等人，漸漸同石城七子等詩家有所往來。考索相關文獻可得
下表：

〔註23〕鄧嘉緝《盋麓祭詩圖序》，《扁善齋文存》卷中，《清代詩文集彙編》
　　　　第 759 冊，上海古籍出版社，2010 年版，第 8、9 頁。

時　間	詩文創作	出　處
己丑之前	贈蘇龕即題其小影	顧雲《盋山詩錄》卷二
	偕蘇龕登翠微亭有感	顧雲《盋山詩錄》卷二
	鄭仲濂先生遺詩序	顧雲《盋山文錄》卷一
己丑 （1889）	新秋山居喜蘇龕至	顧雲《盋山詩錄》卷二
	六月十六日觀洗象	鄭孝胥《海藏樓詩集》卷一
	蘇龕出示洗象詩奉和	顧雲《盋山詩錄》卷二
	雨中喜蘇龕枉過留宿山居即事有作	顧雲《盋山詩錄》卷二
	雨中宿子朋齋臨烏龍潭	鄭孝胥《海藏樓詩集》卷一
	月夜山齋聽蘇龕誦離騷歌	顧雲《盋山詩錄》卷二
	吳氏草堂	鄭孝胥《海藏樓詩集》卷一
	冬日訪蘇龕因過吳鑒泉溪上草堂	顧雲《盋山詩錄》卷二
	蘇龕以書留別卻寄	顧雲《盋山詩錄》卷二
庚寅 （1890）	東坡生日集鐵梅齋中	鄭孝胥《海藏樓詩集》卷一
	遊棲霞泊舟下關尋三宿岩題字不得	鄭孝胥《海藏樓詩集》卷一
	登攝山最高峰	鄭孝胥《海藏樓詩集》卷一
	攝山紀遊詩序	顧雲《盋山文錄》卷二
	鐵梅招同石公、紹由、鄭蘇龕訪三宿岩同賦	鄧嘉緝《扁善齋詩存》
	同熙之、石公、鐵梅、蘇龕等攝山紀遊九首	蔣師轍《青溪詩選》卷下
	棲霞市曉步同蘇龕賦	蔣師轍《青溪詩選》卷下
	娛獨坐銘	顧雲《盋山文錄》卷八
壬辰 （1892）	作詩一首遺子朋	《鄭孝胥日記》1892年4月6日
	子朋邀在李三白家，不赴，以詩報之	《鄭孝胥日記》1892年4月17日

	燈下一絕秦（際唐）詩題後	《鄭孝胥日記》1892 年 5 月 4 日
甲午（1894）	闕題（我去青溪齋，來居獨樹軒）	《鄭孝胥日記》1894 年 11 月 4 日
乙未（1895）	赴臺灣不果，江永舟中示顧子朋	《鄭孝胥日記》1895 年 5 月
丙申（1896）	上巳吳園修禊	鄭孝胥《海藏樓詩集》卷三
	上巳日鄭蘇龕昆仲招同張季直謇、蒯禮卿光典、陳善餘慶年、陳雨生作霖、秦伯虞、顧石公修禊於可青草堂因賦短章	鄧嘉緝《扁善齋詩存》
	三月三十日顧子朋招集薛廬	鄭孝胥《海藏樓詩集》卷三
	六月二十一日愚園集歐公生日	鄭孝胥《海藏樓詩集》卷三
	濠堂落成	鄭孝胥《海藏樓詩集》卷三
	濠堂記	鄧嘉緝《扁善齋文存》卷上
	濠堂記	陳作霖《可園文存》卷八

　　此外，陳衍《石遺室詩話》中亦有一則言及鄭孝胥此時的交遊情況，「余初識蘇堪時，蘇堪僑寓金陵。余詢江左詩人，答書云『此間金壇馮煦、上元顧雲，皆治詩甚苦』二人者時方肄業金陵鍾山、惜陰兩書院，為薛慰農時雨、林歐齋壽圖二先生高弟」〔註24〕。陳、鄭二人初識於 1882 年壬午鄉試，故鄭氏答書當可看作其最初在金陵的活動情形。對此階段的金陵生活，鄭氏詩作也有所透漏，如「玩景聊自放，撫臆誰與論」、「自我羈江介，三年慣閉關」〔註25〕等等，不盡然為故作孤高語，實則彼時鄭氏聲名不彰，尚未與金陵詩家有所交接。

〔註24〕陳衍《石遺室詩話》卷十三第十八條，《民國詩話叢編》本，上海書店出版社，2002 年版，第 195 頁。
〔註25〕蘇州大學 2007 級碩士論文《海藏詩學研究》附錄一：《海藏早年（海藏樓詩成集之前）詩歌繫年》所錄鄭孝胥《題南岡松林中》、《將還閩中》諸詩，第 53、54 頁。

結合上表可知，鄭氏首先結識馮煦、顧雲，又通過顧雲得以與秦際唐、鄧嘉緝、陳作霖等金陵本土詩家相往還。自 1887 年參與盋麓祭詩之後，鄭氏在金陵的交遊得以打開局面。事實上，1889 年考取內閣中書後，鄭氏留居京師近三個月，對京師詩文風尚多有感悟，從本年年底，他開始大量閱讀宋人詩集，詩學趣味風尚也開始逐步轉化。1890 年之後的攝山紀遊、濠堂雅集、可青草堂修禊等活動中，鄭氏由受邀而發展演化為招邀，由客而主，在金陵詩壇的影響力逐步增長，至可青草堂集會，已有諸如蒯光典、張謇、陳慶年等人與會，隱然成為同光詩風的先聲。〔註 26〕對於此種詩壇風尚的消長，金陵詩家似乎並不在意，在完成盋麓祭詩並揭櫫其詩學譜系之後，他們相繼過世，巋然獨存若陳作霖者，也無所措意於詩壇祭酒之名位，光宣之際金陵詩學風尚之轉換，就這樣逐步完成了。〔註 27〕

對於金陵詩家而言，後石城七子時代詩學風尚既然已經轉向同

〔註 26〕對於同光體興起的具體時間，學界目前尚無定論，同門賀國強師兄通過對相關文獻的耙梳整理，大致將其斷限於 19 世紀 80 年中期左右，也即 1883 年癸未會試到 1889 年鄭氏考取內閣中書，居留京師之間。而楊萌芽則從陳三立的交遊情況出發，認為自 1902 年鄭氏卸任龍州邊防大臣起到 1911 辛亥革命爆發之際，在南京、上海開始形成圍繞此二人的比較穩定的詩人群體，而 1908 年陳衍在京師開詩人榜，無第一，鄭孝胥為第二，陳三立為第三，陳寶琛為第四，則標誌著同光詩家以經成長為當時文壇最優秀的詩人。
賀國強《近代宋詩派研究》，蘇州大學 2006 級博士論文，第 80 頁。
楊萌芽《金陵唱和——清末陳三立在南京的交遊》，《洛陽師範學院學報》，2008 年第 6 期。

〔註 27〕事實上，以秦際唐為首的石城七子早年似乎地域門戶觀念頗重，馮煦談及自身就讀鍾山、惜陰書院的經歷時，曾說：「同治己巳至金陵……時書院魁材生有三黨，寧黨秦際唐伯虞為之魁，浙黨唐仁壽端甫為之魁，揚黨劉壽曾恭甫為之魁。黨各數十生，意氣張甚，不附之者輒遭擯落」。書院肄業後，《石城七子詩鈔》刊行，諸家聲名更盛，雖為副翼同治中興，然亦不脫標榜之名。延及晚年，諸人轉而淡化門戶觀念，寬容看待金陵詩壇風尚的轉換，此中緣由頗令人費解。
馮煦《蒿庵隨筆》卷五下，《近代史料叢刊》第 64 冊，臺北文海出版社，1967 年版，第 612、613 頁。

光體宋詩風味，那麼，對於金陵地域詩學淵源的體味認可也自然每況愈下〔註28〕。事實上，在清末民初執詩學評點之牛耳者自非同光詩家陳衍莫屬，而以《石遺室詩話》爲核心的同光詩學宗尚譜系中，其審視評定道咸以降金陵詩學成就的著眼點自然不同於石城七子等人。無論是對金陵詩學源流、作家作品的熟稔程度還是潛意識中推重同光體閩派的門戶之見，均成爲解讀金陵詩的障礙所在。

在陳衍《近代詩鈔》（1923年出版）中，收錄道咸以來金陵詩家計有梅曾亮、汪士鐸、許宗衡、金和、顧印愚、顧雲等六人。汪、金、顧三人則分別對應於本文對金陵詩風所作之時限界定：道咸、咸同、同光三段。對於汪士鐸，陳衍曾評價曰：

> 梅村枕經胙史，根柢深厚，作詩幾無一字無來歷，然理窟甚深，興趣稍遠，但求妥帖排奡者，幾於美不勝收，故取其較有體勢與意味者。〔註29〕

所選諸如《八哀》、《題莫子偲〈邵亭詩鈔〉兼寄懷鄭子尹》、《擬李義山韓碑用原韻》、《大功坊懷古》等詩作或爲組詩，或關涉詩學交遊，或偏重金石考據，均爲律詩乃至長篇，氣韻沉雄。對於金和，則著力強調其詩史意義：

> （金和）所歷危苦，視古之杜少陵，近之鄭子尹，蓋又過之。其古體極乎以文爲詩之能詩，而一種沉痛慘澹、陰黑氣象又過乎少陵、子尹。世皆知子尹之詩之工而罕知亞匏，用特表之，以告欲讀咸同間之詩史者。〔註30〕

除《原盜一百六十七韻》、《斷指生歌》、《蘭陵女兒行》、《烈女

〔註28〕相對應於陳衍的《石遺室詩話》、《近代詩鈔》等詩論、詩選，金陵詩家也曾撰有《可園詩話》（陳作霖，1919年刊行）、《愚園詩話》（胡光國，1920年刊行），然而，二者所措意者乃在鄉邦故舊文獻抑或交遊過從，於金陵一地詩學譜系實無所發明，其理論建樹意識與陳衍差距較大，且流佈不廣，故未能抗衡與同光詩論。

〔註29〕陳衍《近代詩鈔》卷上汪士鐸條，商務印書館民國十二年本，第174頁。

〔註30〕陳衍《近代詩鈔》卷上金和條，商務印書館民國十二年本，第449頁。

行紀黃婉梨事》等經典篇目之外，亦稍稍涉及金氏詩作中風華旖旎情韻流轉的一面，「最是亂鶯啼歇後，捲簾人在花柳中」、「一片鳥聲供勸酒，四邊花氣替薰衣」、「春盡草香濃似酒，日長花意倦於人」〔註31〕等等，名士性情展露無疑。至於同光時期提及顧雲，則更多是因爲鄭孝胥之原因，所謂「今選石公詩，亦爲蘇堪作者較工」〔註32〕云云。

由此看來，在陳衍的詩論體系中，金陵詩文之價值更多表現在切實反映太平天國運動的詩史風格方面，而其地域傳統風尚中偏好情韻性靈以及援學入詩等特質則粗略膚廓，面目不清。

四、走出書院

在同光體詩學祈向萌芽、興起直至風行全國整個過程中，後石城七子時代的金陵詩壇也在緩慢完成著自身的轉化。畢竟諸如秦際唐、楊長年、盧崟等人也曾紹承李聯琇、薛時雨而起，主持奎光、尊經、鳳池等書院，提拔獎掖鄉邦俊彥〔註33〕。在清末民初很長一段時間裏，詩文創作活動較爲活躍的詩家也多是從此書院——學堂的教育體系中走出來的，諸如楊炎昌、王孝煃、王瀣、盧前等人，即爲其中翹楚。

楊炎昌（1864～1905）〔註34〕，字少農，一作劭農，光緒二十五年舉人。楊氏少劬於學，其詩古文詞，「取望溪方氏震川歸氏之文學，不足則取唐宋各家之文學，猶以爲未足，又進而於周秦諸子，窮

〔註31〕分別見陳衍《近代詩鈔》卷上金和條，商務印書館民國十二年本，《雨後泛青溪》、《初遊樸園》、《遊妙相庵》，第450頁。

〔註32〕陳衍《近代詩鈔》卷中顧雲條，商務印書館民國十二年本，第865頁。

〔註33〕當然，大致與此同時，蒯光典、張謇等與同光詩派桴鼓相應者也曾主講尊經、文正等書院，講業授課之餘，詩學風尚的濡染沾溉也不言而喻。

〔註34〕柯愈春《清人詩文集總目提要》，北京古籍出版社，2002年版，第1934頁。

極其奧，發爲文閎而肆，粹然以精，當時負文章盛名」〔註35〕。一時
江寧名宿如吳汝綸、鄧嘉緝、顧雲皆賞異之，鄧氏述及生平交遊情狀，
曾有言曰：「余性樂求友，以爲氣類之廣，可以退曁無窮也。里中文
行交修者……晚得三人，曰楊劬農、吳麟伯、程一夔，皆負時譽，而
劬農名最高，蹤跡最密，頗極追逐之雅」云云。殆其入讀鍾山書院，
山長梁鼎芬尤其愛重。楊氏恂恂儒者而絀於生計，曾應鄧氏之薦爲蕭
縣山長，後又爲梁氏招入武漢兩江師範，壯歲抑鬱而卒。

其《爲溪齋詩集》頗多《上張季直師》、《懷梁師節庵》、《懷顧五
先生石公》、《懷鄧十三先生熙之》等詩作。《懷顧五先生石公》云：

　　文術宗方姚，頹波近百年。先生能復古，不肯附前
賢。痛飲看無敵，新詩到處傳。冷冠宜覓醉，幾罄杖頭錢。

〔註36〕

《懷鄧十三先生熙之》云：

　　垂老常爲客，饑驅不自由。文章今巨擘，門閥舊通
族。白眼看通俗，高懷振滯幽。不才眞散木，匠石也兼收。

〔註37〕

顧雲以及鄧嘉緝頗有自開戶牖之氣概，對此本文第七章曾概括爲
同光之際石城七子在繼承發揚金陵地域詩學傳統中的種種新變，鄧氏
取道沅湘，顧氏則倡言自立。後勁楊炎昌於此不但心領神會，而且取
法乎上，身體力行。桐城吳汝綸盛稱其曰「以君之才，足以駕管（同）
並梅（曾亮）矣」〔註38〕，管梅詩詞文章素爲金陵士紳所重，諸如苔
岑社、白門四傑、石城七子均低首心折，楊氏生際諸人之後，得獲如

〔註35〕黃宗澤《爲溪齋詩集》卷首序言，《南京文獻》第二期，南京通志館，
　　　　1947年鉛印本，第1、2頁。
〔註36〕楊炎昌《爲溪齋詩集》卷下，《南京文獻》第二期，南京通志館，1947
　　　　年鉛印本，第23頁。
〔註37〕楊炎昌《爲溪齋詩集》卷下，《南京文獻》第二期，南京通志館，1947
　　　　年鉛印本，第23頁。
〔註38〕楊國鎭《先君事略》，《爲溪齋詩集》卷末，《南京文獻》第二期，南
　　　　京通志館，1947年鉛印本，第33頁。

此讚譽，可謂難能可貴。假使天假其年，楊氏定當繼七子之後完成金陵詩學的新變，而其壯歲早卒，不禁使人悵然若失。

王瀣（1871～1944），字伯沆，一字伯謙，號酸齋、無想居士，晚年自號冬飲，學者稱爲冬飲先生。王氏自幼穎異，六歲時隨父見鄉賢端木埰〔註39〕，後從其學詩，十八歲後又從高德泰研習《說文解字》，高氏極愛重之，至囑其刪定詩作。王氏肄業鍾山書院。陳三立建散原精舍於南京，聞其令名，禮聘爲塾師，教授其子。自俞明震招其教習南京陸師學堂後，王氏先後任教兩江師範學堂、南京高等師範、東南大學、中央大學等。王氏博聞碩學，國文系親承指授，卒業以去者，逾數百人，而「詩文書法，得先生之一體者，皆有以取名於世」〔註40〕。

如果說楊炎昌因爲年壽不永而未能在學術上有所成就的話，那麼，王瀣恰恰彌補了這一缺憾。王氏弱歲致力詩古文辭，詞采挺拔，才思泉湧；壯歲頗有經世之志，山川輿地多有採擷；四十歲以後，他由博返約，從兼採百家而歸於宋明理學，進而出入佛老，融通儒道釋三家。王氏雖然以心性之學自持、教人，但同時對於經學、小學、詩古文辭乃至金石書畫，皆有心得。王氏性喜藏書，鑒賞題跋多而且精，《冬飲廬文稿》中《手鈔〈詠懷堂詩集〉跋》、《〈宋詞賞心錄〉跋》、《〈雲起軒詞〉跋》、《〈倪文貞詩集〉跋》、《題金亞匏先生詩函橫幅》以及《冬飲廬藏書題記》皆爲此類，而其詩作《天發神讖碑歌》、《題漢盧豐碑拓本》等更是紹承鄉前輩朱緒曾、孫文川金石淵雅一脈而來。

〔註39〕 「光緒丙子子疇先生（端木埰）自京師歸，主余西鄰高子安先生（高德泰）家，時余甫六齡，高先生日偕以遊，因令拜謁，見先生長身蒼顏如寒松，敬畏之。高先生後亦屢道先生學行本末。及余獲讀《有不爲齋全集》，先生殉京邸久矣」。
王瀣《〈宋詞賞心錄〉跋》，《冬飲廬文稿》，《南京文獻》第二十一期，南京通志館，1947年鉛印本，第5頁。
〔註40〕 錢堃新《冬飲先生行述》，《冬飲廬文稿》，《南京文獻》第二十一期，南京通志館，1947年鉛印本，第31～36頁。

王氏詩學雖源出金陵鄉賢，然而對彼時同光詩風多有沾溉，力臻奧衍深厚，間有峻潔幽邃處，殆得力於陳三立西江一派爲多。民國政府建都南京後，金陵一地名流碩儒雲集輻輳，《冬飲廬詩稿》中多有與柳詒徵、吳梅、黃侃、胡翔東、汪東、胡小石等人唱和之作，而金陵風雅之流風餘韻，詩中也屢屢提及。如《琴隱園》云：

> 將印換詩筆，東南壇坫光。老猶身報國，奈此雨荒莊。石澗梅花落，琴臺澄月涼。我來弔貞愍（湯貽汾），弦語斷斜陽。〔註 41〕

《題陳可園丈自書小傳卷子》：

> 程（綿莊）朱（述之）風已遙，江表數文獻。皤皤可園叟，四部有纂繕。平生老駝坐，覯古頗健飯。自挾幽人貞，忽構天地變。沉幽盲復明，世換方百眩。寒郊語窮籍，養眞詎非善。鯫生接清顏，山樓莽初薦。諧談獲佚聞，晼日每遐戀。今來睹遺墨，歎逝歲如箭。一紙存微言，矧匹五柳傳。高雲回悲風，後起孰與殿？〔註 42〕

對於鄉前輩湯貽汾、朱緒曾、陳作霖等人之學問文章俯首低回，諷詠再三。

張通之（1876～1948），名葆亨，以字行，張遐齡之子。宣統己酉拔貢生，先後執教金陵大學、省立第一中學、私立鍾英中學近四十年。張氏早年學書於張裕釗，爲清道人李瑞清所稱賞，晚年兼工繪事，蒼勁之氣溢於紙上。其詩作不好苦吟，多爲性情語。對其詩書畫造詣，時人有言曰「子能爲張旭之書，張璪之畫，張籍之詩。一手兼眾美，奇氣遠出逸興飛」〔註 43〕。張氏自言曰：

> 余自幼學詩，對於古今人之作，無所不讀，亦往往各

〔註 41〕王瀣《冬飲廬詩稿》，《南京文獻》第二十一期，南京通志館，1947 年鉛印本，第 5 頁。

〔註 42〕王瀣《冬飲廬詩稿》，《南京文獻》第二十一期，南京通志館，1947 年鉛印本，第 19 頁。

〔註 43〕吳鳴麒《娛目軒詩集》卷首題識，《南京文獻》第二十三期，南京通志館，1947 年鉛印本，第 1 頁。

有取捨，而至作時，惟自寫其意，絕不定摹何家何集。〔註44〕

而其詩風卻承續家學而來，張父移居金陵後，師事江寧名儒龔坦，詩詞文賦多有沾溉，〔註45〕故而金陵詩學淵源，張氏實有濡染浸潤。在其《趨庭紀聞》中，也屢屢有相關於顧雲、楊長年、蔣師轍、秦際唐等鄉賢前輩逸聞趣事乃至道德文章的記述。〔註46〕

王東培（1874～1947），〔註47〕字孝煊，號寄漚，別署紅葉詞人、東培山民，民國間任教匯文書院、金陵大學、省立第四師範及東南大學等地。王氏書畫造詣極深，尤精金石篆刻，出入秦漢，冠絕一時。王氏生於金陵書香世家，其父王柳門即雅好吟詠，〔註48〕頗有著述，耳濡目染，王氏竟青出於藍，而詞名尤盛，與仇埰、石雲軒、孫闇仙並稱「蓼辛四友」。民國間仇埰創辦省立第四師範，所聘教師皆一時碩彥，如吳梅、胡翔東、胡小石等，王氏亦廁身其間，與諸人多有交接唱酬。

流離轉徙之際，亦曾取鄉前輩楊後詩句「古來必無白頭賊，我輩各愛青雲驅」〔註49〕書聯贈陳匪石以明志。

詩詞書畫之餘，王氏又熱心鄉邦文獻，諸如前言往行、舊德名

〔註44〕張通之《娛目軒詩集》自序，《南京文獻》第二十三期，南京通志館，1947 年鉛印本，第 2、3 頁。

〔註45〕張父有《集賢山館詩鈔》，見《謁墓詞》文中小注，《娛目軒詩集》，《南京文獻》第二十三期，南京通志館，1947 年鉛印本，第 15～18 頁。

〔註46〕分別見張通之《趨庭紀聞》，《南京文獻》第二十三期，南京通志館，1947 年鉛印本，第 5、11、12、20 頁。

〔註47〕胡舜慶《王東培先生及其書藝、書論》，《書法欣賞》，1993 年第 4 期。

〔註48〕「歲在癸亥，予家居無事時，與王君東培過從甚歡，兩人所居，相距才里許，東培時述其尊甫柳門先生嘉言往行，則謹志之。一日，東培出先生遺詩，命爲序。予即粗有陳述，以導揚盛美於十一」。金嗣芬《劍青室隨筆》卷首前言，《南京文獻》第二期，南京通志館，1947 年鉛印本，第 1 頁。

〔註49〕王兆桂《先嚴寄漚先生行述》，《里乘備識》卷首，《南京文獻》第二十二期，南京通志館，1947 年鉛印本，第 1 頁。

氏、故老傳聞，多有人所未道者，識大識小，具見剪裁筆法。由詩詞文賦而進於徵文考獻，王氏對於金陵詩文風尚中學人一脈的傳承可謂具體而微。正如其《鄉飲膾談·自序》所言：

> 曩纂《里乘備識》，仿《金陵待徵錄》之例……里黨淪為賊窟，文獻付之塗炭，岑寂旅況，輾轉退思，夜長夢靨，誰與可言！默念鄉先賢哲多有佚傳，事涉瑣屑，悉存忠厚，一言一動，矩矱可欽，文史記載或不能見，憑想所及，故老所遺風流文采去人未遠，待旦握管，一一撮記，亦里乘之無佚，備識之無遺。〔註50〕

在這類著述中，王氏對於道咸以來金陵鄉賢諸如朱緒曾、侯雲松、汪士鐸、金和、吳雙、端木埰、秦際唐、何延慶、顧雲、陳作霖、羅震亨等人學問事功皆有著錄，而金陵地域之詩文風尚也藉此而約略可循。有感於其書的文獻成就，鄉人何允恕亦曾評價曰「其與吾鄉金先生偉軍《待徵錄》、陳先生可園《炳燭裏談》並傳無疑也」。〔註51〕

後七子時代的金陵詩壇中，類同於楊炎昌、王瀣、張通之、王東培等人的詩家還有陸春官、蔣國平、劉源深、程先甲、石凌漢、程晉燾、仇埰、陳詒紱、陳匪石等等。諸人詩文著述簡目如下：

陸春官	陔餘雜著	《金陵叢書》丁集
蔣國平	平叔詩存	《金陵叢書》丁集
蔣國榜	蘇盦詩	《清代詩文集彙編》第 717 冊
陳道南	香月樓殘稿	《南京文獻》第 25 號
楊炎昌	爲溪齋詩集	《南京文獻》第 2 號
劉源深	醉侯詩鈔	《南京文獻》第 8、9 號

〔註50〕王孝煃《鄉飲膾談·自序》，《南京文獻》第二十二期，南京通志館，1947 年鉛印本，第 1 頁。
〔註51〕何允恕《鄉飲膾談》卷首序言，《南京文獻》第二十二期，南京通志館，1947 年鉛印本，第 1 頁。

王孝煃	秋夢錄 北窗瑣識	《南京文獻》第 5 號 《南京文獻》第 22 號
王瀣	冬飲廬詩稿、文稿、詞稿	《南京文獻》第 21 號
張通之	娛目軒詩集	《南京文獻》第 23 號
石凌漢	叕素遺稿	《南京文獻》第 24 號
程晉煦	壽盦詩存	《南京文獻》第 25 號
仇埰	金陵詞鈔續編	《南京文獻》第 7 號
陳詒紱	續金陵文鈔	《南京文獻》第 26 號
陳匡石	陳匡石先生遺稿	《二十世紀詩詞名家別集叢書》

　　如果說傅春官、蔣國榜師徒踵繼翁長森而輯纂的《金陵叢書》所體現出的是書院傳承制度下對金陵詩學歷程的勾勒的話，那麼，由盧前所輯纂的《南京文獻》就進一步成為民國間南社文藝思潮下對同光以來金陵詩壇的鉤沉、發掘了。當然，相同之處則在於二者都是圍繞《詩徵續》全面總結基礎上的進一步斟酌損益。

　　民國以降，南京一地高等教育迅速發展，也因此而匯聚了一批詩家學者，談道授業之餘，徜徉山水名勝，品題藻鑒詩家得失，進而酬唱賡續，盛極一時，其著名者有黃侃、吳梅、王瀣、胡小石、汪東、程先甲、陳匡石、盧前、汪辟疆等等。〔註52〕

　　胡小石出於清道人李瑞清門下，與胡翔東、陳延傑並稱「李門三

〔註52〕「1927 年北伐成功，國民黨政府定都南京。中央大學作為全國規模最大的一所高等學府，受到特別的重視。當時學校廣聘名師來校任教，僅中文系就有王伯沆、吳梅、汪東、黃侃、胡小石、汪辟疆等著名學者。這些學者都各有專長，又善於作詩填詞，春秋假日，每有詩社雅集，或分韻、聯句為遊玩助興」。
郭維森《學苑奇峰——文史學家胡小石》，南京大學出版社，2000 年版，第 10、11 頁。
對此期中央大學、金陵大學中知名教授文人文化雅集的具體情狀，沈衛威教授在《「學衡派」譜系——歷史與敘事》一書中有著更為深入詳盡的論述，此處不再展開。

子」，宣統二年，李瑞清介紹二胡從陳三立學詩。散原先生因材施教，命胡翔東專習中晚唐五律，胡小石則從唐人七絕入手，而後就性之所近，兼習各體〔註53〕。有此淵源，胡氏詩作不主宋派，堅守唐人壁壘。民國間，胡氏又拜師於父執沈曾植，金石文字乃至詩文，多有請益。錢仲聯先生曾論其詩云「得李瑞清之清俊、沈曾植之瘦硬、陳三立之巉刻，加之融會變通，形成玄思窅想、百鍛千煉之獨特詩風，尤近孟東野」。吳梅、陳匪石則均爲南社成員，南京中央大學詞學教授自吳梅、汪東、喬大壯之後，陳氏繼之，近世南京詞風之盛，此數人功莫大焉。陳氏爲江寧貢生陳道南之子，早年見賞於鳳池書院山長秦際唐，所爲制藝文曾被刻入《鳳池書院課藝》。陳氏早年學詞於尊經書院山長張仲炘以及詞學大家朱祖謀，詩作亦有《舊時月色齋詩》一卷。〔註54〕汪東則爲章太炎四大弟子之一，詞學成就卓著，爲海內詞壇大家。盧前爲尊經書院主講盧崟之孫，曲學大師吳梅的高足，素稱江南才子。由以上諸人組織、發起的禊社、潛社、如社〔註55〕等分別吸引了在校學生以及校外南京眾多舊學愛好者的加入，成爲與新文化運動有所異趣的古典主義文學的表徵。

　　當我們注意到活躍於南京高師——東南大學——中央大學的師生在二三十年代如此繁盛的舊體詩詞創作活動時，尤其是《學衡》、

〔註53〕謝建華《胡小石先生年表》，周勳初編《胡小石文史論叢》，南京大學出版社，2008年版，第241～272頁。

〔註54〕鍾振振《陳匪石先生傳略》，《宋詞舉·附錄》，江蘇古籍出版社2002年版。

〔註55〕1928年4月3日，黃侃與王旭初等九人泛舟玄武湖看桃花時，起結禊社之意，同年4月22日、5月6日、5月20日、6月3日、6月24日、7月2日、12月2日乃至1929年整年，禊社舉行了多次集會，主要社員有王易、王瀣、汪東、胡小石、汪辟疆等人；1924年二三月間，吳梅與學生組織發起潛社，1924年至1916年中，社員間隔一到兩月聚會一次，在遊玩飲酒中填詞譜曲。1928年，中央大學學生續辦潛社，填詞由汪辟疆、王旭初指導，吳梅改爲指導南北曲；1934、1935年間，吳梅又同部分南京文人如汪東、陳匪石、喬大壯等發起組織如社，活動形式類同於潛社。

《國風》等刊物堅守古典詩文創作立場，並曾兩次公開掀起復活文
言，反對白話的論調等等史實之後，彌漫於南京思想文化中的穩健或
者說保守就成爲其底色。當然，對於此種現象，學界也多有關注。
1922 年 1 月，《學衡》創刊，此後，諸如《大公報・文學副刊》、《史
地學報》、《湘君》、《國風》以及《思想與時代》等報刊雜誌也陸續從
不同的視角展開了對於新文化運動的反撥，「『學衡派』的雜誌的特別
之處在於它以各種方式告示國人，民族傳統中的精華部分，才是建設
新中國的唯一途徑，其立場集中表現在哲學、政治和教育上的理想主
義及文學中的古典主義」，正因爲「強調道德和文學的重要性，將其
視爲一種表達方式和生活方式，他們成了中國文學古典派的擁護者，
並且特別推崇中國傳統文人所追求的詩意的個性化的生活」〔註56〕。
對於「學衡派」思潮中道德和文學的把握，沈衛威先生多立足於學術
理路，相關於古典文學尤其是詩意的個性化的舊體詩詞創作發展傳承
源流，不免稍嫌膚廓。而在《回眸「學衡派」──文化保守主義的現
代命運》一書中，沈先生也同樣未能展開。在介紹主將胡先驌的舊體
詩詞創作時，曾援引陳三立的題識，稱其詩「擺脫浮落，往往能騁才
思於古人清深之境。具此異稟，鍥而不捨，成就何可限量」，〔註57〕
而錢鍾書也曾有言曰「丈論詩甚推同光以來鄉獻，而自作詩旁搜遠
紹。轉益多師，堂宇恢弘。談藝者或以西江社里宗主尊之。非知言也」。
〔註58〕在此值得注意的是，「以西江社里宗主尊之」並非毫無依憑，
在《學衡》雜誌文苑欄目作者群中，除了同人柳詒徵、王瀣、邵祖平
之外，更有一個追隨陳三立的詩人群體：

　　　胡先驌主持《學衡》的「文苑」一門，專登江西省人

〔註56〕沈衛威《「學衡派」譜系──歷史與敘事》，江西教育出版社，2007
　　　年版，第 14、15 頁。
〔註57〕《胡先驌先生詩集》卷首陳三立題識，臺北國立中正大學校友會，
　　　1992 年版，第 8 頁。
〔註58〕錢鍾書《懺庵詩稿跋》，《胡先驌先生詩集》，臺北國立中正大學校友
　　　會，1992 年版，第 160 頁。

　　　　所作之江西詩派之詩，實僅限於胡先驌、邵祖平、汪辟疆、

　　　　王易、王浩五人而已。〔註59〕

　　對附翼於學衡派的詩詞創作活動以及上文所提到的舊體詩詞社
團活動來說，顯然其旨趣格局與學衡主將梅光迪、吳宓等人的文藝思
想難免有所疏離。〔註60〕事實上，如果將其放在金陵詩學譜繫傳承流
變的大背景下來解讀，雖然切入點較小，無法全面闡釋「學衡派」諸
君與新文學運動有所異趣的文化藝術觀，但或許更加切合彼時南京詩
壇的實際情況。如果我們說二三十年代南京舊體詩詞創作繁盛的思想
資源有來自於「學衡派」所倡言的人文主義因素的話，那麼，活躍於
禊社、潛社、如社的教授學者中的國學傳承就成為舊體詩詞創作活動
得以延續的必要保障了。清末民初金陵眾書院轉軌改製成為學堂之
後，諸如繆荃孫、陳三立、李瑞清等同光體詩家成為三江師範——兩
江師範——南京高師詩學傳承的關鍵人物。當然，從另一個角度來
說，呼朋引伴縱情山水、酬唱雅集的主體由舊式師徒朋好轉換成而今
的師生，也不能不說是對傳統的改造變通。只有那溫山軟水六朝繁華
與詩意生活，成為亙古不變的追尋。

　　此一時期，著眼於彼時南京古典詩詞創作實績的高漲，潛心研
讀前哲經典著述，對於近代詩學理論體系理論有所總結的當推汪辟
疆先生，以《光宣以來詩壇點將錄》、《近代詩派與地域》、《近代詩家
小傳稿》等論著為基礎，汪氏成為繼陳衍之後論列評騭近代詩壇的又
一名家。〔註61〕

〔註59〕吳宓著，吳學昭整理《吳宓自編年譜》，生活・讀書・新知三聯書店，
　　　　1995年版，第234頁。

〔註60〕最直接的一點就在於學衡派諸同人對於彼時吳梅所宣導的舊體詩詞
　　　　創作活動採取了漠視而非團結的姿態。胡先驌1924年在其《讀陳石
　　　　遺所輯〈近代詩鈔〉率成論詩絕句》中，所論涉及王瀣、柳詒徵等
　　　　四十餘家，卻不曾關注吳氏；同樣，吳宓所著《空軒詩話》中，有
　　　　關於柳詒徵、胡先驌的專條，依舊未及吳氏。

〔註61〕在此，我們有理由認為民國以來以黃侃、吳梅為代表的學人對古典
　　　　詩詞寫作的揄揚鼓吹及以盧前為主的《南京文獻》的整理輯纂對汪

　　汪辟疆能文能詩，而詩尤工，被時人推爲江西派後勁。其早年濡染家學，與光緒間進士李博孫、王乃徵等談文論藝，多有請益。之後汪氏詩名漸著，復與陳寶琛、陳三立詩論多有契合。在《光宣詩壇點將錄》中，汪氏曾寫道：

　　　　弢庵太傅有手錄《滄趣樓詩》七巨冊，予己丑侍太傅，曾命細閱一過，分別存芟。予謝不敏。〔註62〕

　　對汪氏的《光宣詩壇點將錄》，陳三立曾看過多次，並有「吾所識同時詩人，應有盡有，足備一時詩壇掌故」〔註63〕的評價，《方湖詩鈔》中也有《憶昔一首呈散原丈》：

　　　　憶昔謁公東湖隈，神定不懾山崔嵬；臨歧袖詩請縱斧，譽我頗近宣城梅。過情殿最知溢量，奉手歎息心疑猜。從茲一別渺江海，武林歇浦空溯迴。經年曾不寄一字，心跡怳若相追陪。尋山忽傳入盧阜，山靈把臂呼宗雷。溪聲山色佐清燕，微吟飛瀑爭喧豗。今年江介重蒞止，時親杖履開尊罍。甡甡群彥集京國，萬口師伯交相推；平生敬公獨異撰，大節凜冽傳九垓。中歲慷慨論國是，鉤黨掛籍心如灰。虞淵日墜悲頃刻，吾謀不用籲可咍。卅年坐廢寄文字，用意眞與造化該。世人哪知痛至骨，流沫坐賞辭瓊瑰。公今養性減吟詠，貌古不礙心如孩；後生一善常掛口，雕鏤肝腎勞斧裁。如公用心古亦少，宜享大年推方來：江南菊蕊凌霜開，風物正美傾新醅，壽公敬頌臨川句：一取萬古光芒回。〔註64〕

辟疆先生審視論定金陵詩學傳統有所影響。而對胡小石、陳匪石、盧前等家族淵源的明晰也可看出金陵傳統詩文風尚薪火相傳、不絕如縷的特點，雖然彼時同光體宋詩派、南社等詩文風尚的影響也同樣潛滋暗長。

〔註62〕汪辟疆《光宣詩壇點將錄》陳寶琛條，《汪辟疆說近代詩》，上海古籍出版社，2001年版，第55頁。
〔註63〕汪辟疆《光宣詩壇點將錄》定本跋，《汪辟疆說近代詩》，上海古籍出版社，2001年版，第122頁。
〔註64〕汪辟疆《汪辟疆詩學論集》下冊，南京大學出版社，2011年版，第511頁。

在汪辟疆文集的後記中，程千帆先生寫道「他早年受散原老人的影響，效法黃、陳；其後則轉益多師，對唐朝的杜甫、李商隱、韓偓諸家，宋朝的梅堯臣、王安石、蘇軾、陳與義諸家，致力尤深，合唐人的情韻、宋人的意境爲一手，所以風格蒼秀明潤，用筆開合自如，爲並世諸老所推服」〔註65〕。之所以用如此篇幅來介紹汪辟疆詩學淵源，正是著眼於其二三十年代之際在南京詩壇所具有的獨特影響力。

相較於南京本土詩家諸如盧前、陳匪石等人，顯然汪氏具有更濃重的同光體詩派的色彩，錢仲聯先生曾有言曰「百年以來，禹域吟壇，大都不越閩、贛二宗之樊……金陵一隅，尤爲贛派詩流所萃」〔註66〕，汪辟疆成爲此中翹楚固然有其突出的詩詞創作實績，尤其難能可貴的是，汪氏並不囿於同光意趣，而是轉益多師，追求唐人情韻、宋人意境的混融無間。擁有如此通達的詩學觀，汪氏本人的詩論素養自然是主要因素，而執教南京之後，得以瞭解熟識道咸以來金陵詩文風尚也無疑是重要的客觀原因。注重情韻、追求藻采，偏好六朝三唐風神不正是石城七子有別於同光體詩派的重要表徵？當王瀣、王孝煃、盧前、陳匪石等世家子弟表彰揄揚鄉賢詩文創作實績之時，學術興趣凝鑄於近代詩的汪氏又怎能漠然無所動於心呢？

如此種種，成爲汪氏在近代詩學理論體系領域內超越於前輩陳衍的重要基礎。對於近百年來的金陵詩壇情狀，汪氏在其《近代詩派與地域》有「江左派」之說，此派詩家「既不侈談漢魏，亦不濫入宋元，高者自詡初盛，次亦不失長慶，跡其造詣，乃在心撫手追錢劉溫李之間，故其詩風華典贍，韻味綿遠，無所用其深湛之思，自有唱歎之韻。才情備具者，往往喜之；至鬥險韻，鑄偉詞，巨刃摩天者，則

〔註65〕程千帆《汪辟疆文集》後記，《汪辟疆文集》，上海古籍出版社，1988年版，第1068頁。

〔註66〕錢仲聯先生《唐音閣詩詞序》，《夢苕盦詩文集》，合肥黃山書社，2008年版，第759頁。

僕病未能也」〔註67〕。雖然對於金陵詩文的論述摻雜了諸如蘇州、杭州等東南城市，但畢竟汪氏注意到了諸如金和、薛時雨、顧雲等人的詩文創作實績，而這正是苦岑詩風興起之後從白門四雋到石城七子這兩個階段的勾勒，汪氏所認為的金陵諸詩家「接於目者，既為山水準遠之鄉；悅於耳者，亦多豪竹哀絲之感。」故而「內心之所發，外誘之所觸，皆足以鎔鑄篇章，笙磬同韻」〔註68〕。如此說法雖有膚廓之嫌，卻也切實地攫住了金陵詩風中注重藻采情韻的一面。

更為重要的是，在構建近代詩壇譜系的過程中，汪氏重新肯定並高度評價了以王闓運為代表的漢魏六朝詩派，這是對陳衍同光體詩論最根本的修正，它表明汪氏對於陳衍狹隘的同光體論調的消解與廓清。張宏生先生從清末民初的學術文化背景入手，提出了汪氏詩學體系建立的幾個思想資源，如京師大學堂嚴復的進化史觀、乾嘉樸學乃至揚州學派求變的文體觀等等，〔註69〕而這些，毫無疑問都是超越於前輩陳衍的。

當我們注意到漢魏六朝詩派這一點時，也自然會聯想到本文第三章描述石城七子之一的鄧嘉緝其人，鄧氏詩文論在繼承發揚金陵地域詩學傳統之餘，業已取道沅湘漢魏六朝派，有所新變。後人汪辟疆同樣以此入手，成為民國間風行一時的同光詩論的最有力的修正者。掃清了同光詩論的陰翳，近代詩壇的紛繁蕪雜才得以重新展露，而金陵詩風的流風餘韻，也藉此而約略可循。如果說汪辟疆是在詩論的領域開掘奮進的話，那麼，盧前輯纂《南京文獻》，發揚前賢幽光，就可算作是在詩學文獻方面的桴鼓相應了。

固然二三十年代南京舊體詩詞創作繁盛還有其他諸如政治、文

〔註67〕汪辟疆《近代詩派與地域》，《汪辟疆說近代詩》，上海古籍出版社，2001 年版，第 36 頁。

〔註68〕汪辟疆《近代詩派與地域》，《汪辟疆說近代詩》，上海古籍出版社，2002 年版，第 38、39 頁。

〔註69〕張宏生《汪辟疆的詩史觀念及其近代詩說》，《江西社會科學》，2004 年第 1 期。

化方面的因素，然而，金陵地域傳統詩學風尚的影響正如上文所勾勒，依舊不絕如縷。事實上，金陵詩風的傳承賡續至此也終於畫上了句號，成為歷史的過往。〔註70〕

〔註70〕雖然在四十年代，又出現了汪偽政權揄揚提倡的舊體詩詞創作熱潮，但此時金陵詩學風尚的影響已然式微，而且諸家詩論亦無超越於汪辟疆之處，故而此處從略。
　　　關於此期南京詩壇活動的具體介紹見尹奇嶺《1940 年代南京汪偽統治時期古體詩詞的回潮》，《東方論壇》，2010 年第 4 期。

附錄：道咸以來金陵士紳學術撰述

經　部	
陳宗彝	讀禮識疑
陳宗彝	重次臧氏經義雜記
陳宗彝	六書偏旁析疑、續古篆
顧槐三	三禮補注
金　鏊	讀左披微八卷
金　鏊	五經辨異十六卷
金　鏊	四書辨異六卷
朱緒曾	論語義證
朱緒曾	爾雅集釋
史　部	
顧槐三	補後漢書藝文志、補五代史藝文志
陳宗彝	胡刊通鑑識誤一卷、通鑑補正匯鈔
陳宗彝	廉石居藏書記
陳宗彝	重編金石文跋、重編訪碑錄、鍾鼎古器錄、古磚文錄、漢石經殘字、蜀石經殘字
車持謙	顧亭林年譜

車持謙	紀元錄
車持謙	金石叢話
金　鏊	金陵待徵錄十卷、湖熟小志
甘　熙	白下瑣言八卷
甘　熙	金石題詠彙編四十六卷
焦光俊	讀史撮要、讀史管見
朱緒曾	昌國典詠十卷
朱緒曾	金陵舊聞
朱緒曾	開有益齋讀書志六卷、續志一卷
朱緒曾	開有益齋金石文字記跋尾一卷
羅震亨	奧學堂藏書目一卷
葉覲揚	求放心齋金石跋二十卷
甘　炳	古泉文錄
子　部	
朱緒曾	中論注
朱緒曾	筆譜
甘　熙	補訂渾蓋通銓二卷
甘　熙	水法宗旨二卷、納音訂正二卷
陳宗彝	廉石居鑒書畫記
陳宗彝	嗜古編
蔣師軾	漁石樓印譜
車持謙	錢譜一卷

參考文獻

著述

1. 王逸塘《今傳是樓詩話》,《民國詩話叢編》本,上海書店出版社,2002 年版。

2. 方宗誠《柏堂師友言行記》,《近代中國史料叢刊》本,臺灣文海出版社,1966 年版。

3. 徐雁平《清代東南書院與學術及文學》,安徽教育出版社,2007 年版。

4. 蔡琳《荻葦堂詩存》,《叢書集成續編》本,上海書店出版社,1994 年版。

5. 汪辟疆《汪辟疆説近代詩》,上海古籍出版社,2001 年版。

6. 甘熙《白下瑣言》,南京出版社,2007 年版。

7. 顧槐三《燃松閣詩鈔》,《叢書集成續編》本,上海書店出版社,1994 年版。

8. 金武祥著,林其賫編《溎生隨筆》,北京中共中央黨校出版社,1998 年版。

9. 王章《靜虛堂吹生草》,《叢書集成續編》本,上海書店出版社,1994 年版。

10. 周葆濂《且巢詩存》,《叢書集成續編》本,上海書店出版社,1994 年版。

11. 周葆濂《周還之無題詩》,鈔本,藏南圖。

12. 端木埰《有不爲齋集》,宣統三年刻本,藏南圖。

13. 端木埰《有不爲齋小集》，稿本，藏南圖。

14. 端木埰《有不爲齋雜錄》，稿本，藏南圖。

15. 端木埰《粉槃錄》，《南京文獻》本，南京通志館，1947 年鉛印本。

16. 端木埰《宋詞賞心錄》，臺北正中書局，1975 年鉛印本。

17. 金和著，胡露校點《秋蟪吟館詩》，上海古籍出版社，2009 年版。

18. 嚴迪昌《清詩史》，浙江古籍出版社，2002 年版。

19. 洪亮吉《洪亮吉集》，中華書局，2001 年版。

20. 龔自珍《龔自珍全集》，人民出版社，1975 年版。

21. 王煒《〈清實錄〉科舉史料彙編》，武漢大學出版社，2009 年版。

22. 陳祖武《清儒學術拾零》，湖南人民出版社，2002 年版。

23. 俞樾《春在堂全集》俞樾《春在堂全書》，南京鳳凰出版社，2010 年版。

24. 江藩著，漆永祥點校《漢學師承記》，上海古籍出版社，2006 年版。

25. 章太炎、劉師培等《中國近三百年學術史論》，上海古籍出版社，2006 年版。

26. 翁方綱《復初齋文集》，《續修四庫全書》本，上海古籍出版社，2002 年版。

27. 胡培翬《研六室文鈔》，《續修四庫全書》本，上海古籍出版社，2002 年版。

28. 張舜徽《清代揚州學記》，上海人民出版社，1962 年版。

29. 阮元《揅經室集》，《續修四庫全書》第 1478、1479 冊，上海古籍出版社，2002 年版。

30. 張舜徽《清人文集別錄》，中華書局，1963 年版。

31. 尚小明《清代士人遊幕表》，中華書局，2005 年版。

32. 管同《因寄軒文初集、二集、補遺》，《續修四庫全書》第 1504 冊，上海古籍出版社，2002 年版。

33. 錢穆《中國近三百年學術史》，北京九州出版社，2011 年版。

34. 朱緒曾《曹集考異》，《叢書集成續編》本，上海書店出版社，1994 年版。

35. 朱緒曾《昌國典詠》，《叢書集成續編》本，上海書店出版社，1994 年版。

36. 朱緒曾《開有益齋金石文字記》：《石刻史料新編》本，臺北新文豐公司。

37. 朱緒曾《開有益齋經說》五卷，《皇清經解續編》本，南菁書院光緒十四年刻本。

38. 朱緒曾《開有益齋讀書志》，光緒四年刻本，藏南圖。

39. 朱緒曾《北山集》三卷，《金陵朱氏家集》本，道光二十年金陵劉文楷刻本，藏南圖。

40. 朱緒曾《金陵詩徵》，光緒十八年刻本，藏南圖。

41. 朱緒曾《國朝金陵詩徵》，光緒十一年刻本、十二年、十三年刻本，均藏南圖。

42. 朱緒曾《金陵詩徵小傳》，光緒二年刻本，藏南圖。

43. 王士禎《漁洋詩話》，《文津閣四庫全書》第 496 冊，北京商務印書館，2005 年版。

44. 陳文述《秣陵集》，南京出版社，2009 年。

45. 錢鍾書《談藝錄》，中華書局，1984 年版。

46. 錢仲聯《清詩紀事》，江蘇古籍出版社，1987 年版。

47. 錢大昕《潛研堂詩集、續集》，《續修四庫全書》本，上海古籍出版社，2002 年版。

48. 徐世昌《晚晴簃詩匯》，中國書店，1988 年版。

49. 翁方綱《石洲詩話》，人民出版社，1981 年版。

50. 吳汝倫《吳汝倫尺牘》，合肥黃山書社，1990 年版。

51. 陳衍《石遺室詩話》，《民國詩話叢編》本，上海書店出版社，2002 年版。

52. 劉聲木《桐城文學淵源考》，蘇大館藏民國刊本。

53. 李詳《李審言文集》，江蘇古籍出版社，1988 年版。

54. 朱寶炯、謝佩霖《明清進士題名錄索引》，《近代史料叢刊》本，臺北文海出版社，1981 年版。

55. 張文虎《舒藝室詩存》，《續修四庫全書》本，上海古籍出版社，2002 年版。

56. 江湜著，左鵬軍點校《伏敔堂詩錄》，上海古籍出版社，2008 年版。

57. 朱新夏《清代目錄提要》，齊魯書社，1997 年版。

58. 柯愈春《清人詩文集總目提要》，北京古籍出版社，2002 年版。

59. 顧懷三《燃松閣賦鈔、詩鈔、存稿》，《叢書集成續編》本，上海書店出版社，1994 年版。

60. 顧槐三《補後漢書藝文志》，《叢書集成續編》本，上海書店出版社，

1994 年版。

61. 顧槐三《補五代史藝文志》,《續修四庫全書》本,上海古籍出版社,2002 年版。

62. 顧槐三《風俗通義佚文》,《叢書集成續編》本,上海書店出版社,1994 年版。

63. 顧槐三《通俗文補音》,《小方壺齋叢書》本,王錫祺光緒間鉛印本,藏南圖。

64. 王金洛《蔗餘軒詩略》,稿本,藏南圖;光緒十五年馬毓華武都官廨刻本,藏南圖。

65. 王欣夫《文獻學講義》,上海世紀出版社,2005 年版。

66. 孫琴安《唐詩選本提要》,上海書店,2005 年版。

67. 江慶柏《清代人物生卒年表》,人民文學出版社,2005 年版。

68. 方濬頤《二知軒文存》,《明清未刊稿彙編》本,臺北聯經出版事業公司,1976 年版。

69. 王廣西、周觀武《中國近現代文學藝術辭典》,中州古籍出版社,1998 年版。

70. 阮鏞《醇雅堂詩略》,《叢書集成續編》本,上海書店,1994 年版。

71. 李慈銘《越縵堂讀書記》,上海書店出版社,2000 年版。

72. 朱德慈《常州詞派通論》,中華書局,2006 年版。

73. 朱德慈《近代詞人考錄》,中國社會科學出版社,2004 年版。

74. 莊一拂《明清散曲作家匯考》,浙江古籍出版社,1992 年版。

75. 劉啓瑞等《續修四庫全書總目提要(稿本)》,齊魯書社,1996 年版。

76. 楊鍾義著,雷恩海、蔣朝暉點校《雪橋詩話全編》,人民文學出版社,2011 年版。

77. 趙爾巽等《清史稿》,中華書局,1977 年版。

78. 吳小鐵《南京莫愁湖志》,中央文獻出版社,2005 年版。

79. 鄧之誠著,趙丕傑點校《古董瑣記全編》,北京出版社,1996 年版。

80. 占驍勇《清代志怪小說集研究》,華中理工大學出版社,2002 年版。

81. 劉偶《讕言瑣記》,《叢書集成續編》本,上海書店出版社,1994 年版。

82. 劉因《蟻餘偶筆、附筆》,《叢書集成續編》本,上海書店出版社,1994 年版。

83. 陳橋驛《〈水經注〉論叢》,浙江大學出版社,2008 年版。

84. 汪士鐸《水經注圖》:《四庫未收書輯刊》本,北京出版社,2000 年版。

85. 汪士鐸《南北史補志》,《四庫未收書輯刊》本,北京出版社,2000 年版。

86. 汪士鐸《漢志志疑》,《二十五史補編》本,中華書局,1956 年版。

87. 汪士鐸《南北史補志未刊稿》,《二十五史補編》本,中華書局,1956 年版。

88. 汪士鐸《同治上兩江縣志》,《中國方志叢書》本,臺北文海出版社,1970 年版。

89. 汪士鐸《續纂江寧府志》,《中國方志叢書》本,臺北文海出版社,1970 年版。

90. 汪士鐸《汪梅村先生全集》,光緒七年刻本,藏南圖。

91. 汪士鐸《悔翁詩鈔》,《續修四庫全書》本,上海古籍出版社,2002 年版。

92. 汪士鐸《悔翁詩餘》,燕京大學圖書館民國二十四年刻本,藏南圖。

93. 汪士鐸《梅村剩稿》,《叢書集成續編》本,上海書店,1994 年版。

94. 盧前《金陵曲鈔》,民國間飲虹簃刊本,藏南圖。

95. 陳玉堂《中國近現代人物名號大辭典全編增訂本》,浙江古籍出版社,1993 年版。

96. 梁淑安、姚柯夫《中國近代傳奇雜劇經眼錄》,書目文獻出版社,1996 年版。

97. 左鵬軍《晚清民國傳奇雜劇考索》,人民文學出版社,2005 年版。

98. 胡光國《愚園詩話》,南京圖書館藏民國九年刻本,藏南圖。

99. 曾國藩《曾國藩日記》,北京宗教文化出版社,1999 年版。

100. 朱桂模《在莒集》,《叢書集成續編》本,上海書店出版社,1994 年版。

101. 魏守余《秦淮人物志》,人民日報出版社,1999 年版。

102. 顧廷龍《清代朱卷集成》,臺北成文出版社,1992 年版。

103. 高拜石《古春風樓瑣記》,臺灣新生報社,1979 年版。

104. 袁枚著,顧學頡點校《隨園詩話》,人民文學出版社,1982 年版。

105. 沙葉新《沙葉新諧趣美文》,廣東人民出版社,1999 年版。

106. 葉兆言《南京人》,南京大學出版社,2007 年版。

107. 薛冰《家住六朝煙水間》,南京師範大學出版社,2005 年版。

108. 馬自樹《中國文物定級圖典‧一級品（上卷）》，上海辭書出版社，1999 年版。

109. 陳作霖《可園文存、詩存、詞存》，《續修四庫全書》本，上海古籍出版社，2002 年版。

110. 陳作霖《上元江寧鄉土合志》，宣統二年江楚編譯書局刻本，藏南圖。

111. 陳作霖《金陵瑣志》，光緒二十六年刻本，藏南圖。

112. 陳作霖《續金陵詩徵》，光緒二十年刻本，藏南圖。

113. 陳作霖《金陵詞鈔》，光緒二十八年刻本，藏南圖。

114. 陳作霖《國朝金陵文鈔》，光緒二十三年刻本，藏南圖。

115. 陳作霖《金陵通傳、補遺》，1986 年廣陵古籍刻印社影印本，藏南圖。

116. 陳作霖《可園詩話》，民國八年鉛印本，藏南圖。

117. 陳作霖《壽藻堂文集、詩集、文續、雜存》，民國鉛印本，藏南圖。

118. 陳作霖《冶麓山房叢書》，1976 年臺北聯經出版公司影印本。

119. 阮鏞《醇雅堂詩略》，《叢書集成續編》本，上海書店出版社，1994 年版。

120. 楊長年《妙香齋集》，《叢書集成續編》本，上海書店出版社，1994 年版。

121. 楊長年《桑根遺愛錄》，光緒間刻本，藏南圖。

122. 陳韜《湯貞敏公年譜》，《北京圖書館藏珍本年譜叢刊》本，北京圖書館出版社，1999 年版。

123. 龔坦《憶舊詩鈔》，《龔氏家集》本，民國八年龔乃保鉛印本，藏南圖。

124. 龔坦《以蟲鳴秋詩存》，《龔氏家集》本，民國八年龔乃保鉛印本，藏南圖。

125. 陳元恒《稀齡撮記》，稿本，陳作霖《冶麓山房叢書》收錄，臺灣聯經出版事業公司，1976 年版。

126. 姚必成《西農遺稿》，《叢書集成續編》本，上海書店出版社，1994 年版。

127. 陶錫霖《寄生草堂吟草》，稿本，藏南圖。

128. 陶錫霖《寄生草堂吟草》，清末鈔本，藏南圖。

129. 周葆濂《且巢詩存》，《叢書集成續編》本，上海書店出版社，1994 年版。

130. 楊後《柳門遺稿》,《叢書集成續編》本,上海書店出版社,1994 年版。

131. 《續修四庫全書總目提要（稿本）》,齊魯書社,1996 年版。

132. 王章《靜盧堂吹生草》,《叢書集成續編》本,上海書店出版社,1994 年版。

133. 葉恭綽《全清詞鈔》,中華書局,1982 年版。

134. 李匯群《閨閣與畫舫：清代嘉慶道光年間的江南文人和女性研究》,中國傳媒大學出版社,2009 年版。

135. 朱克敬《儒林瑣記》,嶽麓書社,1983 年版。

136. 韓印《尚簡堂詩稿》,同治十三年蘿川官廨刊本,藏南圖。

137. 夏家鎬《蚓竅集》,光緒間刻本,藏南圖。

138. 劉葆恬《讕言瑣記》,《叢書集成續編》本,上海書店出版社,1994 年版。

139. 劉葆恬《蟻餘偶筆、附筆》,《叢書集成續編》本,上海書店出版社,1994 年版。

140. 朱紹頤《挹翠樓詩存》,《石城七子詩鈔》本,光緒十六年刻本,藏南圖；揚州古籍書店,1987 年重印本,藏蘇州大學圖書館。

141. 黃鐸《朓餘集》,宣統三年刻本,藏蘇州大學圖書館。

142. 凌煜《柏岩乙稿、丙稿》,《叢書集成續編》本,上海書店出版社,1994 年版。

143. 曾國藩《曾國藩全集·詩文》,嶽麓書社,1986 年版。

144. 徐世昌《晚晴簃詩匯》,中國書店,1988 年版。

145. 蘇克勤、苗立軍《南京名人舊居：散落在大街小巷的流年碎影》,河南人民出版社,2008 年版。

146. 馮友蘭《中國哲學史新編》第六冊,人民出版社,1989 年版。

147. 劉聲木《桐城文學淵源撰述考》,黃山書社,1989 年版。

148. 曹林娣《蘇州園林區額楹聯鑒賞（增訂本）》,華夏出版社,1999 年版。

149. 薛時雨《藤香館詩鈔》,《清代詩文集彙編》本,上海古籍出版社,2010 年版。

150. 鄭孝胥著,黃坤、楊曉波點校《海藏樓詩集》,上海古籍出版社,2003 年版。

151. 陳三立《散原精舍文集》,遼寧教育出版社,1998 年版。

152. 鄧嘉緝《扁善齋文存》，《清代詩文集彙編》本，上海古籍出版社，2010 年版。

153. 鄧嘉緝《扁善齋詩存》，《清代詩文集彙編》本，上海古籍出版社，2010 年版。

154. 鄧嘉緝《光緒臨朐縣志》，《中國地方志集成》本。

155. 秦際唐《南岡草堂詩選》，《清代詩文集彙編》本，上海古籍出版社，2010 年版。

156. 秦際唐《南岡草堂文》，《清代詩文集彙編》本，上海古籍出版社，2010 年版。

157. 秦際唐《國朝金陵詞鈔》，光緒二十八年刻本，藏南圖。

158. 秦際唐《國朝金陵文鈔》，光緒二十三年刻本，藏南圖。

159. 錢仲聯《清詩紀事·同治朝卷》，江蘇古籍出版社，1989 年版。

160. 何延慶《寄漚遺集》，《清代詩文集彙編》本，上海古籍出版社，2010 年版。

161. 何延慶《寄漚詩存》，《石城七子詩鈔》本，光緒十六年刻本；揚州古籍書店，1987 年重印本。

162. 何延慶《梅花書屋詩鈔》，稿本，藏南圖。

163. 蔣師轍《青溪詩選》，《石城七子詩鈔》本，蘇大館藏光緒十六年刻本。

164. 顧雲《盋山文錄》，《清代詩文集彙編》本，上海古籍出版社，2010 年版。

165. 顧雲《盋山詩錄》，《清代詩文集彙編》本，上海古籍出版社，2010 年版。

166. 顧雲《天東驪唱》，道光十九年刻本，藏南圖。

167. 顧雲《盋山志》，光緒九年刻本，藏南圖。

168. 顧雲《光緒吉林通志》，《續修四庫全書》本，上海古籍出版社，2002 年版。

169. 盧前《冶城話舊》，《盧前筆記雜鈔》，中華書局，2006 年版。

170. 陳衍著，錢仲聯編校《陳衍詩論合集（上）》，福建人民出版社，1999 年版。

171. 車書《子尚詩存》，《叢書集成續編》本，上海書店出版社，1994 年版。

172. 蔣師軾《三徑草堂詩鈔》，《清代詩文集彙編》本，上海古籍出版社，2010 年版。

173. 羅笏、羅振亨、羅晉亨、羅鼎亨《羅氏一家集》,《叢書集成續編》本,上海書店出版社,1994 年版。

174. 許宗衡《玉井山館筆記》、《舊遊日記》,《叢書集成新編》本,上海書店出版社,1994 年版。

175. 許宗衡《玉井山館集》,(《玉井山館文略》、《文續》、《詩》、《詩餘》),同治間刻本,藏南圖。

176. 朱德慈《常州詞派通論》,中華書局,2006 年版。

177. 徐中玉、襄豫適《中國文論的我與他:古代文學理論研究》,華東師範大學出版社,2009 年版。

178. 楊慎《升菴全集》,《萬有文庫》本,上海商務印書館民國二十六年版。

179. 周作人著,鍾叔和輯纂《周作人文類編》,湖南文藝出版社,1998 年版。

180. 吳晶《西湖詩詞》,杭州出版社,2005 年。

181. 陳衍《近代詩鈔》,上海商務印書館民國十二年刊本。

182. 尚兆山《括囊詩草》,《叢書集成續編》本,上海書店出版社,1994 年版。

183. 尚兆山《赤山湖志》,《叢書集成續編》本,上海書店出版社,1994 年版。

184. 劉偶《蟻餘隨筆》,《叢書集成續編》本,上海書店出版社,1994 年版。

185. 高德泰《忠烈備考》,光緒二年刻本、光緒六年刻本,均藏南圖。

186. 高德泰《金陵機業瑣記》,光緒七年刻本,藏南圖。

187. 高德泰《高子安遺稿》,清末鈔本,藏南圖。

188. 胡恩燮《白下愚園題景七十詠》,民國七年刻本,藏南圖。

189. 胡恩燮《愚園偶憶詩草》,《白下愚園集》本,胡光國光緒二十年刻本,藏南圖。

190. 葉覲揚《金石萃編篆隸匯鈔》,稿本,藏南圖。

191. 葉覲揚《蓮因居士雜鈔》,鈔本,藏南圖。

192. 盧釜《東平州志》《中國地方志集成》本,鳳凰出版社,2011 年版。

193. 盧釜《石壽山房集》,民國二十二年金陵盧氏飲虹簃鉛印本,藏南圖。

194. 車持謙《秦淮畫舫錄》、《畫舫餘談》、《三十六春小譜》,《申報館叢書》本,光緒間上海申報館鉛印本,藏南圖。

195. 侯雲松《薄遊草》,《叢書集成續編》本,上海書店出版社,1994 年版。

196. 甘元煥《甘劍侯元煥雜鈔四種》,鈔本,藏南圖。

197. 朱桂模《在莒集》,《叢書集成續編》本,上海書店出版社,1994 年版。

198. 孫文川《南朝佛寺志》,《金陵瑣志九種》本,南京出版社。

199. 孫文川《讀雪齋詩集》,光緒八年刻本,藏南圖。

200. 孫文川《淞南隨筆》,《明清上海稀見文獻五種》本,黃坤,王順點校。

201. 馮煦《蒿盦類稿》,《近代中國史料叢刊》本,臺北文海出版社,1989 年版。

202. 楊炎昌《鳥溪齋詩集》,《南京文獻》本,南京通志館,1947 年鉛印本。

203. 王瀣《冬飲廬詩稿、文稿、詞稿》,《南京文獻》本,南京通志館,1947 年鉛印本。

204. 張通之《娛目軒詩集》,《南京文獻》本,南京通志館,1947 年鉛印本。

205. 張通之《趨庭紀聞》,《南京文獻》本,南京通志館,1947 年鉛印本。

206. 王東培《劍青室隨筆》,《南京文獻》本,南京通志館,1947 年鉛印本。

207. 陸春官《隑餘雜著》,蘇大館藏《金陵叢書》本。

208. 蔣國平《平叔詩存》,蘇大館藏《金陵叢書》本。

209. 陳道南《香月樓殘稿》,《南京文獻》本,南京通志館,1947 年鉛印本。

210. 劉源深《醉侯詩鈔》,《南京文獻》本,南京通志館,1947 年鉛印本。

211. 郭維森《學苑奇峰——文史學家胡小石》,南京大學出版社,2000 年版。

212. 周勳初主編《胡小石文史論存》,南京大學出版社,2008 年版。

213. 陳匪石《宋詞舉》,江蘇古籍出版社,2002 年版。

214. 沈衛威《「學衡派」譜系——歷史與敘事》,江西教育出版社,2007 年版。

215. 吳宓著,吳學昭整理《吳宓自編年譜》,生活·讀書·新知三聯書店,1995 年版。

216. 王孝煃《秋夢錄》,《南京文獻》本,南京通志館,1947 年鉛印本。

217. 王孝煃《北窗瑣識》,《南京文獻》本,南京通志館,1947 年鉛印本。

218. 石凌漢《弢素文稿》《南京文獻》本,南京通志館,1947 年鉛印本。

219. 程晉燾《壽盦詩存》,《南京文獻》本,南京通志館,1947 年鉛印本。

220. 仇埰《金陵詞鈔續編》,《南京文獻》本,南京通志館,1947 年鉛印本。

221. 陳詒紱《續金陵文鈔》,《南京文獻》本,南京通志館,1947 年鉛印本。

222. 余集《秋室學古錄》,《續修四庫全書》本,上海古籍出版社,2002 年版。

223. 錢穆《中國學術思想史論叢》,生活・讀書・新知三聯書店,2009 年版。

224. 薛冰《淘書隨錄》,江蘇教育出版社,2001 年版。

225. 江慶柏《近代江蘇藏書研究》,安徽文藝出版社,2000 年版。

論文

1. 陳祖武《關於乾嘉學派的幾點思考》,《清代經學國際研討會論文集》,臺灣中央研究院中國文哲研究所籌備處,1994 年版。

2. 侯長生《同治中興與同光體》,《唐都學刊》2008 年第 3 期。

3. 寧夏江《清詩學問化研究》,暨南大學 2009 級博士論文。

4. 王英志《清代性靈派乃江南詩派》,《河北學刊》2010 年第 3 期。

5. 馬亞中《學宋詩派與桐城詩派》,《皖江文化與近世中國——京劇、近代工業和新文化的源頭》,合肥工業大學出版社,2004 年版。

6. 代亮《梅曾亮與道咸年間的宋詩風》,《文化與文學》第 10 輯。

7. 賀國強《近代宋詩派研究》,蘇州大學 2006 級博士論文。

8. 劉枚《朱緒曾家世生平著述述略》,《江蘇教育學院學報》2007 年第 5 期。

9. 祝誠《許宗衡詞作賞析》,《鎮江師專學報》1989 年第 3 期。

10. 朱德慈《端木埰生卒年歲新考》,《江海學刊》2004 年第 5 期。

11. 彭玉平《端木埰與晚清詞學》,《中山大學學報》2004 年第 1 期。

12. 孫琴《我國最早之文學期刊——〈瀛寰瑣記〉研究》,蘇州大學 2010 級博士論文。

13. 陳鳴鐘《南京近代學者陳作霖》,《文教資料簡報》1983 年第 3 期。

14. 程尊平《尚兆山憤寫〈赤山湖志〉》,《句容文史資料》第 17 輯。

15. 何曉燕《詩人金和研究》，蘇州大學 2004 級碩士論文。

16. 李潔非《薛時雨先生逝世五十週年紀念》，《學風》1935 年第 10 期。

17. 楊萌芽《金陵唱和——清末陳三立在南京的交遊》，《洛陽師範學院學報》2008 年第 6 期。

18. 陳正宏《新發現的陳三立早年詩稿及黃遵憲手書批語》，《文學遺產》2007 年第 2 期。

19. 林銳《〈皕宋樓陸氏藏晚清名人信札〉小識》，《收藏拍賣》2006 年第 9 期。

20. 胡舜慶《王東培先生及其書藝、書論》，《書法欣賞》1993 年第 4 期。

21. 尹奇嶺《1940 年代南京汪偽統治時期古體詩詞的回潮》，《東方論叢》2010 年第 4 期。

22. 金建陵《南社中的民族教育家伍仲文》，《檔案與建設》2006 年第 2 期。

後　記

　　提筆寫此篇後記時，百感交集。我首先要感謝的是恩師馬亞中老師。猶記 2001 年拜於先生門下之景。三年碩士生涯，攜幼女讀書，得恩師和師母諸多照顧和幫助。大到學業，小到幼女入學，恩師和師母皆給予了我最好的幫助。2009 年，恩師不棄我資質駑鈍，招致門下，使我有機會重返母校，再沐蘇大學風。猶憶恩師對我發表的論文，事無鉅細，整體把握，字字斟酌，終使文章得以發表；猶憶恩師在我博士論文選題時，耳提面命，懇切相談，那份關心、思考和寬容。最感恩，恩師在各種學術會議交流忙碌之際，仍挑燈夜戰為我修改畢業論文，從文章的結構到遣詞造句皆做了認真的修潤。看到恩師把握目錄中冗長的標題全都換成精練的四言時，敬佩、感恩和不安的情緒一齊湧上心頭，我該佔用了老師多少休息時間啊。何其有幸蒙恩師引領，得以一窺學術殿堂的奧秘，感受恩師人格魅力之偉大，並承蒙恩師諄諄教導，得以順利完成學業。師恩浩瀚實非寸管可表，僅在此向恩師致以謝忱。然自知駑鈍，未能至恩師期許，只能在此向恩師謝罪並懇請諒解。

　　爾後，我自當繼續努力奮進，再接再厲，以報師恩。恩師嚴謹的治學態度、淵博的學識，開拓的視野、敏捷的思維，亦將對我產生深刻的影響和啟迪，並將伴我未來人生之路。

　　感謝楊海明老師、馬衛中老師、涂小馬老師、薛玉坤老師、陳國

安老師、陳桂生老師，從碩士到博士階段，何其有幸得以聆聽你們精彩的課堂，得到你們的諄諄教導，並感謝在論文寫作中，你們提出的諸多寶貴意見。

感謝師姐孫琴、朱琴，儘管她們年齡比我小，但在學術上，為人上，她們是我們馬門師兄妹的表率，感謝她們提供給我的指導和幫助。感謝師弟馬國華、潘洪恩、任聰穎、王石、潘靜如、胡曉、師妹羅紫鵬，感謝你們幫我查閱資料，整理文獻。感謝馬門，給予我學術的氛圍，溫暖的感受。感謝馬衛中老師高足尹玲玲博士、劉峰博士給予的熱心幫助。

感謝我的家人，是他們的支持和鼓勵，使我勇氣重返師門，繼續學子生涯。是先生王建華的敦厚和寬容，我才得以後顧無憂，安心學習。是他不斷的支持和鼓勵，我才有了不斷前行的動力。

要感謝的太多：師長、親人、親朋、同學……「大恩不言謝」，我惟有感恩前行，不斷努力！